❖ 전국시대 일본의 지도

도호쿠東北
간토關東
주부中部
긴키近畿
주고쿠中國
시코쿠四国
규슈九州

주고쿠
오키 제도
긴키
와카
이즈모   호키   이나바
다지마   단고   오바
이와미   미마사카   하리마   단바
쓰시마섬
쓰시마해협   나가토   아키   빈고   빗추   비젠   교
스오   오사카   나
지쿠젠   고쿠라   이와쿠니   히로시마   오카야마   ●히메지   사카이   가와
마쓰라   ●후쿠오카   부젠   아와지   이즈미   야마
히젠   다카마쓰   요시노
나가사키●   지쿠고   분고   사누키   도루시마   와카야마
가쓰사●   ●다케다   이요   사   도   아와   기이
히고   ●구마모토   도사
사쓰마   휴가   시코쿠
오스미   규슈

도호쿠

주부

사도섬

노토

에치고

니가타

요네자와

시라카와

가가

엣추

후쿠이

비와
호수

에치젠

다카야마

시나노

고즈케

시모스케

히타치

미노

히다

무사시

간토

세키가하라

가이

에도

나고야

오와리

스루가

이즈

사가미

시모우사

오카자키

도토우미

가즈사

미카와

요코스카

오다와라

가마쿠라

戰國志

SHINSYO TAIKOUKI
by YOSHIKAWA eiji

전국지 7
삼일천하 三日天下

초판 1쇄 발행	2015년 9월 20일
초판 2쇄 발행	2015년 11월 20일
지은이	요시카와 에이지
옮긴이	강성욱
펴낸이	한승수
펴낸곳	문예춘추사
편 집	김성화, 조예원
마케팅	안치환
디자인	김선영
등록번호	제300-1994-16
등록일자	1994년 1월 24일
주 소	서울특별시 마포구 연남동 565-15 지남빌딩 309호
전 화	02 338 0084
팩 스	02 338 0087
E-mail	moonchusa@naver.com
ISBN	978-89-7604-277-4 04830
	978-89-7604-269-9(전 10권)

*책값은 뒤표지에 있습니다.
*잘못된 책은 구입처에서 교환해 드립니다.

삼일천하 三日天下

7

戰國志

강성욱 옮김
요시카와 에이지 지음

문예춘추사

차 례

후지타 덴고藤田伝五(?~1582)

시즈하라靜原山 산성의 성주. 아케치 미쓰히데의 아버지 때부터 섬겼으나 전반생은 불명확한 점이 많다. 미쓰히데와 함께 교토 부근의 여러 전투에 참가한다. 훗날 미쓰히데가 본능사의 변을 결심할 때 아케치 히데미쓰, 사이토 도시미쓰 등과 함께 가장 먼저 결의를 표명한 중신 중 한 명이다. 그 후 승룡사 성의 함락 소식을 듣고 자결한다.

하시바 히데카쓰羽柴秀勝(1568~1586)

원래는 오다 노부나가의 넷째 아들이나 하시바 히데요시의 양자가 된다. 야마자키 전투에서 히데요시와 함께 아케치 미쓰히데를 격파한다. 노부나가의 장례식 때 상주 역할을 맡는다. 미쓰히데의 영토였던 가메야마 성의 성주가 된다. 시즈가타케 전투, 고마키 · 나가쿠테 전투에 참가한다. 18세의 젊은 나이에 병사한다. 아명은 오쓰기於次.

다카야마 우콘高山右近(1552~1614)

소년 시절에 세례를 받는다. 다인으로는 센리큐의 제자다. 오다 노부나가, 도요토미 히데요시를 섬긴다. 1587년의 서양인 선교사 추방령에도 신앙을 버리지 않았기에 다이묘의 지위를 잃고 마에다 도시이에의 보호를 받아 가나자와로 옮긴다. 1614년에 외국으로 추방되며 이듬해 마닐라에서 병사한다.

이케다 노부테루池田信輝(1536~1584)

어머니가 오다 노부나가의 유모였기에 어렸을 때부터 노부나가를 섬기며 여러 전투에서 공을 세운다. 본능사의 변 이후 도요토미 히데요시에게 가담해 아케치 미쓰히데를 치고 오가키 성의 성주가 되어 13만 석을 받는다. 나가쿠테 전투에서 도쿠가와 이에야스 군에게 패해 1584년에 전사한다.

쓰쓰이 준케이筒井順慶(1549~1584)

어렸을 적 이름은 후지카쓰藤勝다. 오다 노부나가를 섬기며 마쓰나가 히사히데松永久秀를 멸망시킨다. 훗날 본능사의 변이 있을 때 애매한 태도를 취해 기회주의자 준케이라 불린다. 야마자키 전투 이후 히데요시 측에 가담하며 저택을 오사카 부두에 지어 준케이 거리라고 불리기도 한다.

간베 노부타카神戸信孝(1558~1583)

오다 노부나가의 셋째 아들. 통칭은 산시치, 혹은 산시치로. 간베 씨의 양자가 된다. 1582년에 시코쿠 공략의 총대장이 되었으나 본능사의 변으로 히데요시 측에 합류하여 아케치 미쓰치데를 친다. 기요스 회의 후 미노 기후 성주가 된다. 이후 히데요시와 대립, 시바타 가쓰이에와 손을 잡으나 시즈가타케 전투에서 가쓰이에가 패한 탓에 기후 성을 내주고 1583년에 자결한다.

기타바타케 노부오北畠信雄(1558~1630)

오다 노부나가의 차남으로 무장 · 다인이다. 기타바타케 토모후사北畠具房의 양자가 된다. 어렸을 적 이름은 산스케. 노부나가 사후 동생인 노부타카와 다퉜으며, 도쿠가와 이에야스와 손을 잡고 고마키 · 나가쿠테 전투를 일으켜 도요토미 히데요시와도 싸운다. 훗날 나이다이진内大臣이 되었으며, 오사카의 진 이후 야마토 5만 석을 영유한다.

나카가와 기요히데中川清秀(1542~1583)

아버지는 나카가와 시게키요中川重清. 아명은 도라노스케虎之助, 통칭은 세베에瀨兵衛다. 처음에는 이케다 가쓰마사池田勝正, 그 후에는 아라키 무라시게荒木村重에 속했으며 이바라기 성의 성주가 된다. 그러나 무라시게의 모반 때는 오다 노부나가의 편에 선다. 야마자키 전투 이후에는 히데요시를 섬겨 공을 세운다. 1583년 시즈가타케 전투에서 전사한다.

사이토 도시미쓰斎藤利三(?~1582)

통칭은 구라노스케. 사이토 요시타쓰斎藤義竜, 이나바 잇테쓰稲葉一鉄, 오다 노부나가를 섬겼으며 1580년부터 아케치 미쓰히데를 섬겨 1만 석을 받는다. 본능사의 변 때 노부나가를 습격했으나 야마자키 전투에서 패한다. 오우미 가타타堅田에서 사로잡혀 1582년에 처형된다. 도쿠가와 이에미쓰의 유모인 가스가노쓰보네春日局는 그의 딸이다.

하세가와 소닌長谷川宗仁(1539~1606)

통칭은 겐자부로源三郎, 전국 시대의 무장, 다인. 원래는 사카이의 상인, 혹은 교토의 서민이었다고도 한다. 오다 노부나가를 섬기고, 노부나가가 세상을 떠난 뒤에는 도요토미 히데요시, 도쿠가와 이에야스를 섬긴다. 다도는 다케노 조오武野紹鴎 문하에서 배웠으며, 화공으로도 알려져 있다.

| 일러두기 |

1. 이 책은 일본 고단샤講談社에서 발간한 요시카와 에이지 역사·시대 문고(吉川英治歷史時代文庫) 22~
   32권, 『신서 태합기(新書太閣記)』(전11권, 1990년 4월 23일~1990년 8월 3일)를 저본으로 삼았다.

2. 원서는 총 11권으로 구성되어 있으나 분량을 고려해서 총 10권으로 재편집했다.

3. 가능한 원본에 가깝게 번역했으나 고유명사의 명백한 오류는 바로잡았으며, 원서 내용을 해치지 않는
   범위 안에서 대화와 본문이 연결되는 부분을 일부 수정하여 우리 독자가 읽기 편하게 했다.

4. 원서 문장의 길이가 너무 길어 읽기에 불편한 부분은 내용을 해치지 않는 범위 안에서 문장을 끊어
   번역했다.

5. 한자 표기는 정오正誤에 상관없이 원서를 따랐으나 동일 인물이나 지명의 상반된 표기가 있는 경우에
   는 올바른 한자를 찾아 표기했다.

6. 이 책의 삽화 및 지도는 내용에 맞게 새로 제작한 것이다.

무례한 방문

롯카쿠六角 쪽의 남문, 니시키코지 쪽의 북문, 도인洞院 쪽의 서문, 아부라코지油小路 쪽의 동문, 본능사의 네 문은 이미 아케치 군의 갑주와 앞다투어 들어가려는 함성으로 뒤덮여 있었다. 하지만 앞쪽에 해자가 있다 보니 어려워 보이지 않는 담도 간단히 오를 수가 없었다. 창, 깃대, 조총, 긴 자루 등이 밀치락달치락 움직이고 있을 뿐이었다.

"이까짓 것."

"내가 먼저."

다짜고짜 서둘러 담 위에 매달린 사람도, 잘못 뛰어 매달리지 못한 사람도 예외 없이 해자 속으로 떨어지고 말았다. 갑옷의 무게도 있었기에 일단 그곳에 빠지면 허리 부근까지 악취를 풍기는 검은 진흙 속에서 몸부림을 치고 소리를 질러도 전우조차 돌아보지 않았다.

니시키코지 쪽의 한 부대는 곧장 부근에 있는 빈민굴의 민가를 부수기 시작했다. 무너진 집 아래서 갓난아기를 안은 여자와 노인과 아이들이 조개껍데기 속에서 달아나는 소라게처럼 달아났다. 아케치 군은 순식간에 기둥을 뽑아와 해자를 건넜으며, 문과 지붕으로 해자를 메웠다.

서로 앞다투어 담으로 우르르 몰려들었다. 조총 부대는 총을 가지런히 하고 그 위에서 안쪽의 가람을 향해 첫 번째 탄을 쏘아 올렸다. 그때 본능사의 경내와 각 건물들은 아직도 긴장감이 느껴지지 않을 정도로 고요했다. 앞쪽 불당의 문도 모두 닫혀 있다 보니 사람들이 잠에서 깨어났는지 아닌지조차 의심스러울 정도였다.

그날 아침, 불길과 연기는 본능사 바깥에 있는 오줌골목에서 먼저 치솟아 올랐다. 무너진 가옥 아래에서 연기가 나더니 순식간에 판잣집들을 차례로 불태워나갔다. 그러자 그 일대의 가난한 주민들은 서로를 짓밟아 죽일 것 같은 소란 속에서 울부짖으며 간신히 몸만 빠져나와 강가나 거리 가운데로 몰려들었다. 이를 정반대인 소몬 쪽에서 바라보면 이미 뒷문을 돌파한 아군이 공양간에 불을 지르기 시작한 것처럼 여겨졌다. 이에 정문 앞에 운집해 있던 제1군의 주력도 더욱 맹렬하게 공격을 가했다.

"뒷문의 아군에게 뒤떨어져서는 안 된다."

도개교 쪽에서 그저 시간만 허비하듯 뭉그적대는 장교들을 향해 뒤쪽 병사들이 고함을 쳤다.

"짓밟아라."

"밀고 들어가라. 뭐 하는 거냐."

이는 문 앞으로 나선 미야케 시키부와 무라카미 이즈미노카미 등이 문 안의 병사들을 향해 하나의 책략을 써서 적으로 하여금 스스로 문을 열게 하려다 보니 오히려 시간이 걸렸기 때문이다.

"우리는 주고쿠로 향하는 아케치의 군이오. 우다이진 님의 사열을 받기 위해 이곳으로 온 것이니 문을 열어주시오."

문을 지키던 장병들이 이런 분위기를 이상히 여기지 않을 리 없었으며, 노부나가의 뜻도 묻지 않고 자신들의 판단으로 문을 열 이유도 없었다.

"기다려라."

그 뒤로 문 안에서 아무런 소리도 들려오지 않은 것은 본당에 사태가 다급하다는 것을 알려 급히 방어 준비를 하고 있는 게 틀림없었다.

뒤쪽의 장병들은 겨우 이 정도의 해자를 넘기 위해 계책을 쓰는 것을 답답해했다. 그들은 무턱대고 앞줄을 우르르 밀어붙이며 서로 먼저 공을 세우기 위해 힘썼다. 그런 와중에 겁먹은 병사들은 뒤로 밀쳐지고 쓰러졌다. 앞줄에 있었던 병사들 중에는 어찌해볼 도리도 없이 해자 안으로 밀려 떨어졌다. 와아 하고 해자 아래서도 위에서도 함성이 들끓었다. 뒤쪽 부대에서 거의 고의로 밀며 들어왔다. 병사들이 또 떨어졌다. 삽시간에 물이 없는 해자 안은 진흙투성이가 된 사람으로 메워졌다.

"미안."

한 젊은 무사가 뒤엉킨 병사 무리를 짓밟고 담벼락에 매달렸다.

"가만히 있어라, 가만히 있어."

또 다른 무사는 창의 손잡이 끝으로 그들을 짚으며 훌쩍 건너 담 위에 들러붙었다.

해자 안에서는 병사들이 튀어 나오려는 미꾸라지처럼 몸부림쳤다. 하지만 아군들의 짚신이 그들의 등과 어깨와 머리를 밟고 지나갔다. 결국 해자 안 병사들은 처참하게 희생되고 말았다. 그렇게 숨은 공로자들 덕분에 아케치의 세 마리 까마귀라 불리는 후루카와 규베古川九兵衛, 미노우라 오쿠라箕浦大內藏, 야스다 사쿠베安田作兵衛가 본능사의 담 위에서 자랑스럽게 '첫 번째 입성'이라고 외칠 수 있었다. 또 그들과 거의 동시에 담에 오른 무사 중에는 시호덴 마타베, 호리 요지로, 가와카미 구에몬川上久左衛門, 히다 다테와키比田帶刀 등의 늠름한 모습도 보였다.

담 안쪽에서는 문의 경계를 맡은 부대와 마구간 부근에서 달려온 오다의 무사들이 닥치는 대로 무기를 손에 들고 담을 넘어오는 적을 막으려고 애썼으나, 마치 터진 둑을 손으로 막는 것과 다를 게 없었다. 아케치의 선봉은 그들의 칼과 창을 무시하기라도 하듯 훌쩍, 훌쩍 뛰어내렸으며, 싸움이 시작되자마자 몇몇 시체를 뛰어넘어 피로 물든 모습으로 '오로지 우다이진 한 사람만이 내가 노리는 표적이다'라고 말하기라도 하듯 본당과 객전을 향해 달려 나갔다.

본당의 널따란 마루나 객전의 높은 난간 부근에서는 울부짖는 바람처럼 화살이 날아드는 소리가 들려왔다. 활을 쏘기 좋은 거리였지만 화살의 대부분은 무사가 아닌 흙에 박히거나, 땅에 미끄러지거나, 멀리 담에 맞고 튀어나왔다. 그러는 중에 잠옷 하나만 걸치고, 혹은 반나체로 무기조차 들지 않은 채 갑옷을 입은 적과 엉겨 붙은 용감한 병사들도 보였다. 이들 경계병들은 비번이라 여름밤 더위 속에서 마음 편히 잠을 자고 있었는데, 오히려 늦게 나온 것을 부끄럽게 여겼다. 그들은 거의 맨몸으로 아케치의 무사들을 막으려고 사력을 다했다. 하지만 그들이 막을 수 없을 만큼 갑옷의 성난 파도는 이미 가람의 처마 밑까지 철썩철썩 밀려 들어왔다.

일단 방 안으로 달려 들어갔던 노부나가는 하얀 비단으로 만든 소매가 좁은 옷 위에 커다란 겉옷을 걸치고 어금니를 앙다물 정도로 끈을 힘껏 묶었다.

"활을 가져오너라."

누군가가 무릎을 꿇고 활을 치켜들자 노부나가는 활을 낚아채듯 쥐고는 큰 소리로 외치며 문밖으로 뛰쳐나갔다.

"여자들은 달아나라. 여자들은 달아나기 어렵지 않을 것이다. 방해가 되어서는 안 된다."

여기저기서 장지문을 짓밟아 깨는 소리를 뚫고 들려오는 여자들이 울부짖는 소리, 서로를 부르는 소리가 흔들리는 기와지붕 아래 상황을 더욱 처참하게 만들었다. 방에서 방으로 정신없이 달아나고, 복도를 달리고, 난간을 뛰어넘을 때마다 여자들의 치맛자락과 소맷자락은 암담한 상황 속에서 피어오르는 하얀 불꽃, 붉은 불꽃, 자줏빛 불꽃처럼 보이기도 했다. 그리고 그들이 오가는 곳의 덧문에도, 기둥에도, 난간에도 활이나 탄환이 박히지 않은 곳이 없었다. 노부나가가 널따란 툇마루 한쪽에서 마주 쏘자 그를 향해 날아오는 활과 탄환이 안쪽까지 들이치는 모양이었다.

"필부 놈들."

노부나가는 그렇게 외치고 한 발을 쏘았다.

"무례하게도."

노부나가는 눈을 부릅뜨고 다시 한 발을 더 쏘았다. 여자들은 그런 노부나가의 모습을 보고는 두려움에 제정신을 잃고 말았다. 그리고 이제 달아나려 해도 달아날 수 없을 것 같다는 생각에 한껏 목 놓아 울었다.

'인간 오십 년, 하천에 비하면 몽환과 같구나'라는 말은 노부나가가 좋아하는 노래의 한 구절이자, 젊은 시절에 품게 된 그의 생명관이기도 했다. 그는 오늘 아침 잠에서 깨어난 것을 천변지이라고는 생각하지 않았다. 인간들 사이에서 있을 수 있는 일이며, 그것이 지금 자신 앞에 일어난 것이라는 생각밖에 없었다. 그리고 그는 '이젠 끝이다. 마지막이다'라고 생각하지 않았다. 오히려 '여기서 죽을 수는 없다'며 전의를 맹렬히 불태웠다. 일생의 대업이라 여기고 있던 가슴속 이상은 아직 절반도 이루지 못한 상태였다. 그 중간에 스러진다는 것은 너무나도 안타까운 일이었다. 그리고 이렇게 하루아침에 목숨을 잃는다는 것은 매우 애석한 일이었다. 메웠다가는 당겨서 쏘는 화살 한 발, 한 발의 울림은 그 분노를 쏘아대는 것처럼 보였다. 게다가 활시위도 풀어지고 활도 부러지려고 했다.

"화살, 화살이 없다. 화살을 가져와라."

노부나가는 자기 옆에 떨어져 있는 적의 화살까지 주워 쏘았다. 그때 붉은 명주를 머리띠로 두르고 커다란 무늬가 들어간 한쪽 소매를 바싹 걷어 올린 여인이 화살을 한 아름 가져오더니 그중 하나를 그의 손에 바쳤다. 노부나가가 여인을 향해 턱짓으로 맹렬하게 쫓으며 말했다.

"오노阿能냐. 이젠 됐다. 달아나라, 달아나."

하지만 오노노 쓰보네阿能局는 노부나가의 오른손에 차례차례로 화살을 건네주며 야단을 맞아도 떠나지 않았다. 활을 당기는 솜씨보다는 기품이었다. 그리고 힘보다는 기백이었다. 노부나가가 쏘는 화살은 '필부들아, 저승으로 가는 노잣돈으로 써라. 천하인의 화살을 내리노라'라고 말하기라도 하듯 호쾌한 소리를 내며 날아갔다. 오노노 쓰보네가 가져온 화살도 곧 바닥이 드러날 정도로 쏘고 또 쏘았다.

노부나가의 화살에 맞아 쓰러진 적들이 정원 곳곳에 보였다. 그런 와중에도 화살을 피해 소리를 지르며 난간과 복도 밑으로 기어올라 노부나가에게 필사적으로 달려드는 적들은 마치 이 절의 쥐엄나무에 아침저녁으로 몰려드는 까마귀와도 같았다.

"우다이진 아니신가? 더는 달아날 수 없을 것이다. 흔쾌히 목을 내놓아라."

물론 노부나가를 중심으로 뒤쪽과 옆쪽 회랑에서는 시신과 시동들이 서슬 퍼런 칼을 들고 있었다.

"다가오지 마라!"

그곳에는 모리 란, 모리 리키ヵ, 모리 보 삼형제도 있었다. 우오즈미 쇼시치, 오가와 아이헤이小河愛平, 가나모리 기뉴金森義入, 가노 마타구로狩野又九郎, 다케다 기타로武田喜太郎, 가시와바라柏原 형제, 이마카와 마고지로 등도 끝까지 주군 곁을 떠나지 않고 달려드는 적을 베었다.

바닥과 벽을 피로 물들이고 목숨을 잃은 사람 중에는 이이카와 미야마쓰飯河宮松도 있었다. 이토 히코사쿠伊藤彦作도 있고 구쿠리 가메노스케久々利亀之助도 있었다. 개중에는 적과 엉겨 붙은 채 서로를 찌르다 서로 목숨을 잃은 사람도 보였다.

한편 앞쪽 불당을 지키던 사람들은 노부나가가 있는 곳으로 적들을 가지 못하게 하려고 본당을 전장으로 삼아 맹렬한 혈전을 펼쳤다. 하지만 침전으로 통하는 다리 모양의 복도 입구를 적에게 빼앗길 듯하자 스무 명도 되지 않는 인원이 하나가 되어 복도 쪽으로 모여들었다. 그러다 보니 아케치의 무사들은 복도 아래쪽으로 오게 되었고, 좁은 곳에서 싸우다 화살에 맞고 칼에 찔리고 말았다. 불당에 있던 사람들은 노부나가가 무사한 것을 확인하고는 힘껏 외쳤다.

"지금, 이얏. 지금 어서 이곳을 떠나십시오."

"닥쳐라!"

그 순간 노부나가는 활을 버렸다. 활도 부러지고 화살도 떨어진 것이었다.

"물러나려 해도 물러날 곳이 없다. 칼을 이리 내놓아라."

노부나가는 신하의 무기를 낚아채 사자처럼 복도를 달렸다. 그러고는 자신이 있는 곳의 난간을 짚고 오르려는 적을 정면에서 베어버렸다.

아케치 군의 가와카미 구에몬은 장작더미 뒤에서 작은 활들을 잔뜩 쏘아댔다. 그중 화살 한 발이 노부나가의 무릎에 꽂혔다. 노부나가는 비틀거리며 뒤쪽의 덧문에 등을 기댔다. 하지만 그 정도의 부상으로 쓰러질 노부나가가 아니었다. 그는 마흔세 살이었던 덴쇼 4년(1576년)에 오사카 와카에若江 전투에서 다이나곤 우다이쇼大納言右大將라는 고위 신분으로 보병 속에 섞여 싸우다 다리에도 총알을 맞았으며, 몸에도 칼을 맞아 부상을 입었다. 그때도 그는 겨우 삼천의 병력으로 일만 오천이나 되는 적을 쓰러뜨렸다. 죽음은 두렵지 않으나 헛되이 죽음을 재촉할 그도 아니었다. 그리고 귀인이라는 명분에 사로잡혀 적의 잡병과 싸우기를 마다할 우다이진도 결코 아니었다.

고요한 불길

그때 서쪽 담 밖에서도 작은 전투가 벌어졌다. 본능사 부근에 있던 쇼시다이의 저택 안에서 뛰쳐나온 슌초켄 무라이 나가토노카미 부자와 그 가신과 하인 무리는 정문 안으로 들어가기 위해 본능사를 포위한 아케치 군을 공격했다.

전날 밤, 슌초켄 부자가 노부타다 등과 함께 늦게까지 노부나가 앞에서 이야기를 나눈 뒤 관저로 돌아가 잠자리에 든 것은 이래저래 삼경에 가까운 때였다. 그러다 보니 그들은 깊은 잠에 빠져 있었고, 오늘 아침 적이 쳐들어온 것도 빨리 눈치채지 못했다. 직분으로만 보면 적어도 아케치 군이 교토 안에 발을 들여놓았을 때 미리 상황을 알아야 했다. 또 알자마자 바로 앞에 있는 본능사에 다급한 상황을 알려야 했다. 그런데 모든 면에서 방심하고 있었다. 이렇듯 노부나가만 방심한 게 아니라 교토 안에서 묵고 있던, 혹은 교토에 살고 있는 모든 사람들이 방심하고 있었다고 해도 과언이 아니었다.

"무슨 일인지 밖이 소란스럽구나."

슌초켄은 잠에서 처음 깼을 때도 큰일이라고는 생각하지 못했다.

"싸움이라도 난 게냐? 보고 오너라."

슌초켄은 부하에게 명을 내린 뒤 천천히 자리에서 일어났다. 그사이 담 위에서 하인이 말했다.

"니시키코지 부근에서 연기가 피어오르고 있습니다."

슌초켄은 하인의 소리를 듣고도 혀를 차며 중얼거렸을 뿐이었다.

"오줌골목에서 또 불이 난 게로구나."

그 정도로 슌초켄은 세상이 태평하다고 착각하고 있었던 것이다. 어젯밤도 오늘 아침도 여전히 변함없는 전국 시대의 하루이자, 도읍이라는 사실을 그만 잊고 있었던 것이다.

"뭣, 아케치 군이?"

이윽고 소식을 전해 들은 슌초켄은 깜짝 놀라고 말았다.

"아뿔싸."

슌초켄은 거의 입은 옷 그대로 저택 밖으로 달려 나갔다. 그는 간신히 보일 만큼 어두운 아침 안개 속에서 기마와 창검의 삼엄한 모습을 보자마자 서둘러 집 안으로 다시 들어왔다. 그러고는 갑옷 통을 뒤집어 갑옷을 갖추어 입고 칼을 쥔 뒤 말했다.

"뒤를 따르라."

두 아들과 그 외 사람들을 모아 삼사십 명의 병력으로 노부나가에게 달려가려 한 것이었다. 하지만 아케치의 부대들은 본능사를 중심으로 팔방의 크고 작은 길을 나누어 맡아 교통을 차단하고 있었다. 그렇다고 물러설 수는 없었다.

충돌은 서쪽의 담 부근에 있는 모퉁이에서 시작되었다. 맹렬한 백병전이 펼쳐졌으며 초계를 서던 작은 부대를 제압하고 절의 문 근처까지 다가갔다. 하지만 그들을 본 아케치 가의 중견 장수가 '건방진 놈들'이라고 외치며 병사를 모아 다가오자 거의 상대가 되지 않을 정도로 내몰리고 말았다. 결국 나카토노카미 부자도 부상을 입었고 그렇지 않아도 적은 인원 중 절반 가까이가 목숨을 잃었다.

"이렇게 된 이상 묘각사로 가서 노부타다 경과 합류해야겠다."

슌초켄은 방향을 바꾸어 달리기 시작했다. 얼마쯤 달리다 본능사의 커다란 지붕을 올려다보니 천둥을 머금은 구름 같은 새카만 연기가 치솟고 있었다.

건물에 불을 지른 사람이 아케치의 공격 부대인지, 노부나가의 가신인지, 노부나가인지 자세히 알 수 있는 상황이 아니었다. 연기는 앞쪽 본당과 객전의 한 방, 그리고 부엌 쪽에서 거의 동시에 피어올랐다. 부엌에서는 시동인 다카하시 도라마쓰高橋虎松와 무사 두어 명이 처참할 정도로 분전을 펼치고 있었다. 공양간 스님들의 모습은 하나도 보이지 않았으나 두 말짜리 커다란 솥이 걸려 있는 아궁이 안에서는 장작이 타고 있었다.

도라마쓰는 널따란 토방 입구에 서서 몰려드는 아케치 군을 다짜고짜 베었다. 그러다 창을 빼앗긴 뒤 다수에 맞서기 위해 마루 위로 올라가 주방의 기구를 닥치는 대로 집어 던졌다. 차를 담당하던 신아미針阿弥, 소년 시동인 히라오 규스케平尾久助도 칼을 들어 적과 힘껏 맞섰다. 단단히 무장한 아케치 군은 그곳에 무장도 하지 않은 어린 적이 겨우 서너 명뿐이라는 사실을 알면서도 쉽게 들어가지 못했다.

"뭘 꾸물거리느냐."

아케치 군의 부장인 듯한 무사가 그곳을 들여다보며 외쳤다. 그 무사는 아궁이 안의 불붙은 장작을 집어 느닷없이 다카하시 도라마쓰와 신아미를 향해 던졌다. 그리고 곳간의 문 안으로도 던지고 천장으로도 던져 불을 붙였다.

"안으로."

"안에 있다."

아케치 군의 목표는 노부나가였다. 무사들이 짚신 발로 장작불을 밟아 흩뜨리며 우르르 한꺼번에 밀고 들어갔다. 그러자 불길이 기둥과 장지문을 타고 번졌으며, 곳곳이 단풍 든 덩굴처럼 벌겋게 타들어갔다. 도라마쓰와 신아미의 몸에도 불이 옮겨 붙었다.

마구간 쪽도 소란스러웠다. 열 필 정도의 말이 바닥을 차고 판자로 된 벽을 차며 미친 듯이 날뛰었다. 그 가운데 두 필 정도가 마침내 가로대를 부수고 밖으로 뛰쳐나와 날뛰기 시작했다. 그 말들은 미친 듯이 달려 아케치 군 속으로 뛰어들었으나 나머지 말들은 불을 보고 더욱 거칠게 울부짖을 뿐이었다.

마구간에 있던 무사 야시로 쇼스케矢代勝介와 반타로자에몬伴太郎左衛門 형제, 무라타 요시고村田吉五 등은 그곳을 떠나 노부나가의 모습이 보이는 객전 아래 계단으로 가서 마지막 봉공을 하고 세상을 떠났다. 그렇게 조장을 따라 도망치려면 도망칠 수 있었던 마구간 말단까지 스물네 명 모두 아케치 군과 싸우다 목숨을 잃었다. 도라와카虎若, 쇼도라와카小虎若, 이로쿠弥六, 히코이치彦一, 이와岩, 도큐藤九, 고코마와카小駒若 등이었다. 평소 이름도 없는 무리였으나, 피를 바쳐 봉공해야 할 날이 오면 녹의 격차에도 관직의 높이에도 뒤지지 않는 모습을 보인다는 사실을 무언중에 보여주었다.

또 한걸음에 달려온 사람은 마을 숙소에서 머물고 있던 유아사 진스케湯淺甚助와 오구라 쇼주小倉松壽 두 시동이었다. 두 사람은 변을 알자마다 본능사 안으로 달려갔다. 아케치 군이 혼잡한 틈을 타서 무턱대고 안으로 들어간 것이었다. 그들은 이미 연기에 휩싸인 노부나가의 침소 근처까지 달려가자마자 외쳤다.

"진스케가 왔습니다."

"쇼주도 달려왔습니다."

그들은 노부나가를 찾아 돌아다니며 만나는 적과 칼을 맞댔다. 아케치 군의 신시 사쿠자에몬이 유아사 진스케를 찔러 쓰러뜨렸다. 신시 사쿠자에몬이 피로 물든 창을 비껴들고 두어 걸음 달려 나가자 연기 속으로 미노우라 오쿠라의 모습이 보였다.

"오쿠라냐."

"넷!"

"공을 세웠느냐?"

"아직 아닙니다."

서로 노부나가를 찾고 있었던 것이다. 아니, 경쟁하고 있었다고 하는 편이 옳을 것이다. 두 사람은 곧 서로 갈라져 연기 속으로 들어갔다.

불은 이미 지붕 밑까지 치솟았는지 가람 안이 웅 하고 울렸다. 갑옷을 만지면 가죽과 쇠붙이가 뜨거울 정도였다. 한순간에 사람의 모습은 보이지 않게 되었다. 눈에 들어오는 것은 시체뿐, 누군가 있다 싶으면 동지인 아케치 군이었다. 아케치 가의 사람들 중에서도 마룻대에까지 불이 붙자 다급히 밖으로 나온 사람이 많았다. 아직 안에 남은 사람들은 연기를 마시고, 불똥을 뒤집어 쓴 채 이리저리 돌아다녔다. 문과 창이 떨어져나간 널따란 방 안으로 불이 옮겨 붙은 비단과 판자 조각이 우수수 떨어져 마치 들불처럼 그곳을 밝히고 있었다.

그에 비해 안쪽 작은 방들 주변은 어두웠다. 짙은 연기 때문에 중간 복도와 뒤쪽 복도도 주위를 분간할 수 없을 정도였다. 모리 란마루는 한 방으로 들어가 문을 닫고 등으로 막아 누르며 여전히 버티고 서 있었다. 그리고 피 묻은 창을 손에 들고 좌우를 살피다 발소리가 들리면 바로 창을 휘둘렀다.

"목소리는 아직 들리지 않는군."

란마루는 방 안의 기척에도 귀를 기울이고 있었다. 조금 전 그곳으로 뛰어든 하얀 물체가 바로 우후 노부나가였기 때문이다. 그는 측근들이 대

18

부분 목숨을 잃어가는 마지막 순간까지도 싸움을 포기하지 않았다. 적의 잡병을 상대로는 잡병처럼 분투하기를 마다하지 않았다. 그에게 '이름도 없는 자에게 목을 빼앗기는 수치를 당하느니……'와 같은 세상의 말 따위는 안중에도 없었다. 누구에게나 죽음은 정해진 일이었다. 그는 목숨을 아끼지 않았다. 하지만 목숨을 잃어 대업을 이루지 못하는 게 안타까울 뿐이었다.

그곳에서 니조 묘각사는 가까웠다. 쇼시다이의 저택도 바로 코앞이었다. 거리에서 묵고 있는 무사들도 있었다. 그는 만일 절 밖과 연락이 닿는다면 혈로를 뚫을 수도 있을 것이라 생각했다. 그리고 한편으로는 '아니, 모반을 일으킨 자는 그 나팔꽃 머리. 아케치처럼 명석한 자가 이와 같은 일을 꾸몄으니 물 샐 틈이 없을 정도로 준비를 했을 것이다. 이제는 각오를 해야 하는 걸까?'라고 생각했다. 두 가지 생각이 그의 머릿속에서 다투고 있었다.

노부나가는 칼에 맞아 쓰러진 수행원들의 죽음을 딱하게 여기면서도 끝내 그들의 죽음을 살리지 못하자, 마침내 싸움을 멈추고 란마루를 밖에 둔 채 한 방으로 들어간 것이었다.

"이제 때가 됐구나. 안에서 나의 목소리가 들리면 노부나가가 자결한 것이라 생각해라. 그리고 시체에 장지문을 쌓아 불을 붙이기 바란다. 그때까지 적을 이 방에 들여서는 안 된다."

노부나가는 란마루에게 말했다.

삼나무 문은 튼튼했다. 사방의 벽에는 아름다운 그림들이 별 탈 없이 걸려 있었다. 어디선가 옅은 연기가 흘러들었으나 화염이 덮치기까지는 시간이 조금 걸릴 듯했다.

'어차피 죽는 것이다. 서두를 필요는 없다.'

노부나가는 누군가 자신에게 말하고 있는 것 같다는 생각이 들었다.

그곳에 들어서자 그는 사방의 열기보다 타는 듯한 목마름이 먼저 느껴졌다. 그리고 무너지듯 방 한가운데 앉았다가 다시 생각을 바꿔 한 단 높은 곳에 있는 두 평 남짓한 장식 공간에 앉았다. 그 아래는 평소 신하들이 앉는 곳이었기 때문이다.

그는 물 한 잔을 마셨다고 가정하고 정신을 바짝 차리기 위해 노력했다. 그러기 위해 무릎을 바로 하고 자세를 고친 뒤 평소 그 자리에서 사람들을 군림하던 때의 모습을 유지하려고 애썼다.

'이제 죽기로 할까.'

거친 숨결이 가라앉기까지는 시간이 조금 걸렸으나 왠지 마음은 편안했다.

'나도 한심한 짓을 했구나.'

이제 노부나가는 미쓰히데의 나팔꽃 머리를 떠올려도 더 이상 화가 나지 않았다. 오히려 미쓰히데도 인간이니 화가 나면 이 정도 일은 할 수 있겠지 하는 생각이 들었다. 아무리 그래도 자신의 방심은 웃음거리가 될 만한 일대 실책이었으며, 그의 분노도 어리석은 폭거에 지나지 않는다는 사실을 가엾이 여겼다.

'어리석은 미쓰히데여, 너도 역시 며칠 뒤 내 뒤를 따르려 하는 것이냐?'

노부나가는 미쓰히데에게 그렇게 묻고 싶었다. 그는 왼손으로 갑옷에 찔러 넣었던 칼집을 쥐었다. 그리고 오른손으로 그것을 뽑았다.

'서두를 건 없다.'

노부나가는 다시 한 번 자신에게 말했다. 불은 아직 이 방에 옮겨붙지 않았다. 그는 눈을 감았다. 그러자 철들기 시작한 소년 시절부터 오늘에 이르기까지의 일들이 천리마에 올라 둘러보듯 머리를 스치고 지나갔다. 매우 긴 시간이 지난 듯했으나, 사실은 숨을 쉴 정도의 한순간에 지나지 않았다. 죽으려는 찰나, 인간의 생리는 이상한 기능을 작동시켜 자신이 지나온 생애와 결별을 하는 모양이었다.

"후회는 없다."

노부나가가 큰 소리로 말했다. 그리고 눈을 뜨자 네 벽의 글씨와 그림이 빨갛게 빛나고 있었다. 천장의 모란 무늬도 화염에 휩싸여 있었다. 한마디, 후회는 없다는 소리가 바깥까지 들렸기에 란마루는 곧 안으로 달려들어갔다. 노부나가는 흰 비단 소매로 선혈을 끌어안은 채 이미 엎드려 있었다. 란마루는 무사가 숨는 곳의 작은 문을 열어 관에 넣듯 노부나가의 시체를 안아 넣은 뒤 조용히 문을 닫고 물러났다. 그리고 곧 할복을 하기 위해 단도를 쥔 채 방이 완전히 화염에 휩싸일 때까지 눈을 반짝이며 노부나가의 시체를 지켰다.

원포귀법

비겁한 사람은 단 한 사람도 없었다. 또 단 한 사람도 죽음을 욕되게 하지 않았다. 모두 노부나가를 위해 목숨을 바쳤다. 밖에서 자던 사람들까지 달려 들어와 주군 곁에서 충성을 다했다.

"어젯밤의 꿈 한 줌의 재, 머리맡 새 울지 않네."

쥐엄나무 숲으로 몸을 숨겨 간신히 목숨을 건진 승려가 망연히 중얼거렸다.

시동에서부터 마구간의 말단까지 더하면 노부나가의 수행원은 백여 명 정도 있었을 터인데, 본능사의 모든 가람이 하나의 불덩이 속에서 활활 불타오를 때 단 한 명의 그림자도, 단 한마디의 절규도 찾아볼 수 없었다. 불은 물처럼 고요했다.

백 명의 영혼이 얼마나 원통하고 비참했을지는 말할 필요도 없을 것이다. 참으로 아름다운 생명의 업화라고 올려다볼 만했다. 하지만 그 불꽃 속으로 몸을 던지지 않은 사람이 없지는 않았다. 그들은 물론 무문 이외의 사람들에 한정되어 있었다. 본능사에 상주하는 노승과 공양간의 승려들은 한발 앞서 그곳에서 벗어났다. 아케치 군에게도 승려를 살육할 마음은 없었기에 승려로 보이는 사람은 오히려 적극적으로 탈출을 도왔다.

가엾은 것은 여자들이었다. 사방에 불이 붙자 노부나가에게 '도망쳐라, 달아나라, 여자들은 달아나기 어렵지 않을 것이다'라는 말을 들었으나 그녀들은 벗어날 방법이 있으리라고는 생각하지 못했다. 절의 승려들과 함께 아케치 군 속을 빠져나갔어도 무사들은 부녀자에게는 눈길 한번 주지 않았을 것이다. 하지만 두려움에 가까이 다가가지도 못하고 어쩔 수 없이 불속을 쫓겨 다녔다.

나중에 알게 된 사실이지만, 모두 희생되었다고 생각한 여자들은 대부분 목숨을 건졌다. 여자들은 불길이 잦아든 뒤 연못 속에서 살금살금 나왔다. 그들은 장옷이나 덧옷을 적셔 머리 위에 덮어쓴 채 연꽃처럼 연못 속에 있었던 것이다. 그렇게 불에 타 쓰러지는 가람과 노부나가의 최후를 바라보면서 '이 세상의 일일까?' 의심하며 거의 정신을 잃은 상태로 있었던 것이다.

그래도 아케치 군의 손에 끌려간 여자들 가운데 오노노 쓰보네는 없었다. 대부분이 시중을 드는 시녀이거나 잡일을 하는 하녀들에 지나지 않았다. 그랬기에 오노노 쓰보네가 정말 노부나가 곁에 있었는지조차 의문스럽게 여겨지고 있다. 당시 사람들은 그녀를 애도했으며 그녀의 이름은 전설에 남아 있지만, 그것을 증명할 만한 자료는 남아 있지 않다.

그러한 상황에서 익살스러운 광대이자 노부나가가 아끼던 검둥이 하인 구로스케黑助는 자신의 놀라운 마음을 유감없이 춤으로 보였다. 그는 야스케弥助라는 일본 이름까지 받았으나 일본 무장과 무장의 변란에 목숨을 바칠 이유가 없었으며, 사실 무슨 일이 일어난 것인지조차 전혀 알지 못했을 것이다. 그는 어디로 어떻게 도망쳤는지 허겁지겁 달려서 근처의 남만사로 뛰어들었다.

마침 카리온 신부와 바테렌들이 그날 아침 타종과 기도도 잊은 채 이

층의 노대에 서서 본능사의 불을 바라보고 있었다. 문 바로 앞길을 달려가는 기마 무사와 피난하는 빈민의 무리가 남만풍의 건물 밖으로 실루엣처럼 보였다.

　살아남은 사람 중에 의외의 인물이 한 사람 더 있었다. 그는 부녀자도 아니고 외국인도 아닌, 당당한 보통 남자였다. 어젯밤 본능사에서 묵었던 손님, 하카타의 가미야 소탄이었다.

　소탄이 잠자리에 든 것은 노부나가보다 더 늦은 시간이었을 것이다. 자리를 치우고 도구를 정리한 뒤 침실에 든 지 얼마 지나지 않았을 때 일이 일어났을 것이다. 그리고 어찌 됐든 그의 주변으로도 화살과 총알이 날아들었을 것이며, 사태의 중대함도 직감했을 것이다. 하지만 대담한 해외 무역상인 젊은 하카타는 '오호, 이건 커다란 파도다. 단순한 폭풍이 아니야'라고 중얼거리며 옷을 입고 허리띠를 두른 뒤 이불을 개고 한동안 방 안에 앉아 있었다. 그리고 얼마 지나지 않아 아케치의 모반이라는 말을 듣는 순간 불길을 보자 이거 안 되겠다 싶었는지 기다란 다리 모양의 복도를 달리기 시작했다. 하카타는 아케치 군의 무사와도 마주치고, 노부나가의 시동과도 마주쳤다. 화살도 아슬아슬하게 스쳐 지나갔다. 두 번 정도 무엇인가에 걸려 힘껏 내동댕이쳐졌다. 손에 끈적한 피가 닿았다. 정신을 차리고 보니 갑옷을 입은 무사와 시동이 서로를 찌른 채 쓰러져 있었다. 죽은 사람들의 모습이 눈에 들어오자 소탄은 스스로를 부끄럽게 여기며 속으로 되뇌었다.

　'나는 무문이 아니다. 여기서 칼에 맞아 죽어야 할 책임이 없다. 은혜를 입은 노부나가에 대해 의리를 지켜 목숨을 바치기보다 더욱 가치 있는 일이 있다. 그러니 여기서 벗어난다는 것은 불의도 아니고 수치도 아니다. 하지만 당황해서 허겁지겁 달아났다는 소리를 듣는다면 그것은 적어도 하카타 상인으로서 불명예다. 무엇을 위해 평소 다도 따위에 심취한 것이

냐는 말을 듣는다면 다인으로서도 불명예다.'

방금 전까지만 해도 소탄은 그저 어젯밤 노부나가와 이야기를 나누었던 방에 두고 온 자신의 다기 하나만을 아까워하는 마음으로 그 방으로 향했다. 하지만 지금은 다른 올바른 이유를 가지고 그 방으로 들어섰다. 근처 회랑에서는 싸움이 펼쳐지고 있었으며, 옆방까지 불이 번져 있었다. 하지만 그는 신경 쓰지 않고 장식 공간 앞에 섰다. 노부나가의 청에 따라 멀리 하카타에서 가져왔던 가보 목계의 원포귀범 지도는 피어오르는 연기 속에서도 명화의 기품을 조금도 잃지 않고 있었다. 이것을 잃는다는 것은 자신의 재산을 잃는 것이 아니라 다시 태어나지 못할 명화와 국가의 보물을 잃는 것이었다. 소탄은 그런 생각으로 조용히 벽에 걸린 그림을 떼어낸 뒤 상자에 넣어 옆구리에 끼었다. 제정신을 잃은 듯 앞다투어 달아나는 승려들도 보았으나 그는 어느 곳에서도 자신에게는 위험이 없다는 신념을 가지고 있는 듯했다. 이에 아케치 군의 창검을 좌우로 헤치고 유유히 문을 빠져나왔는데, 그의 확신이 맞았는지 단 한 명의 무사도 그를 불러 세우지 않았다.

소탄은 그 걸음으로 바로 산조에 있는 챠야 시로지로茶屋四郎次郎의 집으로 갔다.

"안녕하십니까? 주인은 일어나셨는지요?"

시로지로의 가족들 모두 집 밖으로 나와 본능사 쪽에서 피어오르는 검은 연기를 바라보고 있었다.

"아아, 소탄 님 아니십니까? 안으로 드십시오."

주인의 동생 부부가 서둘러 안으로 들어가 소식을 전했다. 이 부근에 사는 사람들은 아직 자세한 사정을 모르는 모양이었다. 그리 멀지 않은 곳이었으나 단순한 화재인 줄 알고 구경을 하고 있었다. 주변에 있는 작은 다리와 강가에 갑옷을 입은 아케치 군의 보초병들이 서 있었으나, 본능사

에 있는 노부나가의 경비병이라 생각했지 이상히 여기는 사람도 없는 듯
했다.

"아니, 아니. 오늘은 일이 좀 급하니 정원으로 들어가겠습니다."

소탄은 정원을 통해 안으로 들어갔다.

이 집의 주인인 챠야 시로지로도 해외 무역가였다. 챠야는 본점을 사카
이에 둔 상인이었는데, 대부분 교토에 머물렀다. 그는 표면적으로는 가모
강의 맑은 물에 면한 한적한 집에서 여생을 즐기는 한인閑人으로 보였지만
실은 정치의 중심지에서 무문과 당상관들과 끊임없이 접촉하며 지냈다.

소탄이 정원을 지나 안으로 들어가자 시로지로는 마루 앞에서 짚신을
신고 있었다. 시로지로가 문득 소탄의 모습을 보고는 먼저 입을 열었다.

"많이 놀랐겠소, 소탄."

"정말 놀랐습니다. 어처구니없는 곳에서 묵게 되어."

"정말 어처구니없는 일이 벌어지고 말았소. 천하가 어떻게 될지, 앞날
을 예측할 수 없게 되었소."

"이미 알고 계셨습니까?"

"지금 막 알았소. 사토무라 조하가 사람을 보냈기에."

시로지로는 소탄에게 조하의 글을 보여주었다.

"그런데 어디를 가시려는 겁니까?"

"센슈로 갈 생각이오."

"센슈의 댁으로?"

"아니, 잠깐……."

시로지로는 말끝을 흐리며 무척이나 다급한 사람처럼 곧장 떠나려 했
다. 그러자 소탄이 가지고 있던 원포귀범 지도 상자를 내려놓으며 말했다.

"번거로우시겠지만 이것을 잠시 댁에서 맡아주시겠습니까? 실은 저
도 지금부터 주고쿠에 급히 다녀와야 해서요."

"주고쿠에?"

시로지로가 소탄의 얼굴을 쳐다보았다. 그러자 소탄이 고개를 끄덕이며 말했다.

"네, 주고쿠로 급히 가려고 하는데, 센슈에 가신다니 거기까지 함께 가시겠습니까?"

소탄은 집안사람들에게 짚신을 청해 곧장 여장을 꾸렸다.

시로지로는 얼마 전 도쿠가와 이에야스가 교토, 오사카를 거쳐 지금은 센슈 부근에 머물고 있다는 소식을 들었다. 그는 예전부터 이에야스를 장래의 사람이라 여기며 언제나 이런저런 도움을 받고 있었다.

'그렇다면 주고쿠에는 지금 누가 있는 것인가?'

두 사람은 서로 말하지 않았지만 다음 세대에 대한 기대를 서로 다른 사람에게 걸고 있었다. 그리고 함께 길을 나섰으나 요도淀 부근에서는 서쪽과 동쪽으로 길을 달리했다.

"그럼, 여기서."

"길을 조심하시오. 아니, 서로 조심합시다."

격문

그날 아침, 밝기 시작하던 하늘이 다시 어두워졌다. 본능사에서 솟아오른 연기가 시 전체를 뒤덮었으며 거리에는 사람의 그림자조차 보이지 않아 소슬한 기운이 감돌았다.

호리 강 둑에 집결한 채 꼼짝도 하지 않던 이천 기의 병마가 하늘을 가득 뒤덮은 검은 연기를 올려다보고 있었다.

'깃소우吉左右는 어떻게 되었을까?'

미쓰히데를 중심으로 그곳에 진을 치고 있던 아라키 야마시로노카미, 오쿠다 구나이, 스와 히다노카미, 미마키 산자 등의 장수들은 앞으로의 정세를 걱정하며 한껏 긴장한 채 전령이 오기를 기다렸다. 이미 전령은 두 번이나 이곳으로 와서 보고를 한 상태였다.

"아군이 담을 넘어 일제히 당 안으로 밀고 들어갔습니다."

"모든 건물에 불을 붙이고 우다이진 님의 부하들도 대부분 목숨을 잃었으니 곧 그 목을 취할 수 있을 듯합니다."

하지만 그 뒤로는 전령이 오지 않은 상태였다. 그렇다 해도 본진의 장병들은 승리를 예감하고 웅성거렸다.

"열에 아홉까지는 이미 우리 군의 승리다. 우리의 일은 성공이야."

막사 안에서 미쓰히데는 서기를 옆에 앉혀놓고 차례차례 서장을 적게 한 뒤 수결하고, 또 측신과 무엇인가 은밀히 논의를 하느라 극도로 분주하고 긴장한 상태라 거의 눈앞의 일도 알지 못했다.

미쓰히데는 본능사의 하늘에서 연기를 보기 전까지 만일의 사태에 대비하고 있었다. 각 장수들과 함께 둑 위에 서서 하늘 한곳을 응시하고 있다가 멀리서 피어오르는 연기를 보고 첫 번째 전령을 듣고 나서는 홀로 '됐다'고 외쳤다. 그 뒤로는 막사 안으로 들어가 시시각각으로 변하는 전황보다 다른 쪽에 신경을 쓰기 시작했다.

'여기까지 왔으니 아군의 승리와 노부나가의 죽음은 이미 결정된 것이라 봐도 좋을 것이다. 더는 걱정할 필요가 없다.'

미쓰히데는 대국적인 일을 생각해야 했다. 그러기 위해서는 한시의 틈도 주지 않고 두 번째 일을 천하에 펼칠 필요가 있었다. 이번 승리를 결정적인 것으로 만들고, 이 좋은 기회를 정치화하기 위해서였다.

미쓰히데는 멀리 있는 소슈相州 오다와라小田原의 호조北條 가에 급사를 파견했으며, 시코쿠의 조소카베 모토치카長曾我部元親에게도 서한을 써서 보냈다. 말할 필요도 없이 내용은 다음과 같은 격문이었다.

하늘이 노부나가를 쳤다. 호응하여 일어나라. 지금 협력한다면 후일 공영共榮이 있을 것이다.

미쓰히데는 센슈 사기노모리鷺／森의 본원사 일문, 이가 우에노上野의 쓰쓰이 준케이筒井順慶, 산인의 호소카와 후지타카, 그의 아들인 다다오키의 친족부터 교토 부근에 사는 중요 유력자에게까지 모두 격문을 보냈다.

특히 대군이라 여겨지는 곳에는 미쓰히데 자신이 직접 붓을 들어 글을 썼다. 지금 히데요시와 대치하고 있는 주고쿠의 모리 가에 보내는 격문에는 모리 데루모토에게 직접 정성을 들여 글을 썼다.

"하라 헤이우치原平內와 사이가 야하치로雜賀弥八郎를 불러라."

미쓰히데는 사자까지 직접 지명했는데, 수많은 가신 중에서도 믿을 만한 뛰어난 무사를 골랐다. 하라 헤이우치는 원래 야마나카 시카노스케山中鹿之介의 부하로, 아마코尼子 가의 부흥을 위해 미쓰히데의 중개로 노부나가에게 운동을 했으며 이후 오래도록 아케치 가에 의지하며 지내온 객신客臣이었다.

하지만 아마코 일족도 주인 시카노스케도 주고쿠 전투에서 어려운 상황에 빠진 오다 군의 선봉을 맡았다. 그런데 모리의 대군이 고립된 성을 공격하자 노부나가는 시카노스케 군이 지키고 있던 전방 기지인 고즈키 성으로 히데요시의 원군을 보내지 않고 그들을 그대로 적 속에 버려두고 말았다. 그 때문에 아마코 가는 대가 끊겼고 시카노스케도 목숨을 잃었다.

하라 헤이우치는 당시 노부나가가 취한 태도를 신의에 어긋나며 용납할 수 없는 것, 무정한 것이라 여겼으며, 그 뒤로 뼈에 사무칠 정도로 원한을 가지고 있었다. 그런데 미쓰히데가 지금 헤이우치를 막사로 부른 것이었다.

"이건 모리 나리에게 보내는 중요한 밀서이네만, 자네라면 틀림없을 것이라 여겨 부탁하는 것일세. 바로 오사카를 지나 바닷길을 따라서 헤이슈로 건너가 그곳의 스기하라 모리시게杉原盛重 님을 통해 모리 나리께 전해달라고 청하게. 한시가 급한 일일세. 서둘러 떠나게."

미쓰히데의 명령에 하라 헤이우치는 크게 반겼다. 방금 전까지 그는 본능사의 연기를 올려다보며 우다이진의 말로야말로 더없이 기분 좋은 일이라며 미친 듯이 기뻐했다. 그는 바로 진중에서 오사카 쪽으로 발걸음을 재촉했다.

하지만 미쓰히데는 큰일을 앞둔 상황에서 한 사람만 보내놓고 만전을 기했다며 안심하지는 않았다. 그는 헤이우치가 나간 직후 같은 내용의 서장을 사이가 야하치로에게 건네주며 명령했다.

"육로로 잠행해서 이것을 모리 가에 전하라."

셋쓰에서 비젠까지 육로의 교통은 히데요시 군에 가로막혀 있었다. 바닷길을 따라 게슈에 가는 것보다 훨씬 더 어려운 일이었다.

"목숨을 걸고 수행하겠습니다."

야하치로 역시 바로 본진을 떠났는데, 그는 도중에 모습을 바꿨다. 그 변장한 모습은 그를 아는 사람도 알아보지 못할 만큼 교묘했다. 맹인이 되어 대나무 지팡이 속에 밀서를 숨기고 셋쓰에서부터 밤낮으로 터벅터벅 걸어갔던 것이다. 미쓰히데가 그를 고른 까닭은 그러한 잠행에 안성맞춤인 온미쓰구미隱密組 중 가장 뛰어난 사람이었기 때문이다.

한편으로는 전투, 또 다른 한편으로는 정치, 거기에 격문과 사자를 보내는 일까지, 이처럼 치밀하게 머리를 쓰고 있었기에 미쓰히데의 낯빛은 오늘 새벽 교토에 들어오기 전보다 '자신도 모르게' 한층 더 필사적으로 변해 있었다. 그러다 보니 곁에 가까이 다가가기조차 무서울 정도였다.

"아직 사마노스케 미쓰하루로부터 다음 전령은 오지 않았느냐?"

미쓰히데는 극력으로 평정을 유지하려는 사람처럼 애써 조용한 투로 말했다. 하지만 마음속으로는 노부나가의 수급을 확실히 거두었는지 끊임없이 신경을 쓰고 있었다.

니조의 세 문

그날 새벽 노부나가의 장남인 노부타다가 얼마나 놀랐을지는 헤아리고도 남는다. 시간을 조금 거슬러 올라가 그의 숙소인 묘각사로 이야기를 옮겨보자.

아직 어두운 아침 하늘에 심상치 않은 북소리와 함성이 울려 퍼지는 것을 듣고 노부타다가 벌떡 일어났을 때는 이미 그곳도 본능사와 다를 바 없이 아케치 군에게 포위된 상태였다. 하지만 그곳에는 본능사보다 많은 오백육칠십 명 정도의 병력이 주둔하고 있었다. 곧 아케치가 모반을 일으켰으며 적이 가까이에 있다는 사실을 알게 되었고, 그 뒤 말로 표현할 수 없을 정도로 혼란스러웠으나 그래도 전원이 곧 전투태세를 갖추고 노부타다의 명령을 기다리고 있었다.

아케치의 주력은 당연히 본능사에 있었다. 묘각사의 병력이 본능사보다 많다는 사실을 미리 알고 있었으나 미쓰히데는 제1군보다 병력이 훨씬 적은, 아케치 미쓰타다가 이끄는 제2군을 묘각사로 보냈다.

"우후의 목을 거두면 곧 원군을 보내도록 하겠다. 그때까지는 노부타다를 놓치지 않는 일에만 주력하도록."

노부타다가 필사의 각오를 다진 병사 육백여 명과 함께 목숨을 걸고 싸운다 해도 그보다 네 배쯤 되는 미쓰타다의 병력을 물 샐 틈 없이 막기란 좀처럼 어려운 일이었다. 그러다 보니 아케치 쪽에서도 본능사처럼 급습하여 맹렬히 돌진하지는 않았고, 노부타다와 부하들도 놀란 와중이었지만 갑옷을 갖추고 전후의 책략을 논의할 여유가 있었다. 논의라고는 했지만 이러한 때에 구구한 의견이 나올 리 없었다.

"본능사로 가야 합니다."

"무엇보다 먼저 노부나가 공을 지켜야 합니다."

노부타다 이하 전군은 우선 본능사로 가서 합류하여 굳게 지키며 다음을 생각하기로 했다. 그들은 즉시 그곳을 버리고 본능사로 서둘러 가려 했지만 이미 때는 늦고 말았다. 노부나가와 노부나가의 수행원들은 갑옷을 입을 여유는커녕 칼이나 창을 쥘 시간도 없이 적과 싸우고 있었다. 아무리 가까운 거리라고는 하지만 이곳 사람들이 갑옷을 걸치고 대오를 갖춰 달려가려 했을 때는, 설령 달려갔다 할지라도 시간적으로 노부나가를 구할 수는 없었다.

신속하지 못했던 것은 노부타다의 잘못이 아니라 오히려 육백여 명이라는 병력이 있었기 때문이다. 육십 명의 병사가 당황할 때보다 육백 명의 병사가 한꺼번에 당황할 때 훨씬 더 혼잡스럽다. 차라리 육십 명의 적은 병력이었다면 알몸으로라도 저돌적으로 달려갔을지 모르나, 육백 명의 병력이었기에 무장을 하고 대오를 갖추고 움직이다 보니 오히려 때를 놓치고 만 것은 어쩔 수 없는 일이었다.

이처럼 노부타다와 장병들이 막 묘각사를 떠나려 한 순간, 저쪽에서 열 명도 되지 않는 사람들이 흐트러진 머리에 창백한 얼굴, 피에 물든 몸으로 달려왔다. 본능사에 들어가려다 뜻을 이루지 못하고 결국 이곳으로 달려온 쇼시다이 무라이 슌초켄 부자와 가신들이었다. 본능사는 이미 적의 철통같은 포위 속에 있으며 노부나가에 대해서도 절망적으로 생각할 수밖에 없다는 슌초켄 부자의 말을 듣고 노부타다가 입술을 떨며 말했다.

"원통하구나. 천하의 불효자가 되었단 말인가……."

노부타다는 비통한 눈물을 흘렸다.

"주조 나리, 마음 단단히 먹어야 합니다. 정신 차리셔야 합니다."

누군가가 뒤에서 안아 몸을 지탱해준 순간 노부타다는 자신이 쓰려지려 했다는 사실을 알았다. 그는 상심에서 벗어나기 위해 굳게 다짐했다.

"나는 노부나가의 아들이다. 오다 노부나가의 아들 아닌가. 산미노추조 노부타다가 나약하게 울고 있을 때가 아니다."

저 멀리 하늘의 검은 구름과 불을 다시 바라보자 노부타다의 머릿속도 미쳐버릴 듯 불타올랐다. 주위의 담과 나뭇가지와 길가에 벌써 적이 쏘아대는 총알과 화살이 이상한 소리를 내며 날아오기 시작했다. 노부타다를 둘러싼 장수들이 방패가 되어 노부타다를 지키며 말했다.

"이렇게 된 이상 더는 어찌할 도리가 없습니다. 혈로를 뚫어 아즈치로 서둘러 돌아가는 것이 최선책인 듯합니다. 아즈치에 들어가기만 한다면 어떻게든 방법을 강구할 수 있을 것입니다."

노부타다는 뒤에서 자신을 받치고 있는 무장의 손을 뿌리치며 말했다.

"아들 된 도리로 아버지의 생사도 확인하지 않은 채 어찌 여기서 한 걸음이라도 벗어날 수 있겠는가? 게다가 이렇게까지 일을 꾸몄으니 내가 지나는 것을 호락호락 내버려둘 아케치가 아니다. 우리 무문을 위해, 또 아들 된 도리로, 여기서 끝까지 싸울 수밖에 없다."

노부타다는 몸을 휙 돌려 전 장병에게 외쳤다.

"진용을 갖춰라. 적이 가까이에 있다."

노부타다의 기백에 힘입어 모두 일전을 펼치기로 결의했다. 하지만 돌담 하나뿐인 이 묘각사에서는 적을 막을 방도가 없었다. 그래서 장수들은 노부타다에게 바로 근처에 있는 니조 성이야말로 굳게 지키기에 알맞다고 권하고 앞장서서 그곳의 문을 향해 달리기 시작했다.

묘각사와 니조의 궁궐 사이에는 해자가 있는 넓은 길 하나만이 놓여 있을 뿐이었다. 예전에는 그곳에 무로마치 막부의 군영이 있었다. 아시카가 요시아키를 추방한 뒤, 노부타다의 아버지인 노부나가가 옛 관을 부수고 새로이 조영해서 교토에 들어올 때면 그곳을 숙소로 삼기도 했으나 지금은 높으신 분의 궁궐로 쓰이고 있었다.

오기마치正親町 천황의 황자 사네히토 친왕誠仁親王[1]이 그곳에 머물고 있었다. 이에 노부타다의 신하는 황송해하며 우선 사정을 설명하고 허락을 받은 뒤 그곳으로 들어갔다.

노부타다가 니조 성으로 이동하려고 할 때 이미 바깥쪽 해자가 있는 도로 한쪽에서 아케치 군과 후방 부대가 혈전을 벌이고 있었다. 하지만 마침 시내에서 아군들이 속속 달려온 덕에 오다 군은 적잖이 기세를 더할 수 있었다. 그사이에 노부타다도 무사히 니조 성으로 들어갈 수 있었다.

본능사가 좁다 보니 시내에 있는 숙소에서 묵고 있던 휘하 무사가 많았다. 노부나가의 기마 호위 무사인 오자와 로쿠로사부로小澤六郎三郎는 에보시야마치烏帽子屋町에 묵고 있었다. 그날 새벽, 그는 본능사의 변을 듣고 벌떡 일어나 '나의 불찰이다'라고 자신을 타박하며 갑옷을 입고 밖으로 달려 나갔다. 그러자 평소 친하게 지냈던 집의 주인과 식구들이 모두 그의 소매를 잡고 말렸다.

"벌써 저렇게 불길이 치솟았고 노부나가 공도 자결했으며 부하들 역시 한 명도 남김없이 목숨을 잃었다고 합니다. 묘각사 쪽도 아케치 군이

---

1) 1552~1588년. 오기마치 천황의 첫째 아들로 1568년 친왕이 되었다. 오다 노부나가의 양자가 되었으며, 1579년부터 노부나가의 헌상으로 니조 궁에서 살고 있었다. 시가에 능했다.

가득해서 길을 지날 수도 없을 것입니다. 여기서 헛되이 목숨을 버리느니 다락방에라도 숨어 계시기 바랍니다. 틀림없이 숨겨드리겠습니다."

"고맙소. 호의는 고맙지만, 일이 급박하니 한시라도 빨리 노부타다 경과 하나가 되어 마지막 봉공을 해야 할 듯하오. 오랫동안 신세를 졌소. 모두의 건강을 빌겠소."

로쿠로사부로는 감사의 말을 전한 뒤 소매를 뿌리치고 뒤도 돌아보지 않은 채 거리로 달려 나갔다. 평소 덕망이 매우 높은 무사였던 듯, '저길 좀 봐. 로쿠로사부로 님께서 목숨을 바치러 가시네' 하며 이웃 사람들도 모두 길가로 나와 눈물을 흘리며 그의 뒷모습을 지켜봤다고 한다. 그 외에도 시내의 숙사 곳곳에 묵고 있던 사람들로는 노노무라 산주로野々村三十郞, 스가야 구에몬菅谷九右衛門, 이노코 효스케猪子兵助, 후쿠토미 헤이자에몬福富平左衛門, 모리 신스케毛利新助, 사사가와 효고篠川兵庫 등이 있었다.

이노코 효스케와 모리 신스케 등은 호위 무사의 선참으로 이미 오케하자마桶狹間 전투 무렵부터 이름이 알려진 무사였다. 특히 모리 신스케라는 이름은 당시 이마가와 요시모토今川義元에게 창을 댄 수훈자로 모르는 사람이 없었다.

전장에 나서면 이러한 사람들 모두 어엿한 부장이었다. 이들이 그나마 본능사 가까이에 묵고 있었다면 아케치 군이 그렇게 간단히 일을 이룰 수는 없었을 것이다. 어쨌거나 모두 뿔뿔이 흩어져 있었으며 거리도 떨어져 있었다. 이에 그들은 생각과 달리 묘각사로 달려갈 수밖에 없었다. 마침 노부타다 군이 니조 성안으로 진영을 옮기던 차였으며, 아케치 군의 선봉과 오다 군의 후미가 치열하게 서전을 펼치던 중이었기에, 그들은 오다 군에 가세해 힘껏 싸웠다. 그 자리에서 바로 목숨을 잃은 사람도 있었으며, 부상을 입어 적군 속에 휩싸인 사람도 적지 않았으나 대부분은 기회를 엿보다 성문 쪽으로 달려갔고 마지막 도개교를 올리고 말았다.

묘각사에 있던 노부타다의 수하 육백여 명과 시내에서 달려온 삼백여 명을 합쳐 총 일천 명의 장병들은 그렇게 해서 목숨을 바칠 곳을 이날 아침에 갖게 되었다. 아케치 군 쪽에서는 노부타다의 수하가 묘각사에서 벗어나 니조 성으로 들어가리라고는 조금도 생각하지 못했다. 친왕이 머무는 곳이었기에 전혀 전장이 될 수 없다고 생각했던 것이다.

"아뿔싸."

순간 아케치 군은 당혹감을 감출 수 없었다.

"들여보냈단 말이냐. 실수를 했구나."

주장인 아케치 미쓰타다는 선봉이 느슨했음을 탓하고 적이 성문을 굳게 지키기 전에 바로 병사들을 성의 세 문으로 나누어 보내 그곳을 포위하게 했다. 니조 성에는 서문, 동문, 남문, 세 개의 문이 있었다. 해자는 깊고 폭도 넓었다. 본능사와는 달리 물이 가득 고여 있었다. 어딘가에 자연적으로 물이 솟는 곳이 있는 듯 푸른 물이 잔잔히 물결치고 있었다.

"적은 안에 있는가?"

미쓰타다가 이미 굳게 닫혀버린 성문과 해자의 거리를 눈으로 가늠하며 중얼거렸다. 주위는 고요한 상태였다. 그때 성안에 있는 돌로 쌓은 창고 위 망루에서 화살 하나가 해자를 넘어왔다. 나미카와 가몬이 그것을 주워 바로 미쓰타다에게 바쳤다. 화살에는 편지가 묶여 있었다. 산미노추조 노부타다의 이름으로 공격 부대에 휴전을 제의하는 내용이었다. 요지는 다음과 같았다.

이곳에는 친왕과 나이 어린 황자가 계신다. 새벽의 단잠을 깨운 것만 해도 황공한 일인데 우리가 이대로 전투를 벌인다면, 금지옥엽 같은 몸에 상처를 내거나 뜻밖의 불경한 일을 저지를지도 모르는 일이다. 그러니 우선은 쌍방 모두 잠시 활쏘기를 멈추고 친왕을 다른 곳으로 옮긴 뒤에 마음껏 혈전을 펼치도록 하자. 너희의 뜻은 어떠하냐?

　미쓰타다는 바로 '이견은 없다'라는 답을 보내려 했으나 나미카와, 후지타, 마쓰다와 같은 장수들의 말을 받아들여 '잠시 기다리라'는 답을 보낸 뒤 바로 호리 강의 본진에 있는 미쓰히데에게 사자를 보내 의견을 물었다.

　마침 미쓰히데는 진지를 움직여 니조 성 가까이까지 와 있었다. 미쓰히데는 본능사는 이미 떨어졌으니 이제 남은 곳은 니조 성뿐이라며 본능사에 있던 병력을 나누어 바로 니조 성으로 보내 미쓰타다를 도우라고 전달한 참이었다. 그런데 노부타다의 글을 읽은 뒤, 미쓰히데는 역시 노부나가의 아들이라고 속으로 감탄하며 흔쾌히 승낙하겠다는 뜻을 전했다. 그리고 다시 주의를 주었다.

　"친왕이 이동하실 때에는 한 치도 소홀하지 않도록 군의 말단에 이르기까지 충분히 주의를 주어라."

　미쓰타다는 명령을 받자마자 곧 그 뜻을 성안에 전했다. 때는 마침 묘시卯時(오전 6시), 본능사에 있던 병력은 본능사의 연기를 뒤로한 채 속속 가담했다. 그들은 해자의 물로 둘러싸인 곳 가운데 아케치의 병마를 볼 수 없는 곳이 없을 정도로 포위했다.

　마침내 휴전의 음산한 침묵 속에서 친왕과 어린 황자는 여관과 시종들을 데리고 불안한 마음으로 동쪽 문에서 나와 천황의 궁궐까지 걸어서 이동했다. 다리까지는 성안의 장병들이 호위했으며, 해자 바깥부터는 아케치 쪽의 장병들이 호위했다. 하지만 아직 어린 황자와 여관들은 피투성이 장병과 창검 속을 두려운 마음으로 지나야 했다.

　어쨌거나 노부타다는 그날 아침 아버지 노부나가를 잃고 또 자신의 목숨까지도 위태로운 상황에서 일을 침착하게 잘 처리했다. 적장 미쓰히데도 과연 노부나가의 아들이라고 감탄한 것처럼 세상을 떠난 노부나가도 아직 피어오르는 연기 속 하늘에서 '잘했구나'라며 아들을 바라보고 있을지도 몰랐다.

오다 가의 일개 장교이며 스물여섯 살에 지나지 않는 노부타다가 어떻게 이처럼 침착하고 용감하게 처치하고 신하로서도 도리를 다할 수 있었던 것일까? 평소의 교양 덕분일까? 어젯밤 다도에서 기른 마음가짐 덕분일까? 그도 아니면 일찍이 주고쿠 전선에 참가하여 히데요시와 함께 잠깐이나마 생사의 갈림길을 맛본 경험 덕분일까? 모든 게 도움이 되었을 것이다. 하지만 그게 전부는 아니었다. 오히려 근본적인 것은 그가 태어난 집안의 가풍과 피에 있었다. 그의 아버지 노부나가는 일단 중원에 깃발을 세운 뒤부터는 어디서 전투를 벌이든 전투를 마친 뒤에는 곧 교토로 들어와 금문에 전과를 고했으며, 나라에 기쁨이 있으면 그 기쁨을 궐 밑에 엎드려 고했고, 일본의 무위를 갖춘 뒤에는 말 머리를 나란히 하여 주상에게 보였고, 궁궐을 조영하여 사민에게 보였으며, 그 돌을 나를 때는 스스로가 돌 위에 올라 군중에게 돌을 끌게 했고, 깃발을 휘둘렀으며, 실천을 통해 대군을 섬기는 신하의 기쁨과 환희를 대중에게 가르쳤고 자신도 그런 신념을 가졌던 사람이었다.

당대의 사람 가운데 일부는, 아니 후세의 어떤 사가들도 그의 이러한 행동을 가리켜 노부나가가 충성을 다한 것은 인심을 얻기 위한 하나의 책략으로, 정치적으로 황실의 존엄을 인정하고 공리적으로 그것에 힘쓴 것이라고 평했다. 이는 정치, 경세經世의 업적을 오로지 권력을 잡은 사람의 책략이자 지능적인 모략이라고만 보는 약삭빠른 사람들의 견해로, 일본의 신민 대중 속에는 군신이 하나가 되는 흐름도 없고, 그에 의한 정념도 없다고 보는 그릇된 견해에 지나지 않는다. 만약 노부나가의 충성이 개인의 공리나 하나의 방편이었다고 한다면 그가 아무리 궁전 조영을 위해 몸소 돌 위에 올라 깃발을 흔들었다 할지라도 그 바위를 움직인 사민의 힘은 민중 속에서 솟아오르지 않았을 것이다. 그리고 서민들이 그와 함께 그처럼 환희의 노래를 불렀을 리도 없다.

그런 노부나가의 충성은 그의 아버지인 노부히데(信秀)로부터 물려받은 것이었다. 지금 노부히데의 손자 노부타다가 그 피가 명하는 대로 신하의 도리를 올바로 지켜 과오를 범하지 않은 것은 오다 가 삼대에 걸친 가풍이자, 무문의 한 신하로서 평소 있는 그대로 자연스럽게 일본인의 마음을 나타낸 것에 지나지 않는다.

그것은 그렇다 치고, 여기서 작가의 사설을 잠깐 허락해주기 바란다. 대체로 보면 많은 후세의 사가들이 전국 시대 무문의 사람들을 가리켜, 국가 관념이 결여되었다고 말하고 충성심과 비슷한 것은 있었으나 참된 충성심은 없었으며 통일을 위한 방편이자 정치적 판단하에서 취한 행동으로 그들이 품고 있던 것은 봉건적 주종의 도의뿐이었다고 보는 설이 강하다. 모리 모토나리도 그렇고 우에스기 겐신(上杉謙信)도 그렇고, 본원사도 그렇고 모두 황실에 헌금도 하고 궁궐의 조영에도 도움을 주었으며, 황명에도 순순히 따랐다. 하지만 그것은 이 시기의 경향으로 노부나가만 그렇게 한 것이 아니었다. 단지 노부나가는 더 철저하게 일관했고 적극적으로 임해 통일의 중추로 삼은 것이었다고 한다.

이처럼 사가들 사이에서 일시적으로 유행한 설에 대해서는, 전국 시대의 무인들을 위해 그 억울함을 씻어주지 않으면 안 될 것이다. 물론 무로마치 시대에는 황실 섬기기를 말로 표현할 수 없을 정도로 소홀히 한 것은 사실이지만 노부나가 이후 여명기의 사람들은 분명한 일본적 자각과 국가관을 이미 다시 품고 있었다는 사실을 나는 믿어 의심치 않는다. 드러난 행위를 놓고 정치적 의식에 의한 것이라거나, 경세의 방편이었다고 치부해버린다면 신하의 충심은 흔적도 없이 사라져버리게 된다. 그들의 충심은 세상을 속이기 위한 위선이 되어버리는 셈이다.

사가들은 어째서 좀 더 깊이 행위의 저변에 흐르는 본연의 혈액을 보려 하지 않는 것일까? 이미 이천 년 동안의 전통, 때로는 겐무建武[2] 시절 전후인 무로마치 시대 말기처럼 세풍이 붕괴되고, 인심이 무절제하는 등 한탄스러운 때도 있었지만 황실에 대한 신민의 진심에는 변함이 없었다. 막부의 위정자가 오래도록 그것을 잊고 있었을 때에는 민초의 집 하나하나에서, 각 마을 신사의 숲 하나하나에서 그 불후를 맹세하는 정신이 무언중에 지켜지고 있었다.

궁궐의 조영이나 물건의 헌납 등도 그것이 모토나리네, 겐신이네, 노부나가네 하며 시대의 대표자에 의해 행해지면 역사상에 기록도 되고 비판적인 눈으로 품고 있지도 않았던 의사까지 미루어 헤아려지곤 하지만, 세상에 알려지지도 않았고 기록에도 남아 있지 않은 무명의 민초들의 봉사는 끊임없이, 끝도 없이 세대를 초월해서 계속되어왔다고 나는 믿는다. 그것들은 모두 한 됫박의 팥이거나, 한 바구니의 푸성귀거나, 혹은 한 토막 목재에 불과했을지 모르나 이름도 없는 시골의 향사나 들판의 백성들이 연줄을 더듬어 남몰래 황궁에 헌납하기를 희망한 예도 적지 않았다.

노부나가의 아버지인 노부히데가 이세 신궁에 목재와 헌상금을 바치기도 하고 황실을 위한 봉사에 노력한 것도 말하자면 이러한 초야의 사람들과 같은 마음에서 행한 것이었다. 다시 말해 일본의 가정에 전해 내려오는 가풍을 집안의 어른으로서 마음에 새기고 행동으로 보여준 것에 지나지 않는다. 노부나가 역시 그러한 민초들 가운데서 나온 일개 백성이었다. 형식의 대소는 논할 가치도 없다. 그의 충성도 일개 백성으로서의 충성이었다. 모토나리도 그렇고 겐신도 마찬가지였다. 이러한 국토와 집안의 가

2) 일본의 연호. 1334~1336년.

풍을 이어받은 아들이 어찌 무권 정쟁과 그것을 혼동할 수 있겠는가? 충성은 오롯이 그것을 바친 사람의 기쁨이 된다.

지금 막 주군인 노부나가를 시살한 미쓰히데조차 노부타다가 편지로 친왕의 거처를 옮긴 뒤 결전을 펼치자고 제의하자 이를 흔쾌히 받아들이겠다고 답했다. 사투가 벌어져 아무리 혼란스럽고 생사를 오가는 중이라 할지라도 신하의 도리인 이 한 가지만은 소홀히 하지 않았던 것이다. 미쓰히데는 이날로부터 십일 일 뒤 오구루스小栗栖의 산촌에서 토민의 죽창에 찔려 죽으려 할 때 부하에게 붓을 들려 마지막 한마디를 했다.

순역무이문順逆無二門(순이네 역이네 하는 두 개의 문이 있는 것이 아니니)
대도철십원大道徹心源(대도가 마음 깊이 통해)
오십오년몽五十五年夢(오십오 년의 꿈)
각래귀일원覺來歸一元(깨어보니 근원으로 돌아가네)

미쓰히데에게 있어서 본능사에서의 일은 순역順逆을 따질 문제가 아니라고 여겨진 듯하다. 노부나가도 하나의 신하, 자신도 하나의 신하였다. 참된 대의와 일개 신하의 대도는 전혀 다른 것이라 보고 홀로 하늘에 맹세한 비통한 마음이 있었을 것임에 틀림없다. 하지만 이미 주인을 살해했다. 이는 무문과 무문의 도의로 용납할 수 없는 일이었다. 아무리 사정을 참작한다 할지라도 민중 역시 용서할 수 없는 일이었다. 그랬기에 이 도의와 질서를 파괴한 일개 백성을 심판한 사람도 역시 일개 백성이었다.

고노에近衛 가의 지붕

휴전 약속은 해지되었다.

전투 개시.

순간 북소리와 함께 성안에서도, 성 밖에서도 와아 하는 함성이 들려왔다. 성안 병사 중 한 부대가 조금 전 친왕이 건넌 다리가 있는 문에서 창을 가지런히 하고 밀려 나왔다. 이는 그곳에 있던 후지타 덴고와 나미카와 가몬의 두 부대가 서로 공격에 용이한 곳을 차지하려고 다투는 사이 성안 부대가 기선을 제압하기 위해 반격에 나선 것이었다. 하지만 성안 부대의 병사들과 공격 부대의 병사들은 얼굴을 마주하자 다리 가운데의 세 간 정도를 사이에 둔 채 걸음을 멈춰버리고 말았다. 다발로 묶어놓은 듯한 무수한 창끝이 햇살을 받아 번쩍번쩍 빛났고 반사된 빛 때문에 병사들의 모습이 뿌옇게 보였다. 병사들은 그저 서로를 노려보기만 했다.

"……."

"……."

그때 갑자기 이상한 소리가 울렸다. 하지만 가장 앞줄에 있는 무사들에게는 아무 소리도 들리지 않았다. 아무리 전장 경험이 풍부한 무사라 할지라도 이 순간에는 소리도 들리지 않고, 아무것도 보이지 않고, 간은 오그라들고, 장비를 단단히 두른 정강이까지 부들부들 떨려왔다. 하지만 그것은 아주 짧은 순간에 지나지 않았다. 설령 떨고 있는 발꿈치라 할지라도 한 치도 물러서는 법이 없었다. 그들은 조금씩 앞으로 나아갔다. 물론 맞은편에서도 슬금슬금 발끝으로 다가왔다.

"와아!"

누군가 한 사람이 노도 속으로 뛰어들듯 부르짖으며 달려 나갔다. 잠시 틈도 주지 않고 아군 네다섯 명이 뒤따라 뛰쳐나갔다. 그 기세에 압도당한 적의 앞줄 중 일부가 뒤로 움찔 물러나는 순간 핏줄기가 솟아올랐다. 적도 일부가 물러난 채로 가만히 있지는 않았다. 바로 튕겨 나오듯 파도를 만들어 한꺼번에 달려들었다.

다리 위에서는 이미 소용돌이가 일어 피가 난간에 튀고 해자로 흘렀다. 시체를 밟는 사람, 그리고 시체 위에 다시 쓰러지는 사람으로 뒤엉켰다. 아케치 쪽에서 뒤쪽 해자 부근에 총을 늘어놓고 성안의 병사를 저격하기 시작했다.

"짓밟아라!"

"돌격하라!"

아케치 군은 그들을 제압하고 성문 아래까지 밀고 들어갔다. 성의 장병들은 기운이 다해 그 안으로 밀려들어갔는데, 따라오는 아케치의 병사들을 단번에 막기 위해 순간적으로 쿵 하고 철문을 닫아버렸다. 그런데 아직 성문 밖에는 오다 쪽 무사가 네 명 정도 남아 있었다. 그 가운데는 오자와 로쿠로사부로도 있었다. 후퇴를 모르는 사람들이기는 했으나 성문을 안에서 걸어 잠갔기에 그대로 적 속에 남겨지고 말았다. 하지만 그들은 그것을 오히려 잘된 일이라 여기듯 다리 위를 돌파하여 적의 한가운데로 뛰어 들어가 피로 물들였다.

특히 오자와 로쿠로사부로는 해자 부근에 서서 지휘에 여념이 없는 아케치 군의 장수를 노리고 달려들어 칼로 벤 뒤, 팔방에서 날아드는 창 속에서 사나이답게 전사하고 말았다. 성안의 병사들은 다리의 문 밑으로 몰려드는 적에게 기왓장을 던지고 돌을 날리고 소총탄을 쏘아댔다.

공격하는 부분이 국한되다 보니 아케치 군의 장병들은 그곳에 수많은 시체를 쌓을 수밖에 없었다. 결국에는 공격을 포기하고 일단 다리 위에서 후퇴하기로 했다.

"물러나라, 물러나라."

그러자 오다 군의 병사들이 바로 성문을 열고 창을 나란히 한 채 사상자를 밟으며 달려 나왔다. 지금은 아군과 적군으로 나뉘지만 예전에 아즈치에 있었을 때에는 서로 얼굴도 알고 지냈으며 친구처럼 지내던 사람도 많았다. 그랬기 때문에 이 싸움은 처음부터 육친에게 화가 난 육친의 격투처럼 불이 나고 창이 부러지고 칼이 끊어질 정도로 처참한 모습일 수밖에 없었다.

아케치 미쓰타다는 왼쪽 어깨에 화살을 맞고 말았다. 그는 달려온 부하들에게 화살을 뽑게 하는 중에도 목이 터져라 아군을 독려했다. 하지만 멧돼지처럼 아군을 헤집으며 달려온 용사에게 갑자기 공격을 받았다.

"휴가의 조카 놈이렷다!"

미쓰타다는 허벅지를 깊이 찔려 옆으로 쓰러지고 말았다. 용사의 두 번째 창은 얼굴을 향해 날아들었다. 그러자 미쓰타다는 창끝을 잡고 벌떡 일어섰으며, 그 순간 그의 하타모토旗本[3]들이 몰려들어 용사를 마구 베어 쓰러뜨렸다.

미쓰타다의 몸에서 시뻘건 피가 흘렀고 적도 머리부터 피를 뒤집어썼

---

3) 장수 직속의 무사들.

다. 정신을 차리고 보니 부하 병사들이 자신의 발을 들고 머리를 받힌 채 전장 밖으로 성큼성큼 달려가고 있었다.

"어디로 가는 것이냐. 나를 어디로 데려가려는 것이냐?"

미쓰타다의 외침에 뒤따라오던 두어 명의 하타모토들이 입을 모아 대답했다.

"마음을 굳게 잡수고 조금만 참으십시오. 상처는 깊지 않습니다."

미쓰타다는 이를 갈며 더욱 몸부림쳤다.

"무, 무슨 소리를 하는 게냐! 이 정도의 상처는 아무것도 아니다. 전장으로 돌아가라. 어서 전장으로 돌아가!"

하지만 상당한 중상이었기에 땅에 쏟아지는 핏줄기와 함께 미쓰타다의 목소리도 점점 약해졌다.

미쓰타다가 물러나자 미쓰히데는 본능사에서 물러난 시호덴 마사타카를 대장으로 급히 보냈다.

"시간을 끌어서는 안 된다."

마사타카는 정문 앞에 도착하자마자 바로 장병들을 독려했다.

"주변 나무들을 베어다 해자 안으로 던져라."

육칠십 그루의 나무가 해자 안으로 던져졌다. 아케치 군의 용맹한 병사들은 나무들을 뗏목으로 엮을 새도 없이 밟고 뛰어넘어 돌담 밑으로 다가갔다. 그리고 돌담 사이에 발판을 박아 위로, 위로 기어올랐다. 하지만 이곳의 돌담은 다른 곳의 돌담과는 달랐다. 니조 성을 지을 당시 미쓰히데도 함께했는데, 그는 독특한 축성 기능으로 돌담의 세로 선을 활처럼 휜 모양으로 쌓았다. 그 때문에 아케치 군의 사졸은 도중까지 기어오를 수 있었으나 마침내 위쪽에 가까이 이르러서는 자기 몸의 중량 때문에 모두 밑으로 떨어지고 말았다.

미쓰타다에게 부상을 입히고 목숨을 잃은 오다 가의 장수는 이노코 효스케로 알려졌다. 무라이 슌초켄도 다리의 문 아래서 목숨을 잃었다. 하지만 성안의 병사들은 아케치 군이 반격을 가하면 다시 곧 철문을 닫아걸었다. 그리고 돌담은 애초부터 기어오를 방도가 없었기에 공격을 서두를수록 희생자만 늘었고 또 제풀에 맥이 빠질 뿐이었다.

뒷문 쪽에서도 비슷한 상황이 전개되었다. 그렇게 정오가 가까워질수록 날도 더워졌고, 돌담과 갑옷도 뜨거워졌고, 넘쳐나는 피도 거뭇해졌다.

"여기까지 와서 시간만 보내서는 큰일이다."

미쓰히데는 초조했다. 말을 타고 본진에서 나와 해자를 따라 반 바퀴 정도 돌았다. 곧 성안에서 미쓰히데를 향해 총탄과 화살이 날아들었다. 좌우의 사람들이 권할 필요도 없이 미쓰히데는 바로 본진으로 되돌아오고 말았다.

"성의 북쪽으로 보이는 저 커다란 지붕은 고노에近衛 나리의 저택인 게 틀림없다. 산자에몬, 당장 달려가서 인사를 드리고 오너라. 잠시 지붕을 빌리고 싶다고."

미쓰히데는 미마키 산자에몬을 그곳으로 보내고 난 뒤, 곧 아라키 야마시로노카미와 오쿠다 구나이 두 장수에게 명을 내렸다.

"화살 부대와 조총 부대를 데리고 저 커다란 지붕으로 올라가서 성안으로 화살과 총알을 퍼부어라."

미쓰히데의 계책은 적절한 것이었다. 평성이다 보니 지붕에 오르자 내부를 충분히 노리고 화살과 총알을 쏠 수 있었다. 성안의 병사들에게는 틀림없이 치명적인 일이었다. 그런 상황에서 가장 놀라고 당황스러워한 사람은 지붕을 빌려준 고노에 사키히사였다. 집주인 고노에 부부는 바로 어젠가 그제 낮에 소가 끄는 수레를 타고 본능사로 노부나가를 찾아갔었다. 그만큼 고노에 사키히사는 노부나가와 오래도록 절친한 사이였다.

당연히 성안에서도 지붕을 향해 화살과 총알이 날아들었다. 양쪽 모두 대포를 들고 있지 않은 게 그나마 다행이었다. 원래 미쓰히데는 총기 연구 분야에서 최고의 지식을 가지고 있었으니, 사카모토나 가메야마에 대포도 갖추고 있었을 것이다. 하지만 이번에는 목표가 본능사와 묘각사였고, 이처럼 공성전을 펼치게 되리라고는 생각하지 못했던 탓에 그러한 무기들을 가져오지 않았다.

얼마 지나지 않아 성안의 일각에서 시커먼 연기가 피어올랐다. 돌담을 오르는 데 성공한 것인지, 세 문 가운데 어느 곳을 돌파한 것인지, 성안으로 어지러이 들어간 아케치 군의 모습이 보이기 시작했다.

"떨어지겠구나. 아니, 떨어졌다."

미쓰히데는 그렇게 외치며 서쪽 문 앞까지 달려갔다. 더는 화살과 총알도 날아오지 않았다. 성안의 병사들은 모두 달아난 모양이었다. 미쓰히데는 주위를 둘러보며 총공격을 명했다.

"미쓰아키도 공격하라. 히다도 나가라!"

서문, 동문, 남문 모든 문이 뚫리자 아케치 군은 어지러이 안으로 들어갔다. 그리고 곳곳에서 소수의 적을 여럿이 둘러싸고 공격했다. 성안에도 한 줄기 내호內濠가 있었으나 도랑 정도의 폭밖에 되지 않았다. 첩첩이 쌓인 시체의 피가 그곳의 물마저 새빨갛게 물들였다.

"노부타다 경의 목은 어디 있느냐?"

"노부타다 나리를 찾아라."

성의 깊은 곳까지 들어간 아케치 군의 장병들은 건물에 불을 질렀다. 그리고 그 연기를 뚫고 나가거나, 혹은 불속에서 나오는 사람들을 기다렸다가 그들의 목을 베었다.

목숨

노부타다는 분전했다. 노부나가의 아들답게 최후의 최후까지 싸웠다. 이미 지키고 있는 곳의 문이 뚫렸으나 그래도 핏줄기 속에서 물러서려 하지 않았다. 하지만 후쿠토미 헤이자에몬, 노노무라 산주로, 아카자 시치로 우에몬赤座七郎右衛門, 사사가와 효고 등 모두 그의 방패 역할을 하다 목숨을 잃고 말았다.

"이제는 틀렸구나."

노부타다도 죽음을 각오했다. 돌아보니 저택의 건물은 검은 연기에 둘러싸여 있었다. 그곳을 향해 노부타다가 똑바로 달려 나가는 것을 보고 단 헤이하치団平八, 사쿠라기 덴시치櫻木伝七, 핫토리 고토타服部小藤太 등도 뒤를 따랐다. 그 외에도 여기저기에 흩어져 있던 미즈노 규조水野九藏, 야마구치 한시로山口半四郎, 사카가와 진고로逆川甚五郎, 시동들과 측신들도 모두 연기 속으로 들어가 숨었다.

"겐이玄以, 아직도 여기에 있었단 말이냐!"

노부타다는 건물 안까지 따라 들어온 마에다 겐이를 보고는 엄한 목소리로 야단을 쳤다.

"왜 달아나지 않은 게냐!"

"네."

"네, 라니. 혼란한 틈을 타서 달아나도록 해라. ……어서 떠나라."

"네……."

"정말 말을 듣지 않는 놈이로구나. 주인의 명령이다. 달아난다고 해서 비겁하다고 말할 자는 아무도 없을 것이다."

"마지막 모습을 보기 전까진 무슨 일이 있어도 달아날 수 없습니다."

"아직도 그런 소릴 하는 게냐. ……죽음은 이미 정해진 일이다. 무사의 죽음에 두 가지 길은 있을 수 없다. 쓸데없이 시간 허비하지 말고 내 명령을 완수하도록 하라."

"그럼 이것을 마지막으로……."

마에다 겐이는 눈물을 흘리며 밖으로 나갔다. 그곳에 남아 죽어야 할 사람들은 눈물도 보이지 않는데, 살아남기 위해 떠나는 사람은 눈물에 젖어 떠났다. 마에다 겐이가 받은 명령이란 다음과 같은 노부타다의 유명遺命이었다.

"자네만은 기후岐阜 성으로 가서 이 급변을 가족에게 알리고 나의 아들 산포시三法師를 지켜 뒷일을 잘 처리해주기 바라네."

이 정도의 혼란 속에서도 탈출하려고 하면 탈출할 수 있는 모양이었다. 마에다 겐이는 어떻게 달아났는지 모르겠으나, 어쨌든 유명을 지켜 훗날 산포시를 데리고 기요스淸洲로 갔다. 그리고 훨씬 뒤에는 히데요시의 고부교五奉行[4]의 일원으로 이름을 남겼다.

겐이를 내쫓은 뒤 노부타다는 그곳에 있던 하타모토와 시동들에게 마지막 작별 인사를 했다.

---

4) 히데요시 정권 말기에 주로 정권의 실무를 담당했던 다섯 명의 정치가를 일컫는다.

"여기서 헤어지기로 하지. 자네들도 각자 최후를 맞기에 적당한 곳을 찾아가도록 하게. 주종은 이 대에 걸친 인연이라고들 하네. 다음 세상에서 다시 만나기로 하세."

그러고는 가마타 신스케鎌田新介만을 데리고 안쪽으로 달려 들어갔다.

"자결을 하실 생각이군."

가신들은 하다못해 이 순간만큼이라도 적이 접근하지 못하도록 각각 흩어져 곳곳의 입구를 지켰다. 그리고 그 입구를 지키는 일을 마지막 봉공으로 삼아 모두 핏속에 쓰러졌다.

안쪽으로 달려 들어간 노부타다가 명령했다.

"신스케, 나의 목을 치도록 하게. 그리고 내 시체는 바닥을 뜯어 그 밑에 넣고 바로 불을 붙이도록 하게."

노부타다는 죽은 다음 일까지 명령한 뒤 바로 몸을 바르게 하고 앉았다. 가마타 신스케는 눈물을 훔치고 주군의 명령대로 죽음을 도왔다. 그리고 그 시체를 바닥 밑에 숨기고 바닥을 원래대로 해놓았다. 하지만 그는 여전히 걱정이 되었다.

"적병에게 발견되지는 않을지……."

주위에 연기가 자욱했으나 불길이 아직 안쪽 건물까지 번질 기미가 보이지 않았기 때문이다.

"주군께서 당신의 시체를 적의 눈에 띄지 않게 하라고 엄명하셨는데."

신스케는 밖으로 달려 나갔다. 그는 불이 잘 붙는 것을 가져와 직접 불을 붙일 생각이었다. 뜰을 통해 쓰키야마築山5) 뒤쪽으로 올라 눅눅한 북쪽 구석까지 가니 정원사가 평소 마른 가지를 잘라 묶어서 쌓아놓은 움막이 있었다. 신스케는 별생각 없이 그 나뭇단을 양 옆구리에 끼우려 했다. 그

---

5) 정원에 돌을 쌓아 조그맣게 만든 산.

러자 그 움막 안에서 사람의 목소리가 들려왔다.

"……응?"

적이 아니었다. 아군 중에서도 아군, 일족인 오다 겐고로 나가마스織田源五郎長益였다. 싸움은 뒤로한 채 홀로 그 안에서 풀을 뒤집어쓰고 숨어 있었던 모양이었다. 이 사람은 노부나가의 동생뻘 되는 사람인데 노부나가와는 달리 '겁쟁이 나리'였다. 어째서 무문에서 태어난 것이냐며 평소 불평을 하며, 기개가 없는 자신을 스스로 한탄하던 사람이기도 했다. 하지만 마음씨가 아주 좋은 사람이었기에 노부나가도 겐고로를 아끼고 노부타다도 숙부를 존경했다. 그리고 오늘 새벽 이후 겐고로가 군중에 모습도 보이지 않고 목소리도 들리지 않자 다들 그가 가장 먼저 달아났을 것이라고 생각했다.

"……."

신스케는 그런 겐고로가 가엾다는 생각이 들어 아무런 말도 할 수 없었다. 그는 무너진 풀을 원래대로 다시 쌓아놓고 다른 곳으로 발걸음을 돌렸다.

'딱한 사람이로구나.'

신스케는 마음속으로 겐고로를 경멸했다. 한때는 침을 뱉어주고 싶다는 분노까지 느꼈다. 하지만 무성하게 우거진 나무 그늘 아래서 낡은 돌우물을 본 순간 가마타 신스케는 자신도 모르게 발걸음을 멈추고 말았다.

"이 안에 숨는다면?"

평소답지 않게 그 역시 목숨이 아까워졌다. 이런 기분이 문득 그림자처럼 드리운 순간, 무문의 마음가짐까지도 모두 무의미한 것처럼 느껴졌다. 그는 마치 겁쟁이처럼 줄에 매달려 낡은 우물 속으로 미끄러지듯 모습을 감추었다. 그 냉기가 더욱더 삶에 집착하게 만들었으며, 갑자기 오들오들 온몸이 떨려오기 시작했다.

한 반 각(약 15분)쯤 지났을까? 더는 창검이 울리는 소리도 들려오지 않았으며 건물들도 대부분 불에 타 무너졌을 것이라 여겨질 무렵, 우물가에서 아케치 군 병사들의 목소리가 들려왔다.

"여기 한 마리가 있다."

"우물 안인가?"

가마타 신스케는 아뿔싸 싶었으나 뛰쳐나갈 수도 없었다. 위쪽의 병사가 들여다보며 말했다.

"있어, 있어. 틀림없이 한 마리가 숨어 있어. 어차피 짐승과 다를 바 없는 놈이야. 가지고 놀다 죽여버려."

서너 개의 창끝이 우물 속으로 향했다. 깊은 어둠 밑에서 텀벙하는 물소리를 들은 아케치의 병사들이 한꺼번에 웃었다.

'목숨'을 어떻게 버리느냐에 따라 그 삶의 미추가 결정되며, 후세에 그 사람에 대한 가치가 매겨진다. 가마타 신스케 역시 누가 뭐래도 어엿한 무사였다. 하지만 애석하게도 죽기 직전 '목숨'을 아낀 탓에, 세상 사람들이 역신이라고 질타하는 아케치 군의 부하들에게까지 '짐승과 다를 바 없는 놈'이라고 조소를 당하며 저항 한번 못하고 찔려 죽어 낡은 우물 속의 귀신이 되어버리고 말았다.

무릇 인간이라면 누구나 죽음 앞에서는 나약한 법이다. 그렇기 때문에 깨끗한 죽음일수록 아름다운 법이다. 그리고 죽음의 경지를 초월했을 때 강인한 사람이 되는 것이다. 바로 그렇기 때문에 무문뿐만 아니라 선문禪門의 인간들도, 온갖 예능의 인사들도 생사 초월을 목표로 나약한 자신을 연마하고 수양하며 수많은 세월의 고행을 감내하는 것이다. 하지만 그것도 어설프다 보면 가장 중요한 순간에 가마타 신스케처럼 추한 모습을 드러내지 않으리라고는 장담할 수 없는 법이다.

'수행은 쌓았다. 죽음을 보는 것은 삶을 보는 것과 다를 바 없다.'

이렇듯 자신만만해하는 어설픈 수행자야말로 오히려 때로는 후세에까지 돌이킬 수도 없는 오명을 남기는 법이다. 차라리 자신의 각오를 늘 위험하게 여기는 사람일수록 실수가 적다. 그러기 위해서는 오히려 쓸데없는 지식이나 어설픈 분별력이 없는, 있는 그대로의 소박한 삶을 살아야 한다.

하지만 본능사에서나 니조 성에서나 가마타 신스케는 예외적인 인물이었다. 이 한 사람 때문에 오다 가 무사들의 평소 이름이 더럽혀진 것은 아니다. 때로 진흙투성이가 되어 더럽게 짓밟히는 꽃이 있다 할지라도 산 가득 떨어진 꽃의 장엄한 광경에는 영향을 주지 못하는 것과 같은 이치다.

같은 날, 같은 시각 용감하고 굳센, 그리고 아름다운 무사가 있었다. 원래 안도 이가노카미安藤伊賀守의 일족으로 마쓰노 헤이스케松野平介다. 몇 년 전 이가노카미가 노부나가의 심기를 건드려 추방당했을 때, '헤이스케는 봐줄 만한 구석이 있는 자이니 두고 가라'는 노부나가의 특별한 명령이 있었고, 이후 영지도 받았으며 어엿한 무사로 대접받았다.

본능사의 변이 있기 전날, 헤이스케는 근처 지인의 집에 묵고 있었다. 그날 새벽 난을 알고 벌떡 일어나 달려갔으나 애초부터 때맞춰 도착할 수는 없는 일이었다. 그래서 바로 묘각사로 갔으나 그곳의 부대도 이미 니조 성으로 들어갔고 성안은 자욱한 연기에 휩싸여 이미 떨어진 상태였다.

"이렇게 된 이상 여기서 마지막 싸움을 벌여 노부나가 공, 노부타다 경의 뒤를 따르기로 하자."

헤이스케는 묘각사의 대문 앞에 홀로 버티고 서서 안쪽에서 웅성대는 아케치 군에게 큰 소리로 외쳤다.

"이놈들, 아직 승리의 함성을 지르기는 이르다. 노부나가 공의 일개 병사가 여기에 있다. 도적들의 목을 한 다발 가져가지 않는다면 저승에 계신 주군을 뵐 면목이 없을 것이다. 자, 덤벼라. 마쓰노 헤이스케의 창을 받아 후세의 이야깃거리가 되게 하라."

헤이스케는 열심히 적을 불러들였다.

아케치 군은 이미 떨어진 성에서 피어오르는 연기를 올려다보며 해자 부근에서 부상당한 병사들을 치료하고 휴식을 취하고 있었다. 마쓰노 헤이스케의 목소리를 들은 아케치의 병사들이 때때로 묘각사 쪽을 돌아보았다.

"별 이상한 놈도 다 있군."

아케치의 병사들은 누구도 상대를 하러 나오지 않았다. 그러자 화가 난 헤이스케는 아군이 절 안에 남겨두고 간 조총을 가지고 나와 아케치의 병사 서너 명을 쏘았다.

갑자기 흙먼지가 날아들더니 금세 묘각사의 대문이 아케치의 병사들에게 포위되었다. 하지만 아케치의 병사들은 절 안에 헤이스케 한 사람뿐이라고는 여겨지지 않았기에 웅성거리기만 할 뿐 쉽게 다가가지 못했다.

"방심해서는 안 돼. 성안에 잔병들이 숨어 있을 거야."

"저승으로 가져갈 선물로 적당한 목은 어디에 있느냐? 이놈도 저놈도 가엾기만 한 가느다란 목이로구나. 역신을 도와 난의 앞잡이가 된 자치고 목이 끝까지 붙어 있던 자는 없었다. 어차피 버릴 것이라면 흔쾌히 마쓰노 헤이스케의 창을 받아 마지막 모습이라도 남기도록 하라."

헤이스케는 창을 꼬나들고 다시 한 번 고함을 지른 뒤 형형한 눈으로 그들을 둘러보았다.

그때 사이토 구라노스케 도시미쓰가 아직 적이 남아 있다는 소리를 듣고는 부대를 이끌고 달려왔다. 그런데 적은 단 한 명뿐이고, 그 한 명에게 이미 몇 명이나 목숨을 잃은 상태였다. 게다가 그 적은 지금도 여전히 숨통을 끊어놓지 못했다는 말을 지껄였다. 구라노스케 도시미쓰가 누구냐고 묻자 병사들이 마쓰노 헤이스케라고 대답했다. 그 말에 도시미쓰는 깜짝 놀라고 말았다. 마쓰노 헤이스케와는 평소 친하게 지내던 사이였기 때문이다.

"그처럼 심지가 곧은 사내를 죽게 해서는 안 된다."

도시미쓰는 자신의 뜻을 급히 묘각사 안으로 전하게 한 뒤 바로 그곳으로 말을 달려갔다.

'과연 헤이스케로구나.'

도시미쓰는 둘러싼 아군을 헤치고 헤이스케 앞으로 가서 평소와 다를 바 없는 목소리로 말했다.

"마쓰노 헤이스케 아닌가?"

헤이스케가 창을 힘껏 쥐며 대답했다.

"도시미쓰, 왔는가? 너의 목 정도라면 저승으로 가져가 노부나가 공께 바칠 만하구나. 평소의 친구라 할지라도 오늘의 악행은 용서할 수 없다."

도시미쓰가 쓴웃음을 지으며 말했다.

"헤이스케, 아직 듣지 못했는가? 본능사는 물론 니조 성도 이미 떨어졌네. 노부타다 경도 조금 전에 자결을 하셨소. 천하는 한나절 만에 크게 바뀌었소. 어찌 흥분해서 소리를 지르는 게요. 평소의 친분을 생각하여 이구라노스케 도시미쓰가 안내를 할 테니 우선은 본진으로 가세."

"무엇 하러?"

"휴가노카미 님께 인사를 드리도록 하게. 내가 잘 말씀드릴 테니."

"이 늙은이가 사람을 잘못 봤구나. 네놈의 옛 친구인 마쓰노 헤이스케는 그런 사람이 아니다. 떠돌이가 될 뻔했던 몸을 노부나가 공께서 거두어주셔서 오늘의 나를 있게 해주셨는데 그 은혜를 어찌 헌 짚신짝처럼 버릴 수 있겠느냐? 무문이란 이런 것이다. 나의 최후를 잘 보아두어라."

헤이스케는 단숨에 똑바로 달려들었다. 하지만 도시미쓰에게 가까이 오기 전에 몰려드는 적의 칼에 맞서다 핏줄기 속에서 장렬히 전사하고 말왔다.

"아깝구나, 참으로 아까운 사내로구나."

도시미쓰도 미쓰히데도 오래도록 애석해했으나 만약 마쓰노 헤이스케가 도시미쓰의 권유에 따라 아케치의 진문에 항복했다 할지라도 헤이스케는 목숨을 열흘밖에 더 부지하지 못했을 것이다. 열흘 뒤 아케치가 목숨을 잃고 말기 때문이다.

교토 안에는 곧잘 떨어진 목이 내걸린다. 특히 이런 소란 뒤면 선전을 위해 내걸린다. 기적적으로 살아남아 달아난 오다 겐고로 나가마스나 낡은 우물에서 헛되이 목숨을 잃은 가마타 신스케 등은 좋지 않은 소리를 들으며 조롱거리가 된다. 그런 중에 누군가 묘각사의 담에 다음과 같이 현대풍의 글을 써놓은 사람이 있었다.

> 목숨을 잘 보존하여 소중히 여겨라
> 꽃처럼 향기 피우다 떨어지는 날에
> 미련 없이 깨끗하게 질 수 있도록

우학사

아침에는 죽음의 거리처럼 고요하던 교토의 시민들도 정오 무렵이 되자 한꺼번에 거리로 몰려나왔다. 크고 작은 길 할 것 없이 거리마다 사람들이 모여 있었으며, 지나는 사람이 적은 길에까지 평소의 열 배나 되는 사람들이 지나다녔다.

미쓰히데는 본능사와 니조 성의 연기가 아직 먹처럼 하늘을 뒤덮고 있을 때 민중의 심리를 재빨리 살펴 군령을 내걸었다. 그것으로 시민들은 사태의 진상을 알고 놀라기도 했지만, 한편으로는 안심도 했다. 그리고 집집마다 모두 문을 열고 볼일이 없는 사람까지 거리로 나와 곳곳의 풍문을 주워들으며 돌아다녔다.

"서 있지 마십시오. 지나가시기 바랍니다. 여기를 봐봐야 재미있는 것은 없습니다."

"물을 뿌리겠습니다. 물러나지 않으면 똥물을 맞을 겁니다."

우학사又學舍(유가쿠샤)의 문하생들은 문 앞에 모여 안을 엿보기도 하고 담벼락에서 구멍을 찾기도 하는 구경꾼들을 쫓느라 진땀을 흘렸다.

"닫아버리도록 하게, 닫아버려. 부상자도 더는 수용할 수 없으니."

현관 부근에서 다른 문하생이 커다란 목소리로 말했다.

넓은 저택 안은 정원이고 실내고 마루고 부상병들이 빽빽하게 들어차 신음 소리로 가득했다.

이곳은 시라 강으로 통하는 길에 있는 솔밭의 일각으로 시민들에게는 우학사라는 이름으로 알려져 있었다. 정원의 사립문에는 취죽원翠竹院(스이치쿠인)이라는 판액이 보였으며, 강당에는 계적당啓迪堂(게이테키도)이라는 현판이 걸려 있었다.

집주인 마나세 도산이 《게이테키슈啓迪集》를 탈고한 것은 덴쇼 2년 (1574년)의 일이었다. 취죽원이라는 호는 임금이 그의 책을 읽고 일본 의학에 기여한 공로를 치하하기 위해 하사한 이름이었다. 이에 이곳을 함부로 부를 수 없기 때문에 우학사라고 불렀다.

"왜 문을 닫는 겐가?"

일본 의학의 태두인 마나세 도산은 오늘 새벽부터 지금까지 아침도 먹지 못했다. 윗도리 소매를 걷어붙이고 아랫도리 옷자락을 끈으로 여민 채 여러 문하생들을 지휘하며 마당에까지 넘쳐나는 수많은 부상자를 한 사람 한 사람 치료하고 있었다.

"열어놓으면 아녀자들까지 들여다보러 와서 귀찮기 짝이 없습니다."

문하생이 밖에서 대답했다.

"거리의 사람들이 들여다보는 정도로는 방해가 되지 않는다. 아직 사람의 눈을 피해 도망가는 자가 지나갈 것이다. 또 부상자도 비틀거리며 지나갈 게야. 문을 닫으면 그런 사람들이 모르는 채로 지나쳐버릴 게다. 받아들일 곳이 없으면 약을 말리는 곳에라도 멍석을 깔아 받을 수 있을 만큼 받도록 해라."

도산은 그렇게 말한 뒤 다시 곳곳에 누워 있는 부상자들을 돌보았다. 그는 상처를 닦고 붕대를 감고 약을 바르는 문하생들과 함께 부상자들을 치료했다. 그의 깨끗한 백발은 부상자들의 피로 물들었으며, 그의 진지한 얼굴에는 공복을 탓하는 기색도 없었다. 오히려 천하의 대란조차 모르는 듯한 표정이었다.

다행히도 우학사에는 수많은 문하생이 있었다. 도산이 후진을 양성하기 위해 지은 곳이기 때문이었다. 도산은 새벽녘부터 젊은 학생들을 독려해가며 우학사의 문을 열어 본능사의 부상자와 니조 성의 전투에서 기어나온 무사들을 수용하기 시작했다.

바람의 방향이 한바탕 서쪽을 향하면서 이 부근으로 바람이 불어오자 근처 저택에서는 불똥을 두려워하여 피난 준비에 정신이 없었다. 하지만 마나세 도산은 '불길이 번지면 부상자들을 업고 다른 곳으로 옮기면 그만이다. 그때까지는 치료에 힘을 써야 한다'며 학생들을 밖으로 보내 부상자들을 부축해 들어오게 했다. 그렇게 도산은 눈코 뜰 새 없이 바빴기에 거의 한나절 동안 이편저편 가리지 않고 필사적으로 치료에 전념했다.

처음에는 학생들이 흥분해서 다음과 같이 떠들어댔다.

"아케치의 병사를 받아서는 안 된다. 역적의 가신 따위를 치료하는 의학은 배운 적이 없다."

그러자 스승인 도산이 학생들을 일장 훈계했다.

"무슨 소리를 하는 게냐. 나는 어질지 못한 의학은 가르친 적이 없다. 아케치의 가신들 역시 주인을 섬기고, 그 주인이 명령을 내린 이상 어쩔 수 없는 일이었을 게다. 아무것도 모르는 말단의 병사일수록 명령을 받은 순간에는 반미치광이처럼 있는 힘껏 싸웠을 것이다. 그런 생각을 하면 오히려 가엾은 것은 아케치 가의 사람들, 그 가운데서도 가장 가련한 것은 말단 병사들의 마음씨다. 너희들, 의학에 뜻을 두었으면서도 가련함조차 분별하지 못할 거라면 의학 따위는 그만두기 바란다."

이에 젊은 학생들은 곧 스승의 넓은 마음을 배워 오다 가의 무사든 아케치의 병사든 불평 없이 받아들였을 뿐 아니라 집이 불에 타 몰려나온 빈민가의 부상자와 미아까지도 받아들여 보살폈다.

백주에 벌어진 두 전투에서는 오다와 아케치 양군이 불꽃 튀는 싸움을 벌였으나, 이 집의 지붕 아래서는 적과 아군이 서로 한자리에 누워 신음 속에서 얼굴을 마주했으며 차별 없이 따뜻한 치료를 받았다.

"오오, 그것참. 이 다급한 상황에서 참으로 대단하시군. 발 디딜 곳도 없이……. 과연 도산 나리야. 참으로 고마운 일을 하고 계시는군."

부상자가 아니었다. 평소부터 주인과 친하게 지내던 벗인 듯했다. 그는 문 안으로 들어서자마자 인사 대신 그렇게 혼자 중얼거렸다. 그러고는 부상자를 위해 깔아놓은 멍석 사이를 지나 안쪽 강당의 마루 앞까지 와서 말했다.

"도산 나리, 도와드릴까요?"

"아아, 조하 나리 아니신가? 우선 올라오게. 거기에라도 앉게."

"이런 때 방해를 해서 죄송합니다만 워낙 목이 말라서. 더운 물이라도 한 잔 마실 수 없겠습니까?"

가인인 사토무라 조하가 옷깃의 먼지를 털며 올라왔다. 그의 짚신과 얼굴은 평소와 다르게 시커멓게 더러워져 있었다. 조하의 방문을 계기로 도산도 아침 이래 처음으로 한숨을 돌렸다.

"이곳으로 둥근 짚방석을 가져오게."

도산은 문하생에게 명령하고 책만 가득 쌓여 있는 한 방에 조하와 마주 앉아 더운 물을 마시며 이야기를 나누었다.

"과연 어떻게 될까요, 앞날은……."

두 사람은 서로의 얼굴을 마주 보았다.

"니조는 아직도 커다란 불길에 휩싸여 있습니다. 오늘 아침 본능사의 무시무시한 화염을 보셨습니까?"

조하가 묻자 도산이 머리를 흔들었다.

"아무것도 보지 못했소. 그럴 여유가 없었소. 아직 밖에는 한 걸음도 나가지 못했으니……."

도산은 집 안의 부상자를 둘러본 뒤 다시 말을 이었다.

"싸움과 동시에 이곳도 전장이 되어버리고 말았소. 단지 마음에 걸리는 것은 궁궐 쪽인데……."

"네, 그쪽은 별 탈 없습니다."

"그래도 본능사와 니조 성의 불똥이 궁궐 정원에까지 튀었겠지. 참으로 황공한 일일세."

"더없이 황공한 일은, 니조의 궁에 계시던 친왕과 어린 황자께서 싸움 중에 걸어서 궁궐로 들어가신 일입니다. 마침 길가에 엎드려 있다가 너무도 황공해서 정신없이 근처 공경의 집으로 가 문을 두드렸지요. 다행히 거기에 있던 깨진 소달구지를 끌어다 오르시게 한 뒤 허겁지겁 금문 부근까지 모셔 갔습니다만……. 아무리 비상 상황이라 해도 친히 어의 자락을 바싹 올려 쥐시게 했으니, 아직도 황공해서 몸 둘 바를 모르겠습니다."

"놀라운 기지를 발휘하셨소. 참으로 잘하셨소."

도산이 칭찬을 하자 조하는 조금 안심이 되었다. 하지만 그 뒤로 도산은 사변 직전에 조하가 아타고의 곤겐에서 미쓰히데와 함께 하룻밤을 함께 보냈다는 사실을 알고 진심으로 나무랐다.

"어째서 그때 휴가노카미의 동작이나 말속에서 어처구니없는 일을 저지를 마음이 있었다는 사실을 감지해내지 못한 것인가? 들리는 말에 의하면 휴가노카미가 미심쩍은 시도 지었다고 하던데."

"그건 억지입니다."

조하도 발끈해서 부인했다.

"신하로서 주인을 시역弑逆하는 것은, 이 조하의 머리로는 도저히 생각할 수 없는 일입니다. 설령 이상한 점을 깨달았다 할지라도 저의 도의로는 짐작할 수조차 없었을 겁니다. 제 속에 없는 것을 사전에 깨달으라고 한들 그건 억지일 뿐……. 그것을 탓할 요량이시라면 저는 오히려 나리를 원망하고 싶습니다."

"어째서?"

"휴가노카미가 사카모토 성에 머물 때, 히에이 산 위에서 한번 마주쳤다는 말을 들었습니다."

"지금 생각해보면 당시 휴가노카미의 몸에는 심상치 않은 기운이 있었소."

"그런데 어째서 입을 다물고 계셨습니까?"

"환자 아닌가? 내가 보기에 미쓰히데의 모반은 하룻밤 사이에 고열을 일으킨 미친병이오. 열이 나는 것도 증상이 나타나는 것도 그 심신이 원인이기 때문인데, 이번 일의 절반은 병세가 영향을 미친 것이오. 그렇지 않고서는 이처럼 최고로 어리석은 짓을 최고의 이성을 가진 자가 했을 리 없소."

마나세 도산의 말에 조하는 크게 공감했다.

"참으로 그렇습니다."

조하는 도산의 목소리가 거침이 없었기에 같은 집의 지붕 아래에 있는 아케치 군의 부상자들에게 들리지나 않을지 흥분한 그들의 귀를 두려워하듯, 또 가엾어 하는 듯한 눈빛으로 근처 방들을 둘러보았다. 하지만 도산은 조금도 개의치 않았다.

"평소의 휴가노카미를 상식이 있는 사람, 지성이 있는 사람으로 본다면 오다 나리의 한 장수로서 부족함이 없는 교양을 갖추고 있는, 거의 흠잡을 데가 없는 인물이었소. 그리고 천하의 인심을 잘 헤아려서 노부나가 공이 지금까지 이룬 통업의 공죄功罪를 남몰래 비판하고, 노부나가 공을 칭

찬하는 자도 많은 반면 노부나가 공에게 희생이 된 자나 원한을 품은 자
도 세상에는 많다는 점을 알고, 그들을 아군이라 여겨 이러한 시기에 노
부나가 공을 시살할 기회를 포착한 점만 봐도 그가 얼마나 머리가 비상한
지 알 수 있소. 하지만 그렇게 모반을 일으켰다 한들 야망을 이룰 수 있을
지 없을지……. 거사를 일으킨 명분으로 무엇을 내세울지……. 그는 그 명
분도 이론으로 만들어낼 수 있으리라 생각하고 있는 듯하지만, 한심하기
는……. 누가 그런 복잡한 이론의 강설에 귀를 기울일지 모르겠소. 명분이
란 백성의 꾸밈없는 마음에 합치하는 것이어야 하오. 대의란 백성들이 그
속에 가지고 있는 철칙과도 같은 신조를 말하는 거요. 이러한 표적에서 벗
어나서는 싸움도 정치도 뜻대로 펼칠 수 없는 법이오. 하물며 반역이라 불
리는 깃발을 치켜들어서는 설령 휴가노카미가 아무리 노력한다 한들 이
미 앞날은 뻔한 것이오."

도산은 사발 속에 남아 있던 식은 물을 마신 뒤 이어 말했다.

"이것만으로도 영리한 자의 어리석은 짓을 증명하기는 충분할 테지
만, 휴가노카미 한 개인을 놓고 얘기해보면 그의 어리석음은 더더욱 커지
오. 물론 그도 지금까지 많은 공을 세웠지만 주인의 은혜가 권속에까지 미
쳤고, 단바와 오우미에 걸쳐 육십만 석에 봉해졌으니 그 보답에는 아무런
부족함이 없었소. 그런데 자신의 마음 하나 때문에 실패를 하면 단번에 자
신은 물론 친족의 처자와 노소부터 집안 장수들의 가족까지 어떤 운명에
던져지게 될지……. 그 점을 생각했다면 어떠한 일도 인내할 수 있었을 거
요. 대가족의 가장임을 생각한다면 더더욱 그렇소. 아무것도 모르는 자손
이나 아녀자들을 위해서, 세상에 대해서는 쓴 눈물을 삼킨다 할지라도 커
다란 배에 올라탔다는 안도감을 심어주는 것이 집안의 가장으로서 지켜
야 할 도리 아니겠소. 애초부터 주인의 통업에 대해서, 그 정열에 힘을 보
태왔으면서 때때로 비판적인 눈으로 주인을 봐왔다는 것 자체가 불손한

일이었소. 이러쿵저러쿵 말을 하자면 끝도 없을 테지만, 요컨대 휴가노카미의 역모는 지성에 지친 지식인의 파탄이오. 거기에 쉰다섯 살이 된 자의 생리적인 초조함과 약해진 인내심, 오장인 간장, 심장, 비장, 폐장, 신장의 쇠퇴도 한몫했으리라는 점에는 의심의 여지가 없소. 만약 그가 여전히 건강했거나, 혹은 십 년만 더 젊었어도 결코 이처럼 어리석은 짓을 해서 천하를 혼란스럽게 하지는 않았을 것이오."

도산의 긴 이야기에 귀를 기울이고 있던 조하는 문득 다른 쪽에서 소란한 목소리가 들리고 있다는 것을 깨달았다. 순간 한 문하생이 허겁지겁 복도를 달려 도산을 찾으러 왔다.

문하생이 스승 도산을 보자마자 다급하게 이야기를 전했다.

"교토 안 일대에서 벌써부터 잔당 섬멸이 시작되었습니다. 물론 아케치 군이 전 시내에 아직도 오다 군의 무사가 숨어 있다고 판단하여 벌이고 있는 일입니다. 아까부터 각 거리의 모든 집을 엄하게 수색한다는 말이 들려왔는데 마침내 여기까지 들이닥쳤습니다."

도산은 문하생의 허둥대는 모습을 나무랐다.

"왔다 한들 무슨 상관이냐? 집 안을 뒤지겠다고 하면 잘 안내해주어라."

"하지만……."

"뭘 꾸물거리고 있는 게냐?"

"여기에 받아들인 자들의 삼분의 일 정도가 오다 군의 무사들이기에."

"내가 치료하는 부상자들에게는 손가락 하나 대지 못하게 하겠다. 또 그 부상자들을 끌고 가겠다고는, 아케치도 말하지 않을 게야."

"그런데 지금 그 문제로 현관에서 승강이를 벌이고 있습니다. 잔당 섬멸을 위해 온 자들은 설령 빈사의 중상자라 할지라도 오다 군의 무사는 끌고 가겠다며 물러서려 하지 않습니다. 거부하려면 거부해보랍니다, 거리에 걸린 군령대로 이 집도 불태워버리겠다고. 들어보십시오, 저렇게 위협을 하고 있습니다."

"그런가……."

도산이 곁에 있는 조하에게 가볍게 인사를 하고 일어서며 말했다.

"중간에 잠깐 자리를 비워야겠으니, 용서해주시게."

도산의 얼굴을 보고 조하가 말했다.

"그냥 문하생들에게 맡겨두시는 게 어떻겠습니까? 아케치들의 무사들은 지금 흥분했을 것임에 틀림없습니다. 어디 다치기라도 하시면 큰일입니다."

"걱정하실 것 없소."

도산은 현관으로 나갔다. 하지만 무사들은 현관에 없었다. 집안사람들의 안내도 받지 않고 중문에서 뜰 안으로 들어와 있었다. 거기서 수많은 부상자를 보고 약간 냉정을 되찾은 것일까, 누가 아케치의 가신이고 누가 오다의 무사인지 얼핏 구분이 가지 않는다는 듯한 표정을 짓고 있었다. 그리고 한쪽에서부터 부상자에게 심문을 시작하려고 했다.

"잔당을 찾는 게요? 고생 많소."

도산의 목소리에 검찰을 온 무사들이 돌아보았다. 흰 수염에 마른 몸, 학과 같은 노의원의 모습에 아케치의 부장도 정중하게 인사를 했다.

"이 집의 주인이시오?"

"그렇소, 도산이라고 하오."

"나는 나미카와 가몬의 부하인 야마노베 지카라山部主稅라고 하오. 새벽부터 전투에서 부상을 입은 아군을 치료해주신 점, 아케치 나리의 이름으로 감사를 드리오."

"의원으로서 해야 할 일을 했을 뿐이오. 인사를 받다니, 황공하오."

"그런데 울타리 안에는 오다의 신하도 꽤 섞여 있는 모양이오만, 포고

문대로 오다와 관련이 있는 자들은 남녀노소를 불문하고 일단 데려가도록 하겠소. 특히 부상을 입은 자들은 전투에서 우리에게 맞섰던 적이오. 그러니 한 놈도 남김없이 당장 건네주도록 하시오.”

“그럴 수 없소. 단 한 사람도 건네줄 수 없소.”

도산은 거부했다. 그러자 그곳에 있던 십여 명의 무사가 도산을 둘러쌌다. 무사들은 문밖에도 더 있는 듯했다.

“뭐라, 건네줄 수 없다?”

주위를 둘러싸고 있던 무사들의 갑옷과 칼이 소리를 내며 움직였다. 하지만 마나세 도산은 부장인 야마노베 지카라의 얼굴만을 바라볼 뿐 눈동자도 흔들리지 않았다.

“건네네 마네 하는 건…… 조금 우스운 얘기 아니오? 여기에 있는 수많은 부상자는 오다 군이든 아케치 군이든 모두 주인을 위해서 무사의 이름을 걸고 싸우다 부상을 입은 자들이오. 물건이 아니오. 물건과는 다르오. 한 사람 한 사람 모두가 소중한 생명이오. 나는 그들을 치료하는 의원이니 내 문에 들인 이상 건강을 되찾게 해줄 때까지는 문밖으로 내보낼 수 없소.”

“지금은 전시 상황이오. 게다가 적의 잔당을 색출하고 있는 우리에게 지금 당신이 한 말은 평시의 의원이나 하는 말이오. 지금은 그런 말에 귀를 기울일 여유가 없소. 오다 군의 부상자들을 모두 데려가야겠으니 승낙하기 바라오.”

“그런 일은 승낙할 수 없소.”

“어째서?”

마침내 야마노베 지카라의 얼굴에 살벌한 기운이 감돌기 시작했다. 도산은 오히려 미소를 머금은 채 타이르듯 흥분한 상대를 달랬다.

“생각해보시오. 아케치 나리께서 난 직후에 바로 시내에 내건 군령도 듣자하니, '우리 군은 결코 천하를 원망하는 자가 아니다. 오다 나리의 평소의 악폐를 친 것에 불과하다. 특히 조정을 섬기는 마음에는 애초부터 변함이 없다'라는 것이었다고 하오. 그리고 뒤이어 조세를 가볍게 하겠다, 크게 선정을 펼치겠다, 그러니 시민은 안심하고 평소와 다름없이 가업에 힘쓰라는 영을 내걸었다고 들었소."

"……."

"칼이 부러지고 화살이 떨어져 의원의 집 울타리 안에서 치료를 받고 있는 병사는 이미 주인을 잃은 양민이오. 그저 평범한 일개 백성에 지나지 않소. 아니, 애초부터 조정의 백성이었던 자들 아니요? 하물며 의원의 눈으로 보면 오다도 없고, 아케치도 없소. 한 무리의 백성으로밖에 보이지 않소. 보시오. 이 울타리 안에서는 아케치 군의 부상자와 오다 군의 부상자가 한자리에 누워 있으나 서로 맞서려고도 하지 않소. 오히려 신음과 고통스러워하는 표정을 측은히 여기듯 말없이 서로의 얼굴을 바라보고 있지 않소. 이 사람도 양민의 아들, 저 사람도 양민의 아들, 서로 싸울 수 없는 하나의 피를 가지고 있다는 증거 아니겠소. 아직도 모르시겠다면 내 서재로 같이 갑시다. 예전에 구스노키 마사쓰라楠木正行가 와타나베渡辺 다리 전투에서 아시카가 대군을 물리친 뒤, 어두운 밤 강 속에 빠진 아시카가의 병사들을 구해줬다는 대목이 《태평기太平記》 속에 있으니. 《태평기》를 빌려드릴 테니 한번 읽어보시면 좋을 거요."

부장 야마베는 몹시 난처한 표정을 지었다. 도산이 조야의 존경을 받고 있는 데다 도산의 말이 대의에 어긋나지 않다 보니 자신들의 단순한 협박이나 강변 가지고는 도저히 당해낼 재간이 없을 듯했다. 이에 그는 어쩔 수 없이 한 가지 제안을 했다.

"수고스럽겠지만 나와 함께 본진까지 잠깐 가주실 수 있겠소? 거기서 휴가노카미 님께 무슨 말이든 직접 하도록 하시오. 그것이 가장 좋은 방법

일 듯하오."

"같이 가도 상관은 없지만 보시는 바와 같이 수많은 인명을 맡고 있기에 눈코 뜰 새 없이 바쁘오. 당신의 부하를 보내 있는 그대로의 사정을 본진에 알린 뒤, 휴가 님의 지도를 들려주기 바라오."

"그렇다면 후에 다시 처분을 하러 오겠소. 오다 군의 부상자들은 그때까지 맡겨두기로 하겠소."

부장인 야마노베 지카라가 어쩔 수 없다는 듯한 표정으로 대답하자마자 잔당 색출 부대는 그곳에서 우르르 물러났다.

'일이 어떻게 될지?'

자리에 누운 채 걱정하고 있던 오다 군의 부상자들은 마침내 도산이 마루를 지나 안으로 들어가는 모습을 우러르는 듯한 눈빛으로 바라보았다.

"어떻게 되었습니까?"

조하가 도산의 얼굴을 보자마자 걱정스레 물었다. 도산은 특별히 이렇다 할 표정도 짓지 않고 대답했다.

"돌아갔소."

하지만 그로부터 얼마 지나지 않아 조하가 돌아가기 위해 인사를 하려 하자 도산이 갑자기 목소리를 낮췄다.

"한 가지 부탁할 일이 있소."

"무엇입니까?"

"실은 조금 전 아케치 군이 왔을 때 내 마음에도 걸리는 점이 하나 있었소. 다름이 아니라 우리 집에 부상자가 아닌 도망자가 한 사람 숨어 있소. 그들이 다시 온다면 들킬지도 모르오. 미안하지만 잠시 댁으로 모셨다가 적당한 때에 어딘가에 숨겨주실 수 없겠소?"

"누굽니까? 그 도망자란."

"승낙하신다면 말씀드리겠소."

"이 조하 역시 예전부터 노부나가 공의 은혜를 입어온 사람입니다. 게다가 나리 같은 벗을 배신할 수도 없는 일입니다."

도산이 귓가에 대고 속삭였다.

"……노부나가 공의 아우 되시는, 겐고로 나리요."

"……."

조하는 눈을 둥그렇게 떴으나 말없이 고개를 끄덕였다. 그리고 돌아갈 때는 한 사내를 데리고 부엌의 문을 통해 떠났다. 사내는 의원 차림을 하고 있었으나 오다 겐고로 나가마스였다. 아마 그를 아는 사람이 보았다면 금세 알아보았을 것이다.

땅거미가 질 무렵, 잔당 색출을 위해 낮에 왔던 야마노베 지카라가 과연 다시 문을 두드렸다. 하지만 이번에는 도산을 정중하게 모시기 위해 가마를 가져왔다.

"조금 전의 무례를 깊이 사과드립니다. 선생님의 말씀을 주인께 그대로 전했더니 오히려 의원의 인É은 바로 그래야 한다며 크게 감동하셨습니다. 그리고 그 일은 이제 됐다고 말씀하셨으나, 오늘 전투에서 일족이신 미쓰타다 님도 니조의 동문에서 커다란 부상을 입으셨고…… 더불어 휴가노카미 님도 매우 지치신 듯하니 참으로 번거로우시겠지만 묘심사의 영내까지 함께 와주실 수 없겠느냐고 말씀하셨습니다. ……탈것도 준비해왔습니다. 송구스럽습니다만, 가주실 수 있겠습니까?"

야마노베 지카라가 정중하게 청을 해왔다. 도산은 승낙했다.

6월 2일 그날 밤, 음울한 교토 시내를 창검이 지키는 가운데 그곳을 지나는 일반 시민은 오로지 한 사람밖에 없었다.

일파만파

2일 아침, 사변이 한창이던 때에 챠야 시로지로는 하카타의 소탄과 함께 교토를 떠난 뒤 요도의 나루터에서 헤어져 사카이로 서둘러 발걸음을 옮겼다. 히라카타枚方에서 타오를 듯한 뙤약볕이 내리쬐는 시골길을 이십리 정도 걸어갔을 때 저편에서부터 흙먼지를 일으키며 다가오는 한 무리의 병마가 보였다.

"이 부근까지 벌써 본능사의 일이 알려진 것일까? 그렇다 해도 꽤나 서두르는구나. ……아케치의 여당일까? 오다 군일까?"

어쨌든 시로지로는 변을 안 근교의 무사가 아들을 데리고 전장으로 급히 달려가는 것이라 지레짐작하고 몸을 두렁 옆으로 피했다. 그런데 지나던 부대의 대장인 듯한 무사가 뜻밖에도 그에게 말을 걸었다.

"시로지로 아닌가? 어디로 가는 겐가?"

시로지로가 두렁에서 무심코 올려다보니, 그 무사는 도쿠가와의 일족 중에서도 쟁쟁한 신하 중 한 명이었다. 그렇지 않아도 시로지로는 오늘 일어난 커다란 변을 그에게 한시라도 빨리 알리려고 했다.

"오오, 혼다本多 님이셨습니까? 나리야말로 어디로 가시는 길입니까?"

"교토로 가는 길이오."

"그렇다면 본능사에?"

"그렇소."

"어떻게 그리 빨리 아셨습니까?"

"알았다니?"

"오늘 새벽의 변을."

"무슨 소리인지……. 시로지로, 무슨 소리인지 모르겠소. 좀 더 가까이 오게."

혼다 다다카쓰本多忠勝가 시로지로를 가까이로 불렀다. 시로지로는 '그렇다면 아직 모르는구나' 생각하며 바로 다다카쓰의 안장 옆으로 다가갔다. 그리고 소리를 낮추어 물었다.

"노부나가 공을 뵈러 가시는 길입니까?"

"그렇소."

다다카쓰는 시로지로의 얼굴을 가만히 바라보며 무엇인지는 모르겠으나 무슨 일이 있었던 게 틀림없구나 하고 예감했다.

시로지로는 한층 목소리를 낮추어 말했다.

"우다이진께서는 이미 이 세상 사람이 아니십니다. 지금 가봐야 유해조차 보실 수 없을 것입니다."

"……?"

다다카쓰는 언제나 자랑거리로 가지고 다니는 창을 쥔 채 말 위에서 가슴을 폈다. 그리고 푸른 논 끝에 있는 히라카타의 둑에서 교토 쪽을 응시했다. 여름 구름이 두둥실 떠 있었다. 그곳에서는 니조의 연기도 보이지 않았다.

"모두, 나무 그늘에 들어가 잠시 쉬도록 해라."

다다카쓰도 말에서 내려 나무 그늘의 걸상에 앉았다. 그는 시로지로와

단둘이 되자 다시 한 번 확인을 했다.

"자네, 그냥 지나칠 수 없는 소리를 하네만, 혹시 잘못 알았거나 농을 치고 있는 건 아니겠지?"

"제가 어찌 그런 짓을."

시로지로야말로 목숨을 걸고 여기까지 온 것이었다. 농담으로 할 만한 말도 아니었다.

"본능사는 물론 지금쯤이면 니조 성도 무너졌을 겁니다. 이 부근은 아무것도 모르는 채 초여름 하늘과 푸른 논의 고요함에 잠겨 있습니다만, 교토 안은 날이 밝은 뒤에도 여전히 밤과 다를 게 없는 상태입니다. 쏟아지는 불똥과 말발굽 소리 외에는 사람의 그림자조차 찾아볼 수 없습니다. 교토 밖으로 통하는 길 모두를 굳게 막고 있어서 꽤나 고생을 했습니다."

시로지로는 진상을 소상히 밝혔다.

"모반자는?"

"아케치입니다."

그제야 다다카쓰는 비로소 납득이 간다는 듯 아케치라면 가능한 일이라는 표정을 지어 보였다. 하지만 그 예감이 이렇게 갑자기 사실로 나타나자 경악을 금치 못했다. 무엇보다 지금 교토로 가고 있는 자신의 진퇴에 대해서도 결단을 내리지 못했다.

"그렇다면 자네는 난과 동시에 서둘러 온 것이겠군."

"오늘 중으로 나리께 말씀드려야겠다 싶었기에. ……우다이진께서 돌아가신 이상, 천하는 틀림없이 어지러워질 것입니다. 거기에 대처하실 나리의 사려가 매우 중대하기 때문에……."

"잘했소, 아주 잘했어."

다다카쓰는 아낌없이 칭찬을 했다. 그리고 자신도 다시 돌아가기로 마음먹었다.

다다카쓰의 주인인 이에야스의 지난 수일 동안의 동정을 살펴보면, 5월 28일까지는 교토를 둘러보며 지냈고, 29일에는 사카이로 갔으며, 말일에는 사카이 관청의 공식 향응에 초대를 받았고 마쓰이 유칸^{松井友閑6)}의 안내로 유람을 하기도 했다. 이튿날인 6월 1일에도 사카이에서 숙박을 했다. 그날 아침은 이마이 소큐^{今井宗及7)}의 집에서 열린 아침 다도 모임에 참석해 여러 명기들을 보았으며, 정오 이후 한나절 동안 곳곳의 사원 등을 둘러보았다.

그날 밤 이에야스가 혼다 다다카쓰에게 명령을 내렸다.

"우후 님도 지금쯤이면 교토에 드셨을 것이다. 아즈치에서 받은 대접에 대한 예를 표하지 않으면 안 될 터. 우선은 자네가 한발 앞서 출발하도록 하라."

이에야스는 혼다 다다카쓰의 출발 인사를 받은 뒤 객사로 들어가 잠자리에 들었다.

다다카쓰가 사카이를 출발한 것은 아직 날이 어두운 이른 새벽이었기에 이후 주군의 동정은 알지 못했다. 하지만 오늘도 여전히 사카이에서 묵을 것이라 여겨졌다.

다다카쓰는 시로지로와 함께 사카이로 돌아갔으나 이에야스는 이미 그곳에 없었다. 그곳 사람들이 다다카쓰에게 말했다.

"정오 전에 갑자기 우다이진 님을 뵈야 할 급한 일이 생겼다고 말씀하시고, 점심은 물론 다른 일들도 모두 취소하신 채 서둘러 교토로 향하셨습니다."

그 무렵에는 사카이에도 이미 본능사에 관한 소식이 전해져 어수선한

---

6) ?~?. 노부나가의 측신.
7) 1520~1593년. 사카이의 다인. 센리큐, 쓰다 소큐에 버금가는 명성을 얻었으나 히데요시는 그를 멀리했다.

상태였다.

"어떻게 된 일이지? 그렇다면 도중에서 봤어야 하는데."

다다카쓰는 고개를 갸웃거렸다. 측신인 다다카쓰조차 이에야스의 행방을 알 수 없다 보니 사카이 사람들은 오늘 알게 된 이변 소식에 이에야스의 행방불명까지 이야기하며 한층 더 어수선해할 수밖에 없었다.

사카이 부근의 인심만 봐도 본능사의 변이 천하를 얼마나 흔들어놓았는지 쉽게 상상할 수 있다. 이러한 때 민심은 자칫 도를 넘어 동요하기 쉽다. 어떤 사람은 이렇게 말했다.

"오늘부터 세상에는 다시 전과 같은 대란이 일어날 거야."

또 어떤 사람은 이렇게 말하기도 했다.

"무로마치 막부 말기와 같은 군웅할거가 다시 시작될 거야."

그러한 가운데 밑도 끝도 없는 풍문이 돌기도 했다.

"벌써 여기저기서 전투가 시작됐어."

어쨌든 교토 근방은 물론 주고쿠, 간토, 호쿠에쓰北越 등 지상에서 전투가 벌어지지 않는 곳은 없을 것이며, 아케치 미쓰히데가 하룻밤 사이에 노부나가를 대신하게 된 것을 그대로 용납하지는 않을 것이라는 게 일반 사람들의 관측이자 내일을 두려워하는 이유이기도 했다. 그리고 그런 어수선한 불안과 풍문은 2일보다 3일에 더 강해졌으며 3일보다 4일에 더 요란해져 날이 갈수록 전국적으로 퍼졌다. 즉 소식이 확산되어가고 그것을 알게 되면서, 거기에 차례차례로 일어나는 새로운 사건들이 뒤섞이고 하나가 되어 사람들의 마음속에서 일파만파 물보라를 일으켰기 때문이다.

사변이 일어난 뒤 며칠 동안 그 여파가 가장 클 만한 사람과 지리와 정세에 대해 누구도 귀추를 분명히 꿰뚫어보지 못했다. 지금의 소용돌이 속에서 벗어나 천하의 높은 곳에서 굽어봐도 너무나 놀란 나머지 앞으로 어떻게 대처해야 할지 모두들 난감해할 뿐이었다.

우선 노부나가 휘하의 숙장宿將들을 살펴보면, 가장 먼저 손가락으로 꼽아야 할 사람은 시바타 가쓰이에柴田勝家였다. 그는 마침 엣추越中에 원정 중이라 본능사의 변 이튿날인 6월 3일에도 교토의 흉변을 알지 못한 채 우에스기 군이 차지하고 있던 우오즈魚津 성을 힘껏 공략하고 있었다. 기소木曾, 신슈를 거쳐 사변의 진상이 그 일대에 전해지기까지는 적어도 삼사일 정도가 필요했을 것이다.

가쓰이에는 이 경악할 만한 소식을 듣자마자 우오즈를 버려둔 채 '우선은 기타노쇼北ノ庄로'라고 외치며 자국의 본성으로 돌아갔다. 그와 함께 전열에 가담했던 삿사 나리마사佐々成政도 엣추의 도야마富山로, 마에다 도시이에前田利家도 노토能登의 나나오七尾로 급히 떠났다.

가쓰이에가 기타노쇼에 우선 깃발을 내렸으나 그사이 사람들의 천하관과 가쓰이에의 방침이 서로 같지 않았을 것이라는 점은 쉽게 상상해볼 수 있다. 그때 도시이에가 가쓰이에에게 사자를 보내 다음과 같이 권했다는 설이 있다.

"즉시 교토로 가셔서 아케치와 일전을 펼치셔야 합니다."

혹은 반대로 가쓰이에가 마에다 군에게 출병을 권했다는 설도 있다.

"당장 교토로 갈 테니, 자네도 따르게."

하지만 도시이에는 우에스기 군과의 전투를 이유로 가쓰이에의 뜻을 거절했다.

어쨌든 시바타 가쓰이에는 동해에 면한 지방의 상황 때문에 신속한 행동을 취하지 못한 것도 있지만, 너무 걱정한 나머지 곳곳에 병사를 배치하여 뒤를 튼튼히 한 뒤 고슈江州로 넘어갔다. 하지만 천하는 이미 가쓰이에의 예상과는 달리 크게 달라져 있었다. 열흘 만에 세상이 변한 것이었다. 이쯤에서 시바타 가쓰이에는 잠시 잊기로 하자.

도고쿠東國에 있던 다키가와 가즈마스瀧川一益는 이 상황을 어떻게 받아들였을까? 그는 지리적으로 매우 좋지 않은 곳에 있었다. 조슈上州 우마야 바시厩橋에서는 미쓰히데를 토벌하기로 다짐해도 간단히 달려갈 수 없다.

가즈마스가 본능사의 급변을 알리는 서장을 본 것은 같은 달 9일 무렵이었다고 한다. 그와 같은 천하의 커다란 일 치고는 파발꾼이 조금 늦게 도착한 감은 있다. 파발마에서 파발마로 옮겨 타고 밤낮없이 달렸다면 그 일수는 조금 더 단축되었을 것이다. 하지만 아즈치에 머물다 전령을 보낸 무리조차 이미 혼란에 빠진 상태라 평소의 역전 조직은 완전하게 기능을 하지 못했다. 그리고 어차피 알려질 사실이기는 했으나 하루라도 더 비밀을 유지하려고 한 탓도 있었다.

"어제오늘, 노부나가 공께서 돌아가셨다는 소문이 자꾸만 들려오니, 사실 여부를 알려달라."

11일에 오다와라의 호조 가에서 그렇게 물었다고 할 정도니, 간토 지방에 소식이 얼마나 늦게 도착했는지 짐작해볼 수 있다. 다시 말해 역전보다도, 그들 무사 간의 급사보다도 민중의 입에서 입으로 전해진 소문이 더 신속했던 것이다.

조슈는 새로운 영지였다. 그리고 부임한 지도 얼마 되지 않았다. 특히 오다와라의 호조라는 인물은 도저히 안심할 수 있는 존재가 아니었다. 그러다 보니 변을 들은 뒤에도 움직이지 않았다. 아니 움직일 수 없었다. 그럼에도 불구하고 호조는 그달 중순에 '지금이야말로 일을 이룰 때다'라며 조슈 다카사키高崎의 국경을 침략했다.

그와 동시에 얼마 전 오다 군에 의해 다케다 군까지 흔적도 없이 짓밟힌 고슈 방면에서도 벌집을 쑤셔놓은 것은 같은 망동이 일어나기 시작했다. 고수, 공략, 합류, 분리의 쟁란이 곳곳에서 일어났다. 이러한 새로운 영지에 있던 란마루의 형 모리 나가요시森長可와 모리 히데요리毛利秀賴도 대지진과도 같은 지표의 변동에 지위를 잃어 전몰하고 도망을 다니다 처참한 말로를 맞게 되었다. 다시 말해 지난 3월에 노부나가가 취한 다케다의 옛 땅이었던 새로운 영지는 하룻밤 사이에 모두 소유자가 다시 바뀌었다고 해도 좋을 것이다.

이 세상에 기회를 엿보다 이익을 취하는 민첩한 행동가들은 일일이 거론할 수 없을 정도로 무수히 많다. 하지만 예를 들어 보면 호쿠에쓰의 우에스기, 오다와라의 호조와 같은 사람이 있다. 그들은 시바타 가쓰이에의 국경과 도쿠가와 이에야스의 국경을 비슷한 방법으로 침공했다. 그러다 보니 천하에 난이 다시 일어날 것이라고 두려워하는 민중들의 예상이 그야말로 적중하는 듯이 보였다.

"설령 그렇다 할지라도 노부나가 공과 좀 더 가까운 혈족 중에서는 왜 아무도 의연히 일어서지 않은 것일까? 왜 명분을 앞세워 일어서지 않은 것일까?"

사람들은 한결같이 초조한 마음으로 그렇게 말하곤 했다. 노부나가의 둘째 아들인 기타바타케 노부오北畠信雄와 셋째 아들인 간베 노부타카가 있었기에 그들을 동정하며 당연히 그런 생각을 품을 수밖에 없었다.

아즈치 본성을 지키고 있던 사람들은 이 일을 어떻게 대처했을까? 지리적으로 봐도 교토와는 지호지간이었다. 틀림없이 그날 저녁에 모든 사실을 알게 되었을 것이다.

가모 가타히데蒲生賢秀에게는 그날 밤에 이미 미쓰히데가 은밀하게 보낸 항복을 권하는 글이 도착했다고도 한다.

"발칙한!"

가모 가타히데는 두 번 다시 생각하지도 않았다. 그는 노부나가의 아내인 이코마生駒와 주군의 식구를 데리고 이튿날인 3일 고향인 가모蒲生의 아즈마고오리東郡에 있는 히노日野 성으로 물러났다. 그리고 그 아들인 우지

사토氏鄕와 함께 거성인 히노에서 굳게 지킬 태세를 갖추었으며, 한편으로는 이세의 마쓰가사키松ヶ崎 성에 있는 노부나가의 둘째 아들 기타바타케 노부오에게 급히 전령을 보냈다.

　유족에 대해서 미쓰히데의 내습이 있을 것은 자명한 일, 이곳으로 급히 원군을 보내주시기 바랍니다.

기타바타케 노부오는 채비를 서두르고 있었다. 하지만 이는 주고쿠 출병을 위한 준비였다. 어쨌거나 그곳에서도 변을 알게 된 뒤로 경악을 금치 못했고 어떤 방침을 내려야 할지 혼란스러워했다. 결국 노부오는 가모 가의 여자 한 명을 인질로 잡아두고 원군을 파견했다.

"아버지 우후의 원한, 어찌 갚지 않을 수 있겠는가."

노부오는 비장한 결의로 고슈 쓰치야마土山까지 가보았으나, 배후의 영지인 이세와 가는 길 중간에 있는 이가 지방 양쪽에서 변을 틈타 심상치 않은 흉조가 느껴졌다.

'만일 미쓰히데와 손을 잡은 자가 고슈 일원에서 갑자기 봉기한다면? 또 후방인 이세에서 일어난다면?'

노부오는 좌우고면左右顧眄하여 오로지 그 진압과 형세를 살피는 데에만 몰두했다. 그러다 보니 기껏 품은 뜻은 덧없는 것이 되어버렸다. 물론 진격의 때도 놓치고 말았다. 그리고 곳곳의 작은 난에 맞서 모든 힘을 쏟아부었기에 대의와 대도를 향해 똑바로 달려 나가지 못했다.

이를 봐도 알 수 있는 것처럼 미쓰히데를 철저히 기피하고 그를 역적으로 본 사람도 있는 반면, 암암리에 미쓰히데의 연락에 묵계로 답하고 정세의 진전을 살피며 아케치에 의지하여 일어서려 한 호족도 결코 적지 않았다.

특히 오사카 성에 있던 오다 노부즈미織田信澄는 미쓰히데의 사위이기도 했고, 그의 아버지인 오다 노부유키織田信行는 예전에 노부나가의 처벌을 받기도 했다. 즉 노부즈미는 일족이라고는 하지만 노부나가에 의해 살해된 사람의 아들이었다.

'그야말로 틀림없이 내 편이 되어줄 것이다.'

미쓰히데는 노부즈미가 반드시 오사카에서 호응할 것이라 기대하고 있었다.

6월 2일, 본능사의 변 당일, 노부즈미는 노부나가의 셋째 아들인 노부타카, 니와 나가히데 등과 함께 아와, 주고쿠로 출군하기 위해 모든 준비를 갖추고 스미요시의 해변에서 병선에 오르려 하고 있었다.

"교토에서 커다란 변이 일어났다."

이런 소식이 들려오자 전군은 어떻게 해야 할지를 몰랐으며, 일찌감치 달아나는 병사들까지 속출했다. 니와 나가히데는 노부타카와 상의하여 오사카 성으로 돌아갔다가 5일 밤 갑자기 센간야구라千貫櫓에서 노부즈미를 습격하여 사살해버렸다. 살아남은 노부즈미의 몇몇 부하들은 교토로 달아나 곧 아케치 군에 투항했다.

이에야스의 경우

노부나가 한 사람의 죽음으로 천하가 모두 경악하고 동요했다. 이렇듯 하룻밤 사이에 변한 세태와 행로를 어떻게 밟아나가야 할지 망설이지 않는 사람이 없다고 해도 과언이 아니었다. 평소 지식인이자 당당한 무장이었다 할지라도 어쩔 수가 없었다. 도쿠가와 이에야스조차 그런 걸 보면 오히려 주요한 위치에 있는 사람일수록, 또 어설픈 지식을 가진 사람일수록 '어떻게 될까? 어떻게 해야 할까?' 망설이며 당황스러워했다.

챠야 시로지로와 혼다 다다카쓰는 갑자기 사카이에서 물러나 어딘가로 떠나버린 이에야스 일행을 찾다 마침내 길가에서 다음과 같은 소문을 듣게 되었다.

"가와치河內의 이이모리飯盛 부근에서 그들로 보이는 한 무리가 동쪽으로 서둘러 가는 것을 보았다."

시로지로는 그날 밤 이에야스가 존연사尊延寺(손엔지)에 묵고 있다는 소식을 듣고 급히 달려갔으나 그곳에도 이에야스는 없었다. 절의 승려는 이렇게 말했다.

"매우 급한 일이 있으신 듯, 여기서는 잠시 휴식만을 취하시고 밤길을 재촉해서 구사치草內 쪽으로 떠나셨습니다."

시로지로가 이에야스를 따라잡은 것은 이튿날인 3일이었는데, 이에야스는 지친 상태로 시가라키信樂 마을의 조그만 산사에서 낮잠을 자고 있었다. 절 주변에서는 노신인 사카이 다다쓰구酒井忠次와 이시카와 가즈마사石川數正, 이이 나오마사井伊直政 등이 삼엄하게 경계를 하고 있었다. 평화로운 여행 중이었기에 중신들이 수행을 했지만 병사는 그리 많지 않았다. 그들은 상하 구분 없이 비상시의 차림을 하고 있었으며, 사카키바라 야스마사榊原康政도 덮개를 벗긴 창을 들고 직접 방 바깥에 서 있었다.

"자세한 내용을 보고하기 위해 교토에서 챠야 시로지로가 이곳까지 따라왔습니다. 그리고 혼다 나리도 시로지로와 도중에서 만나 지금 이곳으로 돌아오셨습니다."

야스마사가 시동을 통해 이에야스에게 이야기를 전했다. 이에야스는 다다카쓰가 돌아오면 바로 깨우라고 말한 뒤 팔베개를 하고 누워 낮잠을 자고 있던 참이었다.

"그래, 시로지로가 왔단 말이냐."

이에야스는 기뻐하며 되물었다. 그는 아직 제대로 된 소식을 듣지 못한 상태였다. 그래서 무엇보다도 자세한 소식을 알고 싶었던 것이다. 이에야스는 일어나서 서둘러 세수를 하고 다시 방으로 갔다. 그러자 두 사람 모두 벌써 들어와 엎드려 있었다.

"우다이진 님의 사망 소식은 틀림없는 사실이냐? 병란은 아직 교토에만 한정되어 있느냐? 오는 길에 살펴본 민심은 어떠하더냐?"

이에야스의 질문에 챠야 시로지로는 아는 대로 자세히 대답했다. 하지만 시로지로도 어제 정오 무렵까지 들은 정세밖에 알지 못했다. 그러다 보니 그 범위가 한정된 것이기는 했으나, 어제 이후 오로지 본국인 오카자키岡崎를 향해 길을 서둘렀던 이에야스는 그것만으로도 대략적인 전모를 파악하여 상당히 명료한 판단을 할 수 있게 되었다.

옆방에 주지가 와 있다는 사실을 알고 사람들이 입을 다물었다. 이에야스가 돌아보며 물었다.

"준비되었는가?"

주지가 대답했다.

"안내해드리겠습니다."

이에야스는 모두 따라오라고 말하며 주지를 따라 일어섰다. 그는 주지에게 앞서 명령을 해둔 상태였다. 야스마사와 다다미쓰와 시로지로가 따라나섰다. 그들이 간 곳은 시골 산사의 조그만 본당이었다.

"밖에 있는 다다쓰구와 나오마사도 이리로 부르게."

이에야스의 말에 절 부근에서 경계를 서고 있었던 사카이 다다쓰구와 이이 나오마사 등도 자리에 함께했다. 올려다보니 조그만 절의 소박한 즈시廚子[8]에서 등불이 하얗게 흔들리고 있었다. 그리고 단 정면에 우다이진 오다 노부나가의 속명俗名을 적은 종이 위패가 놓여 있었다.

'우선은 이곳에서 임시로 장례식을 치를 생각이시로구나.'

가신들은 이에야스의 마음을 살피고, 천하의 변동을 생각하며 조용히 자리에 앉았다.

주지가 형식적인 예배를 행하고 나자 이에야스가 향로 앞으로 나가 오래도록 합장을 했다. 그는 흘러내린 눈물이 뺨에서 말라버리는 것이 아닐까 싶을 정도로 오래도록 눈을 감고 있었다. 사카이 다다쓰구와 이시카와 가즈마사, 그리고 이이, 사카키바라, 혼다 등도 차례로 이에야스를 따랐다. 그리고 한동안 마주 앉은 채 말없이 감회에 잠겼다.

주지가 조용히 밖으로 나가자 챠야 시로지로 한 사람을 제외한다면 도

---

8) 두 개의 문짝이 달린 궤. 불경, 경전, 책, 식기 따위를 넣어둔다.

쿠가와 가의 주종만 자리에 남게 되었다.

"시로지로에게 실상을 들었지만, 아직…… 실감이 나지 않는구나."

이에야스가 중얼거리며 탄식했다. 하지만 그의 눈동자는 아무런 회의도 품고 있지 않았다. 이 커다란 사실을 누구보다도 정확히 바라보고 있는 눈이었다. 그리고 이른 나이지만 조금 벗어진 이마로 지금 어떤 생각을 품고 있는지 다른 사람에게는 쉽게 내보이지 않는 듯 긴장된 얼굴을 하고 있었다.

"……꿈이라도 꾸고 있는 듯합니다."

"참으로…… 우다이진 님의 마음을 생각하면 생각할수록, 순간의 분노가 얼마나 컸을까 싶습니다."

사람들도 모두 한탄했다. 이야기를 하면 한도 끝도 없이 추억이 떠올랐다. 아즈치에서 그 사람의 춤을 보고, 커다란 웃음소리를 들은 것도 겨우 열흘 전쯤 일이었다. 하지만 이에야스는 사람들의 탄식을 그다지 좋아하지 않았다. 사실은 가신들에게도 그럴 만한 여유는 없었다. 지금부터 과연 미카와에 무사히 돌아갈 수 있을지, 그것조차 안심할 수 있는 상황이 아니었다. 수행원 중 누구도 안전을 확신할 수 없는 상황이었다.

"어쨌든 위험을 감수하고서라도 하마마쓰로 돌아가자. 어떤 식으로 뒷일을 도모하든 우선은 본국으로 돌아간 뒤에 하기로 하자."

그들은 그렇게 결정하고 서둘러 사카이를 떠나기는 했지만 지방의 정세는 도회 이상으로 험악했으며 산야에서는 벌써부터 도적 떼가 출몰하고 있었다. 그러한 때에 가벼운 차림으로, 그것도 소수의 일행이 주인의 목숨을 지키며 미카와까지 가려 한다는 것은 거의 하늘의 도움을 빌 수밖에 없는 모험이었다.

노부나가가 당한 뜻밖의 재난이 꼬리에 꼬리를 물고 이에야스에게까지 이어진 셈이지만, 이에야스는 이제 막 마흔 줄에 들어선 왕성한 사내였다. 망설임은 없었다. 눈앞의 고달픔 따위는 커다란 의욕에 사라져버리고 말았으며, 오히려 기쁨이 느껴지기까지 했다. 이에야스는 향로에서 기다랗게 피어오르는 연기를 바라보며 생각했다.

'우후의 죽음을 계기로 세상은 크게 한 바퀴 돌았다.'

이에야스는 무엇보다 그 점을 생각했다. 이에야스의 사고 가운데 현실과 동떨어진 것은 아무것도 없었다. 이는 어렸을 때부터 변함이 없었다. 지금도 마찬가지였다. 눈에 보이는 것만으로는 그를 제대로 알 수 없었다.

어젯밤 이후, 노부나가의 죽음을 받아들인 순간부터 이에야스는 수시로 인간의 무상을 한탄했으며, 너무 상심한 나머지 할복을 해서 오랜 세월 동맹국의 친구로 지낸 노부나가를 따라가는 것이 아닐까 여겨질 정도로 슬퍼했다. 하지만 오늘 아침에는 기운을 조금 회복한 듯했다. 가신들은 그 모습을 보고 '드디어 마음을 다잡으신 모양이다'라고 속삭이며 기뻐했으나 이에야스의 참된 마음속은 노신들보다 훨씬 더 노숙했다. 그는 등불의 심지처럼 가느다란 신경을 곤두세운 채 인생에서 한 번 있을까 말까 한 세상의 일대 전환기를 그냥 바라만 보고 있을 사람이 아니었다.

'우후가 떠난 뒤, 누가 통업을 이을까? 누가 천하인이 될까?'

이에야스는 눈썹을 한 줄 더 얹어도 될 만큼 넓은 이마 속으로 이런 생각을 하고 있었다. 그는 마음속으로 분명히 단정 지었다.

'안됐지만 미쓰히데는 아니다.'

그리고 당연하다는 듯 속으로 이렇게 대답했다.

'나 말고 누가 있단 말이냐.'

오다와 도쿠가와는 오랜 세월 동맹국이었다. 동맹국의 원수를 갚겠다는 명분으로 기치를 올리면 제후에게 쉽게 격문을 띄울 수 있다. 그리고 거기에 노부나가의 아들을 하나 데리고 있으면 밖으로는 미쓰히데를 제압하고 안으로는 옛 오다 군을 포괄해 자연히 다음 세대의 중심 세력이 될 것이다. 설령 오다의 신하 가운데 야망가가 두어 명 나타난다 해도 사려와 실력을 모두 갖췄다고 할 만한 인물은 찾아볼 수가 없다. 니와, 시바타, 다키가와, 하시바, 그 누구도 당장 활동을 시작할 수는 없을 것이다. 시작한다 할지라도 그들 중에 두려워할 만한 사람은 보이지 않는다.

이에야스는 만사에 그러한 생각을 마음속 깊이 새겨둔 채 말하고 행동했다. 하지만 수행원들은 역시 눈앞의 문제만 생각했다. 어떻게 하면 위험한 상황을 헤치고 미카와까지 무사히 갈 수 있을지 고민했다. 그것은 보통 사람들도 마찬가지였다.

"길을 살피러 갔던 염탐꾼이 돌아왔습니다. 저쪽에서 기다리라고 할까요?"

시동 한 명이 이에야스 옆으로 다가와 물었다. 이에야스가 고개를 끄덕이자 시동이 한 번 더 확인을 했다.

"기다리게 할까요?"

이에야스는 다시 고개를 끄덕였다. 그때 이시카와 가즈마사가 문득 말을 꺼냈다.

"어떤 변이 기다리고 있을지 알 수 없는 일이니, 염탐을 갔던 병사의 보고를 먼저 들으시는 것이 어떻겠습니까?"

그러자 이에야스가 웃으며 말했다.

"아니, 지금 고하러 온 자의 모습을 보니 염려할 필요가 없을 듯싶소. 만약 이변을 감지하고 돌아온 염탐꾼이라면 필경 그 표정이 고하러 온 자에게까지 번질 것이고, 그러면 고하러 온 자의 말투도 심상치 않을 테니 여기까지 전해질 것이오. 그런데 지금 온 시동의 모습은 묻지 않아도 이변은 없다는 사실을 이야기하고 있소."

가즈마사는 얼굴이 빨개졌다. 가즈마사와 같은 마음이었던 장수들이 그를 돕기 위해 화제를 다른 곳으로 돌렸다.

"과연 미쓰히데 정도의 인물이 역의를 저지르고도 천하에 받아들여질 까요?"

이에야스는 말없이 듣기만 했다. 가신들의 생각은 대체로 일반 사람들과 다르지 않았다. 무엇보다 미쓰히데가 군신의 도의를 저버렸다는 점을 비난했다.

"나리의 생각은 어떠십니까?"

마지막으로 사카키바라 야스마사가 물었다. 다른 가신들도 미쓰히데를 보는 주인의 관점을 알고 싶어 했다.

"한마디로 말하자면 미쓰히데는 그와 같은 현재賢才를 가지고 있으면서, 자신도 모르게 딱 한 가지 미덕을 잃고 말았네."

이에야스가 그렇게 말을 꺼낸 뒤 이어 말했다.

"바로 겸허를 잃었다네."

야스마사가 납득하기 어렵다는 표정으로 거듭 물었다.

"휴가노가미는 평소에도 상당히 정중한 사람이어서 누구보다 겸허하게 보였습니다만."

"그것은 그가 노력해온 교양의 결과이지 본성이 아니었을 게야. 지성을 갖춘 사람에게서 흔히 볼 수 있는 모습이지. 하지만…… 그는 마침내 그 일면을 끝까지 지켜내지 못하게 됐네. 알고서도 내버려둔 것인지, 우쭐함이 마멸시킨 것인지, 어찌 되었든 겸허를 잃자 평생 쌓아온 지식도 모두 잃게 됐지. 겸허하기만 했더라면 설령 사정이나 심정이 어떠한 상태에 놓여 있었다 할지라도 그러한 폭거는 결코 일으키지 않았을 게야. 우리가 겸허하지 않아도 될 때는 적진으로 달려 들어갈 때뿐이네."

가신들은 이에야스의 이야기를 경청했다. 이윽고 야스마사가 다시 물었다.

"폭거라고는 하지만 미쓰히데의 승부수는 일단 성공을 거둔 셈입니다. 나머지 획책도 그의 뜻대로 진행될까요?"

이에야스는 전혀 문제 삼고 있지 않다는 듯 웃으며 말했다.

"이미 자신에게 진 자가 어찌 바깥을 이길 수 있겠는가? 그런 자는 세상을 아울러 다스리는 일을 해낼 수 없네."

이에야스는 그렇게 말하고 자리에서 일어났다. 그리고 원래 있던 방으로 가서는 기다리게 한 염탐꾼을 마루 끝으로 불러 곳곳의 정세를 들었다.

이에야스가 곳곳에 염탐꾼들을 풀어 모은 정보는 결코 적지 않았다. 하지만 가장 중요한 교토와 아즈치 쪽의 움직임에 대해서는 교통이 차단된 탓에 전혀 알 수가 없었다. 물론 그쪽 상황도 자세히 알고 싶었으나 당장은 성으로 돌아가는 길에 있는 지방 영주들의 속내와 도적 떼들의 출몰, 반란의 유무 등이 더 중요했다. 그 형세에 따라 돌아가는 길을 잘 고르지 않으면 스스로 그물로 뛰어든 물고기가 될 우려가 있었기 때문이다.

"우지宇治 방면은 아직 소란스러운 움직임을 보이지 않고 있습니다. 그곳을 통해 시가라키信樂로 나가 이가로 들어가면 될 듯싶습니다. 그곳은 아직 아케치의 세력이 미치지 못한 곳입니다."

정오 전에 온 염탐꾼이나 지금 돌아온 염탐꾼의 보고가 대체로 비슷했다. 이에야스가 염탐꾼에게 물었다.

"고오리야마郡山의 쓰쓰이 준케이筒井順慶는 여전히 나라奈良에 머무는 것 같으냐, 아니면 나라를 떠난 듯하더냐?"

염탐꾼이 대답했다.

"여전히 나라에 머물고 있지만 가신인 이도 요시히로井戸良弘가 쓰쓰이가를 대표해서 미쓰히데를 만나기 위해 교토로 들어갔다고도 하고, 가는 도중이라고도 하는 소문이 있습니다."

"그런가? 알겠다."

이에야스는 염탐꾼을 물러나게 했다. 그리고 좌우의 중신들과 다시 머리를 맞대고 은밀하게 앞으로 방향을 어떻게 잡을지 상의했다. 이곳 구사치에서 머물며 휴식을 취하는 것은 밤새 지친 탓도 있지만, 쓰쓰이 준케이의 향배가 마음에 걸렸기 때문이기도 했다. 쓰쓰이 가와 아케치 가는 인척 관계였다. 바로 미쓰히데의 아들인 주지로十次郎가 쓰쓰이 준케이의 양자였던 것이다. 그러니 당연히 이번 일이 일어나기 전부터 양쪽 집안 사이에 묵계가 있었을 것이다. 이에야스는 그것을 두려워했다. 게다가 쓰쓰이 준케이 역시 주고쿠 출진을 명 받은 뒤 무장한 군단을 이끌고 거성인 고오리야마를 출발하여 나라에 와 있었다. 그는 때를 기다리지 않고 언제든 자신의 뜻을 행동으로 옮길 준비가 되어 있었다. 그러다 보니 적은 인원인데다 무장을 하지 않은 이에야스 주종에게 있어 그는 매우 신경 쓰이는 존재였다.

"나라에 머문 채 오늘도 움직이지 않고 마키시마橫島의 이도 요시히로만 교토로 보낸 것을 보니 사전에 아케치와 논의가 있었던 것은 아닌 듯하군. ……며칠 더 형세를 지켜보다 미쓰히데의 세력이 날로 불어나면 미쓰히데에게 붙고, 불리하다 여겨지면 창끝을 거두고 다른 책략을 구하려 하는 것이 준케이의 속내가 아닐까, 나는 생각하네만."

가신들 모두 이에야스의 판단에 동의했다. 그들은 우지를 통해 이가를 넘는 샛길로 간 뒤 이세로 나가 뱃길로 미카와로 건너가는 게 힘들지만 가장 안전한 길이라고 의견을 모았다.

"이러한 때에 망설이면 한도 끝도 없을 것이오. 지금은 무엇보다 시간이 중요하오. 한시라도 서두르는 것이 좋겠소. 그렇게 하기로 합시다."

이에야스는 때로는 매우 신중하게 생각하기도 했으나 또 때로는 놀라울 정도로 대담무쌍했다. 모든 결정을 내린 뒤 이에야스가 말했다.

"배가 고프구나. 승려에게 더운 물에 밥을 말아 달라고 하게. 그사이에 준비를 해서 황혼 무렵 이 절을 떠나기로 하세."

겨우 오십 명도 되지 않는 일행이었다. 그 가운데 말에 탄 사람은 예닐곱 명 정도였다. 시동과 무사들을 합쳐도 삼십 명이 되지 않았다. 나머지는 갈아탈 말을 끌거나 짐을 지는 하인들뿐이었다.

만일 도적 떼의 습격이라도 받게 된다면 바로 포위당해 전멸할 수밖에 없는 상황이었다. 세상이 어지러워질 때마다 바로 봉기하여 먹잇감을 휩쓸고 다니는 도적과 떠돌이 무사 집단은 노부나가의 노력에도 아직까지 근절되지 않았다. 덴몬, 에이로쿠永禄[9] 시절에 비하면 상당히 줄기는 했으나 산간벽지로 들어가면 여전히 백귀야행百鬼夜行과도 같은 무리들을 곳곳에서 만날 수 있었다.

아니나 다를까, 이에야스 일행이 시가라키에서 이가로 향하던 중, 나중에 뒤따라온 가신 가운데 한 명이 생생한 사건을 보고했다.

"함께 센슈에 계시던 아나야마 바이세쓰穴山梅雪 님께서 나리가 떠나신 뒤 사카이를 출발해 고슈로 돌아가시기 위해 야마시로의 구사치까지 우리와 같은 길을 지나셨다고 합니다. 그런데 구사치 부근에서 수많은 떠돌이 무사의 습격을 받아 안타깝게도 목숨을 잃으셨다고 합니다. ……대란의 여파가 마침내 산야 구석구석까지 미치기 시작한 듯합니다. 우리도 방심해서는 안 됩니다."

때가 때이니만큼 아나야마 바이세쓰의 비명횡사는 모두의 간담을 적잖이 서늘하게 했다. 야마시로 부근에서조차 이미 그런 흉적들이 나타나기 시작했으니 지금부터 가야 할 이가 산중의 쓰게柘植 지방이나 가부토고에加太越え 부근의 샛길이 얼마나 위험할지는 미루어 짐작해볼 수 있었다.

"걱정할 것 없다. 이러한 때에는 쓸데없이 마음을 써봐야 소용없는 일이다. 그저 하늘의 뜻에 맡기고 망설임 없이 길을 서둘러 갈 수밖에 없다."

---

9) 일본의 연호. 1558~1570년.

이에야스는 지친 기색도 보이지 않았다. 원래 건강한 체질이기도 했으나, 그보다 더 건강한 가신조차 이미 숨을 헐떡이고 있었다. 사카이에서 나온 뒤, 밤낮을 가리지 않고 길을 서둘렀으며 서로 경계하며 돌을 베개 삼아 풀에 누워 잠시 쉬었을 뿐이었다. 그런데 뜻밖에도 힘을 얻는 일이 생겼다. 몇 년 전 도쿠가와 가를 떠났다가 이후 감옥에 간힌 혼다 마사노부本多正信가 낭인의 무리 십여 명과 함께 이가의 산기슭에서 이에야스를 기다렸다가 앞장서서 길을 안내해준 것이었다.

"지옥에서 부처님을 만난 격이로군."

수행원들이 한목소리로 말했으나 이에야스는 특별히 기뻐하는 모습을 보이지 않았다.

"마사노부인가. 고생이 많네."

이에야스는 그렇게만 말했을 뿐이었다.

마침내 이세로 들어가 배를 타고 미카와의 해변으로 건너갔다. 그러자 사람들은 비로소 되살아나기 시작했다. 때는 6월 5일. 사카이에서 겨우 삼 일 만에 돌아온 것이었다. 도쿠가와 가의 가신들은 그야말로 커다란 난속에서 온몸으로 빠져나온 주군을 기쁨의 눈물로 맞이했다.

구름은 점점

6월 1일 이후, 교토와 주변 지방은 날이 맑고 무더웠지만 주고쿠 지방은 대체로 구름이 껴 있었다. 5월 말에는 큰비가 내렸다. 6월에 들어선 이후, 지난 삼 일 동안 산악 지방은 날이 궂고 남서풍이 강해 북쪽으로 어지럽게 흐르는 구름 때문에 햇볕이 내리쬐기도 하고 흐리기도 했다.

"천둥이 한번 소란을 피우고 지나갔으니, 슬슬 장마가 걷힐 때도 됐는데."

오랜 장마와 곰팡이에 질린 사람들의 바람은 이러했으나 빗추의 다카마쓰 성을 포위한 채 장기전을 펼치고 있는 하시바 군은 생각이 달랐다.

"더 내려라. 얼마 전처럼 이틀 밤이고 사흘 밤이고 폭우나 쏟아져 내려라."

하시바 군은 용왕님에게 그렇게라도 빌고 싶은 심정이었다.

비야말로 이곳 전쟁의 승패를 가르는 것이었다. 비는 히데요시의 작전대로 총면적 백팔십팔 정보에 이르는 커다란 진흙탕 호수를 만들었다. 고립된 성인 마카마쓰 성은 커다란 호수 가운데 오도카니 잠겨 있었다. 멀리 대머리의 머리칼처럼 보이는 것은 숲과 곳곳의 나무들이었다.

성 아래의 민가들도 수면 위로 지붕만 간신히 보일 뿐이었다. 낮은 지대에 있던 농가는 지붕조차 보이지 않았다. 분해된 무수한 목재는 탁류에 휩쓸려 커다란 호수 주위를 떠다니고 있었다. 그 목재들의 속도를 봐도 알 수 있듯 하룻밤 사이에 나타난 이 인공의 흙탕물 호수는 여전히 수위가 높아져가고 있었다. 아시모리 강과 나가라 강의 물이 한꺼번에 콸콸 흘러들고 있었다. 언뜻 보면 누런 탁류가 그저 가득 찬 상태로 정지해 있는 듯했으나, 물가의 둔치를 잠시만 바라봐도 곧 한 치, 두 치, 주위 기슭이 잠겨가는 것을 알 수 있었다.

"오늘은 한가로운 놈들이 있구나. 저길 좀 보아라. 너희와 어울리는 한가로운 놈들을."

히데요시가 말 등에 앉아 뒤쪽에 있는 시동들에게 말했다.

시동들은 '어디?'라고 묻고 싶은 듯한 얼굴로 말 위의 주인이 가리키는 곳을 보았다.

왜가리들이 흙탕물 호수 위를 떠다니는 목재 위에 앉아 장난을 치고 있었다. 이시다 사키치, 오타니 헤이마, 히토쓰야나기 이치스케의 동생 등 아직 열서넛에서 열예닐곱 살 정도의 어린 시동들이 목을 움츠리고 큭큭 웃었다.

"우리가 왜가리란 말인가?"

그러자 그 가운데서도 나이가 많은 모리 간파치로가 말했다.

"싸움 중에도 놀고만 있으니 나리께서 그렇게 말씀하신 거야."

어린 시동들도 지지 않았다.

"그럼 간파치 님은 뭘까?"

"까마귀, 까마귀. 까마귀 간파치 님이야."

히데요시는 그런 아이들의 장난을 뒤로 들으며 천천히 말을 몰아 돌아왔다. 그는 평소와 다름없이 우산을 들게 하고 깃발을 세우고 오십 기 정도를 데리고 진을 한 바퀴 둘러보고 오는 길이었다. 때는 6월 3일 저녁 무렵이었다. 그는 아직 아무것도 모르고 있었다.

히데요시는 하루도 거르지 않고 진을 둘러보았다. 오십 기, 혹은 백 기를 이끌고, 때로는 시동들까지 데리고 자루가 긴 우산을 들게 하고 찬란한 깃발을 세운 채 줄지어 천천히 걸었다. 아군 병사들은 그런 그의 '행차'를 올려다보면서 '우리 영감이 지나가신다'고 행각했다. 그 모습이 보이지 않는 날이면 어딘가 허전한 느낌이 들었다. 히데요시 역시 이리저리 둘러보며 병사들을 기특하게 생각했다.

히데요시는 땀과 진흙으로 범벅이 되어 있는 병사, 부족한 음식을 맛있게 먹고 있는 병사, 언제나 웃음을 머금은 채 무료함을 모르는 병사와 같은 활달한 생명들을 바라보지 않은 날이면 어딘가 쓸쓸해 보였다. 그는 주고쿠에서 사령관으로 군무에 종사한 이래 오 년에 걸친 긴 야전 생활을 해왔다. 고즈키 성과 그 외의 각지를 돌아다니며 펼친 고투는 말로 표현할 수 없는 것이었다. 전투에서 겪는 어려움이나 위기뿐 아니라 주장으로서 겪는 정신적 고통도 여러 차례 맛보았다.

성격이 까다로운 노부나가를 멀리 떨어져 섬기며, 언제나 삼군 가운데 주군이 있는 것처럼 마음을 삼가고, 노부나가를 만족하고 안심하게 만드는 것만 해도 꽤나 신경이 쓰이는 일이었다. 게다가 노부나가 주변에 있는 아군 장수들 중 히데요시가 부각되는 것을 탐탁지 않게 여기는 사람들과도 경쟁을 해야 했다. 하지만 히데요시는 아침에 태양을 올려다볼 때와 같은 마음으로 지난 오 년 동안 겪은 온갖 역경을 고마워했다.

'고마운 일이다.'

이런 시련은 원한다고 겪을 수 있는 것이 아니었다. 대체 어떤 뜻에서 하늘은 이처럼 고난, 또 고난을 내게 내리시는 것일까 하고 혼자 생각한 적도 있었다. 그리고 선천적으로 건강하지 못한 왜소한 작은 몸으로 그것을 극복할 수 있을 만큼의 의지를 만들어준 유소년 시절의 가난과 세상의 역경에 진심으로 고마움을 느끼는 날도 있었다.

그는 지금, 이 세상에 '인간'으로 태어난 의의를 무한으로 느끼며, 살아 있는 날들이 즐거워서 견딜 수 없는 '때'와 '나이'에 이르렀다. 그러다 보니 그가 하는 말은 '그래, 잘들 하고 있구나' 하는 특별할 것도 없는 것이었으나 장병들로 하여금 유쾌한 마음을 품게 했다. 힘들어도, 밥을 굶어도 그와 함께 생활하는 날들이 최고의 기쁨이었다.

그렇다고는 하지만 그의 얼굴은 결코 싱글벙글 웃는 표정이 아니었다. 이시이 산의 본진에 머물 때 열흘에 한 번도 뜨거운 물에 목욕을 하지 못했으며, 살갗은 오 년 이상이나 전장에서 그슬려 시커멨고, 불그스름한 수염은 걸핏하면 덥수룩하게 엉겼다.

그는 지금 다카야마 성에 대해 계획한 수공을 모두 마치고 노부나가가 서쪽으로 내려오기만을 기다리고 있었다. 그리고 나가라 강 하나를 사이에 두고 히자시 산과 곳곳에서 모리의 깃카와, 고바야카와 군 삼만이 다가와 고립된 성을 도우려 하고 있었다. 그 산지에서 대치 중인 적들은 히데요시가 우산과 깃발을 치켜들고 진을 둘러보는 모습이, 맑은 날이면 더 잘 보였을 것이다.

히데요시의 행렬은 마침내 이시이 산 기슭까지 와 있었다. 류오 산에서 옮겨온 뒤 지보원持宝院(지호인)에 본진을 설치했다.

"어서 오십시오."

가장 앞쪽 문에서 맞은 사람은 야마노우치 이에몬 가즈토요였으며, 두 번째 문에 있는 사람은 아사노 야헤 나가마사淺野弥衛長政였다.

초여름 저녁 어스름이 내릴 무렵 곳곳의 막사에서 밥 짓는 연기가 피어올랐다. 아무리 유수한 사원이라 할지라도 일단 군마의 야영지가 되면 곧 일상생활의 주방과 마분의 웅덩이가 되어버리고 만다.

"이 말을 좀 받아라."

산문 앞에 이르자 히데요시가 말에서 내리며 말했다.

"이리 주십시오."

올해로 스물일곱 살이 된 도도 요에몬 다카토라藤堂与右衛門高虎가 달려와 고삐를 받아서는 마구간 쪽으로 끌고 갔다.

히데요시는 다시 병사들 사이를 천천히 걸으며 말을 걸었다.

"이보게."

네다섯 명의 병사들이 밥을 짓기 위해 나무를 하고 있었던 것이다. 그 가운데 벚나무도 있었다. 히데요시가 그것을 가리키며 말했다.

"가능한 한 잡목을 찾아서 베도록 하게. 벚나무는 베지 말고. 꽃놀이할 때가 되면 백성들이 쓸쓸해할 테니."

그 뒤 히데요시는 문 옆에 있는 히토쓰야나기 이치스케의 막사를 잠깐 들여다보고는 취사병이 커다란 솥에 무엇인가 삶는 곳으로 가서 냄새를 맡으며 말했다.

"맛있겠구나."

히데요시는 좌우의 부장과 함께 웃으며 요즘에는 맛없는 음식이 없다는 등의 이야기를 나누고 밖으로 나왔다. 그러자 오른쪽 막사 끝자락에 웅크리고 앉아 있는 나이 어린 무사가 문득 눈에 들어왔다.

"이 아이는 누구의 아들인가?"

히데요시가 묻자 히토쓰야나기 이치스케가 황공하다는 표정으로 대답했다.

"제 막내 동생입니다."

"오호…… 몇 살이지?"

"열세 살입니다."

"이름은?"

"이름은 시로에몬四郎右衛門이라고 합니다."

"딱하게도 노인네 같은 이름이구나."

"이번에 주고쿠로 출진하라는 명을 받고 집을 나섰을 때는 훨씬 더 어렸습니다만, 자기도 데려가라고 떼를 쓰며 말을 듣지 않았습니다. 거치적거릴 것이라 생각했으나 허락을 하고 데려오면서, 곧 숙부님의 이름을 물려받아야 할 몸이니 시로에몬이라 부르기로 했습니다."

"그러냐. 거치적거리다니 무슨 소리냐. 전진에 참가하기만 하면 무사정신은 저절로 갖춰지는 법이다. 어릴수록 좋다. 얘, 꼬맹아…… 오시로於四郎라고 불러야 하나?"

히데요시가 곁으로 다가갔다. 시로에몬은 그 전부터 이미 땅바닥에 오도카니 앉아 예의를 갖추고 있었다. 그리고 무릎에 병사의 갓을 소중히 끌어안고 있었다.

"그건 뭐냐? ……무엇을 줍고 있었던 게냐?"

"네, 버찌를 줍고 있었습니다."

"그랬구나. 꽤 빨갛게 익었구나."

히데요시는 저물어가는 가지들을 올려다보다 갑자기 시로에몬의 무릎에 있는 갓 속에서 버찌 두어 알을 집어 입에 넣었다.

"음, 이거 달구나."

히데요시는 그렇게 말하며 본당 쪽으로 향했다. 본당은 오동나무 무늬가 새겨진 막에 둘러싸여 있었는데, 마루도, 계단도 장마철 습기를 머금고 있었다.

히데요시가 가는 곳마다 갑옷을 두른 사람들이 차례로 나와 그를 맞았다. 영 안은 이미 어둑어둑해서 곳곳에 등불이 밝혀져 있었다. 그는 마침내 객전으로 보이는 한 방에 앉았다.

"피로가 쌓였겠습니다."

손님 하나가 깔개를 깔고 앉아 있었다. 손님은 바로 호리 규타로 히데마사堀久太郎秀政였다. 노부나가가 오기 전에 주고쿠에 도착할 예정일을 잡고, 진영의 준비를 비롯해 여러 가지 대비를 히데요시와 상의하기 위해 온 것이었다.

  "아니, 전장에서의 생활에도 이제는 이력이 났소. 요즘에는 아무런 불편함도 피로도 느끼지 못하오. 가끔 아즈치로 올라가면 주군께서도 위로의 말씀을 하시네만, 갑자기 두꺼운 이불을 덮고 자면 오히려 답답해서 잠을 잘 이룰 수가 없소. 갑옷을 입은 채 팔을 베개 삼아 잠시 누워 눈을 붙이는 그 맛은 전장에서만 맛볼 수 있는 최상의 것이오."

  히데요시가 웃으며 말을 이었다.

  "식사는 하셨소?"

  "아직 못 먹었습니다."

  "그럼 같이 먹기로 합시다."

  히데요시는 시동을 돌아보며 명령했다.

  "얼른 준비하라고 해라."

  그리고 뒤이어 물었다.

  "히코에몬은 어떻게 된 게냐?"

  고니시 야구로가 대답했다.

  "하치스카 나리께서는 이 절의 승려 하나를 데리고 어딘가로 가셨습니다. 아마도……."

  히데요시가 말을 가로막으며 또다시 중얼거렸다.

  "모스케도 안 보이는데."

  히데요시는 저녁 시중을 들 사람을 찾는 듯 주위를 둘러보았다.

  "제가 호리오 나리께 근처 마을 촌장들의 모임에 다녀와달라고 부탁을 했습니다."

야구로가 설명을 하자 히데요시가 그 이유를 물었다.

"무슨 일로?"

야구로는 근처 마을에서 군량을 징발하는 일을 맡고 있었는데, 걸핏하면 촌장과 농민들 사이에서 부정과 비협조적인 언동이 끊이지 않았기에 호리오 모스케에게 촌장들을 크게 야단쳐달라고 부탁했다는 것이었다.

"그렇게 덮어놓고 농민들을 교활하다고만 생각하지는 말게."

히데요시는 오히려 야구로를 야단쳤다.

"원래는 순수한 자들이라네. 작은 이익은 알지만 큰 이익은 깨닫지 못할 정도로 소박한 자들이지. 또 부정을 저지른다고들 하지만, 그것도 어쩔 수 없는 일일세. 무릇 전쟁의 시대에는 인간의 신성함은 한없이 높이 드러나지만, 인간의 약점이나 조그만 악의 성질은 평시보다 더 쉽게 횡행하는 법이라네. 그 신성함이 더욱 높아질 수 있도록, 그 악한 성질이 나오지 않도록 하는 것을 정치라 부르는 것일세. 혼쭐을 내는 것만이 능사는 아닐세. 농민들의 좋은 점도 깊이 살피도록 하게."

"네."

"규타로 나리, 저쪽에서 식사를 하기로 합시다."

히데요시는 히데마사와 함께 방장으로 들어갔다. 바로 그 무렵, 오카야마 도로의 이이쿠라板倉에서 말을 내린 전령 하나가 문을 지키는 무사들에게 둘러싸였다.

이 도로는 오카야마에서 히데요시가 있는 이시이 산으로도 갈 수 있고, 히바타日幡를 넘어 고바야카와 다카카게의 진영이 있는 히자시 산으로도 갈 수 있는 길이었다. 이곳의 문은 이른바 요해지로 엄중하게 지켜지고 있었다.

"하세가와 소닌長谷川宗仁 님께서 보내신 사자입니다. 결코 수상한 자가 아닙니다. 2일에 교토를 출발해서 지금 도착한 것입니다. 결코 미심쩍은 자가 아닙니다."

무사들에게 좌우의 팔을 붙들린 채 어두운 길을 가는 중에도 전령은 잠꼬대처럼 쉴 새 없이 외쳐댔다. 그러자 그의 다리와 피로에 지친 몸을 친절하게 부축하며 걷고 있던 무사들이 웃으며 말했다.

"무슨 소리를 하는 겐가. 수상히 여겨 말에서 끌어내린 게 아닐세. 말에서 내린 순간 다리가 풀려서 걸을 수 없을 것 같았기에 부축해서 데려가는 것 아닌가?"

전령이 슬쩍슬쩍 뒤를 돌아보기도 하고 어둠 속에서 발을 헛디디기도 하며 말했다.

"하지만 이 길은? 대체 어디로 데려가려 하는 겁니까? 어느 길로?"

"그야 당연히 이시이 산의 본진으로 가는 길이지."

"그렇다면 여러분은 틀림없이 하시바 나리의 휘하입니까? 설마 모리 군은 아니겠지요?"

"조금 전에 우리가 물은 걸, 이번에는 자네가 묻는군, 하하하하. 이 전령 재미있군, 아주 재미있어."

무사들이 돌아본 순간, 전령은 털썩 주저앉고 말았다.

"이봐, 왜 그래?"

한 사람이 횃불을 가져가 그의 얼굴을 비춰보았다.

"앗, 큰일이다. 정신을 잃었어."

무사들이 서둘러 물을 떠다 전령의 입술에 흘려주기도 하고 등을 두드려주기도 했다.

"이봐, 정신 차려. 여기서 정신을 잃으면 어떡하나. 본진까지는 아직 멀었어."

전령은 고개를 끄덕이며 창백한 얼굴로 다시 걷기 시작했다. 어제부터 먹지도 마시지도 않고 말에 채찍을 가해 달려온 듯했다. 전령의 모습을 보고 처음에는 반쯤 장난스럽게 대하던 무사들도 '보통 일이 아니구나' 하고 생각했다.

이 사실은 곧 산기슭에 있는 야마노우치 이에몬의 부대에서 아사노 야혜에게 전달되었고, 도중부터 야혜의 부하가 거의 병자나 다를 바 없는 전령을 건네받아 본당 아래까지 데려갔다.

이미 영내는 밤이 깊어 곳곳의 횃불 외에는 먹물처럼 깜깜했다. 전령은 다시 정신을 잃은 듯 보초를 서던 아사노의 가신 발밑에 엎드려 있었다. 버찌인지 송충이인지, 그곳으로 무엇인가 떨어지는 소리가 드문드문 들려왔다.

분 루

밤은 해시(오후 10시) 무렵이었다. 히데요시는 아직 깨어 있었다. 식사를 마치고 난 뒤, 마침 어딘가에서 돌아온 하치스카 히코에몬을 보자 그와 호리 히데마사만을 데리고 진중의 거실로 쓰는 서원으로 들어갔다.

세 사람은 꽤 오랜 시간 그곳에 앉아 있었다. 시동들까지 모두 물리고 매우 은밀한 얘기를 나누는 듯했다. 가인 유코幽古만이 홀로 허락을 받아 한편에 자리해 다기 소리를 내고 있었다.

그때 멀리서 급히 달려오는 발소리가 들려왔다. 아무도 들이지 말라고 엄하게 일러놓았기에 발소리는 문 앞에서 시동들에게 가로막힌 듯했다. 한쪽은 매우 급히 달려왔고, 다른 한쪽은 혈기왕성한 연소자들뿐이라 말끝에 싸움이라도 벌어진 듯했다.

"유코…… 무슨 일이냐?"

히데요시가 묻자 유코가 귀를 기울였다가 대답했다.

"무슨 일인지 잘 모르겠습니다. 시동들과 당번병 무리인 듯합니다."

"보고 오너라."

"네."

유코는 화롯가의 물을 그대로 둔 채 자리에서 일어났다. 밖으로 나가 보니 바깥문을 지키는 무사인 줄 알았는데 아사노 나가마사가 와 있었다.

"나가마사 님이 아니라 누가 와도 허락이 있을 때까지는 결코 말씀을 여쭐 수 없습니다. 그런데 말씀을 여쭙지 않으면 억지로라도 들어가겠다고 위협하시는 것은 무엄한 일입니다. 가실 수 있으면 지나가보십시오. 비록 시동들이지만 우리는 결코 멋이나 장식품이 아닙니다."

나이 어린 시동들은 지지 않고 으름장을 놓았다.

"자, 자. 그만 목소리를 낮춰라."

유코가 우선 고집 센 시동들부터 달래놓고 말을 이었다.

"아사노 나리. 무슨 일이십니까?"

야혜는 손에 들고 있던 편지함을 보이며 교토에서 지금 막 도착한 전령의 모습이 심상치 않으니 아무도 들이지 말라고 하셨다고는 하나 당장 말씀을 전해달라고 부탁했다.

"잠시 기다리십시오."

유코가 안으로 달려 들어갔다가 곧 다시 나와 그를 안내했다.

"안으로 드시지요."

야혜는 문 옆에 있는 방을 흘겨보며 지났다. 그러자 방 안에 있는 시동들이 갑자기 입을 다물고 딴청을 부렸다.

"야혜냐."

히데요시가 등불을 멀리 놓고 앉았다.

"네. 말씀 중인 것은 알았지만."

"전령이 왔다니 어쩔 수 없지. 그래 누가 보낸 서찰이냐?"

"하세가와 소닌이 보낸 것이라고 합니다만, 우선 보시기 바랍니다."

"소닌이 전령을 보냈다니, 대체 무슨 일일까?"

히데요시가 호리 히데마사의 얼굴을 보고 중얼거리며 서찰을 집었다.

"글쎄요."

히데마사도 역시 고개를 갸웃거렸다.

하세가와 소닌은 노부나가의 다도를 담당하는 무리 중 하나였다. 평소 그리 친하게 지내지도 않았으며, 특히 다도를 담당하는 사람이 갑자기 진중으로 전령을 보냈다는 것도 이상한 일이었다. 게다가 야헤 나가마사의 말에 의하면 전령은 어제인 2일 정오에 교토를 출발해 3일인 오늘 밤 해시 무렵에 도착했다. 교토에서 여기까지 칠백여 리나 되는 길을 대략 하루하고 한나절 만에 달려온 셈이었다. 이는 매우 빠른 속도였다. 틀림없이 도중에 물도 마시지 않고 밤새 달려왔을 것이다.

"히코에몬, 불을 조금 더 가까이 가져다주게."

히데요시는 몸을 조금 수그렸다. 그리고 소닌이 보낸 서찰을 풀었다. 매우 짧고, 또 매우 급하게 흘려 쓴 글이었다. 그런데 서찰을 읽는 순간 히데요시의 목덜미 털이 곤두서고 말았다.

"……"

"……"

모두 조금 물러나 앉아 있었으나 히데요시의 목덜미부터 귀 부근까지 혈색이 바뀌자 규타로 히데마사와 야헤 나가마사와 히코에몬 마사카쓰가 자신도 모르게 몸을 앞으로 내밀며 말했다.

"나리…… 나리……. 무슨 일이십니까?"

세 사람이 좌우에서 그렇게 묻는 순간, 히데요시는 깜짝 놀라 정신을 차렸다. 서찰을 읽는 순간 눈앞이 아득해지고 정신도 혼미해졌던 것이다. 그리고 서찰의 글을 의심하듯 다시 뚫어져라 바라보다 끝내 글 위로 눈물을 줄줄 흘렸다.

"대체…… 어인 일로 눈물을 흘리십니까?"

"평소에 없는 일을."

"소년의 글 안에 무슨 슬픈 내용이라도 적혀 있단 말입니까?"

그때 세 사람이 동시에 떠올린 사람은 나가하마에 두고 온 히데요시의 노모였다.

진중에서 가끔 고향 이야기가 나오면 히데요시는 반드시 노모에 대한 이야기를 했다. 히데요시가 노모에 대해 이야기할 때마다 어린 시동들처럼 사모의 정을 드러내는 모습을 모두 보아온 터였다. 그랬기에 노모가 위독하거나 세상을 떠난 것이라 생각했는데, 마침내 히데요시가 눈물을 닦고 옷깃을 바로 하는 모습을 올려다보니 비통한 모습 속에서도 엄숙한 기운과 분노가 느껴졌다. 그의 눈물은 모자의 정에 이끌려 흘리는 슬픔의 눈물이 결코 아니었다.

"이야기할 힘도 없구나. 규타로 나리도, 마사카쓰도, 나가마사도 이리로 와서 좀 보시오."

히데요시는 여전히 얼굴을 돌리고 팔꿈치를 굽혀 울고 있었다.

세 사람 모두 벽력에라도 맞은 것 같은 표정이었다. 규타로 히데마사도, 히코에몬 마사카쓰도, 야헤 나가마사도 망연히 정신을 잃은 듯했다.

노부나가의 죽음과 노부타다의 전사. 조금 전까지는 상상할 수도 없던 일이 엄연한 현실로 나타났으며, 전령이 가져온 글은 어제 2일 아침에 본능사에서 벌어졌던 일을 생생하게 전하고 있었다.

있을 수 있는 일이란 말인가? 세상일이란 이토록 예측할 수 없는 것이란 말인가? 너무 놀란 나머지 한동안 마음까지 마비되어 눈물도 나오지 않았고 말도 나오지 않았다. 특히 히데마사는 이곳으로 오기 전 노부나가에게 이런저런 명령을 받은 탓에 거의 믿을 수 없다는 듯 몇 번이고 글을 읽었다.

등불이 눈물에 젖어 사그라질 정도로 히데마사도 눈물을 흘렸으며, 히코에몬도 눈물을 떨어뜨렸다. 그러다 히데요시가 꾸물꾸물 몸을 움직이더니 자세를 바로 하고 앉았다. 그리고 약간 힘을 주는 듯한 얼굴로 입술을 굳게 다무는가 싶더니 갑자기 멀리 있는 시동의 방을 향해 소리를 질렀다.

"얘들아, 누가 좀 와봐라."

천장을 뚫고 나갈 듯한 히데요시의 목소리에 평소 대담하던 하치스카 히코에몬도, 호리 히데마사도 깜짝 놀라고 말았다. 무엇보다 체면이고 뭐고 없이 히데요시도 함께 울고 있었기 때문에 그들이 놀란 것은 당연한 일이었다.

"넷!"

대답과 함께 시동들의 방에서 씩씩하게 달려오는 발소리가 들렸다. 그 발소리와 히데요시의 목소리 때문에 히데마사도, 마사카쓰도 순간 비탄을 떨쳐버리게 되었다.

"부르셨습니까?"

"누가 온 게냐?"

"이시다 사키치입니다."

체구가 작은 사키치는 옆방의 문 근처에서 조금 더 다가와 히데요시가 있는 방의 등불을 향해 손을 모았다.

"사키치냐? 그래, 너면 됐다."

"네."

"간베 요시타카의 막사까지 한달음에 달려갔다 오너라. 간베에게 할 얘기가 있으니 잠자기 전에 잠깐 오라고 일러라."

"그 말씀만 전하면 되겠습니까?"

"그것만 전하면 된다. 구로다의 막사다. 밤이 어두우니 틀려서는 안 된다."

"네."

"잠깐 기다려라. 다른 아이들은 무엇을 하고 있느냐?"

"따분해하고 있습니다. 전투가 없는 건 고통스러운 일이라고 모두 이야기하고 있었습니다."

"유코, 옆방에 있는가?"

"있습니다."

"시동들의 방에 과자라도 내어주고 돼지씨름이나, 팔씨름이라도 하고 있으라고 하게. 오늘 밤에는 좀 늦게까지 있어야 할 듯하니, 아이들이 졸지 않도록."

"알겠습니다."

"사키치, 다녀오너라."

"다녀오겠습니다."

히데요시는 목 놓아 울고 싶은 심정이었다.

노부나가와 처음 대면한 것은 열여덟 살 무렵이었다. 노부나가의 손은 히데요시의 머리를 쓰다듬어주었고, 히데요시의 손은 노부나가의 짚신을 받들었다. 그런데 이제는 그런 주군이 없는 것이었다.

'뜻밖에도 주인이 먼저 세상을 떠나고 나 홀로 목숨을 부지하고 있구나.'

노부나가와 히데요시의 관계는 다른 사람들이 생각하는 것과 같은 단순한 주종 관계가 아니었다. 피도 하나, 신념도 하나, 생사도 하나라 여기던 사람이었다.

'주군은 나를 알고 있다. 이 세상에 나를 알고 있는 사람은 주군 외에 없다. 본능사에서 마지막 불길에 휩싸인 순간, 주군은 틀림없이 나를 부르시고 내게 후사를 부탁하셨을 것이다. 나 히데요시, 미천한 몸이나 어찌 주군의 원한과 유탁遺託에 응하지 않을 수 있겠는가.'

그날 밤, 히데요시는 혼자 맹세했다. 헛되이 탄식을 늘어놓지 않았다.

탄식을 하다 보면 통한의 눈물에 몸이 잠기고, 통곡에 피를 토해도 부족할 터였다. 히데요시가 생각해야 할 것은 오로지 노부나가가 죽기 직전에 무엇을 자신에게 명령했을까 하는 것뿐이었다.

히데요시는 주군의 원통함을 분명히 알 수 있었다. 평소의 주군을 떠올리면, 지금까지 이룬 통업을 완성하지 못하고 세상을 떠나는 것을 얼마나 안타까워했을지 쉽게 짐작해볼 수 있었다. 그것을 생각하면 히데요시는 단 한시도 한탄만 하고 있을 수 없었다. 뒷일을 어떻게 도모해야 할지 생각하고 있을 시간도 없었다. 몸은 주고쿠에 있었으나 마음은 이미 적 아케치 미쓰히데를 향하고 있었다.

눈앞의 적 다카마쓰 성을 어떻게 처리해야 할지, 모리의 대군 삼만여 명을 어떻게 조치해야 할지, 또 그 커다란 적과 네 갈래로 나뉘어 맞서고 있는 형국인 이 진지에서 어떻게 한시라도 빨리 벗어나 교토 쪽으로 진군할 수 있을지, 그리고 미쓰히데를 어떻게 쳐야 할지 산더미처럼 곳곳에 쌓여 있는 어려운 문제에 대해 히데요시는 조금 전 몸을 바로 하고 앉았을 때 이미 마음을 정한 상태였다.

'깊이 생각할 여유도 없다. 천기天機는 촌각 중에도 움직이고 있다. 무엇보다 먼저 행동으로 옮겨야 한다. 하나하나, 오직 실행만이 있을 뿐이다. 여러 어려움을 몸으로 직접 부딪치며 그때마다 망설임 없이 생각을 결정해나가면 된다.'

히데요시의 눈썹에서도, 입술에서도 천 번에 한 번 성공할까 말까 하는 일에 대한 각오를 엿볼 수 있었다.

"참, 전령은 어디에 있는가?"

이시다 사키치가 떠난 뒤 얼마 지나지 않아 히데요시가 아사노 야헤에게 물었다.

"무사들에게 본당 아래에 대기시켜놓으라고 말했습니다."

야헤가 대답하자, 히데요시가 하치스카 히코에몬을 향해 명령했다.

"자네, 그 사내를 부엌으로 데려가 밥을 먹게 하고, 방 하나에 감금하여 아무도 만나지 못하게 하게."

히코에몬이 알아들었다는 표정으로 자리에서 일어서는 것을 보고 야헤가 그런 일이라면 제가 다녀올까요, 하고 물었으나 히데요시는 고개를 흔들며 말했다.

"아니다, 야헤 자네에게는 따로 명할 일이 있으니 잠시 기다리도록 해라."

히데요시는 눈을 가느다랗게 뜬 채 단숨에 이렇게 명령했다.

"자네는 지금부터 바로 휘하의 병사 가운데서 눈치가 빠르고 발이 빠른 자를 골라 교토에서 모리의 영지 쪽으로 통하는 모든 도로와 샛길을 물샐틈없이 방비하도록 하게. 주요 도로는 차단해도 상관없네. 수상한 자가 있으면 바로 잡도록. 그렇지 않은 자라 할지라도 일단은 소지품과 정체를 엄하게 살피도록 하게. 이는 무엇보다도 중요한 일일세. 서두르게, 소홀함이 없도록."

아사노 야헤는 바로 자리를 떴다. 이제 남은 것은 호리 히데마사와 가인인 유코뿐이었다.

"유코, 지금 몇 시인가?"

"해정시亥正時(오후 11시)쯤 된 듯합니다."

"오늘이 3일이었지?"

"그렇습니다."

"내일은 4일이로구나."

히데요시는 혼자 중얼거리더니 다시 눈을 가느다랗게 뜬 채 무엇인가 헤아리듯 무릎 위에서 손가락을 움직이고 있었다.

"4일, 5일……, 규타로."

"넷!"

그전까지는 규타로 나리라고 부르기도 하고, 히데마사 나리라고 경칭을 썼으나 무의식중인지, 의식을 해서인지 히데요시는 갑자기 그렇게 부르기 시작했다.

히데마사도 그런 일로 감정을 개입시킬 만한 여유가 없었다. 오히려 지켜보는 내내 히데요시가 일변해가는 것처럼 느껴지자 어쩐지 히데요시의 위압에 스스로 손을 모아 대답해야 할 것처럼 여겨졌다.

"저 히데마사 역시 이렇게 앉아 있을 수만은 없습니다. 뭔가 명령을 내려주십시오."

히데요시가 그의 초조한 마음을 달래주며 말했다.

"아니, 여기에 잠시 더 있어줬으면 하오. 곧 간베 요시타카도 올 게요. 그사이에 전령을 어떻게 처리했는지 마음에 걸리오. 히코에몬이 가기는 했지만 혹시 모르니 가서 보고 와주시겠소?"

"알겠습니다."

히데마사는 자리에서 일어나 절의 부엌으로 가보았다. 전령은 부엌 바로 옆의 조그만 방에서 더운 물에 만 밥을 허겁지겁 들이켜고 있었다. 어제 정오 무렵부터 먹지도 마시지도 않고 달려왔던 사내는 배불리 먹은 뒤 그제야 몸을 뒤로 젖혔다.

"아아."

"전령, 이쪽으로 오게."

밥을 다 먹은 것을 본 히코에몬이 손짓으로 전령을 부르더니 부엌의 한쪽 방으로 데려갔다. 두껍게 흙을 발라 만든 경당經堂이었다. 히코에몬은 천천히 쉬라고 위로하며 사내를 안으로 안내한 뒤 바깥에서 자물쇠를 채웠다. 그때 규타로 히데마사가 슬며시 곁으로 다가와서 히코에몬의 귀에 대고 속삭였다.

"아군들에게 교토의 변이 알려져서는 안 된다고 생각하고 계시는 모양이오. 차라리 저 전령을……."

규타로 히데마사가 눈에 살기를 드러내자 어떤 이유에서인지 히코에몬이 머리를 흔들었다. 그리고 그곳에서 몇 걸음을 옮긴 뒤 경장 쪽으로 한 손을 들어 배례하며 말했다.

"그냥 저대로 둬도 죽을 겁니다. 먹은 것을 삭히지 못할 겁니다. 허무하게 죽고 말 겁니다."

시시각각으로 변하는 천기

히데요시秀吉는 여전히 그 자리에 앉아 있었다. 촛불 밑에는 종이를 태운 재가 흩어져 있었다. 하세가와 소년이 보낸 글을 태운 것이었다. 히코에몬과 규타로 히데마사가 전령을 방에 가두고 돌아와 자리에 앉자 잠시 뒤 이시다 사키치가 들어와 고했다.

"오셨습니다."

사키치가 시동들의 방으로 물러나자 뒤이어 구로다 간베 요시타카黑田官兵衛孝高가 다리를 절뚝이며 들어왔다.

"왔는가?"

그렇게 말하며 눈인사로 맞아들이는 히데요시도, 불편한 다리를 접어 털썩 앉는 간베도 평소와 다르지 않은 모습이었다. 특히 간베는 이타미伊丹 성안에서 난을 만난 뒤 불치의 외발이가 되었기 때문에 주군 앞에서도 다리를 옆으로 하고 편히 앉을 수 있었다. 한 가지 덧붙여 말하면, 그때 옥중 생활에서 얻은 피부병이 고질병이 되어 아직까지도 두피 쪽은 낫지 않은 상태였다. 그러다 보니 머리숱이 적어 등불에 가까이 앉으면 머리 뿌리까지 보일 정도였고, 왜소한 체구였지만 우락부락하게 보였다.

"깊은 밤에 무슨 일이십니까? 어찌 부르셨는지……."

히데요시가 말이 없자 간베가 먼저 물었다.

"히코에몬이 얘기하도록 하게."

히데요시는 그렇게 말하고는 팔짱을 낀 채 고개를 숙였다. 이런 와중에도 시간을 허비하지 않고 앞일을 생각하는 것처럼 보이기도 하고, 또 걸핏하면 탄식에 잠겨 이내 무너질 것처럼 보이기도 했다.

"간베 나리, 놀라지 마십시오."

히코에몬은 엄숙하게 말을 꺼낸 뒤 간단하게 사실을 알렸다. 하세가와 소년이 보낸 전령에 관한 일도 그대로 이야기했다. 그러자 평소 호기롭기로 유명한 간베 요시타카마저 당황한 얼굴빛을 감추지 못했다.

"……."

간베 역시 팔짱을 낀 채 커다란 한숨만 내쉴 뿐 아무 말도 없었다. 그리고 얼마 뒤 간베는 이마 너머로 같은 자세로 앉아 있는 히데요시를 보았다. 그때 호리 히데마사가 무릎걸음으로 다가와 히데요시에게 말했다.

"이미 지난 일은 생각해봐야 소용없습니다. 오늘부터 세상의 바람은 방향이 바뀌었습니다. 다행히도 그 바람은 순풍인 듯싶습니다. 마침내 출항을 위해 돛을 올리실 때가 찾아왔습니다. 나서느냐, 물러서느냐 판단해야 할 때, 지금이 가장 중요할 때라고 생각합니다."

유코幽古도 거들었다.

"히데마사 님의 의견, 참으로 지당하신 말씀입니다. 세상의 양태, 비유로 말씀드리면 눈이 녹아 요시노吉野의 벚나무가 춘풍을 맞은 격입니다. 사람들도 곧 꽃놀이를 기다리는 심정이 될 것입니다. 한시라도 빨리 꽃놀이를 준비하시기 바랍니다."

"두 분 모두 좋은 말씀을 하셨습니다."

간베 요시타카가 무릎을 치며 말했다.

"천지와 영겁, 만물도 봄가을로 모습을 바꾸기 때문에 생명이 유구한 것입니다. 그 천지의 마음으로 크게 생각한다면 이번 일도 경하할 일이라 말할 수 있습니다. 요시노의 벚꽃도 때가 오지 않으면 볼 수 없는 것입니다. 비를 머금고 바람의 양기에 스스로 피려 하는데 무슨 분별이 필요하겠습니까? 이렇게 된 이상 히데마사, 유코 등의 말처럼 꽃놀이를 위한 한바탕 싸움을 결의하셔도 좋을 때인 듯합니다."

그들의 말에 히데요시는 '말할 필요도 없는 일'이라며 회심의 미소를 지었다. 사실은 히데요시의 본심도 그들과 다르지 않았다. 단, 히데요시는 사람들이 먼저 그렇게 말해주기를 바랐을 뿐이었다. 히데요시가 먼저 노부나가信長의 죽음을 두고 '천지의 경하할 일'이라고 말할 수는 없는 것이었다. 그의 마음속에 작은 의義나 사사로운 정을 초월한 신념이 아무리 굳게 자리하고 있다 할지라도 통탄할 슬픔을 천하의 비애로 여기지 않고 섣불리 천하의 경축으로 만들면 오해를 살지도 모르는 일이었다. 총사의 죽음은 삼군의 상喪이었으며, 히데요시 역시 그의 신하였다. 그렇기 때문에 노부나가의 죽음을 헛되게 해서는 안 되는 것이었다.

히데요시는 주인의 생명을 영원히 살아가게 하는 것이 뒤에 남은 가신의 도리라고 굳게 믿었다. 하지만 누구나 입으로는 신도를 주장하고, 행동도 뒤지지 않으려 하지만, 그 언행에는 사람마다 깊이의 차이가 있는 법이다. 히데요시는 자신의 신념과 깊이에 따라 앞으로 나아갈 수밖에 없었다. 그러면서도 그는 마음속으로 늘 신도를 잊지 않고 있었다.

히데요시는 연신 고개를 끄덕이며 사람들에게 대답했다.

"간베와 히데마사, 거기에 유코까지 이렇게 격려를 해주다니, 다들 고맙소. 사실은 내 생각도 그렇소. 그것 하나밖에 없소. 그래서 하는 말인데,"

히데요시는 완전히 마음을 정한 듯싶었다. 그는 곧 실제 문제를 놓고 이야기를 나눴다. 다시 말해 모리毛利와의 전쟁을 어떻게 대처하고 타개해서 나아갈 방향을 바꾸느냐 하는 문제였다.

"여기서 가능한 한 신속하게, 그리고 은밀하게 모리와의 화목을 꾀하지 않으면 안 될 텐데……. 히코에몬, 자네는 오늘도 에케이惠瓊를 만났겠지? 어떤가, 그쪽 속내는?"

"화의에 관해서는 이쪽에서 먼저 제의한 것이 아니라 모리 쪽에서 지난 이삼 일 전부터 안국사安國寺(안코쿠지)의 에케이를 사자로 보내 은밀하게 청해온 것이니 그가 제시한 조건이라면 당장이라도 맺을 수 있습니다만……."

"결코 조건대로는 할 수 없다."

히데요시는 힘껏 머리를 흔들어 보이며 대답했다.

"그렇기에…… 원래 이전부터 모리 쪽에서 무슨 말을 해도 우리는 듣지 않겠다는 입장이라 오늘도 에케이와 다른 곳에서 은밀히 회담을 했습니다. 하지만 처음부터 그의 말을 거절했습니다."

"바로 그 점인데……. 이대로 끝나버리면 우리가 곤란해질 거야."

히데요시가 간베 쪽으로 시선을 돌리며 이어 말했다.

"안국사의 에케이는 예전의 친분에 의지하여 처음에는 히코에몬을 찾아갔다가 두 번째에는 자네의 막사로 가지 않았던가?"

"그렇습니다."

"자네에게는 어떻게 얘기하던가?"

히데요시의 물음에 간베가 대답했다.

"히코에몬 나리에게 제시한 조건과 다를 게 없었습니다."

"구체적으로는?"

"요컨대…… 모리 쪽에서 제시한 조건이란, 이번에 강화를 맺는다면 빗추備中, 빈고備後, 미마사카美作, 이나바因幡, 호키伯耆 오 개국을 할양하겠으니, 그 대신 다카마쓰高松 성의 포위를 풀고 시미즈 무네하루淸水宗治 이하 성의 병사 오천의 목숨을 보장해주라는 내용이었습니다."

"흠, 그랬었지. 오 개국을 떼어 바친다고 하면 크게 양보하는 것 같지만, 빈고를 제외하면 지금도 여전히 쟁탈을 벌이고 있는 곳이어서 반드시 모리가 영지로 다스리고 있는 땅이라고는 할 수 없다."

"옳으신 말씀입니다."

"그러니 조건을 받아들여 무네하루를 살려주고 화의에 응할 수는 없다. 이는 노부나가 공의 뜻을 기다릴 필요도 없는 일이었다. 승패는 이미 우리 손에 달린 일이니……. 그런데 지금은 기회의 의미가 전혀 달라지고 말았어. 강화의 뜻을 놓칠 수 없게 되었다고."

"지금은 간발의 차이로 성패가 갈리는 기로에 있습니다."

"적인 모리가 교토京都의 변을 아는 순간, 화의는 맺을 수 없게 될 걸세. 전쟁의 주도권은 그에게로 넘어갈 것이고, 당연히 대세는 우리에게 불리해질 거야. 하지만…… 모리는 아직 모르고 있을 게야. 틀림없이 아직."

히데요시는 말끝에 힘을 주었다. 그리고 다시 한 번 되풀이했다.

"틀림없이 아직 아무것도 모르고 있을 게야. 하늘이 내게 허락하신 시간은 적이 그 사실을 알게 되기 전까지야. 이 기회를 포착해 커다란 계책을 펼치는 것도 얼마 되지 않은 시간 안에 해야 해. 그러니 지금처럼 일각이 중요한 때도 없지."

"오늘 밤이 3일의 자정이니까, 이제 자시(12시)쯤 됐을 것입니다. 4일인 내일 중으로 화의를 진행시켜도 이삼일 안으로는 얘기가 매듭지어질 것입니다."

하치스카 히코에몬이 말했다. 그러자 히데요시가 히코에몬과 히데마사의 얼굴을 돌아보았다.

"아니, 그래서는 늦네. 날이 밝기를 기다릴 필요도 없이 지금 당장 일을 진행하도록 하게. 다행히 히코에몬이 오늘 에케이를 만나지 않았는가.

이야기를 다시 해서 에케이가 우리 진지로 한 번 더 올 수 있도록 해보게."

"그럼 에케이에게 바로 사자를 보낼까요?"

"가만, 가만. 그동안 그의 알선을 일축해오다 한밤중에 갑자기 우리 쪽에서 먼저 사자를 보내면 적이 이상히 여길 걸세. 사자를 보내려면 가서 할 말도 깊이 생각해야 할 거야."

히데요시와 가신들은 한동안 밖으로 목소리가 새어나가지 않을 정도로 소곤거렸다.

잠시 뒤 하치스카 히코에몬이 서둘러 밖으로 나갔다.

시동들은 유코에게 잠을 쫓기 위한 과자를 받고 돼지씨름이나 팔씨름을 하며 흥겨워했다. 시동들의 방에서는 밤이 깊은 줄 모르고 때때로 커다란 웃음소리가 들려왔다.

기회 포착

히데요시의 명령을 받자마자 아사노 야헤^{淺野弥兵衛}의 부하들은 곳곳의 길목으로 급히 달려가 통행 검찰을 시작했다. 그날 밤 그들은 신속하게 움직여 미심쩍은 사내를 붙잡을 수 있었다. 사내를 붙잡은 곳은 고베^{首部}라는 산촌 마을에서도 떨어져 있는 샛길이었다.

"어디로 가는 게냐?"

일개 소대가 포위하자 사내는 지팡이를 멈추고 고분고분 대답했다.

"빗추의 친척을 찾아가는 길입니다."

"빗추 어디로 가는 게냐?"

소대원들이 다시 캐어물으니 사내가 짐짓 시치미를 떼며 말했다.

"네, 니와세^{庭瀬}입니다."

"니와세로 가는 자가 어째서 이 같은 산길을 골라 가는 게냐? 게다가 이런 오밤중에."

"그러게 말입니다. 저물녘에 여관을 찾지 못해 십 리만 더 가면 나올까, 이십 리 걸으면 묵을 수 있으려나, 눈먼 자의 감과 고집으로 저도 모르게 그만 여기까지 오고 말았습니다. ……어디로 가야 여관이 있는 마을로 갈 수 있겠습니까? 부디 가르쳐주시기 바랍니다."

사내는 대나무 지팡이에 두 손을 얹어 자못 동정을 청하듯 고개를 끄덕였다. 그러자 가만히 사내의 모습을 지켜보고 있던 부장이 갑자기 손가락으로 사내를 가리키며 외쳤다.

"이 녀석, 가짜 장님이다."

부장은 부하들을 향해 몸을 묶으라고 명령했다. 그러자 사내가 눈이 번쩍 뜨인 것처럼 놀라 훌쩍 뒤로 물러나더니 땅을 몹시 두드리며 변명을 했다.

"마, 마, 말도 안 되는 소립니다. 저는 교토 사람으로 겐교檢校[10]를 인가받은 사람입니다. 오랜 세월 비파 등을 가르치며 생활해왔는데 니와세에 계시는 나이 든 숙모님께서 위독하셔서 불편한 몸도 돌아보지 않고, 채비도 제대로 갖추지 못한 채 이렇게 서쪽으로 내려온 것입니다. 이 앞이 보이지 않는 자를 불쌍히 여겨, 그렇게 놀리지 마시길 바랍니다."

사내는 몸을 떨며 손을 모아 빌었다.

"거짓말 마라!"

부장이 한 발 앞으로 다가가 사내가 짚고 있던 지팡이를 낚아채며 말했다.

"눈은 가리고 있으나 네 몸의 어디에도 빈틈이 없다. 이런 물건은 필요 없지 않느냐?"

부장은 손이 보이지 않을 만큼 민첩하게 단도를 뽑아 지팡이를 두 쪽으로 쪼갰다. 그러자 대나무 안에서 서찰 한 통이 떨어졌다. 사내는 언제부터인가 주위 병사들을 차갑게 노려보고 있었다. 그리고 얼른 달아나야겠다고 생각한 듯 갑자기 둘러싼 병사들의 한쪽을 발로 차고 달아나려 했

10) 맹인에게 주던 최고의 벼슬.

다. 그곳에는 스무 명 정도의 병사가 있었기에 이 수상한 사내를 놓치지 않고 깔아뭉갤 수 있었다.

"분하구나. 두고 보자."

사내는 꽁꽁 묶여 말 위에 짐짝처럼 얹어진 뒤에도 어디 믿는 구석이라도 있는지 이를 갈며 복수를 하겠다고 외쳐댔다.

"시끄럽다!"

부장이 사내의 입에 흙을 쑤셔 넣었다. 그리고 말에 채찍을 가해 부하 두어 명과 함께 서쪽으로 길을 서둘렀다.

그렇게 고우베의 샛길에서 가짜 맹인을 붙잡고, 얼마 뒤 오카야마에서 동쪽으로 십 리 정도 떨어진 오쓰타미乙多見 마을 부근에서 수도자 차림을 한 사내가 검찰대의 검문을 받았다. 가짜 맹인이 가엾어 보이려고 했던 것과는 반대로 이 사내는 거만한 태도로 일관했다.

"나는 성호원聖護院(쇼고인)의 인가를 받은 우바새優婆塞로 교토 이나바도因幡堂에 사는 긴세이보金井坊라는 사람이오."

사내는 심문에 대해서도 거만한 태도로 맞서며 끝까지 검찰대를 속여 한시라도 빨리 벗어나려 했다.

"한밤중에 걷는 것은 수행자들의 습관이오. 수행을 위해서는 길 없는 길도 가야 하고, 잠도 자지 않고 걸어야 하는 법이오. 뭐, 어디로 가는 길이냐고? 그런 건 왜 묻소? 정처 없이 떠도는 몸, 목적지를 두고 길을 나선 적은 없었소."

검문을 하는 병사가 갑자기 창의 손잡이로 정강이를 후려치자 사내가 '아얏' 하고 비명을 지르며 맥없이 쓰러졌다. 옷을 반쯤 벗겨 조사해보니 아니나 다를까, 수도자가 아니었다. 이시야마石山 본원사本願寺(혼간지) 계열의 승려인 듯했는데 본능사本能寺(혼노지)의 변이 일어나자마자 모리 쪽에 은밀히 알리기 위해 밤낮으로 달려왔다는 사실이 밝혀졌다. 이윽고 사내는 짐짝처럼 히데요시가 있는 본진으로 급히 호송됐다.

　그날 밤 두 사람 중 한 사람이라도 경계망을 빠져나가 목적을 달성했다면 노부나가의 죽음은 그날로 모리 쪽에 알려졌을 터였다. 요행이라면 요행이라고 할 수 있을 테지만, 히데요시의 응급책은 참으로 적절했다. 놀라기에 앞서, 울기에 앞서 가장 먼저 아사노 야헤를 보내 길을 막고 검문을 실시한 덕분에 모리 쪽에 이야기가 새어나가지 않을 수 있었다.

　수도자로 변장한 사내는 미쓰히데光秀가 보낸 밀사는 아니었으나, 앞선 가짜 맹인은 아케치明智의 무사인 사이가 야하치로雜賀弥八郞였다. 그는 미쓰히데가 모리 데루모토毛利輝元에게 보내는 편지 한 장을 들고 2일 이른 아침에 교토를 출발한 것이었다.

　미쓰히데는 2일 아침에 모리 쪽으로 사자를 두 명 보냈다. 다른 한 명인 하라 헤이우치原平內는 오사카大阪에서 배를 타고 빗추로 들어갔다. 그런데 하라 헤이우치는 운이 좋지 않아 바다에서 풍랑을 만나고 말았다. 그러다 보니 그가 모리 가에 도착했을 때에는 주고쿠中國의 대세가 이미 결정난 뒤였다.

　본능사의 난 뒤로 미쓰히데의 획책은 모두 뜻대로 이루어지지 않았다. 그것은 사람의 지혜와 힘을 초월한 미묘한 일이었다. 그렇게 차질이 생기고 패한 원인을 생각해보면, 그것은 모두 하늘의 뜻이라고 할 수밖에 없다. 사람은 사람을 상대로 싸운다고 생각하고 사람과 사람의 전장만 떠올리지만, 거기에는 위대한 우주의 지휘도 한몫하는 법이다. 진陣 위에 존재하는 하늘의 뜻을 받들지 않고, 인력을 다해 신의와 통하지 않은 삼군이라면, 아무리 뽐을 내봐야 '인간의 진'에 지나지 않는다. 그러면 '신인神人의 진'에는 이길 수가 없다.

안국사 에케이

안국사의 에케이는 화의를 위한 예비 교섭을 하러 몇 번이나 회견을 시도했으나 아무런 실마리도 찾지 못하고 헛되이 돌아서야만 했다. 하지만 그날 밤 하치스카 히코에몬으로부터 갑자기 '바로 만나고 싶다. 가능한 한 빠를수록 좋다'는 간단한 서면을 두 번이나 받게 되었다.

'이거 일이 성사되겠구나.'

에케이는 자신의 직감을 믿고 바로 나설 채비를 했다. 그리고 사자로 온 히코에몬의 아들 이에마사家政와 함께 십 리 정도 떨어진 이시이石井 산으로 서둘러 갔다.

히코에몬은 잠도 자지 않고 자신의 막사에서 대답을 기다리고 있었다. 에케이는 히코에몬의 얼굴을 보자마자 말을 꺼냈다.

"내일 아침에 올까도 싶었으나, 무슨 일인지도 모르고 또 가능한 한 빠를수록 좋다고 하시기에 곧장 달려왔소."

"정말 고맙소. 내일 아침에 오셔도 되는데, 글 솜씨가 부족한 탓에 잠도 주무시지 못하게 한 모양입니다. 하지만 빠를수록 좋은 일이니……."

히코에몬은 겸연쩍은 듯 대답했다. 이윽고 그는 에케이를 데리고 이시이 산 중턱까지 올라간 뒤 흔히 개구리코라고 부르는 조금 꺾어진 곳에 있는 한 집으로 들어갔다. 그곳은 사람이 살지 않는 농가였다. 히코에몬이 이에마사에게 등불을 켜게 했다. 모리 측을 대표하는 에케이와 하시바羽柴 측을 대표하는 히코에몬의 회견은 항상 눈에 띄지 않는 곳에서 행해졌다.

"돌아보면 귀승貴僧과 저는 참으로 기묘한 숙연宿緣입니다."

히코에몬은 에케이와 마주 앉자 은근하게 말했다.

"참으로……."

에케이도 고개를 크게 끄덕였다.

두 사람은 이십여 년 전, 하치스카 촌 쇼로쿠小六의 저택을 떠올렸다. 특히 히코에몬 마사카쓰彦衛門正勝는 그 무렵 승려로서는 꽤나 젊었던 떠돌이 승려 에케이의 모습을 떠올렸다. 그리고 감개무량하다는 표정으로 에케이를 가만히 바라보았다.

에케이는 전국을 떠돌며 수행을 하던 중 하치스카 촌에서 하룻밤 묵은 적이 있었다. 오다 노부나가織田信長의 기요스清洲라는 조그만 성안에 기노시타 도키치로木下藤吉郎(도요토미 히데요시)라는 걸출한 인물이 하나 있다는 사실도 그때 알았다. 그 뒤 에케이는 세월이 흘러도 오다 휘하에 도키치로라는 청년 장교가 있다는 사실을 잊을 수가 없었다. 덴쇼天正 원년(1573년)에는 히데요시가 두각을 나타내기 전이었기에 시바타柴田, 니와丹羽, 다키가와瀧川 등의 장수들 입장에서 보면 히데요시는 한참 아래였다. 하지만 당시 에케이가 교토에서 주고쿠의 깃카와 모토하루吉川元春 앞으로 보낸 서장에는 우연인지, 형안炯眼인지 이런 내용이 적혀 있었다.

노부나가의 시대가 삼 년, 오 년은 유지될 듯합니다. 내년쯤이면 구게[11]가 될 듯도 합니다. 그런 뒤, 벌렁 나자빠져 몰락할 것이라 여겨집

---

11) 조정의 벼슬아치.

니다. 도키치藤吉는 꽤나 뛰어난 인물인 듯합니다.

에케이의 예언은 놀라운 것이었다. 십 년 뒤 오늘, 바로 그의 예언대로 되어버린 것이었다. 하지만 그날 밤 그는 십 년 전 자신이 한 말이 그렇게까지 적중하리라고는 꿈에도 생각하지 못했다. 그저 적이기는 하나 남몰래 히데요시의 됨됨이에 깊이 경도되어 있었을 뿐이었다.

이십 년 전 히데요시가 커다란 그릇임을 꿰뚫어보고, 십 년 전 노부나가의 운명을 맞힌 에케이를 세상의 평범한 승려라고는 결코 말할 수 없을 것이다. 모리 모토나리毛利元就가 아키安芸의 안국사를 방문했을 때 유소년이었던 에케이를 보며 '저 동자승을 내게 주지 않겠는가?'라고 한 말은 에케이의 명예를 이야기할 때 흔히 회자되곤 했다. 모토나리는 살아 있을 동안 에케이를 늘 전진에 데리고 다녔고 '동자승, 동자승'이라고 부르며 매우 아꼈다고 한다. 그리고 중년에 고향을 떠나 각 주를 유력하고 귀국한 뒤에는 사람들이 그를 안국사의 사이도西堂라 부르며 우러렀다. 또한 고바야카와 다카카게小早川隆景와 깃카와 모토하루가 그를 굳게 믿고 있어서 싸움이 있을 때면 군사 고문, 이른바 진승陣僧[12]으로 종군하기도 했다.

"지금은 화목하는 것이 최선책입니다."

에케이는 그렇게 고바야카와, 깃카와 두 장수에게 간곡히 권했다. 히데요시를 잘 알고 있다 보니 적으로 삼아서는 주고쿠가 존립할 수 없다고 생각한 것이었다. 게다가 왕년의 지기인 하치스카 히코에몬이라는 좋은 연줄도 있었다. 그런 연유로 몇 번이나 은밀하게 모리 측의 강화 조건을 제시해보았으나 히데요시가 오 개국 양도와 시미즈 무네하루의 목숨을

---

12) 중세에 전진에서 사망자의 명복을 빌고 적에게 사자로 파견하던 중. 진중에서 문필에 관한 일도 맡았다.

교환하자는 조건을 받아들일 수 없다고 했기에 오늘도 그대로 돌아올 수밖에 없었던 것이다.

"이렇게 갑자기 편지를 보낸 것은, 오늘 귀승과 만났던 일을 구로다 간베 님께 말씀드렸더니 '우리 나리께서는 마음이 아주 넓은 분이시니 모리 쪽에서 한발 더 양보한다면 화담은 틀림없이 성사될 것일세. 오늘 저녁에도 어쩌다 그런 얘기가 나왔는데 대수롭지 않다는 듯, 다른 조건이야 어찌됐든 무네하루의 목숨만은 안 되네, 적장을 살려둔 채 성의 포위를 푼다면 우리 오다 군의 전력도 더는 버티지 못하고 어쩔 수 없이 미미한 조건에 응해 화의를 맺었다는 인상을 세상에 줄 걸세, 무엇보다 노부나가 공의 허락을 얻어낼 수 없을 걸세, 하며 무네하루만은, 무네하루만은 하고 말씀하셨소. 그렇게까지 화의에 뜻을 품고 계시니…… 에케이 님이 조금만 더 힘을 써주신다면 성립되지 않을 이유도 없을 듯하오. 그렇게 되면 틀림없이 성사될 것이오'라고 간베 님은 굳은 신념을 가지고 이 사람을 격려하셨소. ……어떻소? 귀승이 진심으로 생각하는 바를 들려주시오."

히코에몬의 말은 낮에 한 것과 다를 바 없었으나 사람은 에케이가 낮에 본 그 사람이 아니었다. 에케이는 그사이 방침에 어떤 커다란 변화가 있었다는 것을 형안으로 꿰뚫어보았으나, 평범한 말투로 대답했다.

"글쎄, 이미 모두 말씀드리지 않았소. 모리의 영지 열 곳 가운데 다섯 곳을 바치고도 시미즈 무네하루의 목숨을 건지지 못한다면 천하에 무문의 체통이 서지 않을 것이라 여기는 모리 가의 심중도 잘 살펴주시기 바라오."

"낮에 만난 이후, 오늘 저녁에라도 고바야카와 나리나 깃카와 나리의 심중을 들어보셨소?"

"들어볼 것도 없는 일이기에 뵙지 않았소. 설령 주고쿠 전토를 잃는다 할지라도 모리 가로서는 더없이 충의로운 무네하루를 잃을 수는 없는 일이라고 굳게 결심하셨소. 데루모토 님 이하 고바야카와 나리와 깃카와 나리도 모리 가의 철칙에 대해서는 모두 한마음이라 한번 정한 일에 이견을 품는 자는 한 사람도 없소."

그 무렵 날이 밝고 닭의 울음소리가 멀리서 들려왔다. 어느 틈엔가 4일 아침이 되었다. 하지만 에케이도 응하지 않았고, 히코에몬도 양보하지 않았다. 덧없이 시간만 흘러갈 뿐, 화담은 조금도 진전되지 않았다. 그뿐만 아니라 서로 말이 끊기면서 '그럼 어쩔 수 없는 일'이라며 그대로 결렬될 것 같은 위기 상황을 몇 번이나 맞이했다.

에케이도 모리 측의 군명君命을 받고 자리에 임했으며, 히코에몬도 처음부터 히데요시의 생각을 자신의 생각으로 삼아 교섭에 임한 것이었다. 게다가 이번에는 두 사람 다 웬만해서는 교섭을 결렬시키지 말아야 했다. 하지만 에케이는 승려 특유의 눈으로 히코에몬을 가만히 지켜보고는 자신의 의견을 소곤소곤 되풀이해서 말했다.

"내 기량으로는 더는 귀승과 타협할 수가 없겠소. 하니 귀승도 잘 아는 구로다 간베 나리와 만나 다시 한 번 깊이 얘기해보면 좋겠소."

"소승이 바라는 화의의 윤곽을 조금이라도 잡을 수만 있다면 누구와도 깊이 이야기 나눌 수 있소."

"이에마사."

히코에몬은 밤새 옆에서 대기하고 있던 아들을 불러 명령했다.

"벌써 일어나셨을 테니, 구로다 나리를 모시러 다녀오도록 해라."

이에마사가 곧 간베를 데리고 왔다. 간베는 가신들이 짊어진 가마를 타고 왔다. 그는 가마에서 내려 절뚝이는 걸음걸이로 거침없이 들어와 두 사람 옆에 앉았다. 그리고 바로 에케이를 향해 말했다.

"실은 히코에몬 나리께 사이도(에케이)에게 다시 한 번 폐를 끼쳐 화목할 것인지, 갈라설 것인지 마지막 담판을 지으라고 권한 사람이 바로 저 간베입니다. 어떻습니까? 역시 안 되겠습니까? 밤새 얘기를 나눴는데도 매듭을 지을 만한 실마리를 찾지 못했습니까?"

간베의 호방한 말투는 꽉 막힌 것만 같은 두 사람 사이의 분위기를 되돌리는 데 효과가 있었다. 아침 햇살이 비추자 에케이도 얼굴에 웃음을 띠었다.

"기껏 자리를 마련했습니다만, 여전히 진전은 없었습니다."

그러자 히코에몬이 자리에서 일어나며 말했다.

"실례인 줄 알면서도, 오늘 아침에 노부나가 공께서 오시는 일과 관련해 호리 나리와 상의할 일이 있어 먼저 일어나야겠으니 용서해주십시오."

이어서 간베가 중얼거리듯 말했다.

"이삼 일 뒤면 노부나가 공께서 오실 듯하니 화의를 진행할 날도 오늘이 아니면 두 번 다시 없을 듯합니다. 그러니…… 어떻습니까? 적당한 선에서 마무리 짓지 않으시겠습니까?"

간베의 외교 방식은 단도직입적이었다. 또 매우 고압적이기도 했다. 도저히 승산이 없는 전국에 놓여 있으면서 조건에 대해서 이러니저러니 까다롭게 이야기한다면 일전을 펼칠 수밖에 없으리라는 극언까지 서슴지 않았다. 그리고 에케이 개인에게 득이 되는 말까지도 노골적으로 내비쳤다.

"이번 일로 동군을 위해 힘써주신다면 귀승도 장래를 위해 커다란 약속을 받아두는 것이나 다를 바 없지 않겠습니까?"

상대가 바뀐 뒤부터 에케이는 이전처럼 웅변을 늘어놓지 못했다. 하지만 얼굴빛은 히코에몬과 마주할 때보다 훨씬 편안해 보였다.

소가 笑歌

"성주 무네하루의 할복만 확약하신다면, 오 개국 이양의 조건은 나리께 잘 말씀드려 양보하기로 하겠습니다. 어찌 됐든 오늘 아침에 깃카와, 고바야카와 두 장수께 다시 한 번 잘 말씀드려주십시오. 그런 연후에 화목할 것인지 싸울 것인지 결정하기로 하겠습니다."

간베의 말에 에케이는 더는 앉아 있을 수 없었다. 깃카와 모토하루의 진지인 이와사키^{岩崎} 산까지는 겨우 십 리, 고바야카와 다카카게의 진지인 히자시^{日差} 산까지는 이십 리밖에 되지 않았다.

"말을 빌리고 싶습니다."

에케이는 갑자기 마음이 움직인 듯 그렇게 청한 뒤, 말을 타고 달려나갔다.

"과연 어떤 대답이 올지."

간베는 에케이가 떠나는 모습을 지켜본 뒤 지보원持宝院(지호인)으로 올라갔다. 그리고 어젯밤 히데요시가 있던 방을 들여다보았다. 히데요시는 이불도 덮지 않은 채, 팔을 베개 삼아 자고 있었다. 기름이 떨어진 등불은 이미 꺼져 있었다. 간베가 옆으로 다가가 히데요시를 흔들어 깨웠다.

"나리, 날이 밝았습니다."

히데요시의 코 고는 소리가 멈췄다.

"밝았는가……."

히데요시는 부스스 일어나자마자 에케이와의 회견 내용을 들었다. 그는 얼굴을 약간 찌푸렸으나 곧 자리에서 일어나 '밥을 준비하라'고 명령하고 바로 측간으로 들어갔다. 시동들은 욕실 문 옆에서 세수할 물을 받아 놓고 기다리고 있었다.

"밥을 먹고 나면 바로 진을 둘러보기로 하겠다. 평소와 다름없이 말을 내어놓고 수행할 사람들을 대기시켜놓도록 하라."

히데요시가 얼굴의 물기를 닦으며 명령했다. 그러고는 아침 식사를 순식간에 마쳤다.

히데요시는 가신들에게 금박을 입힌 표주박 무늬의 깃발과 크고 붉은 우산을 들게 하고 벚나무의 푸른 잎 사이로 산문을 지나 기슭으로 말을 몰았다. 원래 진을 둘러보는 일은 정해진 시간이 없었지만 오늘처럼 아침 일찍 나선 적도 없었다. 그는 평소보다 기분이 좋은 듯, 때때로 익살스러운 말을 하며 천천히 각 진지를 둘러보았다.

히데요시는 마침내 돌아갈 때가 되자 서기를 옆으로 불러 말했다.

"붓을 들게. 시가 한 수 떠올랐어. 적어서 모리의 진중으로 보내도록 하게."

히데요시는 말 위에 앉아 함께 온 사람들까지 들을 수 있게 자작시를 읊었다. 서기가 품 안에서 종이를 꺼내 시를 받아 적었다.

두 강이 하나 되어 흐르면
모리 다카마쓰 물속의 부스러기가 되리라.

"어떤가?"

히데요시가 좌우를 둘러보며 묻자 사람들이 모두 흥에 겨워 웃었다. 시라고 하기에는 참으로 서툴렀으나 아군의 기개를 나타내기에는 부족함이 없었다. 한바탕 웃음을 터뜨리기에도 충분했다.

이윽고 사자가 적의 진영을 향해 출발했다. 그때까지 그 누구도 미묘한 기운을 감지해내지 못했다. 그 누구도 이처럼 여유를 과시하고 있는 사람의 가슴에 '노부나가의 죽음'이 숨겨져 있을 줄 생각하지 못했다.

그날 아침 아군의 진영까지도 교토의 변이 새어나간 듯한 기미는 보이지 않았다. 히데요시는 그러한 상황을 지켜본 뒤 천천히 이시이 산의 본진으로 돌아왔다.

간베 요시타카는 산문 앞에서 히데요시를 기다리고 있었다. 그는 눈으로 무엇인가를 말하며 절 안까지 따라왔다. 히데요시는 그의 낯빛으로 에케이에게서 원하던 답을 듣지 못했다는 사실을 깨달았다. 히데요시가 돌아오기 조금 전 에케이가 모리의 진영에서 다시 찾아왔는데 결과는 예상대로였다.

"무네하루를 내주면 무문인 모리 가의 체면이 서지 않는다. 무네하루의 목숨을 보장하지 않는 강화에는 결코 응할 수 없다."

에케이의 말에 따르면 마지막 노력도 헛되이 되고 말았는데, 모리 데루모토를 비롯하여 깃카와, 고바야카와 두 사람 모두 절망적인 대답으로 일관했다는 것이었다.

"어쨌든 에케이를 이리로 불러오도록 하게. 내가 만나기로 하지."

히데요시는 아직 절망하지 않았다. 오히려 더욱 열의를 내보일 정도였다. 기다리는 동안 곁에 있는 이코마 우타노스케生駒雅樂助와 하치스카 히코에몬에게 무엇인가 귓속말을 했다.

"에케이 님께서 오셨습니다."

잠시 뒤, 간베가 고하자 히데요시는 아침 햇살이 넘쳐나는 서원으로 에케이를 데려갔다. 그러고는 편안한 분위기 속에서 옛이야기와 도읍의 소문에 관한 이야기를 나눴다. 그러다 히데요시가 불쑥 에케이에게 물었다.

"그런데 스님께서는 비구승이시오, 아니면 대처승이시오?"

에케이가 당황한 듯한 표정을 지으며 대답했다.

"비구승입니다."

처자가 없다는 뜻이었다.

"아아, 그것참."

히데요시는 안타깝다는 듯한 표정을 지으며, '축하주 정도는 괜찮겠지' 생각하고는 시동에게 술과 안주를 가져오라 명했다. 얼마 뒤 시동이 소반에 다시마, 밤, 미노美濃의 곶감 등을 담아 내오자 그중 곶감 하나를 집어 먹으며 에케이에게도 권했다.

"드십시오, 어서 드십시오."

그러고는 히데요시는 본격적인 얘기를 꺼내기 시작했다.

"무네하루의 목숨 하나가 쌍방의 체면 문제가 되어 화의에도 전혀 진척이 없는 듯한데, 돌아보면 덴쇼 6년(1578년)에 반슈播州에서 벌어진 서전에서 우리 군은 작전상 어쩔 수 없이 아마코 가쓰히사尼子勝久, 야마나카 시카노스케山中鹿之介 등이 지키던 고즈키上月 성을 버렸소. 그때도 체면을 잃었을 뿐만 아니라, 뒤이어 작년에도 호키의 우마노馬之 산에서 깃카와 모토하루와 진을 맞대고 있다가 우리가 먼저 진을 물리고 물러났소. 이렇게 우리는 두 번이나 천하에 체면을 잃었고, 모리는 무문의 체면을 세워왔으니 이번에는 다카마쓰 성의 수장인 시미즈 무네하루의 목숨을 잃는다 해도, 결코 두 강(깃카와, 고바야카와)의 수치가 되지는 않으리라 생각하오. 이 지쿠젠筑前의 생각은 그러한데, 고승의 생각은 어떠시오?"

"지당하신 말씀이라고는 생각합니다만……."

"진심으로 그리 생각한다면, 어째서 승려라는 개인적 신분으로 무네하루를 만나 무네하루에게 사태를 알리고 자결을 권하지 않는 게요? 주인 집안에서 충의로운 그에게 할복을 명하기는 어려울 게요. 하지만 고승께서 그러한 주인 집안의 고충을 잘 전달하면 무네하루도 자신의 죽음 하나가 성안 오천 명의 목숨을 대신할 수 있으며, 또 모리 가의 멸망도 막을 수 있다고 생각하여 기꺼이 자결할 것이라 여겨지는데."

히데요시는 그렇게 말하고는 군무를 핑계로 자리를 떴다. 이코마 우타노스케와 간베는 여전히 자리에 남아 에케이를 둘러싸고 비밀 하나를 더 털어놓았다. 그것은 모리 측의 우에하라 모토스케^{上原元祐}가 히데요시에게 보낸 몇 통의 편지였다. 에케이에게 모토나리의 사위인 모토스케조차 내통한다는 사실을 알려주기 위해 특별히 이야기를 꺼낸 것이었다.

마침내 에케이가 결심을 굳히고 다카마쓰 성으로 향했다. 물론 탁류에 삿대질을 하여 '개구리코'에서 배로 건너갔다.

승낙

물의 성, 고립된 성 다카마쓰 안에는 장병과 농민을 합쳐 오천 명의 목숨이 있었다.

"이 물을 마시고, 벽을 파먹으면서라도."

그들은 항복을 모르고 오로지 굳게 뭉치며 전의를 불태웠다.

성을 공격하는 아사노, 고니시小西 등의 부대는 멀리 바다에서 산을 넘어 운송해온 커다란 배 세 척을 띄워놓고 거기에 포를 실어 성루 쪽으로 탄환을 날리곤 했다.

망루는 반쯤 깨졌으며 사상자도 많이 나왔다. 게다가 장마철이라 환자들은 늘어가고 식량도 모두 젖어 성곽 안의 참상은 차마 눈 뜨고 볼 수 없을 정도였다.

성의 동쪽에서 서쪽을 오갈 때도 작은 배나 뗏목을 이용해야 했다. 그러다 보니 성안의 병사들은 문짝 수백 장을 모아다 거룻배를 만들었다. 수상전이 벌어졌을 때 거룻배에 올라 적의 대선에 공격을 시도한 용감한 병사도 있었다. 그때 두어 척의 거룻배가 침몰했으나 헤엄쳐 돌아와 다시 지휘를 하는 병사도 있었다. 지금은 농민들까지 병사들에게 뒤지지 않을 만큼 결사적인 모습을 보이고 있었다.

"다른 곳으로 달아나려면 달아날 수도 있었을 텐데, 우리와 운명을 함께하다니 정말 딱하게 됐군."

수장인 무네하루가 돌아다니며 위로를 전하면 농민들과 그들 가족들은 소리 내어 울면서도 한결같이 대답했다.

"나리와 함께라면 모든 게 기쁨입니다."

평소 무네하루의 인망이 지금의 농민들을 있게 했다.

깃카와, 고바야카와의 원군이 건너편 산에 도착한 뒤 깃발을 꽂자 성 안의 모든 사민士民이 그것을 보고는 되살아난 듯 '이젠 됐다'며 하루 종일 환호했다. 하지만 원군도 결국은 자신들을 구할 수 없다는 사실을 알게 되었을 때는 잠시 낙담하기도 했으나 결코 전의를 상실하지는 않았다. 오히려 그 뒤로는 모두 '어차피 죽을 몸'이라고 각오한 듯 활기 넘치는 모습을 보였다. 그런 모습에서 솟아오르는 강인함 속에는 깊이를 헤아릴 수 없는 불굴의 정신이 있었다.

그랬기에 구원을 온 아군이 밀사를 보내 구하기 어려운 상황을 전하고 모토하루와 다카카게의 이름으로 '이렇게 된 이상 하시바에게 항복하여 성안 오천 명의 목숨을 지키는 것이 좋겠소'라는 뜻을 전했으나 무네하루 이하 모든 사람들은 '우리는 아직 항복이라는 것을 배우지 못했소. 이런 때를 위해 평소 기른 소양은 오로지 죽음일 뿐이오'라며 뜻을 따르지 않았다.

그렇게 그들은 이십여 일을 힘껏 버텨왔다. 그리고 6월 4일 아침, 저 멀리 적지의 기슭에서부터 다가오는 조그만 배 하나가 성안에 있는 병사의 눈에 띄었다. 무사가 노를 젓고 있는 배 안에는 승려처럼 보이는 사람이 하나 타고 있었다. 그는 말할 필요도 없이 안국사의 에케이였다.

이윽고 에케이는 무네하루를 만나 할복을 권했다. 물론 에케이는 마지막에 할복에 대한 이야기를 꺼냈고, 그전에는 다음과 같은 말들을 했다.

"얼마 전부터 양군 사이에 화목을 위한 밀담이 있었는데 소승이 그 절충 역할을 맡아 하시바 쪽과 수차례 회견을 했었습니다만……."

에케이는 그간 있었던 회견의 내용을 들려주었고, 성의 수장을 살려야 한다와 그럴 수 없다는 의견으로 나뉜 양군의 체면 문제가 암초가 되어 더 이상 진척이 없다는 이야기도 전했다.

"이제 그대의 마음에 따라 모리 가의 안태를 확약할 수 있고, 수많은 성의 병사와 무고한 백성도 구할 수 있는 상황인데……."

에케이는 누누이 진심과 열변을 토해 무네하루를 설득했다.

무네하루는 내내 말없이 듣고 있다가 에케이가 더는 할 말이 없다는 듯 땀에 흠뻑 젖은 몸으로 고개를 숙이자 비로소 온화한 목소리로 말했다.

"아아, 오늘은 참으로 길일이로군. 덕분에 고마운 말씀을 듣게 되었소. 말씀에 거짓이 없다는 사실은 고승의 얼굴을 통해서도 잘 알 수 있었소."

무네하루는 승낙하겠다고도, 승낙하지 않겠다고도 말하지 않았다. 그의 마음은 이미 승낙 여부를 초월한 듯했다.

"얼마 전에는 고바야카와, 깃카와 나리께서도 이 하찮은 몸을 크게 걱정하시며 성을 열어 항복하라고 말씀하셨소. 하지만 오천의 사랑스러운 자들을 함께 죽음으로 내몬다 할지라도 무네하루는 결코 항복하여 목숨을 건져야겠다고 생각하지 않았기에 거절했소이다. 고승의 말씀에 따르면 주인 집안도 안태를 약속받을 수 있고 성안의 사민들도 무사할 수 있다 하니……. 그렇다면 싫다고 할 이유가 없소. 오히려 커다란 기쁨이오. 이 무네하루에게는 기쁨이오."

무네하루는 마지막 말을 거듭 강조했다. 그러자 에케이는 감격에 몸이 떨려왔다. 이렇게 간단할 줄 몰랐다는 말보다 오히려 무네하루가 기쁘게 받아들일 줄 꿈에도 생각하지 못했다는 말이 옳을 것이다.

'나는 승려인데, 어떤 일이 있을 때 과연 이 사람처럼 생사에 초연할 수 있을까? 죽음을 받아들이는 데 낯빛 하나 변하지 않고 그것을 기쁨으로 받아들일 수 있을까?'

에케이는 한편으로 부끄러운 마음이 들었다.

"그럼 승낙하시는 겁니까?"

"걱정하실 것 없소."

"일족들과 상의하지 않으셔도 괜찮겠습니까?"

"나중에 알리도록 하겠소."

"그리고…… 드리기 매우 곤란한 말씀입니다만, 한시가 급한 일입니다. 하루이틀 뒤면 노부나가가 서쪽으로 내려온다고 합니다."

"늦든 이르든 내게는 마찬가지요. 그렇다면 기일은?"

"오늘. ……그것도 오시까지라고 지쿠젠이 말했습니다. 오시까지라면 이제 이 각 반 정도의 여유밖에 없습니다."

"그거면 충분하오."

무네하루가 가느다랗게 웃으며 말을 이었다.

"마음 편히 죽음을 준비할 수 있을 게요. 고승께서는 얼른 돌아가셔서 무네하루에게 이견이 없다는 뜻을 양군에 전해주시기 바라오. 특히 오랜 세월 변변찮은 몸을 아껴주셨던 주군 데루모토 님, 그리고 고바야카와 나리, 깃카와 나리께도 잘 좀……."

곧이어 에케이는 작은 배를 타고 쏜살같이 돌아갔다. 그리고 바로 히데요시를 만나 무네하루가 흔쾌히 승낙했다는 사실을 알리고, 다시 말을 달려 서군의 이와사키 산으로 서둘러 갔다.

말할 필요도 없이 깃카와 모토하루와 고바야카와 다카카게도 그의 보고에 커다란 관심을 갖고 있었다.

"얘기가 잘 안 됐는가?"

다카카게가 그렇게 되리라고만 예상한 듯, 에케이의 모습을 보자마자 물었다.

"아닙니다."

에케이는 한숨을 돌린 뒤 다시 말을 이었다.

"마침내 서광이 비추기 시작했습니다."

모토하루와 다카카게는 조금 의외라는 표정을 지었다.

"그렇다면 히데요시가 양보를 했단 말인가?"

에케이는 그 물음에도 아니라고 답하며 고개를 옆으로 저었다.

"이 화의를 위해 자신의 몸을 바치겠다고 나선, 누구보다 화목을 바라는 자의 힘에 의해서입니다."

"그게 대체 누구란 말인가?"

"무네하루 나리께서 말씀하셨습니다. '부족한 신하를 감싸주시는 주군의 은혜에 보답하지 않을 수 없다. 이렇게 된 이상 나만 할복을 하면 화담도 이루어지고, 더불어 주군 집안의 명예도 손상되지 않을 것이다'라고 말입니다."

"사이도, 자네 무네하루와 만났었는가?"

"지금 막 만나고 오는 길입니다. 이번 생에서는 다시 얼굴을 뵐 수 없을 테니, 데루모토 님 이하 모토하루 님과 다카카게 님께도 부디 말씀 좀 잘 전해달라고 하셨습니다."

"히데요시가 권해서 만나러 갔던 겐가?"

"애초부터 하시바 쪽의 조치가 없었다면 배도 띄울 수 없었을 겁니다."

"자네에게서 무네하루가 자세한 사정을 듣고 할복하겠다고 말한 것인가?"

"그렇습니다. 오시를 기해서 배를 띄워놓고 적과 아군이 모두 지켜보는 가운데 할복을 하겠다고, 그때를 기점으로 화의를 맺어 모리 가를 만대의 평안 위에 올려놓으라고 하셨습니다. 그리고 성안에 있는 가엾은 오천의 목숨을 구하기 바란다면서 모든 일에 신경을 쓰시며 인사하셨습니다."

"흐음."

다카카게도 한숨을 짓고, 모토하루도 한숨을 지었다. 그리고 두 사람은 뜨거운 눈과 눈으로 서로를 바라보다 그 감동의 물결을 깊은 숨결로 뱉어내었다. 이윽고 다카카게가 다시 물었다.

"그렇다면 히데요시의 의향은?"

"성을 지키는 장수의 목을 보기 전에는 결코 화의를 맺을 수 없다던 지쿠젠 나리도 소승으로부터 그 사실을 듣고는 참으로 애석하게 생각하신 듯, '과연 대국의 모리가 좋은 가신을 길러냈구나. 시미즈 조자에몬 무네하루淸水長左衛門宗治는 모리의 둘도 없는 충신이로구나' 하며 몇 번이고 길게 탄식했습니다."

에케이가 다시 말을 이었다.

"그리고 지쿠젠 나리께서는 '그런 충신의 목숨을 버리게 만들어놓고 그의 충혼에 보답하지 않는 것은 비록 적이라고는 하나 사려가 부족한 짓, 또한 주고쿠의 명문인 모리에게 전토의 절반을 할양케 하는 것도 딱한 일이니 오 개국을 이양하겠다고 약속했으나 우리는 삼 개국만을 취하고 나머지 이 개국은 무네하루의 충절을 생각해서 돌려드리도록 하겠소. 이러한 뜻을 두 장군께도 말씀드려 이견이 없으시면 무네하루의 할복을 지켜보고 난 뒤, 곧 서약서를 교환하겠소'라고 명언하셨습니다."

잠시 뒤 두 사람은 에케이를 남겨두고 모리 데루모토에게 사실을 전하러 갔다. 애초부터 이의를 제기할 이유는 어디에도 없었다.

사내를 치장하고

"저도 함께."

"소생도 함께할 수 있도록."

다카마쓰 성의 무사들이 주인 무네하루 앞으로 나와 죽음을 청했다.

"안 된다. 절대로 안 된다. 그럴 수 없다."

무네하루는 그들을 야단치고, 타이르고, 달래기 위해 같은 말을 몇 번이나 되풀이했다. 당혹스러울 정도로 많은 무사가 주인을 따르겠다고 했지만 그는 그 누구도 허락하지 않았다.

에케이의 배가 성에서 떠난 직후 무네하루는 자신의 결의를 성안에 있는 사람들에게 알렸다.

"오늘 오시에 이 탁한 물의 호수 위에 배를 띄워놓고 적과 아군이 지켜보는 가운데서 할복할 생각이다."

무네하루는 그렇게 말하고는 무사들에게 배를 준비하라고 명령했다.

성안 가득 통곡 소리가 울려 퍼졌다. 그저 무네하루의 할복이 슬펐기 때문만이 아니었다. 평소 사람의 죽음을 눈으로 보고, 귀로 듣던 사람들이었다. 자신의 죽음도 별반 다르지 않다고 인식하는 사람들이었다. 그렇다고 무네하루의 희생으로 자신들의 목숨을 건질 수 있게 되었다는 사실을 기뻐하는 것도 아니었다. 그들은 그 정도로 이기적이지도 무정하지도 않았다.

그것은 한 사람의 참된 아름다움이 또 다른 사람의 참된 아름다움을 감동시켰기 때문이다. 자신을 잊은 무네하루의 커다란 사랑에 모두 독하게 마음을 먹고 방어전을 준비했는데, 갑자기 눈 녹듯 긴장이 풀리면서 오열을 하게 된 것이었다.

여러 무사들의 청을 간신히 물리쳤을 때, 이번에는 무네하루의 형인 겟쇼뉴도月淸人道가 와서 무네하루를 설득했다.

"조자에몬(무네하루), 조금 전에 자세한 얘기는 들었다만 네가 목숨을 버릴 필요는 없는 일이다. 내가 대신하기로 하겠다. 너의 수의를 내게 양보하기 바란다."

"형님은 상문桑門에 계신 몸이고, 이 무네하루는 이곳을 지키는 장수입니다. 감사한 말씀입니다만, 저를 대신하실 수는 없습니다."

"아니, 아니다. 나는 원래 네 형이니 가장의 자리를 물려받았어야 했으나 평소 불도에 집착하여 무문에는 어두운 몸이었기에 어쩔 수 없이 동생인 네게 가문을 이어받게 한 것이다. 그러니 오늘 이러한 일을 맞아서 네가 할복해야 할 입장에 놓였는데, 이 형만이 남은 목숨을 이어갈 수는 없는 일이다."

"승문에 계신 분은 세상일과 생사를 넘어선 높은 곳에 계셔야 합니다. 속세의 지난 일 따위가 지금의 일과 무슨 상관이 있겠습니까?"

"그렇지 않다. 승려는 사람들의 모범이 되지 못하면 도를 행할 수 없는 법이다. 그런데 세상 사람들로부터 겟쇼뉴도는 동생보다 더 목숨을 아끼는 사람이라고 웃음거리가 된다면, 나는 그렇다 쳐도 상문의 도와 가르침이 쇠하게 된다."

140

"무슨 말씀을 하셔도 이 무네하루의 할복을 막을 수 없습니다."

"그도 그렇구나. 그렇다면 배까지 함께 가기로 하겠다. 그 정도는 괜찮겠지?"

겟쇼가 시원스럽게 말했다. 그러자 조자에몬 무네하루도 마음이 편안해졌다.

무네하루는 시동들에게 명령하여 물빛 상하의와 겉옷 등 죽음에 임하기 위한 옷을 준비하라고 명을 내렸다.

'그사이에 편지를 한 통 써야겠군.'

무네하루는 미하라三原에 있는 아내와 아들 겐자부로源三郎에게 편지를 썼다. 겐자부로에게는 무사의 일생을 위한 처세의 노래를 세 수 남겼다.

성안에는 감찰을 위해, 그리고 독전을 위해 아군인 깃카와와 고바야카와 두 집안에서 온 장수가 몇 명 있었다. 그 가운데 한 사람인 스에치카 사에몬末近左衛門이 무네하루의 방으로 들어와 평소와 다름없는 태도로 이야기를 시작했다.

"잠시 실례를 해도 괜찮겠습니까?"

문득 바라보니 스에치카는 죽음을 각오한 듯 때 묻지 않은 통소매 옷을 입고 있었다. 무네하루가 깜짝 놀라며 이상하다는 듯 물었다.

"자네는 무엇 때문에 그런 차림을 했는가?"

스에치카 사에몬이 대수롭지 않다는 듯 대답했다.

"함께할 생각입니다. 다행히 날씨가 좋아 배 안에서 할복할 때도 기분이 좋을 듯합니다."

무네하루와 동행할 생각을 혼자 굳힌 듯한 말투였다. 하지만 무네하루는 단호히 거절했다.

"귀공께서는 이곳의 일들을 잘 보아두셨다가 다카카게 님과 모토하루 님께 말씀을 올리면 그것으로 사명을 다하시는 겁니다. 그 누구도 귀공에게 비겁하다고는 하지 않을 겁니다. 저와 함께하신다면 오히려 방해가 될 뿐입니다. 그만두시기 바랍니다."

"아닙니다. 보고할 사람은 저 말고도 얼마든지 있습니다. 저는 무슨 일이 있어도 나리와 함께 세상을 떠나기로 마음먹었습니다."

"그건 또 어떤 이유에서입니까?"

"그것은…… 이 성에 올 때부터 만약 귀공께서 조금이라도 다른 마음을 품고 적과 내통하려는 조짐을 보이시면 곧 귀공과 서로 맞찌를 각오를 하고 있었습니다. 그런데 마음을 조금도 바꾸지 않으시고 이 성을 끝까지 지키셨으며, 또 지금은 주군의 평안을 바라고 성안 사람들의 목숨을 대신하여 할복하신다고 하니 이 얼마나 흔쾌한 최후란 말입니까? 그 의에 감동을 받아 저도 함께 자결을 하려고 합니다. 이는 다카카게 님의 엄명으로 여기에 왔을 때 이미 귀공과 생사를 함께할 것이며, 고향에는 두 번 다시 돌아가지 않으리라 직분을 걸고 홀로 굳게 맹세한 일이니 괘념치 마십시오. 그리고 당연한 임무 중 하나라고 생각하시고 웃으며 받아들이시기 바랍니다."

무네하루는 말없이 사에몬의 뜻을 받아들였다. 사에몬의 태도는 조금도 요란스럽지 않으나, 그의 목소리에는 설득하지 못할 만큼 굳은 각오가 서려 있었으며, 그런 그의 모습은 마치 바위처럼 보였다.

그때 정문의 망루 위에 있는 부장 시라이 요소자에몬白井与三左衛門이 심부름꾼을 통해 주인 무네하루에게 이야기를 전했다.

"매우 황송한 일입니다만, 저는 지금도 망루를 지켜야 하는 몸이기에 설령 화의를 위한 논의가 있다 할지라도 서약서에 조인을 할 때까지는 한시도 이 부서를 떠날 수가 없습니다. 번거로우시겠지만 이번 생의 마지막 인사를 겸해서 잠시 드리고 싶은 말씀이 있으니 망루 위까지 와주셨으면 합니다."

시라이 요소자에몬은 오랜 세월 일을 해온 집안사람들 중 가장 나이가 많았다.

이윽고 무네하루가 망루 위에 오르자 요소자에몬이 기뻐하며 주인을 전투가 끊이지 않는 곳으로 맞아들였다. 그 무렵 요소자에몬은 부상을 입은 상태였다.

성이 수공을 받기 전인 4월 27일, 요소자에몬은 적의 대대적인 공격 때 총포에 맞아 한쪽 다리에 상당히 큰 부상을 입었으나, 망루를 맡은 이상 쓰러지는 한이 있더라도 내려갈 수 없다며, 눈을 뜨고 있는 한은 사수하겠다며 밤낮으로 갑옷도 벗지 않았었다. 그는 오늘까지도 성 밖에 가득한 흙탕물을 노려보며 활을 나란히 걸어놓고 총구를 늘어놓고 손에서 칼을 놓지 않았던 부장이었다.

"아아, 잘 오셨습니다, 잘 오셨습니다."

요소자에몬은 숨을 헐떡이는 듯한 목소리로 주인의 발밑에 무릎을 꿇었다. 그리고 무사들에게 명령했다.

"걸상을 가져오너라."

그러고는 나머지 한쪽 다리를 접어 털썩 무릎을 꿇고 앉았다.

"요소자에몬, 자세한 얘기는 겟쇼에게서 들었겠지? 곧 나는 할복을 위해 떠나야 하네. 서로 볼 수 있는 것도 이번이 마지막일세. 평소 나를 섬겨준 그대에게 다시 한 번 예를 표하겠네."

"축하드리옵니다."

요소자에몬은 한쪽 팔을 떨어뜨렸다. 갑자기 목이 부러진 것처럼 고개를 앞으로 떨구었기 때문이다. 그는 어깨로 크게 숨을 쉰 뒤 다시 무네하루를 올려다보았다.

"아아, 더없는 무운武運을 맞이하게 되셨습니다. 사람의 일생도, 생애의 무사도 그 마무리는 좋은 것이든 나쁜 것이든 죽음에 의해 결정된다고들

합니다만, 오늘의 자결은 이승 사람의 목숨도 여럿 살리고, 또 나리의 목숨도 후세에 영원히 살리는 경사스러운 일입니다. 경하의 말씀을 올리지 않을 수 없습니다."

"잘 말해주었소, 요소자에몬. 슬퍼해주는 것보다 훨씬 더 기쁘오."

"그렇게까지 마음을 굳게 다잡으신 우리 주군께 쓸데없는 걱정을 늘어놓는 것 같으나, 오늘 주군의 자결은 적군과 아군의 양쪽 대장은 물론 주고쿠 군과 교토 부근의 군들도 시선을 모아 지켜보는 일입니다. 만일의 경우가 있어서는 안 되겠다는 늙은이의 근심에서 할복이란 어떤 것일까를 먼저 맛보았습니다만, 뜻밖에도 대수롭지 않은 것이었습니다. 자결하기 전에 생각했던 것만큼 괴로운 일도 아닙니다. 무엇보다…… 그렇게 생각하시고 편안한 마음으로 행하시기 바랍니다."

요소자에몬은 그렇게 말하고는 갑옷을 벗고 복대를 풀기 시작했다. 그리고 조용히 말을 이었다.

"이걸 좀 보십시오."

무네하루는 눈을 둥그렇게 떴다. 요소자에몬의 늙은 배는 훌륭하게 갈라진 상태였다. 그렇게도 마음이 굳셌던 요소자에몬의 안색에도 죽음의 빛이 드리워졌다.

"외람된 말씀입니다만……."

요소자에몬은 목을 내밀며 눈빛으로 자신의 목을 쳐달라고 청했다. 무네하루가 요소자에몬의 귓가에 입을 대고 속삭였다.

"걱정할 것 없소, 요소자에몬. 잠시 뒤 저쪽 물 위를 잘 지켜보고 있게나."

한 줄기 빛이 딸그락하고 울렸다. 무네하루는 자신보다 한발 앞서 떠난 길동무를 눈물과 검 아래로 내려다보았다.

오시가 다가왔다. 무네하루는 몸단장을 모두 마쳤다. 그동안 먹는 물한 방울도 성안 사람들의 목숨을 이어주는 소중한 것이라고 여겼는데, 이제는 괜찮겠지 싶어 물통에 가득 가져오라 명했다. 그리고 그 물로 농성 사십 일 동안 쌓인 몸의 때를 씻고 머리도 빗었다. 그런 다음 삼베로 지은 통소매 옷에 물빛 상하의를 걸쳤다. 깨끗하게 단장을 마친 무네하루가 시동에게 배가 준비되었느냐고 물었다.

"아직 하시바 쪽 둑에서 신호를 위한 작은 깃발이 오르지 않았습니다. 신호가 오르면 말씀드리도록 하겠습니다."

참으로 고요한 휴전 상태였다. 무심한 태양은 시시각각 중천으로 떠올랐다.

성 밖 사방 백팔십팔 정보에 가득한 탁류는 여전히 벌겋고 흐렸으나, 장마철인데 바람도 없고 날이 맑아서인지 살랑살랑 햇빛을 반사하거나 때때로 백로의 날갯짓 소리만 들려올 뿐, 적과 아군의 양 진영도 이곳 성도 쥐 죽은 듯 고요했다.

그때 십여 명의 가신들은 곧 성을 나갈 주인의 마지막 모습에 인사를 하기 위해 눈짓으로 이야기를 나누며 무네하루가 있는 방 밖에 조용히 모여 있었다. 안을 보니 무네하루는 얼른 때가 되기를 기다리듯 방 가운데 기다랗게 누워 두 시동에게 족집게로 흰머리와 귓속의 털을 뽑게 하고 있었다. 마루 끝에서 그 모습을 지켜보고 있던 한 노신은 가슴에 찡한 슬픔이 느껴졌지만 일부러 가벼운 농담처럼 무네하루에게 말했다.

"이게 어인 일이십니까? 이러한 때에 나리답지 않게 사내의 모습을 치장하시다니, 대체 무슨 생각이십니까?"

그러자 무네하루가 한쪽 팔꿈치를 짚고 불쑥 얼굴을 쳐들더니 사람들에게 웃으며 말했다.

"이 목은 오늘까지 사나이로서 경쟁을 하던 히데요시와도 대면하게 될 것이고, 노부나가 앞에도 바쳐질 것 아닌가. 너무 추레해서는 잠깐 동안 벌인 농성에 이렇게까지 늙을 수 있단 말인가 하며 주고쿠 무사의 담력을 우습게 볼지도 모를 일일세. 그래서는 분한 일이기에 이렇게 사내를 치장하고 있는 걸세. 너무 비웃지 말게, 비웃지 마."

그때 한 사람이 무네하루를 부르러 왔다. 시간이 된 듯, 맞은편 기슭인 '개구리코'에 붉은 깃발이 올랐다는 것이었다.

"그럼 가보기로 할까."

무네하루가 자리에서 벌떡 일어섰다. 그 순간 가신들은 그러면 안 되는 줄 알면서도 오열하기 시작했다. 무네하루는 귀가 없는 사람처럼 성큼성큼 성벽 쪽으로 걸어갔다. 작은 배 안에는 짚으로 새로 짠 멍석을 깔아 하얀 죽음의 자리를 마련해놓았으며, 뱃머리도 한없이 깨끗하게 닦아놓았다.

무네하루의 형 겟쇼뉴도와 스에치카 사에몬 두 사람이 먼저 배에 올라 있었다. 그 외에 무네하루의 가신인 난바 시치로지로難波七郎次郎가 노를 쥔채 대기하고 있었으며, 할복을 도와 목을 치라고 명령을 받은 사치 이치노조幸市之丞가 끝머리에 있었다.

부채에서 이는 한 줄기 바람

배는 성을 떠났다. 난바 시치로지로가 젓는 노 뒤로 잔잔한 파문이 일었다.

"아아, 나리께서 타신 배가."

"새하얗게 단장하시고."

"우리의 목숨을 대신하시는 거야."

"안타깝구나, 안타까워."

성안의 오천 명 가운데 삼분의 일은 영지 안의 농민들이었다. 모든 사람들이 물에 잠긴 성벽의 갈라진 틈과 지붕 위와 총안과 높다란 곳에서 소리는 내지 않았으나 손을 모으고 눈을 훔치며 지켜보고 있었다.

오랜 세월 무네하루를 섬겨온 장병들에 대해서는 말할 필요도 없었다. 모두 창자가 끊어지는 듯한 슬픔을 삼켰으며, 눈에는 슬픔의 눈물을 머금고 있었다. 저쪽으로 멀어져가는 배의 모습조차 눈물에 흐려져 가만히 바라볼 수가 없었다. 하지만 배와 사람은 마치 화창하고 한가로운 길처럼 구름의 그림자가 떠 있는 수면을 나아갔다. 돌아보니 다카마쓰 성은 상당히 뒤에 있었다. '개구리코'와 성의 거의 중간쯤이라 여겨지는 곳까지 오자 무네하루의 형인 겟쇼뉴도가 말했다.

"시치로, 이쯤이면 될 듯하네."

난바 시치로지로는 말없이 노를 올렸다. 이 배가 성을 떠날 무렵 맞은편 '개구리코'에서도 한 척의 배가 호수 가운데를 향해 오고 있었다. 그것은 히데요시의 진에서 보낸 검사를 위한 배였는데, 뱃머리에 표식으로 붉은 기를 세우고 배 안에 심홍색 양탄자를 깔았다. 배에는 무사 세 명이 타고 있었는데, 그중 요시하루만 진바오리陣羽織[13]를 입고 있었다. 검사를 위해 나선 장수는 호리오 모스케 요시하루堀尾茂助吉晴였다.

마침내 하얀 수의를 입은 사람을 태운 작은 배와 붉은 기를 펄럭이는 검사를 위한 배가 찰랑찰랑한 물 위에서 만나기 직전이었다. 물도 조용하고 주위 산들도 조용했다. 검사를 위해 오는 배의 노 젓는 소리만 귓전을 때렸다. 오늘은 멀리 서쪽 바위산에서도 또렷이 내려다보일 정도로 날이 맑았다. 그리고 그곳에는 모리 데루모토, 깃카와 모토테루, 고바야카와 다카카게 등이 나란히 앉아 있었고, 아군 삼만의 장병들도 숨을 죽이고 물 한가운데로 시선을 집중시켰다.

하시바 지쿠젠노카미 히데요시가 있는 본진 이시이 산은 훨씬 더 가까이에서 이곳을 내려다볼 수 있었다. 그 기슭에서부터 둑 위 수십 정에 이르는 진영은 기치와 깃발로 메워져 있었다. 무네하루는 멀리 아타고 산 쪽을 향해 마음속으로 오랜 세월에 걸친 은혜에 감사를 전했고, 그리운 주인 집안의 깃발을 보며 석별의 정을 떠올렸다.

"거기로 건너오신 분은 다카마쓰 성의 수장, 시미즈 무네하루 나리십니까?"

검사를 위한 배가 바로 옆까지 다가왔고, 사자인 호리오 모스케가 소

---

13) 진중에서 갑옷 위에 입던 민소매 겉옷.

148

리쳐 물었다. 그러자 무네하루가 배에서 인사를 건네며 말했다.

"말씀대로 조자에몬 무네하루입니다. 화목을 위한 조건 가운데 하나를 수행하기 위해 할복을 하러 왔습니다. 검사하시느라 고생이 많습니다."

"전할 말씀도 있고 하니 잠시 기다려주시기 바랍니다."

모스케는 그렇게 말한 뒤, 부채를 들어 무네하루 뒤쪽에 있는 난바 시치로지로에게 다시 말했다.

"배를 조금 더 가까이 대십시오. 이쪽에서도 다가가겠습니다."

서로의 뱃전이 가까워지자 배가 가볍게 출렁 흔들렸다.

모스케가 위엄을 갖추며 말했다.

"이는 제 뜻이 아니라 저희 주인이신 히데요시 님의 말씀입니다. '이번 화의는 그대의 승낙이 없었다면 도저히 성립되지 않았을 터인데, 충의를 위해 몸도 돌보지 않겠다는 대답에 더없이 감동했소. 그리고 때를 맞춰 어김없이 나와줘서 참으로 고맙소'라고 말씀하셨습니다."

모스케는 은근한 인사를 건네고 계속 말을 이었다.

"이에 오랜 시간 농성을 하느라 여러 어려움이 있었을 것이라 말씀하시며 주인 히데요시 님께서 부족하나마 위로의 뜻을 표하기 위해 보내신 물건을 가져왔습니다. ……아직 해도 높으니 저희의 임무에 신경 쓰지 마시고 천천히 작별을 고하시기 바랍니다."

향기로운 술 한 통과 몇 그릇의 안주 등이 배에서 배로 건네졌다. 얼마 뒤 무네하루가 기쁜 얼굴로 잔을 쥐었다.

"뜻밖에 좋은 선물을 받았소. 특히 히데요시 님이 보내신 것이라니 반드시 맛을 봐야겠소. 사양 않고 받겠소."

무네하루는 형 겟쇼뉴도에게도 잔을 권했다.

"형님도 한잔 드십시오."

무네하루는 스에치가 사에몬과 난바 시치로지로에게도 잔을 돌렸다.

"오랜만에 이와 같은 미주를 마신 탓인지 벌써 술기운이 돌기 시작합니다. 재주 없는 자의 솜씨, 우습게 보일지 모르겠으나 호리오 님께 춤을 한번 추어 보이도록 하겠습니다. 형님, 사에몬, 북이 없으니 손뼉과 무릎을 쳐서 늘 추던 구세마이曲舞[14]를 출 테니 함께 노래해주십시오."

무네하루는 작은 배 위에서 일어나 하얀 부채를 획 펼쳤다. 그리고 언제나 하나밖에 모르던 춤, 서원사誓願寺(세이간지)의 곡을 추었다. 배가 살짝 흔들리면서 물결이 일었다. 다카마쓰 성안에 있는 오천 명이 눈물을 흘렸다. 저편 멀리 산기슭에 있는 삼만 장병도 감동의 눈물을 흘렸다. 눈앞 가까이에 있던 호리오 모스케 요시하루는 똑바로 쳐다볼 수가 없어서인지 자신도 모르게 머리를 숙였다. 그러다 순간 노랫소리가 멈췄다.

"호리오 님, 잘 지켜보시기 바랍니다."

무네하루의 말에 얼굴을 드니 무네하루는 벌써 자세를 바로 하고 앉아 배를 한일자로 가르고 있었다.

"이치노조, 도와주기 바란다."

무네하루의 재촉하는 목소리가 처참했다. 피가 배 안을 붉게 물들이고 있었다.

"아우야, 나도 가련다."

형 겟쇼도 곧 배를 갈랐다. 뒤이어 스에치카 사에몬도 자결하고 말았다. 그리고 검사에게 수급을 건네주고 돌아온 시치로지로도, 할복을 도왔던 이치노조도 주인의 뒤를 따라 목숨을 끊었다. 그 당시 시미즈 무네하루의 나이는 마흔여섯 살이었다.

지보원에서는 히데요시와 부하들이 호리오 모스케가 돌아오기를 기다리고 있었다. 모스케는 작은 배에서 내리자마자 목이 담긴 통을 들고 숨

---

14) 부채를 들고 노래를 읊으면서 허리에 찬 북을 두드리며 추던 무로마치 시대 초기의 춤.

을 헐떡이며 지보원으로 올라갔다. 그러고는 무네하루가 할복했음을 알리고 그 목을 히데요시에게 바쳤다.

"아아, 훌륭한 무사를."

히데요시는 오늘처럼 마음 깊이 감동받은 적은 없었다는 듯 안타까워했다. 하지만 곧 서둘러 말했다.

"에케이를 데려오라."

히데요시는 에케이를 기다리며 목욕탕으로 들어가 몸에 물을 뿌리고 깨끗한 옷으로 갈아입었다. 얼마 뒤 에케이가 도착했고, 히데요시는 에케이에게 글 한 통을 내밀며 말했다.

"무네하루의 할복도 끝났소. 이제 남은 것은 서약서를 교환하는 일뿐이오. 지금 목욕재계하고 서약서를 약속대로 써두었으니 고승께서 살펴보시오. 또 모리의 글을 살펴보기 위해 이쪽에서도 진승 한 명을 보낼 것이오. 우선 읽어보시기 바라오."

서약서의 내용은 다음과 같았다.

서약서

1. 공의公儀(노부나가)께 목숨을 걸고 맹세하니 우리가 받은 조항, 조금의 소홀함도 없을 것.

1. 데루모토, 모토하루, 다카카게는 깊이 자중하여 우리의 진퇴를 가만히 지켜보기만 할 것.

1. 이렇게 합의한 이상 표리에 있어서 이를 지킬 것.

만약 위의 조항을 어길 시에는 일본국 대소의 천신지기天神地祇, 특히 하치만 대보살八幡大菩薩, 아타고 하쿠산마리시손텐愛宕白山摩利支尊天, 즉 수호신의 벌이 매우 클 것이다.

하시바 지쿠젠노카미 히데요시羽柴筑前守秀吉

모리 우마노카미毛利右馬頭 나리

깃카와 스루가노카미吉川駿河守 나리

고바야카와 사에몬노스케小早川左衛門佐 나리

에케이가 그것을 히데요시 앞으로 공손히 돌려주자 히데요시가 뒤에 있던 시신들에게 명을 내렸다.

"하얀 접시를 가져오너라."

히데요시는 벼룻집을 가져오라고 한 뒤 에케이가 보는 앞에서 수결했다. 그런 다음 희고 조그만 접시 위에 왼쪽 새끼손가락을 올려 칼로 피를 낸 뒤 수결한 곳 옆에 혈판을 더했다.

"고맙습니다."

에케이가 정중히 받아 간직하자 히데요시가 갑자기 편안한 얼굴로 '기쁜 일이다, 기쁜 일이야'라고 되풀이한 뒤 시신에게 명령했다.

"이제 마실 것을 가져오너라."

히데요시는 술과 잔을 재촉해서 한 잔 마신 뒤 사자에게도 술을 따라 주었다. 그리고 다시 잔을 받은 뒤 축하의 뜻을 전했다.

"잔은 자네가 간직하도록 하게."

안국사의 에케이는 바로 인사를 하고 모리의 본진으로 서둘러 갔다. 모리의 글을 살펴보기 위한 사자로 다이치보大知房라는 진승이 에케이를 따라갔다.

머지않아 다이치보가 모리 세 집안의 수결이 담긴 서약문을 가지고 돌아왔다. 이렇게 해서 화의가 조인되었다. 그런데 그로부터 얼마 지나지 않아 모리 진영에 선풍이 불어닥쳤다. 그날 저녁 비로소 노부나가의 죽음을 알게 된 것이었다.

상喪을 치지 않다

"속았다."

"히데요시 놈에게 완전히 속고 말았어."

"화목의 서약문은 파기해야 한다."

모리 진영 사람들은 그렇게 한목소리로 외쳤다. 그들이 노부나가의 죽음을 알게 된 것은 그날 오후 4시가 지난 무렵이었으니, 무네하루가 할복하고 서약서를 교환한 지 겨우 두 시간쯤 뒤의 일이었다.

당시 교토 방면에 배치했던 첩자 중 한 명이 소식을 전했는데, 그 사실이 전군에 알려지자 모리 군 가운데서도 이번 화의를 달갑지 않게 생각했던 강경파들이 나서서 말했다.

"이럴 줄 알았어."

"히데요시를 쳐야 한다."

"지금 쳐야 한다. 절호의 기회다."

각 진영의 장병들은 지금 막 조인하여 교환한 화목 따위는 조금도 생각하지 않고 떠들썩하게 자신의 의견을 분분히 말했다. 천하의 일변이 예상되는 흥분의 도가니 속에서 저마다의 감정이 극도로 동요되었다.

데루모토의 막사도 한때는 어수선한 움직임을 보였으나 곧 병사를 세워 엄중히 지키게 하자 고요해지고 말았다.

"결코 우리가 속은 게 아니오. 원래 화의는 지난달 말부터 우리 쪽에서 먼저 제의한 것이지, 히데요시가 먼저 말을 꺼낸 것이 아니오. 히데요시가 신이 아닌 이상 어찌 교토의 흉변을 미리 알고 일을 꾸몄겠소?"

고바야카와 다카카게의 말에 깃카와 모토하루는 지금 히데요시를 치지 않으면 언제 치겠느냐고 열심히 데루모토를 설득했다. 모토하루는 귓불까지 새빨갛게 달아올랐다.

"노부나가의 죽음은 곧 오다 세력의 분열이라 할 수 있을 것입니다. 이제 오다 가에서는 모리 가에 비견할 만한 강대함을 찾아볼 수 없게 되었습니다. 지금 당면해 있는 히데요시 따위도 오다의 후계자로 첫 손가락에 꼽을 수 있는 자이나, 지금 일격을 가한다면 그 배후에 있는 커다란 약점 때문에 쉽게 이길 수 있을 것이라 생각됩니다. 그렇게 되면 천하는 자연스레 모리의 수중에 떨어지게 될 것입니다. 그리고 화목에 관한 일은 오늘 새벽부터 히데요시 쪽에서 갑자기 진행시킨 것으로 히데요시는 틀림없이 어젯밤쯤 교토의 흉변을 알고 있었을 것입니다. 그런데도 그 사실을 숨기고 맺은 조인인 이상, 설령 우리 쪽에서 파기한다 해도 결코 모리 가에서 신의를 저버린 행동은 아니라고 생각합니다."

"아니, 아니. 이는 깊이 생각해야 할 문제입니다."

다카카게는 이성적이었으며 두뇌가 명석했다.

"우마노 산에서의 대진 이후에도 귀하는 히데요시의 됨됨이를 극찬하셨습니다. 솔직히 말하면 저도 그의 커다란 뜻과 지략을 안 뒤로 적이지만 그를 존경하고 있습니다. 틀림없이 노부나가 이후 천하를 이끌 사람은 그가 될 것입니다. 무문에는 적의 상을 치지 않는다는 고언도 있습니다. 지금 서약을 버리고 슬픔에 처한 그를 공격한다 할지라도 혹시 그가 무사히 빠져나간다면 뼈에 사무치는 원한을 품고 앞으로도 우리를 원수로 생각할 것입니다. 일개 야마나카 시카노스케의 적대조차 그처럼 오랫동안 재앙이 되었다는 점을 생각하면, 섣불리 방침을 바꿀 수 없습니다."

차근차근 이야기를 풀어가는 다카카게도 모토하루를 쉽게 설득시키지는 못했다. 모토하루는 어디까지나 병기兵機에 주안점을 두었다.

"지금 이때를 놓쳐서는 안 됩니다."

모토하루는 이론이 아닌 열정으로 말했다. 병가에서 두 번 다시 찾아오지 않을 이런 기회를 놓칠 수는 없었다. 무사에게는 더할 나위 없는 기회였다. 다카카게는 형의 주장을 반박하다 보니 두 배, 세 배로 힘이 들었다. 심지어 모토나리의 유훈까지 들어 설득해야만 했다.

"선친 역시 무엇보다도 분을 지켜 천하를 넘보지 말라고 경계하는 유훈을 남기셨습니다. 아무리 부강하다고는 하나 주고쿠는 변방에 지나지 않기에 중앙을 점할 이점이 없습니다. 선친께서도 그 점을 두고두고 걱정하신 것이 아닐까 싶습니다."

가훈은 절대적일 수밖에 없었다. 모토하루는 더 이상 말하지 못했다. 마침내 데루모토도 집안의 유훈을 생각하여 결단을 내렸다.

"다카카게의 말이 옳은 듯하오. 파약하여 히데요시를 다시 적으로 만드는 것은 피하고 싶소."

밀의가 끝난 것은 4일 밤이었다. 다카카게와 모토하루도 모토테루 앞에서 물러나 각자의 진소로 돌아갔는데, 가는 길에 다카카게는 풀이 죽은 모토하루의 모습을 보며 동생으로서 미안한 마음을 금할 길이 없었다.

두 사람은 도중에 아군 척후병들을 만났다. 부장이 매우 흥분한 눈빛으로 멀리 어둠을 가리키며 말했다.

"하시바 쪽에서는 이미 철병을 개시했습니다. 여덟 시 무렵부터 속속 오카야마 방면으로 물러나는 대오가 보였는데 이는 아마도 우키타宇喜多의 군이 아닐까 여겨집니다."

"그런가?"

부장의 보고를 듣고 모토하루가 혀를 찼다. 결국 때를 놓쳤다는 생각에 마음속으로 이를 갈았던 것이다. 다카카게가 모토하루의 속내를 읽은 듯 말했다.

"아직도 분하십니까?"

"그렇다."

모토하루가 낯빛에 울분을 드러내며 대답했다.

다카카게가 모토하루에게 다시 말했다.

"모리 가에서 천하를 쥐기 위해 나선다면, 그때는 형님께서 천하를 쥐실 생각입니까?"

"……."

"대답이 없으신 걸 보니 그렇게까지는 생각하시지 않는 모양입니다. 이 다카카게 역시 데루모토 공을 무시하고 천하를 장악하겠다는 생각은 추호도 가지고 있지 않습니다. 그런데…… 데루모토 공의 기량은 어떻습니까? 과연 천하인이 될 만한 그릇을 갖추고 있다고 생각하십니까?"

"……."

"그 그릇이 아닌 자가 천하를 움직이는 자리에 앉으면 천하가 어지러워지는 것은 물론이고 천하를 잃고 집안까지 망할 것이니, 천하의 불행은 모리 가 하나의 멸망에만 그치지 않을 것입니다."

모토하루는 아쉬운 마음에 얼굴을 돌렸다. 그리고 주고쿠의 밤하늘을 올려다보며 눈물이 떨어지려는 것을 참았다. 모리 가의 가훈 밑에 머무를 수밖에 없는 서글픈 무사의 혼이 소리 없이 울고 있었다. 게다가 그의 나이는 이미 만년에 가까운 쉰세 살이었다.

둑을 허물고

즉시 군대를 물리는 것은 양군 강화의 원칙이었다. 하시바 측에서는 그날 밤부터 이미 실행에 들어갔다. 하지만 그것은 다카마쓰 성의 북쪽을 지키고 있던 야와타 산의 우키타 다다이에宇喜多忠家와 류오 산 기슭에 있던 하시바 히데카쓰羽柴秀勝 두 개 부대가 물러난 것에 불과했다.

전략상 모리 측과 멀리 떨어져 있는 두 개 부대는 더 이상 머물러 있을 필요가 없었던 것이다. 다카마쓰 성에는 이제 항전할 수장도 없을 뿐만 아니라 그럴 정신도 없었다. 그래도 만일의 경우에 대비해 섣불리 움직일 수 없는 것은 모리 군 바로 앞에 있는 이시이 산의 본진과 아시모리足守 강을 따라 배치한 방어 부대뿐이었다.

밤을 기해 우키타 군은 오카야마로 철수했다. 하지만 히데요시의 본군은 아직 한 명도 철수하지 않았다. 물론 히데요시도 지보원에 그대로 머무르고 있었다.

4일 밤이 지나고 5일 아침이 되었으나 히데요시는 여전히 움직이지 않았다. 마음은 이미 교토의 하늘을 달리고 있었지만 진을 물릴 기색조차 보이지 않았다. 그제도 그랬고 어젯밤에도 한데서 잠을 잤다. 그는 일이 생기면 때를 가리지 말고 깨우라며 팔을 베고 누웠다. 그리고 오늘 아침 일어나자마자 하치스카 히코에몬으로부터 보고를 받았다.

"약정에 따라 오늘 아침, 모리 쪽에서 인질 두 명을 보내왔습니다."

히데요시는 모리 쪽에서 갑자기 마음을 바꾸지 않을 거라는 생각에 우선은 안심을 했다. 그래도 여전히 방심할 수는 없었다. 오늘 아침까지도 교토의 흉변을 모르고 있다면, 설령 인질을 보냈다 할지라도 그것을 안 뒤에는 변심할지 모를 일이기 때문이었다.

이제는 모든 일이 히데요시의 뱃심 하나에 달려 있었다. 히데요시는 그 뱃심을 의식하고 있었다. 화의가 성립되었다고는 하나 너무 서둘러 물러난다면 모리에게 자신의 허를 내보이는 격이라고 생각했다. 아무런 대책이 없는 듯 동쪽으로 달리는 마음을 서쪽으로 향한 것도 모두 모리의 허실을 헤아리기 위해서였다.

"히코에몬, 물은 좀 줄기 시작했는가?"

"일 척 정도 빠진 듯합니다."

"너무 급히 빼지는 말게."

히데요시는 지보원의 정원으로 나갔다. 어제 무네하루가 할복한 배의 흔적은 온데간데없이 잔잔한 물결만 보일 뿐이었다. 둑의 일부를 헐어 수량이 조금씩 줄어들고 있다고는 하나 맞은편에 있는 다카마쓰 성은 아직 물에 잠겨 있었다.

어제저녁 히데요시의 휘하인 스기하라 시치로자에몬杉原七郎左衛門이 다카마쓰 성으로 들어가 성의 인수를 완료한 상태였다. 지금 그곳에서는 무네하루의 죽음으로 목숨을 건진 무수한 백성들을 나룻배와 작은 배에 실어 나르는 중이었다. 농성 중이던 장병들은 백성들을 먼저 보내고 가장 늦게 뭍으로 나왔다.

별 탈 없이 하루가 저물었다. 밤이 되자 히데요시는 모리 간파치 다카마사森勘八高政에게 모리 군의 감시를 명했다. 그리고 구로다 간베를 비롯한 여러 사람들과 깊이 논의한 뒤 시동들에게도 철군을 알렸고 철수 준비를 서둘렀다.

한밤중을 지나 축시 정각이었으니, 정확히 말하면 6일 아침이었다. 전군에게 철수 준비를 명령해두었던 히데요시가 마침내 지보원에서 나와 즉각 출발을 명했다. 그리고 만약을 위해 모리 간파치에게 전령을 보내 다시 한 번 물었다.

"모리 군에는 아무런 이상이 없는가?"

히데요시는 답을 기다리는 사이 간베 요시타카를 불러 명령을 내렸다.

"지금 모든 곳의 둑을 일제히 헐어라."

요시타카는 이 임무를 가신인 요시다 로쿠로다유吉田六郎太夫에게 맡겼으며, 로쿠로다유는 산과 연결된 부분인 '개구리코'로 서둘러 달려갔다.

로쿠로다유는 수공을 위해 둑을 쌓는 공사를 맡았던 담당자 중 한 명이었다. 지난 달 19일에 그것을 완성하고 난 뒤, 꼭 보름이 되었다. 돌아보면 백팔십팔 정보에 가득 들어찼던 물은 위대한 역사에 한 획을 그은 시대의 분수령이기도 했다.

4일 화의 체결과 함께 둑의 일부를 텄기에 물은 조금씩 줄어들고 있었는데, 이제는 열 개 소에 걸친 커다란 둑을 일시에 터서 다카마쓰 성을 처음처럼 분지로 되돌리려 하는 것이었다. 로쿠로다유는 부하 병사가 불을 붙여 건네준 횃불을 양손에 들고 개구리코의 바위 위에 서 있었다. 로쿠로다유는 어둠 속에서 두 개의 횃불로 세 번 정도 슥, 슥, 슥 아름다운 불꽃의 선을 그렸다. 그것은 하라코사이原古才에서 후쿠사키福崎까지의 장장 십 리에 걸친 둑에 대기하고 있던 아군의 감시초소에서도 선명하게 보였다.

잠시 뒤 잠들어 있던 호수의 수면이 꿈틀꿈틀 움직이기 시작했다. 커다란 소용돌이가 무수히 일어나더니 물과 지각이 포효하는 소리가 들렸다. 어둠 속에서 우르릉 하고 울리는 이상한 울림이기도 했다.

"됐다."

로쿠로다유가 횃불을 밟아 끄고 원래의 자리로 돌아왔다. 그때 이미 히데요시와 그의 측근, 시동, 장병 들이 금 표주박이 새겨진 깃발을 중심으로 창을 나란히 하고, 활을 늘어놓고, 총포를 갖춘 채 푸른 잎에서 이슬이 쉴 새 없이 떨어지는 어두운 언덕길을 한 치의 흐트러짐도 없이 내려가고 있었다.

흔히 진격은 쉽지만 퇴각은 어렵다고들 얘기한다. 화목이 성립된 뒤 퇴각이지만, 비밀 중의 비밀을 감춘 상태였다. 히데요시가 돌연 태도를 바꾼다 할지라도 그 책임은 비밀을 감춘 채 일을 벌인 히데요시에게 돌아갈 터였다.

"오오, 저 소리는……."

히데요시가 말을 멈추고 허공에 귀를 기울였다. 폭풍 같기도 하고 해일 같기도 한 물의 울림이 밤하늘을 휘저었다. 한꺼번에 열 군데의 둑이 터지자 탁류가 미친 듯 흘러넘쳐 모리 군이 있는 이와사키, 덴진天神, 구로즈미黑住 등과 같은 고지대만 남겨두고 나머지 땅을 순식간에 물과 진흙으로 만들어버릴 것이었다.

히데요시는 생각했다. 물줄기가 빠를지, 동쪽을 향해 부지런히 전진하는 자신이 빠를지. 이시이 산을 뒤에 남겨두고, 전군이 범람하는 물처럼 발걸음을 서둘렀다. 이십 리쯤 가자 길은 어느새 빗추에서 비젠으로 접어들고 있었다. 그곳은 가라카와辛川 촌이었다. 히데요시는 때때로 말을 멈추고 각 부대의 장수들에게 행군로를 알렸다.

"본진은 여기서 갈라져 다른 길로 가거라. 즉, 일군은 니시오西大 강, 마카가미眞可上, 와케和氣, 가나야金谷를 지나 미쓰이시三石에 이르는 구도로로 가고, 다른 일군은 고쿠후이치바國府市場, 누마沼, 오사후네長舟를 통해 니시카타카미西片上로 나가 미쓰이시에서 합류한다. 그리고 다시 전군이 하나가 되어 후네자카船坂 언덕을 넘어 우네有年에서 히메지姫路로 들어간다."

명령에 따라 어떤 부대는 옛길로, 또 어떤 부대는 새로운 길로 갔다. 넘쳐나는 군마로 마을이 혼잡한 때, 한발 늦게 출발한 간베 요시타카가 자신의 부대를 세워둔 채 홀로 히데요시가 있는 곳으로 다가왔다. 걸을 때는 다리를 심하게 절었으나, 말을 타는 데는 별 지장이 없는 모양이었다. 그는 말을 다른 사람에게 맡기고 히데요시 앞에 무릎을 꿇은 뒤, 마침 주위가 소란스러워 다행이라는 듯 조용히 속삭였다.

"다카마쓰 성 주위는 순식간에 개펄이 되고 말았습니다. 저지대가 모두 물에 잠긴 진흙탕이 되었으니 모리 군이 우리를 따라와 치려해도 이삼 일 동안은 건널 수 없을 듯합니다."

"그런가. 이로써 한쪽은 시름을 던 셈이로구나."

"그러니 이쯤에서 모리 쪽 인질을 깨끗이 돌려보내는 것이 어떻겠습니까?"

"인질을 돌려보내라고?"

"그렇습니다. 붙잡고 있어봐야 별 쓸모도 없는 인질은 돌려보내는 것이 상책이라 여겨집니다만."

"흠…… 그도 그렇구나."

히데요시는 고개를 끄덕였다.

요컨대 지금부터 하시바가 펼치려 하는 일전은 미쓰히데를 치느냐, 미쓰히데에게 당하느냐 하는 것이었다. 만약 미쓰히데에게 패한다면 모리가의 인질을 데리고 있어봐야 아무런 득도 되지 않을 터였다.

한편 미쓰히데를 주살하고 노부나가의 한을 풀기 위한 전투에서 승리하여 천하에 대의를 외치게 되면 천하는 저절로 히데요시 쪽으로 기울게 될 것이다. 그렇게 된다면 인질을 잡고 있지 않아도 모리 가 일족은 다시 반항하지 않을 것이다.

요시타카는 오히려 지금 상황에서 은혜를 베풀어 환심을 사두는 편이 훗날 이익이 될 거라고 생각했다. 히데요시의 생각도 마찬가지였다.

"누구를 붙여서 돌려보내는 것이 좋겠는가?"

"제 가신을 보내도록 하겠습니다. 돌려주면서 그쪽에서 빌리고 싶은 것도 있으니."

"자네에게 맡기겠네. 알아서 잘 처분하도록 하게."

히데요시는 진 뒤편에 있던 모리 가의 인질 깃카와 쓰네코토吉川経言와 모리 모토후사毛利元總를 요시타카에게 넘겨주고 먼저 길을 떠났다.

이제 히데요시의 마음은 더 다급해졌다. 하루가 늦으면 하루만큼 아군에게 불리한 상황이었다. 또 그만큼 아케치의 군용이 강화되어 미쓰히데가 강탈한 천하를 받아들일 수밖에 없을 터였다.

본군과 갈라선 히데요시는 말에서 내려 가마를 탔다. 가능한 한 피로를 줄이기 위해서였다. 그리고 휘하의 장병들과 함께 야사카矢坂, 노도노野殿, 노다野田를 거쳐 한다半田 산으로 갔다. 한다 산에 도착하자 먼저 퇴군했던 우키타 주종이 오카야마에서 마중을 나와 있었다. 히데요시가 가마를 멈추게 한 뒤 일일이 인사를 건넸다.

"이거, 고생이 많군."

히데요시는 우키타 다다이에와 마중을 나온 오카야마 사람들에게 미소를 지어 보였다. 그러다 문득 각 장수들 사이에 둘러싸여 있는 한 소년을 보고 그를 불렀다.

"이리 오너라, 이리 와."

다다이에가 소년의 손을 잡고 가마 옆으로 데려오더니 무릎을 꿇고 소년에게 말했다.

"인사를 올려라."

소년이 히데요시에게 인사를 했다. 소년은 난의 새로운 싹처럼 고분고분했다. 아직 어린아이지만 무사 인형처럼 치장을 하고 있었다.

"다다이에, 이 아이인가? 세상을 떠난 나오이에直家 님이 남기고 간 아이가?"

"네, 나오이에처럼 끝까지 돌봐주시기 바랍니다."

"걱정할 것 없다. 여기서 고인에게 맹세하기로 하지. 반드시 이 지쿠젠이 잘 돌보기로 하겠다. 내 양자로도 삼을 것이다."

"고맙습니다."

소년의 일족인 다다이에가 눈물을 흘렸다. 오카야마의 성주인 나오이에가 올해 1월에 병으로 세상을 떠난 뒤 오카야마 사람들은 어린아이를 지키며 다카마쓰에 참전했다. 그때 그들의 심경은 참으로 복잡했다. 그런데 히데요시가 바쁜 와중에도 나오이에의 신하들의 마음을 알고 우키타가의 어린 주인을 '양자로 삼겠다'고 약속한 것이었다. 이 어린 주인이 바로 훗날의 우키타 다이나곤 히데이에宇喜多大納言秀家다.

그 당시 히데이에의 나이는 열 살이었는데, 눈앞의 선풍에도, 아버지의 죽음에도 거의 아무런 느낌이 없는 듯했다.

"여기에 타자."

히데요시는 귀여워 어쩔 줄 모르겠다는 듯 직접 소년을 안아 가마에 태웠다. 그리고 자신의 무릎 사이에 앉혀놓고 몇 살이냐고 묻기도 하고, 무엇을 좋아하냐고 묻기도 했다.

"도련님은 오늘부터 이 아저씨의 양자란다. 어때…… 기쁘냐, 기쁘지 않냐? 이 아저씨가 싫으냐?"

그렇게 장난을 치면서도 히데요시는 가마꾼들에게 서두르라고 명령했다. 그러다 보니 가마는 배처럼 흔들렸다. 오카야마 성 아래까지 오는 동안 히데요시와 소년은 더없이 친한 사이가 되었다.

성 아래까지 오기는 했으나 히데요시는 성안으로는 들어가지 않을 생각이었다. 그는 히데이에를 가마에서 내리게 하고 다다이에와 오카야마 사람들에게 작별을 고했다.

"꼭 선봉에 서서 힘을 보태야겠다고 말하는 자들도 적지 않습니다. 이천이든, 삼천이든 데려가시기 바랍니다."

히데요시는 다다이에의 호의를 거절했다.

"고마운 말이네만 후방도 중요하네. 만일 모리 가가 돌변한다면 그때는 자네의 힘을 크게 빌려야 할 게야. 이 성은 모리를 견제하기 위해 이 지쿠젠이 의지하고 있는 곳일세. 모쪼록 소홀함이 없도록 잘 지켜주게."

히데요시는 병력은 받지 않았지만 여러 가지 계책을 건넨 뒤 우키타 가의 깃발을 빌려서 떠났다. 그런 다음 동쪽으로, 동쪽으로 서둘러가는 군마가 끝도 없이 성 밑을 지나갔다. 기마의 울부짖는 소리는 한나절이 지났는데도 단속적으로 들려왔다.

목욕

6일 밤은 누마 성에서 묵었다. 한밤중이 되자 폭풍우가 몰아치기 시작했다. 폭풍우 소리가 무시무시하게 들렸지만 히데요시는 밤이 깊도록 우키타 가의 장수들에게 만일의 사태에 대비할 계략을 일러주었다.

히데요시는 잠도 별로 자지 않았다. 새벽녘부터 출발을 명한 뒤 남은 사람들에게 작별을 고했다. 어제는 가마를 탔으나 오늘 아침에는 말 위에 올라 풍우 속을 뚫고 서둘러 앞으로 나아갔다.

벌써 7일이었다. 후쿠오카福岡의 나루터까지 왔는데 큰물이 진 탓에 물살이 빨랐다. 그렇지 않아도 히데요시가 출발할 때 누마 성 사람들이 '이렇게 큰비가 내리고 있으니 힘들 겁니다. 하루 정도 쉬시면서 물이 줄어들기를 기다리십시오'라고 만류했다. 하지만 히데요시는 괜찮다며 서둘러 왔고 처음부터 어려울 것이라고 각오했다.

말에 실은 짐과 짐을 연결하여 울타리를 만들고 서로 손을 잡거나 창의 자루 끝을 잡아 한 부대씩 탁류를 건넜다. 먼저 건넌 히데요시는 풍우에도 신경 쓰지 않는 듯 맞은편 물가에 의자를 놓고 차분히 앉아 있었다.

"서두를 것 없다. 당황할 필요도 없어. 편안한 마음으로 강을 건너라.

이러한 때에 사람 하나를 잃으면 삼백이고 오백이고 잃은 것처럼 이야기
되는 법이다. 짐 하나만 흘려보내도 일백이고 이백이고 짐을 버리고 떠났
다고 떠들어댈 게야. 그리고 전장과는 달라서 실수를 저질렀다는 말을 듣
게 되면 목숨과 군기軍器의 위험을 무릅쓴 보람도 없어지게 된다. 천천히
건너라, 천천히."

그 무렵 다카마쓰에 후미로 남겨둔 모리 간파치의 군도 뒤따라왔으며,
그 외에 출발이 늦어졌던 부대도 속속 도착해 있었다.

모리 간파치가 히데요시 앞으로 와서 그 뒤 상황을 보고했다.

"6일 미시(오후 2시)까지 아군의 철수를 모두 마쳤으며, 그 뒤에도 모
리 진영에서는 추격할 기미를 보이지 않고 있습니다. 오히려 조금씩 병력
을 후퇴시키고 있는 듯 여겨집니다."

히데요시는 한시름 놓았다는 듯 안심하는 눈빛을 보였다. 이로써 전군
을 한곳에 집중시킬 수 있겠다는 듯 확신에 찬 표정을 보였다.

이윽고 강행군이 계속되었다. 인마와 깃발이 모두 젖어 마치 걸레 같
은 모습이 되었다. 비는 잠시 뜸해지기도 했지만 질풍은 하루 종일 그치지
않았다. 히데요시의 군대는 니시카타가미까지 온 다음 먼저 갈라섰던 본
군과 합류했다. 일부는 후네자카 언덕에서 히메지로 급히 들어갔으나 히
데요시는 그 험한 길을 피해 배로 아코우赤穂에 상륙했다.

히데요시는 해상운송 대리업자인 나다야 시치로에몬灘屋七郎右衛門의 집
에서 잠시 쉰 뒤, 다시 육로를 따라 히메지로 갔다. 그는 도중에 가마와 말
을 수시로 갈아탔는데 가마 안에서는 정신없이 코를 골았으며 말 위에서
도 졸다가 몇 번이나 떨어지고 말았다.

그렇게 해서 히데요시가 자신의 성인 히메지에 들어간 것은 8일 아침
이었다. 전날 밤에 도착한 부대도 있었고, 그날 아침 전후로 도착한 부대
도 있었다. 이로써 전군이 거의 모였다. 진흙을 뒤집어쓰고 큰비와 질풍을

뚫고 하루에 이백 리나 걸어온 군마는 도착하자마자 젖은 솜처럼 몸이 무거워 저마다 자리를 골라 먼저 눈을 붙이기에 여념이 없었다.

히메지 성은 발칵 뒤집힌 듯 소란스러웠다. 손을 뻗고 발을 디딜 곳이 보이지 않을 정도였다. 성을 지키던 사람들이 성문과 현관 등으로 달려 나가 주인 히데요시를 환호로 맞아들였다.

"무엇보다 무사하셔서 다행이야."

"얼굴은 검게 탔지만 몸은 더 건강해지신 것 같아."

"정말 다행이야."

성을 지키던 사람들은 주인을 무사히 맞아들일 날이 과연 올지 오늘 아침까지도 걱정을 하고 있었다. 그런 상태에서 진흙투성이가 된 히데요시의 모습을 보게 되었으니 눈시울이 뜨거워지지 않을 수 없었다. 무척이나 기쁜 나머지 그만 평정심을 잃어 복도를 오갈 때도 종종걸음을 쳤고, 서로 용건을 말할 때도 흥분된 목소리였다. 히데요시가 혼마루에 든 뒤에도 성안은 여러 소리로 가득 차 있었다. 아니, 성 아래도 말들의 울부짖는 소리와 병사들의 목소리로 들끓고 있었다.

히데요시가 혼마루에 앉자마자 시동에게 명령했다.

"무엇보다 먼저 목욕을 하고 싶다. 준비를 해두어라."

그리고 자신의 피로도 잊은 채 사람들을 위로했다.

"수고 많았다. 고생했어."

성을 지키던 장수인 고이데 하리마노카미小出播磨守와 미요시 무사시노카미三吉武藏守도 히데요시 앞에 엎드려 있었다. 두 사람은 주인이 돌아온 것을 축하한 뒤, 나가하마에서 온 심부름꾼이 별실에서 기다리고 있으며, 다른 한 명의 손님도 기다리고 있다는 사실을 고했다.

"준비가 끝났습니다. 이제 언제라도 목욕을 하실 수 있습니다."

시동의 말에 히데요시는 바로 자리에서 일어났다.

"우선은 목욕을 하고 난 뒤 처리하도록 하겠다. 큰비에 속옷까지 젖은 탓인지 따뜻한 물이 그립구나."

히데요시가 중얼거리며 방 밖으로 나서다 문득 시신들을 돌아보았다.

"호리 나리는 어디서 쉬고 계시는가?"

"오동나무 방에 계십니다."

히데요시는 성큼성큼 걸어가 그곳을 들여다보았다. 호리 히데마사는 젖은 갑옷을 옆에 늘어놓은 채 편안히 쉬고 있었다.

"규타로 나리, 어땠는가? 힘들었지?"

"아닙니다. 저는 나리보다 열 살이나 젊습니다. 나리야말로 꽤나 졸리신 듯했습니다."

"하하하, 솔직히 말하면 아직도 졸리네. 지금 목욕물이 끓었네만, 실은 나가하마의 어머님께서 보내신 심부름꾼이 와 있어서 급히 보자고 하기에 먼저 실례하겠네. 그대는 나중에 히데카쓰(노부나가의 아들. 히데요시의 양자)하고 함께 들어가도록 하게."

"말씀 고맙습니다. 어서 먼저 드십시오."

성큼성큼 걸어가는 히데요시의 발걸음을 뒤따라가는 가신들의 발소리도 분주했다. 욕실 창에는 비 온 뒤 나온 아침 해가 아름답게 빛나고 있었다. 8일 아침 미시(오전 10시) 무렵이었다.

이곳은 증기 욕실이 아니라 중국식 욕조가 있는 욕실이었다. 히데요시는 뜨거운 물속에 어깨까지 푹 담그고 크게 숨을 들이쉬었다.

"아, 아."

높다란 창살 사이로 햇살이 쏟아져 히데요시의 얼굴에 닿았다. 잠시 뒤 검붉게 익은 그의 얼굴에서 굵은 땀방울이 배어나왔고, 모락모락 피어오르는 김 사이로 조그만 무지개가 여러 개 생겼다.

히데요시는 평소 목욕과 식사를 빨리 마쳤다. 그는 쏴아 하고 폭포와

168

같은 소리를 내더니 밖을 향해 소리쳤다.

"얘들아, 누가 와서 등 좀 밀어라."

옆방에서 대기하고 있던 시동 이시다 사키치와 오타니 헤이마大谷平馬가 마치 기다렸다는 듯 대답을 하고 들어왔다. 그러고는 히데요시 뒤쪽으로 돌아가서 목덜미부터 손끝까지 있는 힘껏 벅벅 문질렀다. 한참 때를 미는데, 히데요시가 갑자기 웃으며 자신의 발밑을 둘러보았다.

"재미있을 정도로 많이 나오는구나."

새똥을 흩뿌려놓은 것처럼 때가 떨어져 있었다.

"아, 아프구나. 이젠 됐다."

히데요시는 몸을 대충 씻은 뒤 다시 한 번 욕조에 텀벙 들어갔다가 바로 나왔다. 전진에서 볼 수 있는 위용은 찾아볼 수 없었다. 실오라기 하나 걸치지 않은 그의 몸은 참으로 빈약하기 짝이 없어 보였다. 오 년이 넘는 동안 계속된 전진 생활에서 꽤나 무리를 했을 테지만, 그래도 마흔일곱 살의 몸 치고는 지방이 너무 없었다. 아직까지도 오와리尾張 나카무라中村 빈농의 아들로 태어나 발육이 부족했던 당시의 모습이 남아 있었다. 커다란 고난을 겪어온 그의 뼈와 근육은 암초에 돋은 마른 소나무나 풍설에 시달린 왜소한 매화나무처럼 강인해 보였으나 한편으로는 인간의 노숙함을 드러내고 있었다. 하지만 그에게는 평범한 인간의 육체나 나이와 비교할 수 없는 것이 있었다. 그것은 피부나 근육, 뼈와는 전혀 다른 빼어난 정신력이었다. 그리고 목소리, 동작, 눈빛, 웃을 때나 화낼 때의 모습에서는 노숙함의 그림자조차 찾아볼 수 없을 정도로 젊음이 느껴졌다. 아니, 때로는 유치하게 보이기까지 했다.

"이치마쓰."

히데요시는 목욕을 마친 뒤 욕실 옆방에 있는 의자에 앉았다. 그러고는 아직 채 마르지 않은 땀을 닦으며 시동 중 선참인 후쿠시마 이치마쓰福

島市松를 앞으로 불러 군령을 내렸다.

"바로 망루에서 첫 번째 나팔을 불어 전군에게 밥을 먹으라고 알려라. 두 번째 나팔이 울리면 인부와 짐 등을 먼저 출발시키라고 전해라. 그리고 세 번째 나팔 소리는 성 밖에 전군이 집합하라는 신호라고 전해라."

"네."

이치마쓰가 달려 나가자 이번에는 다른 시동에게 명령했다.

"히코에몬을 불러와라."

히데요시는 하치스카 히코에몬의 모습이 보이기도 전에 다시 다른 시동들에게 히메지 성의 금고를 관리하는 사람과 곳간을 관리하는 사람을 불러오라고 시켰다.

"히코에몬입니다."

"왔는가? 거기에 있게."

"네, 무슨 일이십니까?"

"잠시 기다리게. 지금 금고지기를 불러오라 했으니 그가 오면 용건을 말하겠네."

히데요시는 다시 땀을 닦았다. 목욕을 마치고 나온 몸에서는 닦아도, 닦아도 땀이 흘러내렸다. 그것은 목욕 때문이 아니라 피와 두뇌의 활동 때문에 떨어지는 땀방울이었다.

욕실 옆에 있는 방이었지만 꽤나 넓었다. 히코에몬은 나무 바닥 한쪽에 앉아 기다리고 있었다. 드디어 금고지기와 창고지기가 들어왔다.

히데요시가 의자에 앉은 채 바로 묻기 시작했다.

"지금 우리 성의 금고에는 금은이 어느 정도인가?"

금고지기가 바로 대답했다.

"은자 칠백오십 관, 금자 팔백여 개가 있습니다."

"히코에몬."

히데요시는 히코에몬 쪽으로 시선을 돌려 명령했다.

"금고에 있는 금은을 모두 받아다 보병, 조총 부대, 활과 창 부대까지 빠짐없이 봉록에 따라 지급하도록 하게."

"말씀 받들겠습니다."

"속히 처리하게."

"네!"

두 사람이 함께 나가자 이번에는 창고지기에게 재고 상황을 물었다.

"팔만 오천 석 정도는 됩니다."

창고지기가 대답하자 히데요시가 말했다.

"그래, 충분하군. 오늘부터 연말까지 녹미祿米를 받는 자의 가족에게 평소의 다섯 배를 내주도록 하라. 여기서 농성할 생각은 없으니 성안에 쌀을 남겨둘 필요는 없다. 활, 조총 부대의 하급 무사와 보병의 최하급 무사들의 남은 처자에게 하다못해 엽차라도 한잔 천천히 마시게 해주고 싶구나. 그 마음을 잃지 말고 잘 처분하도록 해라."

"황공하옵니다."

"물러나는 길에 고니시 야쿠로小西弥九郎에게 가서 이리로 오라고 말 좀 전해주게."

창고지기가 나가자 히데요시는 그사이 속옷을 갖춰 입고 갑옷을 몸에 둘렀다. 이윽고 야쿠로 유키나가가 달려왔다. 히데요시는 갑옷의 끈을 묶으며 진중에 있는 돈 액수를 물었다. 다카마쓰 진에서 경리를 담당했던 야쿠로가 대답했다.

"남아 있는 것은 은자 십 관과 금자 사백육십 개에 지나지 않습니다."

"그것만은 가져가도록 하게. 사자나 전령에게 주고, 또 상을 내릴 때 필요할 테니. 됐네, 더는 물을 게 없네."

히데요시는 욕실에서 나왔다. 그리고 곧바로 고이데 하리마노카미의 안내를 받아 나가하마에서 온 사자가 있는 방으로 갔다. 엎드려 있는 사자를 보자마자 히데요시가 성급하게 물었다. 그동안 그가 나가하마 성에 두고 온 노모와 아내 네네의 안부를 얼마나 궁금해했는지 짐작할 수 있었다.

"무사한가? 무슨 일이 있었는가? 자네가 여기에 오기까지 어머니는 어떻게 지내셨는가?"

나가하마에서 온 사자 역시 피곤한 모습이었다. 사자는 환자들이 먹는 음식을 먹으며 방에서 쉬고 있었다. 그런데 히데요시가 아무런 예고도 없이 들어와 이런저런 것들을 급히 묻자 매우 당황할 수밖에 없었다.

"네, 자당께서도 부인께서도 무탈하게 잘 계십니다."

"그렇군. 하지만 나가하마 성은 무사하지 않을 텐데."

"그렇습니다. 제가 나가하마 성을 빠져나온 것이 4일 이른 새벽이었는데, 그때 이미 소수의 적들이 성을 공격하기 시작했습니다."

"아케치 군의 부대더냐?"

"아닙니다. 아사이淺井의 옛 부하였던 아베 아와지노카미阿閉淡路守의 낭인들로 틀림없이 미쓰히데에 가담한 것이라 여겨집니다. 그리고 제가 아즈치安土에서 세타瀨田로 서둘러 오는 중에 아케치의 장수인 쓰마키 노리카타妻木節賢의 부대가 나가하마를 향해 속속 내려가고 있다는 소문을 들었습니다."

"자네가 떠난 것이 4일이라면 그 뒤 상황에 대해서는 알 수 없겠구먼. 그럼 성을 지키는 자들의 각오는 어땠는가?"

"어차피 농성할 만큼 사람이 있는 게 아니니, 무리들은 만일의 경우 자당과 부인을 깊은 산속으로 모시고, 뒷일은 나중에 생각하자며 죽음까지 각오하고 있었습니다."

사자는 마침내 침착함을 되찾은 듯 품속에서 서찰 한 통을 꺼내 히데요시 앞으로 내밀었다. 그것은 아내인 네네가 보낸 글이었다. 네네는 남편이 떠난 뒤 성을 맡은 안주인으로서 아사이의 잔당과 아케치 군의 습격에 대비하면서 한편으로는 노모를 보살피며 집안의 여자들과 시신들을 격려하고 있었다. 폭풍과도 같은 불안과 혼잡 속에서 쓴 것 치고는 평소의 편지와 다르지 않을 정도로 글씨도 차분했다. 하지만 편지의 내용에는 마지막 편지가 될지도 모르겠다며 통절한 마음이 담겨 있었다.

우선은 노모가 무사하다는 것을 알린 뒤 주고쿠에서의 진퇴가 가장 중요하며 이러한 때일수록 몸도 중요하다고 말했다. 그리고 이곳의 일은 조금도 걱정할 것 없다며 평소에는 아무런 불편함 없이 안온하게 지내온 아녀자들이지만 이러한 때를 만나 내조의 공을 쌓을 수 있게 된 것을 고맙게 여기며 어머님을 중심으로 말단의 시녀까지 모두 힘을 내고 있다고 말한 뒤, 마지막으로 이렇게 적었다.

설령 만일의 사태가 벌어진다 할지라도, '히데요시의 아내가'라며 세상의 웃음거리가 될 만한 행동은 하지 않을 것입니다. 이쪽 일에는 조금도 신경 쓰지 마시고 모쪼록 이 중요한 시기를 잘 넘기시기를, 어머님께서도 오로지 그 일만을 걱정하고 계십니다.

편지는 끝으로 갈수록 글씨를 점점 급하게 쓴 모양이었다. 그래도 히데요시는 만족스러웠다.

"돌아가서도 어머니와 아내가 무사하거든 본 것을 그대로 전하도록 하라."

히데요시는 사자에게 그렇게 말하고는 곧 그 방에서 나왔다. 그때 마침 망루에서 부는 첫 번째 나팔 소리가 성안과 성 밑으로 울려 퍼졌다.

바람은 순풍

히메지 성 안팎에서 피어오른 밥 짓는 연기는 한때 하늘까지도 흐리게
할 정도였다. 첫 번째 나팔 소리와 함께 장병들은 모두 밥을 먹기 시작했
다. 히데요시도 갑옷을 입은 채 넓은 방 한가운데 앉아 밥그릇을 쥐고 있
었다. 양자인 히데카쓰, 호리 히데마사, 히코에몬 마사카쓰, 간베 요시타
카 등도 한자리에 있었다.

"이것으로 몇 그릇째인가?"

히데요시가 옆 사람에게 물었다.

"네 그릇째입니다."

시중을 들던 시동이 대답하자 히데요시가 쓴웃음을 지으며 말했다.

"더운 물에 만 밥을 한 그릇 더 다오."

히데요시는 왕성한 식욕 못지않게 젓가락을 놀리는 사이에도 급한 일
들을 처리하기도 하고 출발을 위한 조치를 명령하기도 하는 등 쉬지 않고
움직였다. 그사이 금고지기에게 명령했던 금은의 분배에 대한 보고와 창
고 안의 쌀을 가신들의 가족에게 남김없이 나눠주라고 했던 일에 대한 보
고를 받았다.

"모두에게 포고해서 분배를 마쳤습니다."

이번에는 또 다른 소식이 전해졌다.

"지금 막 가메이龜井 나리가 시카노鹿野 성에서 달려오셨습니다."

"가메이 고레노리玆矩가 왔단 말인가? 이리로 데려오게."

히데요시는 그곳에 앉은 채 고레노리를 맞아들였다. 그리고 고레노리의 모습을 보자마자 안부를 묻고 다시 말을 이었다.

"이나바는 변두리지만 깃카와 군이 변을 이용해 언제 또 엿볼지 모르네. 이후에도 더욱 굳게 지켜주기 바라네."

덴쇼 8년(1580년) 이후 가메이의 군은 깃카와 세력의 일면을 견제하기 위해 이나바의 시카노 성을 지키고 있었다. 히데요시는 고레노리의 얼굴을 보자 예전에 구두로 약속했던 일이 떠올랐다.

"주고쿠에서의 일이 성사되면 자네에게 이즈모出雲를 주겠다고 노부나가 공에게도 승낙을 얻어놓았는데, 이번에 갑작스럽게 모리와 강화를 맺게 되어 그곳을 줄 수 없게 되었네. 그러니 자네에게는 다른 영지를 내리도록 하지. 어디 원하는 곳이라도 있으면 말해보게."

"기억해주시니 참으로 황공합니다."

고레노리가 감사 인사를 한 뒤 말했다.

"이번에 아케치를 정벌하시면 육십여 개 주가 바람에 날려 자연스럽게 휘하로 들어올 것입니다. 제가 원하는 땅이 일본 국내면 여러 나라들과 겹쳐 지장이 있을 테니 바라옵건대 류큐琉球[15]를 하사받고 싶습니다."

히데요시는 갑자기 눈을 동그랗게 뜨고 '이 녀석 나보다 한술 더 뜨는구나' 하는 표정을 지었으나 곧 손에 들고 있던 금부채에 '가메이 류큐노카미'라고 적은 뒤 '히데요시'라고 서명해서 고레노리에게 건네주었다.

---

15) 오키나와의 옛 이름.

"오늘 출진에 앞서 이렇게 빨리 보증서를 받은 자는 아무도 없었소. 역시 류큐 왕은 빈틈이 없는 자야."

각 장수들은 고레노리를 부러워했다. 그때 히메지에 남아 수비를 맡기로 한 고이데 하리마노카미와 미요시 무사시노카미가 다시 와서 고했다.

"곧 두 번째 나팔 소리가 울릴 것입니다. 그러면 선발대로 인부들과 짐을 보낼 것입니다."

"그런가?"

히데요시가 자리에서 일어났다. 그리고 성의 수비를 맡기로 한 고이데 하리마노카미와 미요시 무사시노카미 두 사람에게 말했다.

"승패는 천운에 따라 나뉘기도 하네. 만일 히데요시가 미쓰히데에게 진다면 이 성에 불을 질러 아무것도 남기지 말도록 하게. 우리 어머니와 아내, 일족에게도 이미 그렇게 일러두었네. 모두 본능사에서 돌아가신 분을 따라갈 생각으로 미련 없이 깨끗하게 처리하도록 하게."

그 순간 남는 사람도, 떠나는 사람도 모두 숙연해졌다. 그때 하리마노카미 뒤쪽에 앉아 있던 승려가 무릎을 앞으로 당겨 양손을 가지런히 놓았다. 평소 히데요시가 의지하고 있는 신곤眞言 종의 승려였기에 사람들은 그가 뭔가 도움이 되는 말을 할 거라고 기대했다. 하지만 그는 마침내 고개를 들더니 근심스럽다는 듯 충고했다.

"지금부터 전군을 사열하시고 내일 9일 새벽에 본진을 출발시킬 예정이라 들었습니다. 하지만 내일은 나갔다가 다시 돌아오지 못하는 매우 흉한 날이옵니다. 부디 길일을 택하시어 모레 이곳을 떠나시기 바랍니다. 출진 직전이기는 하나 아무래도 마음에 걸리니 깊이 헤아리시기 바랍니다."

히데요시는 이미 깔개에서 벌떡 일어난 뒤였다. 그리고 승려의 간곡한 말을 들었는지 말았는지, 갑자기 그 자리에 있던 사람들의 근심을 날려버리듯 큰 소리로 웃었다.

"무슨 소리를 하는 겐가? 그렇다면 내일이야말로 우리에게는 길일 중에서도 길일일세. 한번 나가면 다시 돌아오지 않겠다고 다짐하는 것이 어디 이번뿐이겠는가? 출진할 때마다 병가에서는 늘 다짐하는 일 아니던가? 이번에도 주군의 은혜에 죽음으로 보답할 각오를 했으니, 애초부터 살아 돌아올 생각은 없었다네. 또 혹시, 다행히도 히데요시가 죽지 않고 싸움에서 이긴다면 어찌 이처럼 작은 성으로 만족할 수 있겠는가? 천하의 지세를 살펴 다른 곳에 커다란 성을 짓고 살 걸세. 역경易經에도 괘는 점괘에 있는 것이 아니라 받아들이는 마음에 있는 것이라는 말이 있지 않은가? 어쨌든 더없이 길일인 내일이 기다려지네. 그럼 나가보기로 할까."

히데요시는 그대로 방에서 나왔다. 그리고 성문 밖 정문 다리 위에 서서 시동들과 장수들이 모두 나오기를 기다렸다.

두 번째 나팔 소리가 높다랗게 울려 퍼졌다. 치중부대는 이미 출발을 개시하고 있었다.

해가 서쪽으로 기울 무렵, 히데요시는 그곳에서 세 번째 나팔을 불게 한 뒤 자신의 걸상을 도카이도東海道의 초입인 이나미노印南野로 옮기게 했다. 세 번째 나팔은 총집합을 알리는 신호였다. 히데요시가 이나미노에 걸상을 놓을 무렵, 도로의 넓은 벌판과 소나무 가로수는 이미 밤을 맞이하고 있었다.

하치스카 히코에몬에게 명령하여 십여 명의 서기를 임시로 선발한 뒤, 높다란 막사를 좌우에 세우고 참전자들의 성명을 장부에 적게 했다. 저녁부터 한밤중이 지날 때까지 선봉, 중군, 후진을 배치하느라 인마의 그림자가 땅을 덮고 파도처럼 흔들렸다. 그사이 갑옷도 대충 걸친 채 무기를 움켜쥐고 부랴부랴 달려와 장부에 이름을 올리는 사람이 꼬리에 꼬리를 물고 이어졌다. 히데요시는 장막 아래서 의자에 앉아 그 모습을 시종 지켜보고 있었다.

장부에 기록된 이름은 일만여 명이 넘었다. 때는 이미 9일의 축시(오전 2시)를 지나고 있었다. 히데요시가 좌우에 있던 히코에몬 마사카쓰, 모리 간파치, 구로다 간베 등에게 물었다.

"출발 준비는 되었는가?"

가신들이 한목소리로 대답했다.

"언제든 명령만 내리십시오."

히데요시는 나팔을 불게 하라고 명령한 뒤 자리에서 일어나 걸상을 치우게 했다.

드디어 나팔수가 나팔을 불었다. 길고 느리게, 다시 높고 낮게 나팔 소리가 울려 퍼지자 선봉에 선 나카무라 마고헤이지中村孫兵次의 조총 부대부터 북소리 한 번에 여섯 걸음씩 옮겨 전진을 개시했다. 제2군은 호리오 모스케 요시하루의 부대였다. 다음으로 중군이 뒤따랐는데 하시바 히데카쓰는 양아버지인 히데요시의 하타모토들보다 이삼 정 앞서 행군했으며, 후진은 히데요시의 동생인 히데나가秀長가 통솔했다. 총군 일만 병사가 다섯 무리로 나뉘어 히메지 성 밖의 이나미노를 출발했다.

그 무렵 날이 밝아 도카이도의 소나무 하나하나가 선명하게 보이기 시작했으며, 동쪽 하리마나다播磨灘의 수평선과 길게 누워 있는 여명의 구름 사이로 새빨간 아침 해가 출진의 발걸음을 축복하듯 솟아오르고 있었다.

"바람은 순풍이었다. 보라, 깃발과 기치 모두 서풍에 교토 쪽으로 나부끼고 있다. 일개 인간의 목숨이라 저녁 일을 알 수 없으나 우리 군의 출정을 하늘도 기뻐하며 앞길을 돕는 듯하구나. 우선 힘차게 함성을 올려 출발을 천하에 고하자."

나팔 소리로 인마의 발걸음을 멈추게 한 뒤 우선 중군에서 커다란 환호를 올렸다. 그러자 전군이 파도처럼 함성을 질렀다. 개중에는 아침 해를 향해 깃발을 흔드는 부대도 있었고, 일제히 창끝을 치켜드는 부대도 있었다. 울부짖는 말의 기개까지 북쪽의 아케치 미쓰히데 군을 집어삼킬 듯싶었다.

셋쓰攝津로 들어가 아마가사키尼ヶ崎에 이를 때까지는 이전에 빠른 행군과 마찬가지로 낙오자는 버리고 인마 모두 쉼 없이 나아갔다. 그리고 각 병졸의 정렬이나 규칙에 구애받지 않고 오로지 길을 서둘렀다.

11일 이른 아침, 아마가사키에 도착했다. 끝도 없이 밀려드는 군대에 문을 열어준 민가는 그저 눈을 둥그렇게 뜰 뿐이었다. 히데요시는 길가에서 말을 멈추고 쉴 곳을 찾았다.

"절이라도 없는가?"

"저쪽에 조그만 암자가 하나 있습니다."

히데요시는 시동의 안내를 받아 암자로 갔다. 그리고 도카이도에서 살짝 벗어난 솔숲에 말을 묶게 했다.

"어디든 좋다. 어디든 상관없어."

히데요시는 거듭 말했다. 깜짝 놀라 마중을 나온 스님은 물론 좌우의 사람들까지 아무런 시설이 없는 작은 절에 불과하다는 사실을 몇 번이나 되풀이해서 말했기 때문이다.

"들어가겠네."

히데요시는 재빨리 쪽마루 위에 올라가서는 마음에 드는 방에 들어가 앉았다. 호리 시데마사도 따라 들어가 앉았다. 각 장수들과 시동들은 들어갈 수 없다 보니 앞마당부터 뒷마당까지 빈 공간을 모두 차지하고 앉았다. 조그만 절 안에 사람들이 있는 것이 아니라, 군중 속에 절이 있는 듯한 꼴이 되고 말았다.

"히데카쓰, 여기에 앉아라."

히데요시는 더운 물을 한 잔 마시고 나서, 바로 옆방에서 쉬고 있던 양자 히데카쓰를 가까이 불렀다. 히데카쓰는 열다섯 살이었다. 노부나가의 넷째 아들로 태어나 아명은 오쓰기마루於次丸라 불렸다. 히데요시의 양자가 된 지도 벌써 오륙 년이 지났다. 히데요시가 주고쿠에 출정한 동안에는 나가하마 성에 머물며 영지의 정치를 돌보았다. 그러다 올해 3월, 노부나가의 명을 받아 양아버지인 히데요시 휘하로 들어가 처음으로 갑옷을 입었으며 고지마兒島 성을 공략하여 첫 번째 전공을 세웠다.

"히데카쓰."

"네."

"네 눈매를 보고 있으면 돌아가신 분이 떠오르는구나. 노부나가 공과 꼭 닮았어."

히데요시는 히데카쓰를 말끄러미 바라보았다. 히데카쓰는 여러 장수들 속에서 양아버지로부터 무슨 말을 듣게 될까 생각하며 엎드려 있었다. 히데요시는 고개를 돌려 옆에 있던 호리 규타로 히데마사와 히데카쓰를 한 번씩 바라본 뒤 이어 말했다.

"선군先君께서 목숨을 잃으셨다는 보고를 들은 뒤 너희도 보아온 것처럼 다카마쓰에서 여기에 이를 때까지 이 지쿠젠은 모든 행동을 삼갔다. 하지만 이곳 아마가사키는 적인 아케치 군과 지호지간일 정도로 가깝다. 오늘이든 내일이든 언제 적과 마주쳐 일전을 펼치게 될지 알 수 없다."

히데카쓰가 동그란 눈으로 히데요시를 바라보았다. 젊음은 벌써부터 그의 눈 속에서 끓는 물이 되어 넘쳐나고 있었다. 히데요시는 노부나가가 세상을 떠난 뒤 아버지로서 한층 더 깊은 사랑과 자애를 보였다.

"나도 이제 마흔일곱 살이다. 벌써 나이 든 무사가 되었으나 이번 전투는 목숨을 걸고 선군을 애도하는 마음으로 싸울 것이다. 만일의 경우에는 스스로 창을 들고 적과 칼도 맞댈 각오를 하고 있다. 하지만 나이는 속일 수 없구나. 채식만 해서는 힘이 나지 않는다. 따라서 나는 오늘부터 정진을 그만두겠지만 너희는 젊으니 계속해서 정진하기 바란다."

"네."

히데카쓰가 힘차게 대답했다. 규타로 히데마사도 고개를 끄덕였다. 그러자 히데요시가 계속 말을 이어 히데카쓰를 타일렀다.

"그리고 적인 휴가노카미 미쓰히데日向守光秀는 네게 있어서 아버지의 원수이자 주군의 원수다. 말하자면 이중의 적이라고 할 수 있다. 그러니 미쓰히데를 치지 않고는 너의 목숨도 천지에 있을 수 없다. 누구보다 먼저 앞장서야 한다. 적과 싸우다 나보다 먼저 전사하기 바란다. 양아버지인 나도 너의 씩씩한 모습을 지켜본 뒤 전사하도록 하겠다."

"반드시 잊지 않겠습니다."

히데카쓰는 두 손을 바닥에 댔다. 엄숙한 분위기에 각 장수들도 숙연해졌다. 히데요시는 히메지에서부터 이번 싸움에 목숨을 걸어왔지만 적과 가까운 이곳 아마가사키에 와서 각오를 더욱더 굳건히 했다.

"물이 끓었습니다."

승려의 말에 히데요시는 암자의 뒤쪽으로 나가 목욕재계했다. 그리고 준비해둔 밥을 먹었다. 그의 밥상에는 생선과 새고기로 만든 음식이 풍성하게 놓여 있었다. 그는 며칠 동안의 정진을 끝내고 배 속을 든든히 채웠다. 식사가 끝난 뒤에는 방으로 들어가 잠깐 눈을 붙였다. 그렇게 히데요시는 밥과 잠으로 전투 준비를 마쳤다. 일각, 군마도 조용해서 매미 소리만 가득했다.

시원한 머리

천하의 모습은 급격히 변했으나 지나온 날들을 돌아보면 노부나가가 죽은 지 오늘로 열흘밖에 지나지 않았다.

교토 부근의 인심은 아직까지도 본능사 이후 그대로였다. 시바타, 다키가와는 멀리 있었고 도쿠가와德川는 자국으로 들어갔다. 호소카와細川, 쓰쓰이筒井는 향배를 알 수 없었고 니와는 오사카에 머물며 오다 노부즈미織田信澄를 처리했다는 풍문만 들려올 뿐 더 이상 다른 행동이 없었다.

"오늘 아침 이후 아마가사키에 지쿠젠노카미의 선봉과 중군 부대가 속속 도착하여 다이모쓰大物의 포구와 나가스長洲 부근이 병마로 넘쳐나고 있다."

이러한 소문은 11일 아침부터 셋쓰를 중심으로 바람처럼 퍼져나갔다. 하지만 여전히 반신반의하는 사람이 많았다.

"설마, 이렇게 빨리?"

그도 그럴 것이 도쿠가와 나리가 서쪽으로 올라오기 시작했다는 둥, 기타바타케北畠 나리가 진격 중이라는 둥, 어딘가에서 누군가가 아케치와 접전 중이라는 둥, 귀를 잡아끌 만한 비슷한 풍설이 너무나도 많았다. 게

다가 사람들은 '하시바 군은 모리에게 붙들려 그렇게 쉽게 주고쿠에서 움직일 수 없을 것'이라고 생각하고 있었다.

하지만 사태의 핵심을 잘 알고 있고 히데요시를 제대로 판단하고 시대의 추이를 직시한 일부 사람들은 그런 착오가 생기지 않았다. 옛 노부나가 휘하의 대장들 사이에는 누가 뭐래도 마음을 바꾸지 않을 히데요시의 지지자들이 있었다.

히데요시가 주고쿠에서 여러 해 동안 보여준 실제적 경략은 서일본의 전운을 배경으로 하여 멀리 있는 장수들까지도 어느 틈엔가 히데요시라는 사람의 가치와 위풍을 인정하게 했다. 그것만 보아도 히데요시의 오랜 고충은 오로지 노부나가에 대한 충성에서 비롯된 것이었다. 하지만 결과적으로 말하면 그사이에 히데요시는 히데요시 자신의 기초를 다진 셈이었다. 어쨌든 일부 인사들은 히데요시가 모리와 화약을 맺었다는 소리를 듣고는 히데요시의 의중을 읽었다.

"그렇다면 동쪽으로 올라올 생각이군."

그리고 그들은 평소의 기대를 배반하지 않았다며 히데요시가 히메지를 거쳐 방향을 바꿔 셋쓰를 향해 돌진해오는 동안 급보를 보내기도 했다.

"얼른 오십시오. 간절히 기다리고 있습니다."

그들은 급히 말을 달려 아케치 군의 동정을 알려주며 히데요시의 깃발을 학수고대했다. 그뿐 아니라 오카사의 니와 나가히데丹羽長秀 등도 히데요시가 오기를 기다리며 서찰을 보냈고, 나카가와 세베中川瀬兵衛, 다카야마 우콘高山右近, 이케다 노부테루池田信輝, 하치야 요리타카蜂屋賴隆 등도 히데요시에게 마음을 주고 있었다. 특히 아마가사키와 가까운 성에 있는 다카쓰키高槻의 다카야마 우콘과 이바라키茨木의 나카가와 세베 두 장수는 히데요시가 아마가사키 부근에 도착했다는 소식을 듣자마자 일부의 수하들을 데리고, 또 각자 여덟 살이 되는 인질과 함께 히데요시가 쉬고 있는 절을 찾아왔다. 진문의 무사는 거의 비슷한 때에 찾아온 나카가와 세베와 다카야마 우콘에게 '나리는 지금 주무시는 중입니다'라고만 답했을 뿐, 두 장수가 온 것을 서둘러 전하지 않았다.

두 사람은 조금 의외라는 듯 고개를 갸우뚱했다. 세베와 우콘은 내심 자신들이 가진 가치와 힘을 알고 있었다. 두 장수는 노부나가가 살아 있을 때 아케치 휘하에 있었다. 그 병력이 한쪽 진영으로 돌아선다는 것은 적과 아군의 비율에 두 배로 영향을 줄 수 있었다. 그리고 세베는 이바라키의 성주였으며, 우콘은 다카쓰키 성을 가지고 있었다. 그들의 영내를 지나지 않고는 교토로 들어갈 수 없으며, 아케치 군과도 접촉할 수가 없었다. 거의 적의 가운데 있다고 해도 좋을 두 기지를 싸우기도 전부터 발판으로 삼을 수 있다는 것은 작전에 있어서도, 군량 운반에 있어서도 커다란 득이 되는 셈이라고 하지 않을 수 없었다.

그랬기에 두 사람은 당연히 자신들이 찾아가면 히데요시가 기다렸다는 얼굴까지는 아니더라도 '이렇게도 빨리, 잘 왔소'라고 기뻐하며 환대를 하리라 생각했던 것이다. 그런데 생각과는 달리, 잠을 자고 있으니 잠시 기다리라는 말을 들어야 했다. 그것까지도 상관은 없었으나 절 안이 인마로 가득해서 기다리는 동안 특별히 쉴 만한 곳도 없었다.

나카가와 세베와 다카야마 우콘은 병사들을 밖에 남겨둔 채 데려온 인질과 소수의 수행원들만 데리고 경내 한쪽 구석에 서 있을 수밖에 없었다. 그러는 사이에도 시간 가는 줄 모르고 바라본 것은 속속 도착하는 후속 부대의 군마가 비 오듯 줄줄 흘리는 땀이었다.

훗날 오무라 유코大村由己의 기록을 보면 '모든 병졸이 한꺼번에 도착한 것은 아니나, 9일에 히메지를 출발하여 밤낮 가리지 않고 아마가사키에 도착했다'고 적혀 있다.

히데요시의 급행군 때문에 도중에 낙오한 병사들까지 꼬리에 꼬리를 물고 도착했다. 하치스카와 모리 두 장수는 도착 보고를 한 병사에게 어디에 모여 있다가 명령을 기다리라거나, 또 누구의 부대가 어디에 있으니 그곳으로 가서 쉬라고 말하며 일일이 손으로 가리켜 그들의 군대에 소속과 위치를 가르쳐주었다. 또 어디의 사자인지, 어디에서 돌아온 심부름꾼인지 절 안팎으로 왕래도 빈번했다. 그 가운데는 어딘가에서 본 듯한 무사도 있었다.

"잠깐, 저 사람은 단고丹後 호소카와 가의 무사 아니었던가?"

세베가 한 사내의 등을 지켜보며 중얼거렸다.

미쓰히데와 호소카와 후지타카細川藤孝, 그리고 후지타카의 아들인 다다오키忠興는 서로 밀접한 관계였다. 후지타카와 미쓰히데는 막역지교일 뿐만 아니라 미쓰히데의 딸 가라샤伽羅沙가 다다오키의 아내이기도 했다.

'호소카와 가에서 어찌 심부름꾼을?'

그것은 지금 여기에 있는 두 사람의 관심거리였을 뿐만 아니라, 천하의 모든 사람들이 강하게 의식하고 있는 문제이기도 했다. 세베가 그렇게 중얼거리자 우콘도 문득 의심을 품기 시작했다.

'낮잠을 잔다고는 했으나 사실 지쿠젠은 이미 눈을 뜬 것이 아닐까? 그럼 우리를 너무 홀대하는데.'

두 사람이 얼굴에 불만의 빛을 드러내며 그만 돌아갈까 생각하고 있을 때 히데요시의 시동이 달려왔다.

"이리로 드십시오."

시동은 두 사람을 좁은 암자의 안쪽으로 안내했다. 안내를 받아 방 안으로 들어갔지만 히데요시는 보이지 않았다. 하지만 이미 잠에서 깨어난 것만은 확실했다. 방장方丈인지 어딘지 가까운 곳에서 커다란 웃음소리가 들려왔기 때문이다. 나카가와 세베와 다카야마 우콘이 이러한 대접을 받는 것은 두 사람 모두에게 참으로 유감스러운 일인 듯했다.

두 사람은 자신도 모르게 '히데요시, 자기가 뭔데' 하는 생각이 들었다. 히데요시도 노부나가의 신하였다면, 두 사람도 노부나가의 신하였다. 게다가 두 사람은 지금까지 히데요시로부터 고하의 차별을 받을 만한 은혜를 입은 적도 없었고 주종 관계를 맺은 것도 아니었다. 단지 오늘 이곳에 스스로 달려와 히데요시의 진문에 말을 묶은 것은, 히데요시라면 옛 주인의 적인 미쓰히데를 치겠다는 뜻이 통할 거라고 생각했기 때문이다. 그런데 히데요시는 동료를 맞아들이는 태도가 형편없었다.

'이럴 줄 알았다면 우리가 먼저 여기에 오는 게 아니었어. 히데요시가 예를 갖춰 맞으러 오기를 기다렸다가 올 것을…….'

우콘이 후회하는 듯 씁쓸한 표정을 지었고, 세베도 매우 언짢은 표정을 지었다. 게다가 그날 더위는 두 사람을 더욱더 불쾌하게 만들었다. 장마는 이미 끝났으나 공기는 조금도 건조해지지 않았다. 그리고 하늘에는 지금의 천하를 상징하듯 거취를 알 수 없는 구름만이 쉴 새 없이 오가고 있었다. 그 구름 사이로 종종 내리쬐는 태양은 뇌를 마비시킬 정도로 집요하고 강렬했다.

"덥군요, 세베 나리."

"으음, 바람도 없고."

두 사람은 정강이에서부터 팔 끝까지 전신에 갑옷을 두르고 있었다. 최근 갑옷이 민첩함을 중히 여겨 점점 가벼워지고 있다고는 하나, 틀림없이 몸통의 두꺼운 가죽 안으로 땀이 흘렀을 것이다.

"지쿠젠도 이제 얼추 나올 때가 된 것 같은데."

세베는 군선軍扇을 펼쳐 목 부근을 부지런히 부쳤다. 그리고 굳이 저자세를 취하지 않겠다는 의지를 내보이려는 듯 우콘과 함께 윗자리에 앉아 있었다.

그때 '야아' 하는 목소리가 바람과 함께 들려왔다. 히데요시였다.

히데요시는 두 사람 앞에 앉자마자 되풀이해서 말했다.

"이거 미안하게 됐네, 미안하게 됐어. 잠에서 깨어 본당으로 나가 이걸 하고 있자니 (자신의 머리를 찰싹찰싹 두드리며) 지금 막 멀리서 호소카와 후지타카, 다다오키 부자의 사자가 와서 귀국을 서두르고 있다고 하기에 그 일에 대해 먼저 담합을 지었다네. 그 때문에 꽤나 기다리게 한 듯하군."

히데요시는 평소와 다름없는 태도였으며, 자리의 위아래 따위는 안중에도 없었다.

"오호."

두 사람은 그렇게만 말하고 인사도 잊은 채 히데요시의 머리만 바라보았다. 히데요시가 삭발을 했기 때문이었다. 막 깎은 머리에 정원수의 푸른 빛이 비쳐 보였다.

"선군의 원수를 갚는 싸움이라며 아들인 히데카쓰도 삭발을 하겠다고 하고, 호리 히데마사도 삭발을 하겠다고 했으나 '너희는 아직 젊으니 그럴 필요까지는 없다. 무사로서의 모습을 더 꾸며라' 하고 간신히 저쪽에서 말리고 오는 길일세. 그리고 지금 두 사람의 머리끝만 잘라 지쿠젠의 머리카락과 함께 위패 앞에 올리고 왔네. 덕분에 이 더위에도 머리만은 시원해졌다네. 하하하하. 불문에 든다는 것은 시원한 일일세."

히데요시는 신경이 쓰이는지 자꾸만 머리를 쓰다듬었다.

세베와 우콘은 조금 전 느꼈던 불쾌함을 완전히 잊었다. 이번 일전을 앞두고 히데요시가 삭발까지 하고 결의를 보인 이상, 사소한 개인적 감정에 사로잡힌다는 것은 부끄러운 일이라고 생각했다. 그리고 이야기를 나누는 중, 히데요시의 머리를 보면 때때로 우스워서 견딜 수가 없었다.

요즘 들어서는 사람들이 히데요시 앞에서 거의 말하지 않지만 히데요시를 '원숭이, 원숭이' 하며 부르던 게 익숙하던 시절도 있었다. 두 사람 마음속 어딘가에는 아직도 그런 선입관이 있었다. 그 선입관과 눈앞의 모습이 바라보는 사람의 마음속에서 서로를 자극해 자꾸 우습다는 생각을 만들어내는 듯했다.

"신속함에는 정말 놀랐다네. 다카마쓰에서 여기까지 오는 동안 잠을 잘 틈도 거의 없었을 텐데……. 건강한 모습을 보니 나도 안심이 되네."

세베가 웃음을 참으며 인사를 건네자 히데요시도 갑자기 생각났다는 듯 인사치레를 했다.

"오는 길에 수시로 급보를 보내주어 정말 고마웠다네. 덕분에 아케치 측의 동향도 알게 되었고, 또 무엇보다 중요한 것은 두 사람의 도움만 있다면 뭐든 할 수 있겠다고 생각하며 든든한 마음으로 올 수 있었다네."

다카야마 우콘과 나카가와 세베는 그런 뻔한 인사말에 금방 기뻐할 만큼 만만한 사람들이 아니었다. 그들은 히데요시의 말을 대충 흘려듣고 이내 주의를 주었다.

"오사카에는 언제 갈 겐가? 우리는 그렇다 쳐도, 오사카에는 간베 노부타가神戸信孝 님도 계시고 니와 고로사丹羽五郎左도 귀공이 오기를 고대하고 있다네."

"아니, 지금은 적이 있지도 않은 오사카로 갈 여유가 없다네. 오사카에 는 오늘 아침 곧바로 사자를 보내두었다네."

"노부타가信孝 님은 선군의 셋째 아드님일세. 귀공이 모시러 가지 않으면 움직이지 않으실 게야."

"히데요시의 진문으로 오라고 말씀드리지 않았다네. 선군을 애도하는 전투에 오시라 전하라고 했지. 곁에는 니와 나가히데도 있다 하니 평상시의 예나 하찮은 체면에 연연할 리는 절대 없으리라 생각하네. 내일이면 반드시 참전하실 걸세."

"이타미의 이케다 부자는?"

"그들도 틀림없이 회동할 걸세. 아직은 오지 않았으나 내가 효고兵庫까지 왔을 때 사자를 보내 우리에게 서약서를 전달해주었다네."

히데요시는 아군의 규합에 대해서는 상당한 확신을 가지고 있었다. 특히 산인山陰의 호소카와 부자가 아케치 가와는 끊으려야 끊을 수 없는 인척 관계에 있으면서도 미쓰히데의 권유를 뿌리치고 오히려 가신인 마쓰시타 야스유키松下康之를 사자로 보내 '결코 역도에는 가담하지 않겠다'는 서약을 전달케 했다는 사실을 상당히 자신만만하게, 또 그것이 당연한 세상의 대세이자 무문의 대도이기도 하다고 역설했다.

그 뒤 여러 가지 이야기를 나누던 끝에 나카가와와 다카야마 두 사람이 각자 데려온 어린아이를 인질로 맡기겠다고 말하자 히데요시가 크게 웃으며 거절했다.

"필요 없네, 필요 없어. 두 사람의 마음을 잘 알고 있을 뿐 아니라 이번 일전은 그런 낡은 관습에 의해 억지로 맺어야 할 일이 아니지 않은가. 얼른 어린아이들을 각자의 성으로 돌려보내도록 하게."

천둥의 기운

히데요시가 머무르고 있는 암자는 서현사栖賢寺(세이켄지)였는데 조금 더 가면 광덕사廣德寺(고토쿠지)가 있었다. 히데요시는 이 두 절을 본진으로 썼는데, 시시각각 늘어나는 군세는 부근에 있는 나가스와 다이모쓰 포구까지 가득 채웠다. 할 수 없이 11일은 포구에서 보내야 했다. 그날 밤 널따란 어둠 속에서 군마들이 자꾸만 울부짖었다.

"아케치 측의 시호덴 마사타카四方田政孝가 보낸 척후병이 근처 마을에 출몰했다."

풍설이 나돌자 병사들은 밤새 긴장 속에서 번갈아가며 눈을 붙여야 했다. 하지만 말들이 잠을 자지 못한 이유는 그것과 관계가 없었다. 저녁 무렵 갑자기 하늘에서 번개가 번쩍이고, 멀고 가까운 곳에서 천둥도 들려왔기 때문이다.

"천왕사天王寺(덴노지)가 있는 동쪽에는 아주 큰비가 내린다던데."

보초병이 오사카에서 온 전령에게 들은 소리를 함께 보초를 서는 친구의 그림자를 향해 말했다.

"이 부근은 비가 조금밖에 오지 않지만 바람을 보면 어딘가에서 많이 내리는 게 틀림없어. 내일은 비가 오려나?"

"시집가는 날 밤과 싸움에 나설 때 내리는 비는 길조라고 하니 한바탕 내리는 것도 나쁘지는 않겠지."

"적도 그렇게 얘기하고 있을지 몰라."

"그도 그럴 테지만, 같은 하늘에서 같은 땅에 내리는 비라 할지라도 미쓰히데의 부하와 우리의 기분은 전혀 다를 거야. 보라고, 말조차도 저렇게 용맹스럽잖아."

"다행이야, 우리는."

"뭐가?"

"아케치의 가신이 아니라서."

"하하하. 그도 그렇군."

히데요시는 어둠 속에서 사람의 목소리를 듣고 문득 발걸음을 멈췄다. 그는 낮에 단잠을 잤기 때문인지 잠이 오지 않자 히코에몬과 모스케를 데리고 야영하는 사졸들을 둘러보고 오는 길이었다.

"히코에몬, 들었는가?"

히데요시가 돌아보며 물었다. 물론 보초병끼리 이야기를 나누는 것을 듣고 하는 말이었다.

"싸움은 이겼다. 이미 이겼다고 생각하지 않느냐?"

"그렇습니다."

히코에몬과 모스케는 주인의 마음을 이해하고 고개를 끄덕였다. 그리고 듣는 사람이 있는 줄도 모르고 지껄여댄 사졸들의 정직한 말에도 진심으로 공감했다.

"벌써 축시인가?"

"그렇게 됐을 겁니다."

"돌아가기로 하자. 곧 진격의 나팔이 울릴 테니."

그들은 뒷문을 찾아 절 안으로 돌아갔다. 부근에 농가가 있다 보니 황소가 길게 울었다. 무릇 들개도, 닭도, 쥐도 왠지 모르게 신경을 곤두세우고 있는 듯했다. 어느 병영에서나 병사들은 깊은 잠에 빠졌지만 동물들은 밤새 부스럭부스럭 소리를 냈다.

"찾고 있던 중이었습니다."

히데요시가 등도 밝히지 않은 마루 끝에 앉아 쉬고 있는데 시동들이 와서 고했다.

"오사카의 니와 나리가 보내신 전령이 와 있습니다. 바로 답장을 받아 돌아가야 한다며 걱정을 하고 있습니다."

"또 왔단 말이냐?"

같은 곳에서 전령을 세 번씩이나 보냈다. 히데요시는 쓴웃음을 지었다. 이 문제만으로도 그는 오늘 밤 잠을 자지 못할 듯했다. 히데요시가 마루에 앉은 채 말했다.

"오사카의 사자를 여기로 불러라."

이윽고 사자가 와서 히데요시 앞에 엎드려 니와 나가히데의 서찰을 전했다. 히데요시는 서찰을 읽고 난 뒤, 서기에게 붓을 들게 했다.

"바로 들고 돌아가도록, 자세한 내용은 글 안에 있다."

히데요시는 편지 한 통을 사자에게 건넸다. 하지만 답장의 글이 너무 간단하다고 생각했는지 사자가 일어서려 하자 덧붙여 말했다.

"곧 날이 밝자마자 히데요시는 군을 움직여 오늘 중에라도 적과 일전을 펼칠 각오를 하고 있네. 설령 아군의 각 세력이 모두 모이지 않았다 할지라도 적이 눈앞에 있으니 병기兵機만 좋다고 판단되면 언제라도 지체하지 않고 교전에 들어갈 것일세. 모처럼 노부타카 님을 맞아들여 아들로서는 돌아가신 아버지에 대한 효도를 다하게 하고, 신하로서는 선군의 원수를 갚는 싸움이 될 걸세. 이번에는 생사도 함께하고 깃발도 하나로 하기

192

위해 어제 아침부터 서한으로 세 번이나 참전을 부탁드렸는데 이런저런 이유만을 앞세워 도무지 움직이지 않으시니…… 그렇다면 어쩔 수 없지. 언제까지고 한가로이 기다릴 수만도 없는 상황. 훗날 후회하는 일이 없도록 니와 나리가 간곡히 충고하는 것이 보좌의 역할이라고, 지쿠젠이 이렇게 말하더라고 분명하게 전하도록 하라."

사자가 몹시 황공해하며 돌아갔다. 사자의 눈에는 히데요시가 조금 화가 난 것처럼 보였을지도 모른다.

사실 어제부터 간베 노부타카神戸信孝는 세 번이고, 네 번이고 쓸데없이 전령과 시간을 허비하며 분명하지 않은 서찰을 보내기도 하고 답장을 요구하기도 했다.

히데요시는 병기를 한시라도 늦출 수 없는 바쁜 상황이었던 만큼 노부타카의 태도에 참을 수 없는 성가심을 느끼고 있었다.

간베 노부타카는 히데요시가 아마가사키까지 왔으면서도 오사카로 와서 자신을 배알하지 않는 것이 가장 큰 불만인 듯했다.

"나는 노부나가의 아들이다. 내 스스로 그의 진에 참가할 이유는 없다. 나의 체면과도 관계되는 일이다."

노부타카가 체면에 얽매여 있는 것은 틀림없는 사실이었으나, 그것을 그렇다고 말하지 않고 니와 나가히데의 이름으로 '부하의 대부분이 달아났기에 아직 군세의 정비가 끝나지 않았다'거나, '시코쿠四國의 조소카베長曾我部의 동정이 분명하지 않기에 하루나 이틀쯤은 더 지켜봐야 할 것 같다'는 등의 평계를 대며 '귀공께서 오사카 성으로 한번 오셔서 군사 회의를 하는 것이 어떻겠습니까?' 하는 등의 한가로운 소리를 하고 있었다. 이에 히데요시는 지금 돌려보낸 사자에게 맡긴 글 속에 이것이 마지막 서장이라고 밝힌 뒤, 다음과 같이 극단적인 말까지 적어 보냈을 정도였다.

이와 같은 때는 평생에 두 번 다시 오지 않을 것입니다. 히데요시 역시 내일이면 이 세상 사람이 아닐지도 모릅니다. 이러한 때를 놓쳐 천추의 한을 남기는 일이 없도록 하십시오.

한쪽 편의 아침 구름이 희붐해지기 시작했다. 그날 아침에도 구름의 움직임은 빨랐으며 다른 지방에서는 어젯밤부터 지금까지 거친 비바람이 불어댔다.

식사를 준비하라는 나팔 소리가 각 진에 울려 퍼졌다. 바다가 가까운 탓에 동이 틀 무렵에는 짙은 안개가 깔렸다. 게다가 일만 이상의 군세가 밥을 지을 때 피어오르는 연기까지 드리워져 소나무가 많은 아마가사키 일대는 소나무인지, 안개인지, 사람인지, 연기인지 앞을 구분할 수조차 없었다.

히데요시는 절 안의 한쪽 구석에 있는 노송 아래에 멍석을 깔고 호리 히데마사, 나카가와 세베, 다카야마 우콘, 구로다 요시타카, 하치스카 히코에몬 등과 함께 무릎을 맞대고 앉아 담소를 나누며 주먹밥을 먹었다.

"정진을 그만두고 생선과 날짐승을 충분히 먹은 덕분인지 오늘은 왠지 힘이 붙은 느낌이야. 역시 음식은 사기의 근본이군."

히데요시의 말에 옆에 있던 히코에몬이 웃음을 터뜨렸다.

"삭발과 동시에 육식을 시작한 출가인은 고금을 통틀어 나리가 효시일 듯싶습니다."

"어쩌겠는가, 그것이 나의 본디 모습인걸. 이 히데요시의 출가는 스님의 출가와는 의미가 전혀 다르니."

아침 식사 자리는 생환을 기약할 수 없는 전투에 들어가기 전일까 싶을 정도로 활기찼다. 그때 어젯밤 이후 다카쓰키의 북방, 아쿠타가와芥川 쪽으로 정찰을 나갔던 가토 사쿠나이미쓰야스加藤作内光泰와 후쿠시마 이치마쓰 등이 돌아와 소식을 전했다.

"분부하신 지방들을 샅샅이 살펴보았습니다만 적인 듯한 자는 만나지 못했습니다. 하지만 민가에서는 상당히 소란을 떨고 있습니다. 어제 낮, 아케치의 소부대가 지나며 저희 아군의 동정을 물은 뒤 승룡사勝龍寺(쇼류지) 쪽으로 갔다고 합니다."

히데요시는 직접 두어 가지 질문을 던진 뒤 얼른 식사를 하라며 노고를 치하했다.

잠시 뒤 나카무라 마고헤이지, 야마노우치 이에몬山內猪右衛門 등의 소대가 복명을 하러 왔다.

"지금 막 돌아왔습니다."

그들은 어제 낮부터 나갔다가 지금 막 돌아온 척후 부대였다. 그리고 명령받은 지역도 시부澁 강 유역에서부터 호라가미네洞ケ嶺 부근이었기에 상당히 깊이까지 들어갔다 온 셈이었다.

"호라가미네에 있는 쓰쓰이 준케이筒井順慶를 찾아갔던 미쓰히데가 어제 아군이 이곳 아마가사키에 도착했다는 소식을 듣고 갑자기 시모토바下鳥羽로 물러났다고 합니다."

마고헤이지가 가져온 정보는 중요한 내용이라 장수들도 귀를 기울였다. 히데요시도 갑자기 형형한 눈빛을 띠었다.

"그렇다면 쓰쓰이는?"

"여전히 호라가미네에 있습니다."

"미쓰히데는 거기에 방어를 위한 병력을 남겨두었는가?"

"사이토 도시미쓰齋藤利三의 일군을 남겨두고 떠난 듯합니다."

장수들은 서로의 얼굴을 바라보았다. 히데요시도 말없이 고개를 끄덕였다. 그것으로 쓰쓰이 준케이의 향배를 점칠 수 있었기 때문이다.

히데요시가 나카무라와 야마노우치 두 사람에게 다시 물었다.

"미쓰히데가 시모토바로 옮긴 뒤 더욱 전진할 듯싶으냐, 아니면 후퇴할 기색이냐?"

"예측할 수 없습니다."

이윽고 두 번째 나팔 소리가 울렸다. 히데요시 주위에 있던 장수들이 어딘가로 달려갔다.

잠시 뒤 각 부대는 아마가사키를 떠나 야마자키山崎 방면으로 진군을 시작했다. 말 위에 앉은 히데요시의 모습 역시 깃발과 함께 흘러가는 듯한 군세 속에 있었다.

요도淀, 야마자키, 덴노天王 산

이타미의 이케다 노부테루도 큰아들 쇼쿠로勝九郎를 데리고 히데요시의 군에 가담했다. 노부테루는 오늘 아침 출진 직전 삭발을 하고 이름을 쇼뉴勝入라고 바꾸었다. 기요스 시절부터 히데요시와 막역지교로, 서로의 장단점을 잘 알고 있는 사이였다.

"아아, 자네도 머리를 깎았는가?"

"귀공도 삭발을 했군."

"약속한 것도 아닌데, 서로 한마음이었군."

"음, 한마음이었어."

히데요시와 노부테루는 그렇게 말할 뿐이었다. 노부테루는 데려온 병력 사천 명과 함께 행군에 가담했다.

어제 이후 군세는 눈에 띄게 강력해져 있었다. 처음에는 히데요시의 병력 일만 명만 있었는데, 다카야마 우콘이 이천 명, 나카가와 기요히데中川淸秀가 이천 명, 하치야 요리타카가 일천 명을 이끌고 왔고, 거기에 이케다 부대 사천 명을 더해 이만 명 정도가 되었다.

전군은 오른쪽에 요도淀 강을 두고, 왼쪽으로 노세能勢와 아리마有馬 지방의 산들을 바라보며 북진했다. 그사이 이삼십 명으로 이루어진 낭당들과 지방 향당의 소부대들도 참가해 병사의 수는 꼬리에 꼬리를 물고 늘어났다. 그들은 참전의 뜻을 이렇게 표명했다.

"아케치의 행위는 용서할 수 없는 배덕이다. 역逆을 치고 순順을 돕는 것은 무문의 당연한 철칙이니 종전의 왕래나 옛 인연 등은 일체 돌아보지 않고 휘하로 들어가겠다."

그들은 약속이라도 한 듯 한목소리를 냈다. 하시바 군이 반드시 승리할 거라고 생각해 합류한 것만은 아니었다.

정오 무렵 이바라키에 도착해 잠시 휴식을 하는 동안 히데요시는 각 방면에서 전하는 정보를 듣고 다시 전진해 이바라키와 다카쓰키의 중간인 돈다富田에 진영을 설치했다. 그런 다음 포진에 대한 명령을 내리고 바로 부하들을 모아 작전을 논의했다. 그때 뜻밖에도 나카가와 기요히데와 다카야마 우콘이 서로 고집을 부리는 바람에 작은 논쟁이 벌어졌다.

"선봉은 내가."

"아니, 선진은 이쪽에서."

"적 가까이에 있는 땅의 성주가 선진을 맡는 것은 예로부터 전해온 전법이니 누가 뭐래도 나카가와 나리의 뒤에 설 수는 없소."

다카야마 우콘이 말했다.

"선진, 후진을 가르는 것은 전장과 성의 위치에 따라 정할 문제가 아니오. 병마의 정예가 어떠한지, 장수의 각오와 질에 따라 정하는 것이오."

나카가와 기요히데도 지지 않고 말했다.

"그렇다면 이 우콘에게는 선봉으로 나설 자격이 없다는 말씀이시오?"

"아니, 그대에 대해서는 모르겠소. 하지만 나야말로 누구에게도 뒤지지 않는다고 스스로 굳게 믿고 있소. 따라서 선진은 내가 맡겠소. 어서 나카가와 기요히데에게 명을 내려주시오."

기요히데가 히데요시에게 명을 내려달라고 요구했다. 우콘도 히데요시에게 손을 모아 명을 내려달라고 청했다. 히데요시는 주장으로서 결상에 앉아 일을 결재했다.

"두 사람 모두 일리 있는 말씀을 하셨으니 나카가와도 일선에 진을 치고, 다카야마도 첫 번째 싸움이 벌어질 곳으로 나가 서로의 말씀에 부끄럽지 않을 만한 공을 세우도록 하시오."

논쟁이 벌어지는 중에도 척후대로부터 정보가 전달되었다.

"어제 이후 호라가미네 하치만에서 철수한 미쓰히데는 야마자키, 원명사円明寺(엔묘지) 부근의 병력을 결집시켜 교토 사카모토坂本 방면까지 후퇴하는 분위기를 보였다고 합니다. 그러나 오늘 아침 이후 갑자기 분명한 공세를 취하고 있다고 합니다. 게다가 한 부대가 이미 승룡사 부근까지 전진한 정세입니다."

보고를 들은 진영의 장수들은 모두 긴박한 눈빛을 보였다. 여기서 야마자키, 혹은 승룡사까지의 거리는 말을 한번 달려 부딪칠 만큼 가까운 거리였다. 장수들의 번뜩이는 눈 속에는 이미 그 부근에 출몰한 적의 그림자가 보이기 시작한 모양이었다.

나카가와, 다카야마는 선봉의 임무를 맡고 바로 자리에서 일어났다. 그들은 다시 한 번 히데요시에게 결단을 재촉했다.

"한시도 지체하지 말고 이곳의 본진을 야마자키 부근으로 옮기는 것이 어떻겠소?"

히데요시는 긴장된 분위기에 동요하지 않고 지극히 한가로운 어조로 대답했다.

"나는 여기서 하룻밤 더 묵으며 간베 나리가 오시기를 기다릴 생각이오. 한나절, 하룻밤 사이에도 중요한 기회가 생겼다 없어지는 때라고는 생각하나, 누가 뭐래도 두 번 다시 없을 싸움에 선군의 자제 중 한 분이라도 참가하셨으면 하오. 간베 나리를 평생 후회하며 살게 하거나, 세상에 얼굴을 들 수 없게 하고 싶지는 않소."

"하지만 그러는 사이에 적이 유리한 지세를 점한다면?"

"그렇기에 간베 나리를 기다리는 데도 자연히 기한이 생기는 법이오. 일이 어찌 됐든 내일까지는 히데요시도 야마자키까지 진출할 것이오. 전군을 야마자키에 집결시킨 뒤 다시 연락을 취할 테니 두 분도 전진하도록 하시오."

"알겠소. 그럼 이후의 상황은 전령을 통해 다시 알리겠소."

나카가와와 다카야마는 그렇게 말하고 떠났다. 선봉 부대는 첫 번째 다카야마 부대, 두 번째 나카가와 부대, 세 번째 이케다 쇼뉴 부대순으로 떠났다.

다카야마 부대는 돈다를 벗어나자마자 벌써 적군을 발견한 것이 아닐까 여겨질 정도로 빠른 속도로 돌진해 나갔다. 나카가와 세베 부대가 이상히 여길 정도로 그들의 말은 흙먼지를 일으켰다.

"적이 벌써 야마자키에 들어와 있었단 말인가? 아무리 그렇다 해도 너무 빠른 듯하군."

다카야마 우콘의 부하들은 야마자키에 들어서자마자 마을을 관통하는 길의 문을 봉쇄하고 부근의 작은 길까지 통행을 차단해버렸다. 그러자 뒤따라가던 나카가와 부대는 당연히 차단된 길에 막혔고, 그제야 다카야마 부대가 서두른 이유를 깨달았다. 오기가 생긴 나카가와는 부대를 더 이상 제2진에 머무르게 할 수 없었다.

"그래? 그렇다면."

나카가와 세베는 그곳의 요지를 버리고 갑자기 덴노 산 쪽으로 방향을 틀었다.

그날 밤 히데요시는 결국 돈다에서 보냈는데 이튿날인 13일 정오 무렵이 되어서야 노부타카 부대가 도착했다는 보고를 받았다.

"지금 간베 노부타카 나리와 니와 나가히데 님 등의 일군이 요도 강 기슭에 도착했습니다."

"뭐, 노부타카 님께서 오셨단 말이냐?"

히데요시는 걸상을 쓰러뜨리며 달려 나갈 기세로 기뻐했다.

"말을, 어서 말을."

히데요시는 영 밖에 서서 주위 사람들을 독촉했다. 이윽고 그는 말에 올라 진문에 있던 사람들에게 한마디 말을 내뱉고는 요도 강 기슭으로 급히 달려갔다.

"모시러 갔다오겠다."

물론 몇 기의 부하들이 그 뒤를 따라 달렸다.

물이 넘칠 듯 커다란 강 부근에서 사천 명과 삼천 명 정도로 나뉜 군대가 배와 뗏목을 버리고 말에게 풀을 먹이며 휴식을 취하고 있었다.

"노부타카 님은 어디에 계시느냐?"

히데요시가 큰 소리로 물으며 땀 냄새 나는 병사들 사이로 뛰어내렸다. 병사들은 그 누구도 그가 히데요시라고는 생각하지 못했다.

"누구신지?"

"지쿠젠 아니냐."

히데요시의 말에 병사들이 눈을 둥그렇게 떴다.

히데요시는 안내도 기다리지 않고 병마 사이를 헤집으며 갔다. 햇볕이 쨍쨍 내리쬐는 강변의 물가를 피해 홍수로 무너진 제방이 보이는 교목 아래에 산시치 노부타카三七信孝가 깃발을 세워놓고 걸상에 앉아 쉬고 있었다. 히데요시가 큰 소리로 부르며 다가갔다.

노부타카는 히데요시의 얼굴과 눈을 보고 목소리를 듣는 순간 왠지 모르게 미안하다는 생각이 들었다. 아버지 노부나가가 오랜 세월 손수 돌보아 기른 가신인 히데요시에 대해 주종의 정을 넘어 골육에 가까운 정이 느껴졌다.

"오오, 지쿠젠 왔는가."

노부타카가 손을 내밀기도 전에 서둘러 다가온 히데요시가 갑자기 노부타카의 손을 굳게 쥐고 말했다.

"노부타카 님!"

한마디 말뿐이었다. 히데요시는 아무런 말도 하지 않고, 아니 아무런 말도 하지 못하고 눈과 눈으로 이야기를 주고받았다.

두 사람의 눈에서 눈물이 줄줄 흘러내렸다. 노부타카는 눈물로 아버지를 잃은 마음을 이야기했다. 히데요시는 그 마음을 헤아리며 눈물을 흘렸다. 그리고 곧 굳게 쥐고 있던 노부타카의 손을 천천히 놓고는 땅바닥에 무릎을 꿇고 앉아 한동안 더 오열했다.

"잘, 잘도…… 건너오셨습니다. 지금은 무슨 말씀을 드릴 시간도 없고, 마음의 여유도 없습니다. 단지…… 그것만 황송하다고 말씀드리기로 하겠습니다. 그리고 이렇게 오셨으니, 선군께서도 저승에서 만족스럽게 생각하실 것이라 믿어 의심치 않습니다. 아아…… 이 지쿠젠도 여기서 모습을 뵈오니 신하의 도리 하나를 완수한 듯한 마음이 듭니다. 이야말로 다카마쓰 이후 처음으로 맛보는 기쁨입니다."

"여기는 이미 전장이오. 주장인 그대가 이래서는 이 노부타카가 몸 둘 바를 모르지 않겠는가. 우선은 걸상에 앉도록 하게."

노부타카가 히데요시의 손을 잡고 자리를 권했다.

또 다른 부대는 니와의 군대였다. 니와 나가히데는 안에 있다가 보고를 받자마자 바로 밖으로 나와 참전이 지연된 것을 사과했다. 또 이번 일전에 함께 임하여 생사를 같이하는 기쁨을 누리겠다고 맹세했다. 그리고 곧 군마 칠천은 히데요시의 진영으로 이동했다.

노부타카를 맞이한 강변에서는 노부타카 앞에 머리를 조아린 히데요시였으나, 일단 자신의 진영에 들어서자 그는 그 누구도 습복慴伏할 만큼 위풍당당했다. 설령 간베 산시치 노부타카라 할지라도, 니와 고로사에몬 나가히데라 할지라도 전군의 지휘자인 히데요시를 따를 수밖에 없었다.

하지만 히데요시는 노부타카를 밑에 두려는 듯한 태도를 보이지 않았다. 오히려 위로하고 달래며 모든 일에 신경을 썼다. 그리고 돈다의 진영으로 노부타카를 맞아들이자마자 작전도를 펼쳐놓고 현재 적의 정세와 아군의 상황을 자세하게 설명해주었다.

어제 나카가와와 다카야마 선봉이 진출한 뒤 밤에 승룡사 서쪽 부근에서 보병 부대 간의 총격전이 있었으며 그 부근에서 서로의 동향을 살피기 위한 방화가 행해졌다는 보고를 받은 상태였다. 그 뒤 불길이 희미하게 보였으나 더 이상 조총 소리도 들리지 않고 크게 전개되는 것처럼 보이지 않아 그대로 새벽을 맞이한 상태였다.

13일에도 하늘은 여전히 흐려 때때로 억수같이 비가 쏟아지다 다시 개곤 했다. 어젯밤에도 산 쪽에는 상당한 비가 내린 듯했다. 그 때문에 조총 부대의 보병들은 적과 아군 모두 화승의 불이 꺼져 어려움을 겪을 수밖에 없었다. 그것도 원인이었을 테지만, 또 하나는 돈다에 있는 히데요시가 전진해오지 않았기에 나카가와, 다카야마, 이케다의 군대는 만반의 준비를 갖춘 채 오로지 히데요시의 명령만 기다릴 수밖에 없었다.

"교전은 아마도 오늘 중으로 시작될 것입니다. 대세도 오늘 13일 안으로 결정이 날 것입니다. 어쨌든 오늘이야말로 결전의 날입니다. 쉴 틈도 없으셨을 테지만 이 히데요시와 함께 출마하시기 바랍니다."

잠시 뒤, 히데요시는 노부타카를 재촉해서 돈다의 진을 거두고 야마자키로 향했다. 그 순간에도 비가 한바탕 쏟아졌다. 금 표주박 깃발이 비에 젖어 선명하게 빛났으며, 각 장수의 겉옷과 칼에서도 물방울이 떨어졌다.

"오오, 무지개다, 무지개."

히데요시가 손가락으로 무지개를 가리키며 말했다. 하지만 사람들이 바라보았을 때는 이미 무지개가 사라질 정도로 날씨의 변화가 심했다.

야마자키에 도착한 것은 신시申時(오후 4시)였다. 선봉 세 부대의 팔천 오백에 예비군 일만을 더한 상태라 산과 강과 마을 어디든 병마의 그림자가 없는 곳이 없었다.

"지금 아케치 쪽의 일군이 덴노 산 동쪽 기슭으로 결사적인 돌격을 개시하여 아군인 나카가와 부대와 격전 중에 있다는 보고가 들어왔습니다."

히데요시는 첫 번째 보고를 듣고 전기가 무르익었다고 생각했다. 이에 예비군 가운데 가토 미쓰야스에게 이케다 부대에 합류하고, 호리 히데마사의 군에게 다카야마 우콘, 나카가와 기요히데 두 부대에 합류하라고 명을 내렸다.

"그리고 나도 나서겠다."

히데요시는 전군에게 전면에 걸친 대공세를 명령했다.

심판의 비가悲歌

히데요시는 9일 이른 새벽에 히메지를 출발했고, 아케치 미쓰히데는 9일 아침에 사카모토를 떠나 교토로 돌아갔다. 같은 해와 달 아래에 있는 두 사람의 거처와 행동을 비교해보면, 8일 밤 히데요시는 히메지 성에서 정신없이 보냈을 것이고, 미쓰히데는 사카모토 성에서 감회에 젖어 앞날을 꿈꾸고 있었을 것이다.

본능사의 변이 일어난 뒤 오륙 일밖에 지나지 않았으나 미쓰히데의 행동과 그를 향한 세상 사람들의 미묘한 시선을 살펴볼 필요가 있을 것이다. 본능사에서 아직 연기가 사라지지 않았던 6월 2일 미시未時(오후 2시) 무렵, 미쓰히데는 이미 교토를 떠나 광풍처럼 아즈치를 향해 달리고 있었다. 물론 교토에도 부하를 남겨 잔당을 섬멸해 오다 세력을 일소하는 데 힘을 썼으며, 거리거리에 감세령에 대한 방을 붙이고 군령을 내걸었으며, 만약 야마시로山城 셋쓰 방면에서 움직임이 있으면 막기 위해 아케치 가에 속해 있는 승룡사 성으로 중신인 미조오 쇼베溝尾庄兵衛를 보내는 등 만반의 태세를 갖추어놓았다. 하지만 그는 교토를 나선 뒤 아와다구치粟田口에서 세타까지 오자 '뜻대로 내버려두지는 않겠다'며 나선 장애물에 발목을 잡히고 말았다.

정오가 되기 전 야마오카 미마사카노카미山岡美作守 형제는 항복을 권하는 글을 받고 사자를 베고 성을 자폭시킨 뒤, 세타 대교에 불을 지르고 집안사람들과 함께 고가甲賀 산중으로 도주해 있었다. 그 때문에 세타는 통행이 불가능해지고 말았다. 미쓰히데는 분노할 수밖에 없었다. 불에 타 반쯤 파괴되어버린 대교의 잔해가 그에게 이렇게 말하는 것처럼 느껴졌다.

'네가 세상을 보고 있는 것처럼 세상은 너를 보고 있지 않다.'

미쓰히데는 어쩔 수 없이 사카모토 성에 머물며 덧없이 이삼 일을 보냈으며, 급히 다리를 수리한 뒤 아즈치를 공격해 나아갔다. 아즈치는 이미 죽음의 도시로 변해 있었다. 그야말로 주인도 없고 사람도 없는 거대한 성이었다. 가모 가타히데蒲生賢秀를 비롯해 성을 지키던 무리들이 노부나가의 처자 권속을 데리고 히노日野 성으로 물러난 뒤였으며, 거리에도 발을 쳐놓거나 상품을 내놓은 집은 보이지 않았다. 하지만 천하제일의 성에는 여러 해 동안 축적한 금은과 명물 등의 재보가 그대로 남아 있었다.

미쓰히데는 성을 차지한 뒤 그것을 보았다. 하지만 그의 마음은 조금도 풍요롭지 못했다.

'내가 원하던 것은 이런 물건이 아니다. 이런 물건을 원할 것이라 여겨졌다니 참으로 유감스럽군.'

미쓰히데는 창고 속의 금은을 모두 꺼내 부하들에게 상으로 나눠주고 치민治民을 위해 아낌없이 썼다. 상급 장교들에게 삼천 냥, 오천 냥씩 나누어주고, 녹봉이 적은 사람에게까지 수백 냥씩 건넸다. 마침 아즈치에 머물고 있던 선교사 오르간티노가 그 모습을 보며 이렇게 중얼거렸다.

"휴가노 나리는 행운을 즐길 날이 그리 많이 남지 않았다는 사실을 자각하고 계신 듯하구나."

이방인의 눈에조차 미쓰히데가 손에 쥔 '천하인'의 권위는 억지스러워 보이기 그지없었다.

'미쓰히데는 과연 무엇을 원하는 자일까?'

미쓰히데는 자신에게 종종 자문했다. 그럴 때면 '천하인이다'라는 당연한 대답이 솟아올랐다. 하지만 어찌 된 일인지 그러한 대답은 공허하기만 했다. 신념에 따라 일어선 것이 아니라는 점을 스스로도 인정하지 않을 수 없었다. 애초부터 자신이 그런 큰 뜻을 품고 있던 사람이 아니라는 사실도 다른 누구보다 더 잘 알고 있었다. 그 정도의 그릇도 아니고 그런 뜻도 품고 있지 않았다는 사실을 알면서도 여기까지 온 것은 오로지 하나, '천하인 노부나가'를 쳤기 때문이다.

세상에는 천하인을 쓰러뜨린 사람이 천하인을 대신한다는 불문율이 존재했다. 미쓰히데는 그것을 거부하지도 못한 채 커다란 어려움에 빠지고 말았지만 오로지 화신처럼 보이려 했다. 그러다 보니 미쓰히데는 자신의 앞길과 이상을 조금도 발견하지 못했다.

신념의 뿌리가 없는 정열을 억지로 불태우려 하는 모습은 미쳐 날뛰는 것으로밖에 보이지 않았다. 그의 소망은 이미 6월 2일에 한 줄기 불로 채워진 셈이다. 그날 아침, 호리堀 강 진영에서 노부나가의 죽음을 듣자마자 그는 진심인지 거짓인지는 모르겠으나 이렇게 말했다고 한다.

"묘심사의 방 하나를 빌려 나도 자결하겠다."

한때 이와 같은 항설이 떠돌았고 생각 있는 사람들은 그에 대해 이렇게 말했다.

"왜 죽게 내버려두지 않았을까."

들리는 말에 따르면 그때 휘하의 중신들이 미쓰히데를 극력으로 말렸다고 한다. 어쩌면 사실일지도 모른다. 노부나가가 불 속의 재로 화한 순간 미쓰히데의 가슴에 응어리져 있던 크고 차가운 원한은 눈 녹듯 사라져 버렸을 것이다. 하지만 미쓰히데와 함께 일을 이룬 장병 일만여 명이 모두 그와 같은 마음이었다고는 할 수 없을 것이다. 그들은 오히려 지금부터 시작이라고 다짐했을 것이다. 애초부터 노부나가 한 사람만을 치는 것이 거병의 목적이 아니었을 테니 말이다. 그들은 모두 이렇게 믿고 있었다.

"오늘 이후, 실질적으로 우리 미쓰히데 님께서 천하인이 되신 것이다."

하지만 그들이 우러르고 있던 미쓰히데는 그때 이미 실實을 잃고, 허虛가 되어 있었던 것이다. 그는 6월 2일 이전과 이후가 마치 다른 사람인 것처럼 용모도, 기백도, 예지도 변해 있었다. 한마디로 표현하면 허화虛化되어 있었다. 어딘가 공허함이 느껴졌던 것이다. 그것은 단순한 피로와는 전혀 다른 것이었다.

그렇다고는 해도 천하는 움직였다. 어리석은 사람의 폭거라며 가볍게 보는 사람은 없었다. 천하는 미쓰히데의 생각 이상으로 그의 일거를 계획적인 것이라 보고 있었으며, 그의 수완과 지혜를 크게 평가하고 있었다. 그의 권유에 응하고, 그의 군에 투항하고, 또 멀리 있기는 하지만 호응하는 듯한 표정을 보인 사람들도 적지 않았다.

미쓰히데는 5일부터 8일 아침까지 아즈치에 있었는데, 그사이에 창고의 금은과 성에 가득한 능라진기綾羅珍器의 처분뿐 아니라 다음 단계를 위한 여러 가지 노력을 기울였다. 니와 나가히데의 본거지인 사와佐和 산을 공격해 취했으며, 동시에 히데요시의 성인 나가하마도 함락시켰다. 그뿐 아니라 미노의 각 무사들에게 항복을 권했으며, 록카쿠六角 가의 옛 신하들과 교고쿠京極 가의 일족, 그리고 와카사若狹의 다케다 요시노리武田義統를 적소에 배치하는 등 오로지 병력의 증강에 힘을 쏟았다.

미쓰히데는 고슈江州 부근의 공략을 마친 뒤 그곳을 지킬 병사 일부를 남겨놓고 전군의 방비를 새로이 해서 다시 교토로 향했다. 그리고 도중에 사카모토 성에서 묵었다. 그는 그곳에서 군세의 절반을 나눠 야마시나山科

208

에서 오쓰 방면에 진을 치게 했다.

신경을 쓰기 시작하면 끝이 없을 정도로 각 방면에 대비가 필요했다. 그가 기대했던 사람들은 분명한 의지를 내보이지 않고, 오히려 가모 가타히데나 호소카와 후지타카 부자처럼 그의 뜻을 거절한 사람들만 태도가 분명했다. 미쓰히데에 있어 호소카와 다다오키는 더없이 사랑스러운 사위였다. 그랬기에 미쓰히데는 노부나가를 쓰러뜨린 이상 그가 무조건 자신을 따를 것이라고 생각했다. 그런데 다다오키도, 아버지인 후지타카도 '당치도 않은 소리'라며 화를 냈을 뿐만 아니라 '고 노부나가 공에 대해 두 마음은 품지 않겠다'며 머리를 잘라 맹세를 보였다. 게다가 아케치 가에서 시집온 다다오키의 아내와 아이들을 산속 깊은 마을에 숨겼으며, 히데요시에게 사자를 보내 '함께 역신을 치겠다'는 서약을 보냈다는 이야기까지 미야즈宮津에서 돌아온 사자로부터 전해졌다.

미쓰히데는 그동안 자신의 편으로 끌어들일 대상에만 정신이 팔려 자신에게 맞설 최대의 강적으로 누가 나타나게 될지 적확히 상정하지 못했다. 히데요시의 존재가 미쓰히데의 가슴을 강력하게 때린 것도 이날쯤에 이르러서였다. 물론 주고쿠에서 전투를 펼치고 있는 히데요시의 병력과 인물 등을 완전히 범위 밖에 두거나 경시했던 것은 아니다. 오히려 그의 존재에 커다란 위협을 느낄 정도였으나 미쓰히데가 남몰래 안심할 수 있었던 것은 '모리와 네 갈래로 맞서고 있는 히데요시가 갑자기 뒤로 돌아설 수 없을 것이다'라고 예상했기 때문이다. 본능사를 습격한 이른 아침, 호리 강의 진에서 해로와 육로로 급파해두었던 두 사자 중 어느 한 사람이 게이슈芸州에 도착하여 중앙의 이변을 알렸을 때 자신이 보낸 서한을 보고 '때가 왔다'며 환호할 것이라 생각했던 것이다. 그리고 곧 동서에서 협공을 가해 주고쿠에 있는 하시바 군을 분쇄하자는 답장이 올 것임에 틀림없다고 생각했다. 미쓰히데는 그렇게 판단하고 길보가 오기를 목이 빠져라 기다리고 있을 정도였다.

　하지만 급파한 사자들은 감감무소식이었다. 그뿐만 아니라 자신의 휘하에 있고, 또 교토와 근접한 곳에 있는 셋쓰 부근의 나카가와 세베, 이케다 노부테루, 다카야마 우콘 등도 아직 아무런 대답이 없었다. 그리고 오사카에 있는 사위 오다 노부즈미에게도 희망을 걸고 있었는데, 노부즈미가 니와와 하치야 등의 습격을 받아 목숨을 잃었다는 소문이 들려왔다. 이렇듯 날이 밝을 때마다 미쓰히데의 귀에 들리는 것은 하나같이 일이 어긋났다는 소식이었으며, 심판의 비가였다.

호라가미네

미쓰히데에게 사카모토 성은 추억이 깊은 곳이다. 불과 보름 전, 미쓰히데는 노부나가에게 책망을 받고 향응 역을 박탈당한 뒤 아즈치를 떠나 자신의 성인 가메야마亀山로 가던 도중 며칠 동안 사카모토 성에 머물며 미혹의 기로에 서 있었다. 하지만 지금은 미혹도, 원한도 없었다. 그리고 반성도 없었다. 그는 어느 틈엔가 참된 지식인의 본질과 일시적인 '천하인'의 허명을 맞바꾸어버리고 말았다.

사촌 동생인 사마노스케 미쓰하루左馬介光春는 아즈치를 지키게 하기 위해 남겨두고 왔으나, 이 성에는 미쓰하루의 부인과 자녀들과 소탈하고 익살스러운 숙부 아케치 조칸사이明智長閑齋와 같은 식구가 여럿 있었다. 겨우 보름 만에 다시 만난 미쓰히데에게 미쓰하루의 식구들은 답답한 느낌이 들 정도로 격식을 차리며 대했으나 조칸사이만은 여전히 변함이 없었다.

"이번에 천하인이 되셨다니, 우리에게는 그저 꿈이라고밖에 여겨지지 않습니다. 오이나 가지가 갑자기 화원의 단 위로 올라간 것과 같은 일로, 권속의 끝자리에 위치한 저희도 언행을 조심하고 있습니다. 앞으로 조정 벼슬아치들과의 교제도 빈번해지면 오이나 가지도 관을 쓰고 엄숙한 태도를 취해야 한다고 황송해하면서요. 이거 솔직히 말씀드리면 앞날이 얼마 남지 않은 어리석은 노인에게는 성가신 일 같기도 하고 행복한 일 같기도 하지만……."

조칸사이는 농을 치며 낙천적인 모습을 보였다. 아케치 일족 가운데 이 노인만 다른 세월 속에서 사는 사람처럼 느껴졌다.

세상에 아무리 쓸모없는 사람이라 할지라도 자리를 주면 필요 없는 사람은 없다고 말하던 미쓰히데는 평소 사촌 동생에게 이렇게 말하곤 했다.

"사마노스케의 집안에 저 해맑은 노인이 있어서 가정이 얼마나 활기찬지 모르겠구나. 집안을 돌아보지 않아도 돼서 좋다."

하지만 이번에는 하룻밤 머무는 동안 조칸사이와 장난치는 아이들의 즐거워하는 소리조차 시끄럽다고 생각했다.

미쓰히데는 날이 밝자마자 이른 아침에 시라 강을 건너 교토로 향했다. 요시다吉田 신사의 신관神官인 요시다 가네카즈吉田謙和와는 평소 친분이 두터웠다. 가네카즈가 시라 강 초입으로 마중을 나와 있었다.

"교토로 드신다는 말을 듣고 셋케攝家[16] 이하 조정의 신하들이 공식적으로 맞아들이기 위해 분주히 준비를 하고 있습니다. 여기서 잠시 기다려주셨으면 합니다만."

미쓰히데는 정중히 거절했다.

"아니오. 교토 시내 역시 아직은 조금도 진정되었다고 말할 수 없으며, 부근의 정세도 여전히 알 수 없는 상황이니, 그처럼 정중한 의례는 서로에게 부담이 됩니다. 머지않아 어소御所로 인사를 올리러 갈 테니 그날까지 기다려주면 좋겠소."

미쓰히데는 가네카즈에게 부탁해 은자 오백 개를 어소에 헌상했다. 그

---

16) 섭정, 관백關白으로 임명될 수 있는 다섯 가문.

리고 오산五山[17], 대덕사大德寺(다이토쿠지)와 그 외의 여러 곳에도 거액을 기부해 아즈치에서 가져온 군자금을 모두 써버리고 말았다. 그날 9일 밤, 미쓰히데는 시모토바에 진을 치고 잠을 잤다. 그 당시 그는 히데요시의 동향에 대해 아무것도 알지 못했으나, 가와치河内, 셋쓰 방면에 산재해 있는 장수들의 태도에는 어딘가 이상하다고 생각했다.

이튿날인 10일 아침, 미쓰히데는 본군을 시모토바에 남겨둔 채 한 부대만을 이끌고 야마시로 하치만에서 가까운 호라가미네로 올라갔다. 그곳은 야마시로의 쓰즈키綴喜 군과 가와치의 가타노交野 군의 경계에 있는 고갯길이었다. 미쓰히데는 깃발을 세워놓고 이 국경에서 하루 종일 무엇인가를 기다렸다.

"쓰쓰이 가의 선봉은 아직 보이지 않는가?"

"보이지 않습니다."

"다카야마, 나카가와, 이케다 나리의 전령은?"

"아무도 오지 않았습니다."

미쓰히데는 해가 기울 무렵까지 막사 안에서 진 밖으로 같은 질문을 몇 번이고 던졌다.

'그럴 리가 없는데.'

미쓰히데는 수시로 진 밖으로 나가 손차양을 한 채 저 멀리 가와치와 셋슈攝州의 산야를 바라보았다. 그가 그곳에 간 유일한 목적은 야마토大和의 쓰쓰이 준케이의 군을 기다리기 위해서였다. 물론 준케이에게 사전에 알린 일이기도 하고, 평소 아들 중 하나인 주지로十次郎를 양자로 들이겠다는 약속까지 한 사이라 당연히 협력할 것이라고 믿어 의심치 않고 깃발을 세워놓은 것이었다. 하지만 날이 저물기 시작했는데도 준케이는 끝내 오

---

17) 교토에 있는 오 대 사찰.

지 않았다. 그뿐만 아니라 이미 격문을 보낸 다카쓰키의 다카야마, 이바라키의 나카가와, 이타미의 이케다 등 자신의 휘하라 여겼던 장수들이 서로 입을 맞추기라도 한 듯 누구 하나 오는 사람이 없었다. 미쓰히데는 초조할 수밖에 없었다.

"도시미쓰, 뭔가 잘못된 거 아닌가?"

미쓰히데는 아직 글이 전달되지 않았거나 각 군세의 준비가 늦어져 오지 못하는 거라고 믿었다. 하지만 미쓰히데의 질문을 받은 노신 사이토 구라노스케 도시미쓰齋藤內藏助利三는 마음속으로 이미 대세가 부정적이라고 판단했다.

"아니…… 쓰쓰이 나리는 이곳으로 오실 의향이 없는 듯합니다. 그렇지 않고서는 야마토 고오리야마郡山에서 이곳까지 탄탄한 길인데, 이처럼 늦으실 리가 없습니다."

"아니, 그럴 리가 없네."

미쓰히데는 고집을 피우며 말했다. 그러고는 후지타 덴고藤田伝五를 불러 서찰 하나를 건네더니 급히 고오리야마로 달려가게 했다.

"덴고, 갈아탈 말도 좋은 것으로 데려가게. 말을 타고 급히 서두르면 내일 아침까지는 돌아올 수 있을 게야."

"쓰쓰이 나리께서 바로 만나주시기만 하면 내일 날이 밝자마자 돌아오겠습니다."

"만나주지 않을 리가 없다. 깊은 밤이라 할지라도 바로 만나 답을 듣고 오너라."

"알겠습니다."

덴고는 부하 몇 명을 데리고 곧장 언덕을 내려가 기즈木津 강을 따라 고오리야마로 갔다. 하지만 덴고가 채 돌아오기도 전부터 각 방면의 정찰대로부터 히데요시 군이 벌써 동진을 시작했으며 그 선봉이 이미 효고 부근까지 왔다는 사실이 속속 보고되었다.

"있을 수 없는 일이다. 뭔가 잘못 알고 보고한 것 아니냐?"

미쓰히데는 아군의 첩보대가 보고하는 히데요시의 신속한 행동을 믿지 않았다.

'히데요시가 어찌 그리 간단히 모리와 화의를 맺을 수 있었겠는가? 또화의를 꾀했다 한들 그 넓은 지역에서 교착 상태에 빠졌던 대군을 급히거두어 교토로 올 수 있으리라고는 여겨지지 않는다. 도저히 있을 수 없는일이다.'

"아무래도 오보는 아닌 듯합니다. 무엇보다 먼저 대책을 세워두어야합니다."

사태를 정확히 직관한 사람은 오히려 노장 사이토 도시미쓰였다. 그는미쓰히데가 망설이며 결정을 내리지 못하자 명확하게 방침을 주었다.

"제가 남아 쓰쓰이 나리에 대비하다 뒤따라갈 테니, 나리께서는 급히산을 내려가서서 히데요시의 교토 진출을 저지하시기 바랍니다."

"쓰쓰이는 가망이 없겠는가?"

"십중팔구, 아군에는 가담하지 않을 것입니다."

"히데요시를 어떻게 저지하면 좋겠는가?"

"이타미, 이바라키, 다카쓰키 등의 세력도 이미 히데요시와 내통했다고 볼 수밖에 없습니다. 쓰쓰이도 역시 마찬가지라고 본다면 기선을 제압하여 그를 셋쓰 입구에서 요격하기에는, 유감스러운 말씀입니다만 아군의 병력이 부족합니다. 하지만 짐작컨대 아무리 히데요시라 할지라도 여기에 이르기까지는 아직 오륙 일이 더 필요할 테니 그사이에 요도, 승룡사두 성의 방비를 강화하고 좁은 길에 남북으로 견고히 진을 설치한 뒤, 고슈 각 지방의 세력을 규합한다면 한때의 방어는 되리라 생각합니다."

"뭣이, 그렇게 해도 한때의 방어밖에 되지 않는단 말인가?"

"그 이후는 커다란 계책이 필요할 것입니다. 국지전 이외의 대책이 필요합니다. 하지만 지금은 매우 다급한 상황입니다. 한시라도 빨리 시모토바로 가십시오."

도시미쓰가 독촉하듯 말했다.

미쓰히데는 날이 채 밝기도 전에 산을 내려갔다. 날이 밝으면 11일이었다.

11일, 전날 밤 고오리야마에 사자로 갔던 후지타 덴고가 돌아왔다. 그가 도시미쓰의 얼굴을 보자마자 화난 눈빛으로 말했다.

"틀렸습니다. 준케이 놈도 배신했습니다."

덴고는 준케이를 강하게 비난한 뒤 험담을 퍼부었다.

"준케이 놈, 말로는 적당히 둘러대놓고 거취를 일절 내보이지 않더니, 돌아오는 길에 가만히 살펴보니 그와 히데요시 사이에 빈번하게 사자가 오간 듯합니다. 참으로 믿을 수 없는 것이 사람의 마음입니다. 평소 아케치 가와 그토록 좋은 관계에 있던 사이라 생각했던 자조차 이 모양이니."

덴고의 말에 노장 도시미쓰는 아무런 감정의 변화도 보이지 않았다. 그저 당연한 사실을 당연히 듣고 있는 모습이었다. 하얀 눈썹과 듬성듬성한 수염이 난 얼굴이 덴고를 향하고 있을 뿐이었다.

대나무에 싼 떡

11일 정오 무렵, 미쓰히데가 덧없이 호라가미네를 떠나 시모토바의 본진으로 돌아왔을 때 히데요시는 이미 아마가사키에 도착하여 기분 좋게 낮잠을 자고 있었다.

미쓰히데의 본진은 시모토바의 아키秋 산이라는 언덕에 있었다. 그날의 더위는 아마가사키의 절이나 이곳의 언덕이나 마찬가지였다.

미쓰히데는 돌아오자마자 모든 장수들을 모아놓고 장막 안에서 작전 방침을 논의했다. 하지만 히데요시가 이곳에서 지호지간이라 할 수 있는 아마가사키에 와 있으리라고는 전혀 생각하지 못했다. 히데요시의 선봉 부대와 앞서 출발한 치중대가 셋쓰 입구에 드문드문 모습을 보였지만 히데요시가 도착하려면 아직 며칠이 더 걸릴 거라고 생각했다. 그렇다고 미쓰히데의 예지에 혼란이 있었던 것이라고 말하기는 어렵다. 미쓰히데는 그저 뛰어난 상식을 바탕으로 상식선에서 판단했을 뿐이다. 그리고 세상 모든 사람의 판단도 그와 다르지 않았다.

"그럼 즉각 공사를 서두르기로 합시다."

아케치 시게토모明智茂朝가 장막에서 가장 먼저 나왔다. 시간을 지체하지 않고 서둘러 논의를 끝냈다. 시게토모는 말을 타고 급히 요도로 달려가 적을 막기 위해 보강 공사를 시작했다. 요도를 오른쪽 보루로 삼고 승룡사 성을 왼쪽 보루로 삼아 노세, 가메야마의 각 봉우리와 오구라노이케^{小倉之池} 사이에 긴 교토로 들어가는 좁은 길을 취해 하시바 군을 격퇴할 계획이었다. 그리고 전부터 산발적으로 요도 강 맞은편에서 야마자키 방면으로 나가 있던 몇몇 부대에 전령을 보내 명령을 전했다.

"승룡사로 들어가 방어를 군건히 하고 만반의 태세로 적을 기다려라."

후시미^{伏見}에는 가신 이케다 오리베^{池田織部}를, 우지^{宇治}에는 오쿠다 쇼다유^{奧田庄太夫}를, 요도에는 반가시라 오이노스케^{番頭大飯助}를, 그리고 승룡사 성에는 미야케 쓰나토모^{三宅綱朝}를 각각 배치했다.

미쓰히데는 배치에 만전을 기했으나 적의 병력을 가늠해봤을 때 여전히 약점을 가지고 있었다. 아침부터 정오가 지나서까지 곳곳에서 모여드는 병력은 많았으나 모두 교토 부근의 조그만 무문이나 떠돌이 무사들로, 말하자면 이름도 없는 무리들이 출세의 기회를 잡기 위해 모이는 것에 지나지 않았다. 수많은 병력을 이끌고 찾아오는 반가운 장수는 없었다.

"현재 아군 병력은 어느 정도나 되는가? 승룡사, 호라가미네, 요도까지 합쳐서……."

미쓰히데가 묻자 서기가 찾아온 사람들과 가메야마 시절 이후부터 가신으로 있던 사람들을 합산하고, 거기에 다시 아즈치, 사카모토와 그 외에 멀리 흩어져 있는 병력을 뺀 뒤 다음과 같이 적어서 미쓰히데에게 보여주었다.

사이토 도시미쓰의 부대 이천 명.
아베 사다히데^{阿閇貞秀}, 아케치 시게토모의 부대 삼천 명.
후지타 덴고, 이세 사다오키^{伊勢貞興}의 부대 이천 명.

쓰다 노부하루津田信春, 무라카미 기요쿠니村上淸國의 부대 이천 명.

나미카와 가몬並河掃部, 마쓰다 마사치카松田政近의 부대 이천 명.

본군 약 오천 명.

어림잡아 일만 육천 명이었다. 미쓰히데는 마음속으로 중얼거렸다.

'……만약 단고의 호소카와와 야마토의 쓰쓰이만 우리 편에 가담해주었다면 일본 중부를 종단하여 절대 불패의 태세를 갖출 수 있었을 텐데.'

미쓰히데는 작전 방침을 결정한 뒤에도 고심을 거듭하고 있었다. 원래부터 그는 계수적計數的인 사람이라 적은 수로 많은 적을 깨뜨릴 만한 비약적인 방책을 갑자기 떠올리지 못했다. 게다가 히데요시와 직접 맞부딪치는 대전을 앞두고 어딘가에 패전을 의식하는 듯 주눅 든 마음이 숨어 있었다. 그것은 그의 성격과 지난 며칠 동안 어수선한 마음 때문에 생긴 것이라 그도 어찌해볼 도리가 없었다.

미쓰히데는 자신이 일으킨 노도의 높이에 스스로 휩쓸려갈지 모른다는 두려움마저 느끼고 있었다. 하지만 그것은 겉으로 드러난 모습이 아닌 미쓰히데도 깨닫지 못하고 있는 잠재의식 속 모습이었다.

그날 저녁, 시모토바의 진으로 한 무리의 사람들이 찾아왔다. 그들은 교토 서민들의 대표였다.

"감세에 대한 감사의 말씀을 올리기 위해 서민들을 대신해 찾아왔습니다."

그들은 축복의 뜻을 전하기 위해 손수 만든 떡을 헌상했다.

"전투에서의 대승리를 기원하고, 출정을 축하하기 위해서……."

그들을 맞이하는 장성들을 좌우에 늘어놓고 여유 있게 걸상에 기대앉아 있는 미쓰히데는 새로운 '천하인'으로서 전혀 부족한 점이 없었다. 옆에 앉아 있던 한 장수가 교토 시민들이 헌상한 떡을 미쓰히데 앞에 펼쳐

보인 뒤, 사람들을 향해 말했다.

"교토 안을 엄중히 단속하고 있기는 하나 아직 날이 오래되지 않아 여러 가지 유언이 떠돌고, 나리께서 하신 일을 비방하는 설을 몰래 늘어놓는 자도 있을 것이다. 하지만 정치를 행하는 주권자에게 악행이 있을 때 그를 폐한 예가 우리 왕조뿐 아니라 중국에도 있었다. 주무周武가 주인인 주왕紂王을 시해하여 백성의 곤궁을 구하고 주周나라 860년의 터를 닦은 것만 봐도 알 수 있을 것이다. 특히 우리 일본에는 위로 만대불역萬代不易의 대군이 계시고 아래로 무문도 있고 쇼군將軍도 있는 것이지, 결코 노부나가 한 사람만이 절대적인 천하인이어야만 할 이유는 없다. 이러한 점을 잘 살펴서 너희가 시민들이 망설妄說에 현혹되지 않도록 힘써주기 바란다."

미쓰히데도 한마디 하고는 마음이 담긴 귀한 떡이라며 그들이 보는 앞에서 떡 하나를 집어 먹었다. 그런데 떡을 싸고 있던 대나무 잎이 조금 들러붙어 있었는지 미쓰히데가 얼굴을 옆으로 돌려 혀끝으로 퉤하고 뱉어버렸다.

"틀렸어……. 저 대장은 영 글러먹었어."

특유의 입이 건 교토 서민의 대표들은 돌아오는 길에 저마다 한마디씩 했다.

"떡을 싼 잎은 곧잘 들러붙곤 하는 법이야. 그것을 잘 살펴보지도 않고 입에 넣는 대장으로는 승산이 없어. 아케치 군은 싸움에서 질 거야."

이 일을 두고 후세의 여러 책에서 과장하여 미쓰히데가 떡을 대나무 껍질째로 먹었다고 전하고 있으나 아마도 이 정도에 불과한 작은 일이었을 것이다. 하지만 교토 사람들은 예전부터 사람을 대할 때면 이런 조그만 일을 포착해서 바로 상대방을 평가했다. 예로부터 수많은 무문이 침입해왔다 몰락하면서 온갖 유위전변有爲轉變을 늘 피지배자 입장에서 긴 안목으로 봐왔기에 자연스럽게 길러진 버릇일 것이다.

가쓰라桂 강

"고레토惟任 나리를 뵙고 싶습니다."

교토 서민의 대표들이 돌아간 뒤 얼마 지나지 않아 승려인 세야쿠인 슈세이施藥院秀成가 시모토바의 본진을 찾아왔다.

미쓰히데는 후지타 덴고를 비롯해 네다섯 장수들과 함께 식사를 하던 중이었다. 덴고의 보고로 쓰쓰이가 변절했다는 사실을 분명히 알게 된 장수들은 전혀 생각하지도 못했던 쓰쓰이의 돌변에 대해 무문 축에도 끼지 못할 사내라고 욕하고 있었다. 그 무렵 손님이 찾아왔다는 전갈이 전해진 것이다.

"응? 세야쿠인이?"

미쓰히데는 눈을 가느다랗게 떴다. 세야쿠인은 본능사의 변이 일어나기 바로 전 노부나가가 주고쿠로 보낸 승려였다.

"어쨌든 우선, 안으로 들라 하게."

미쓰히데는 내키지 않았지만 한편으로는 호기심이 일었다. 히데요시의 근황을 아는 사람으로 마침 좋은 소식통이라 생각했기에 만나기로 한 것이었다.

"건강하신 듯하여 다행입니다."

세야쿠인이 평소와 다름없이 인사를 건넸다. 그가 노부나가에 대해 아무런 말도 하지 않자 미쓰히데의 마음이 더 뜨끔뜨끔했다.

"자네는 주고쿠로 간 지 얼마 되지 않았다고 들었는데 어째서 갑자기 돌아온 겐가?"

"지쿠젠 나리께서 교토를 칠 때 저 같은 것은 방해가 되리라 생각하신 모양입니다. 갑자기 말미를 주셨기에 바로 돌아온 것입니다."

"그렇군…… 후후후."

미쓰히데는 고개를 끄덕이더니 별로 궁금하지도 않다는 듯 물었다.

"지쿠젠은 건강하던가?"

"네, 네. 더 건강해지신 듯했습니다."

세야쿠인도 극력 평범한 어조로 대답했다. 그리고 묻지도 않은 말까지 덧붙였다.

"그분의 정력은 끝을 모르겠습니다."

"지쿠젠이 모리와 화의를 맺고 북상 중이라고 들었네만, 자네가 여기에 올 무렵에는 어디쯤에 있었는가?"

세야쿠인이 사정에 어두운 미쓰히데를 비웃듯 말했다.

"무슨 말씀을 하시는 겁니까? 이미 바로 코앞인 아마가사키까지 와 계십니다. 그것도 오늘 아침에 말입니다."

"응……?"

"모르셨습니까?"

"선봉이 아니었더냐?"

"아무래도 선봉이 더 늦은 듯합니다. 틀림없이 지쿠젠 나리께서 직접 와 계십니다. 풍우에도, 물길과 바닷길에서도 거의 잠도 자지 않고 쉬지도 않고 서둘러 오신 듯합니다."

"그, 그런가······."

미쓰히데는 말투가 조금 흐트러졌으나 애써 침착한 척하며 다시 말을 이었다.

"아마가사키에서도 만났는가?"

"너무나도 많은 군마를 보았기에 일부러 그냥 지나쳐왔습니다."

"숫자는?"

"잘 모르겠습니다. 제가 무인이었다면 대충 어림짐작이라도 할 수 있었을 테지만."

"아마가사키에는 들르지 않고 시모토바의 우리 진으로 온 것은 어떤 이유에서인가?"

"주고쿠에서 말미를 받았을 때, 지쿠젠 나리께서 휴가노카미 님을 만나면 전하라는 말씀이 있었기에······."

"지쿠젠이 이 미쓰히데에게 전언을? ······. 재미있군. 뭐라고 하더냐?"

미쓰히데는 흥분을 감추지 못했다. 사람을 통해 말을 전하는 거였지만 그것은 적장의 결전장이라고 할 수도 있기 때문이었다. 세야쿠인이 히데요시의 말을 전했다.

"주고쿠에서 헤어질 때 도중에 조심하라며 제게 직접 창을 한 자루 내리셨습니다. 그리고 지쿠젠 나리께서는 '자네는 행복한 사람일세. 곧 미쓰히데와 만나게 될 테지만 앞으로 천하는 미쓰히데나 나 둘 중에 한 사람이 잡게 될 게야. 두 장수 모두에게 좋은 인상을 준 자네의 집안은 안전을 보장받은 것이나 다름없네. 그러니 나보다 먼저 미쓰히데를 만나게 된다면 지쿠젠이 이렇게 말했다고 전하게' 이렇게 말씀하시고······."

세야쿠인은 잠시 품속에서 종이를 꺼내 이마의 땀을 두드려 닦았다. 그리고 히데요시의 말을 그대로 전했다.

"휴가노카미와 몇 번 만나기는 했으나 전장에서 만나는 것은 이번이

처음일세. 대장과 대장이 직접 칼을 맞댈 날도 얼마 남지 않았어. 주군의 적이니 부하의 창을 기다릴 필요도 없이 반드시 내 칼로 직접 쳐서 승부를 내게 될 걸세. 휴가에게도 그렇게 알아두라고 전하게, 라고 분명하게 말씀하셨습니다."

"……."

미쓰히데의 마음은 동요하기 시작했다. 하지만 그는 말없이 가만히 듣고 있다 경직된 얼굴을 풀고 조용히 웃어 보이며 말했다.

"참으로 지쿠젠다운 말이로구나."

미쓰히데는 자리에서 일어나 뒤에 걸어두었던 창을 집어 세야쿠인에게 내주며 덧붙여 말했다.

"지쿠젠의 말, 틀림없이 들었네. 자네가 고생이 많았군. 히데요시로부터 창을 하나 받았다고 했으나, 나도 하나 주기로 하지. 교토 안은 아직도 소란스럽다네. 데려온 자에게 들려서 방심하지 말고 돌아가도록 하게."

세야쿠인이 하직하고 떠났을 때 시모토바는 이미 저녁이었다. 바람이 불어 구름의 움직임이 빨라진 상태였다.

"어두우니 조심하도록 하라."

미쓰히데는 진 밖의 언덕 끝까지 나가 세야쿠인을 배웅했다. 하지만 그를 배웅하는 것이 주가 아닌 듯, 눈을 하얗게 치켜뜨더니 하늘을 올려다보았다.

"올 것 같기도 하고……."

미쓰히데가 바람을 느끼며 홀로 중얼거렸다. 전투에 임하기 전 날씨를 살펴두는 것은 장수의 마음가짐으로 중요한 것이었다. 미쓰히데는 꽤 오랫동안 구름의 움직임과 바람의 방향을 살펴보았다. 그리고 발아래에 있는 요도 강을 바라보았다. 반짝반짝, 바람에 흔들리는 조그만 등은 경계를 서고 있는 아군의 배일 것이다. 커다란 강의 물줄기는 하얗고, 야마자키와 셋쓰 부근에는 그저 칠흑 같은 어둠이 깔려 있었다.

"지쿠젠 따위가 감히!"

이 강이 멀리 바다로 흘러드는 곳, 아마가사키의 하늘을 향해 미쓰히데의 눈동자가 한 줄기 빛을 쏘아 올리듯 노려본 순간, 그의 입에서는 지금껏 한 번도 뱉은 적이 없었던 강한 말투가 흘러나왔다.

"사쿠, 사쿠에몬作左衛門은 없느냐?"

미쓰히데가 몸을 휙 돌려 영내로 성큼성큼 돌아갈 때, 어둠 속에서 열풍이 막사 쪽으로 커다란 물결을 일으키듯 불어왔다.

"넷. 호리 요지로堀与次郎가 있습니다."

"호리냐. 너라도 상관없다. 바로 나팔을 불게 해라. 전군에게 출진 준비를 하라고."

장병들이 진을 거두는 동안 미쓰히데는 호라가미네, 후시미, 요도를 비롯한 아군에게 급사를 파견했다. 그리고 사카모토 성에 있는 사촌 동생 미쓰하루에게도 사자를 보냈다.

"물러나서 막기보다는 앞으로 나가 그를 요격하여 한 번의 싸움으로 결판을 내겠다."

미쓰히데는 각 장군들에게 자신의 각오를 전하고 후원을 요청했다.

때는 이경이라, 밤하늘에 별 하나 보이지 않았다.

가벼운 차림을 한 전투 부대를 먼저 내려 보내 가쓰라 강 위아래를 감시하게 하고, 치중대와 본대, 그리고 후군이 뒤를 이었다. 얼마 뒤 소나기가 내렸다. 전군은 강을 반쯤 건너자 모두 비에 젖고 말았다. 북서쪽에서 차가운 바람도 불어왔다.

"이 강의 물도, 이 바람도 단바丹波의 산을 넘어온 것이야."

보병들이 어두운 강 위를 바라보며 중얼거렸다. 낮이었다면 시야에 들어올 거리였다. 오이노老 고개도 그리 멀지 않았다. 그 오이노 고개를 넘어 단바 가메야마의 고향에서 나온 게 불과 열흘 전이었으나, 삼 년이고 사년이고 지난 것처럼 느껴졌다.

"빠지지 않도록 하라. 화승도 젖지 않도록 조심하고."

각 조의 부장이 병사들에게 주의를 주었다. 가쓰라 강의 물살이 평소보다 더 세찬 것으로 봐서 산악 지방에 큰비가 내린 모양이었다. 창을 쓰는 부대는 창과 창을 맞잡고 건넜으며, 조총 부대는 개머리판과 총구를 맞잡고 건넜다.

미쓰히데를 둘러싼 기마 부대는 이미 맞은편 물가에 올라가 있었다. 앞쪽 어둠 속 어딘가에서 탁탁 습기를 머금은 총성이 단속적으로 들려왔으며 민가의 불인지 단순한 횃불인지 저 멀리 불꽃이 보였으나 총소리가 멎으면서 불빛도 사라지고 다시 새카만 어둠에 사로잡혔다.

"아군의 선봉이 적의 척후병을 쫓은 것입니다. 불꽃 역시 원명사 강 부근 농가에서 소수의 적이 달아나며 붙인 것이었으나 바로 불길을 잡았습니다."

전령 장교가 상황을 보고했다.

미쓰히데는 구가나와테久我畷를 지나 아군이 있는 승룡사 성으로 들어가지 않고 일부러 남서쪽으로 오륙 정 떨어진 온보즈카御坊塚에 본진을 설치했다.

지난 이삼 일 동안 습관처럼 내리던 비는 개고 먹을 흘려놓은 것 같은 하늘에 별까지 반짝이기 시작했다.

"적도 조용하군."

미쓰히데가 온보즈카에 서서 야마자키 쪽 어둠을 한번 둘러보며 중얼거렸다. 그는 이제 히데요시 군과 불과 오 리를 사이에 두고 대치하게 되었다. 그러다 보니 그의 말에서 한없는 감회와 긴장감이 느껴졌다.

미쓰히데는 이곳을 전군의 기점으로 삼고 승룡사를 후방의 보급 병참

기지로 삼은 뒤, 다시 남서쪽의 요도에서 원명사 강까지 진영을 부채꼴로 펼쳤다. 전위 부대의 배치가 끝날 무렵 새벽이 가까워졌고, 요도의 기다란 흐름도 희미하게 모습을 드러내기 시작했다.

그때 갑자기 덴노 산 쪽에서 격렬한 총성이 울렸다. 해는 아직 오르지 않았으며 구름은 어둡고 안개는 깊었다. 덴쇼 10년(1582년) 6월 13일, 야마자키 도로에서는 아직 말 울음소리도 들리지 않는 때였다.

화문火門의 뚜껑

양군이 야마자키에서 만나 내일을 생과 사의 날로 기약하고 서로 대치하고 있을 때, 히데요시가 미쓰히데에게 '전서戰書'를 보냈다고 알려져 있으나 과연 그럴 만한 여유가 있었을지 의문이다. 또 그와 같은 낡은 방법으로 압박을 가해 접전의 포문을 열었을지도 의문이다.

미쓰히데가 온보즈카에 진을 친 지 얼마 되지 않을 무렵, 그리고 히데요시가 후방의 돈다에 머물며 오사카에서 간베 노부타카가 오기를 기다리고 있던 13일 새벽, 산에 있던 히데요시의 부대와 아케치 군의 기습 부대가 예기치 않게 어둠 속에서 격렬하게 맞부딪혔다.

지금 막 덴노 산 방면에서 격렬한 총성이 들린 것도 그 때문이었다. 밤이 된 뒤 때때로 습기 먹은 조총 소리를 울리며 작은 충돌이 있었다. 하지만 지금 들려온 총성은 귀가 있는 사람이라면 '어이쿠!' 하며 몸의 털을 곤두세울 만했다. 그리고 앞으로의 전황을 살피기 위해 구름인지 산인지 모를 산그림자를 응시하게 했다.

북군인 미쓰히데의 진영이 있는 온보즈카에서 보면 덴노 산은 이백여 정 서남쪽에 있었는데, 왼쪽 기슭으로 야마자키 가도와 대하를 품고 있었다. 강은 물론 요도였다.

산은 최고 이천칠백 척이나 될 정도로 꽤 높고 험했다. 고모리こもりの 마쓰야마松山라고 불리기도 하고, 혹은 다카라데라宝寺의 산이라고도 불렸다. 아름다운 바위산으로 산 전체에 소나무가 많았다.

어제, 히데요시의 본군이 돈다 오쓰카大塚 부근까지 진출했을 때 휘하의 장수들은 모두 가장 먼저 이 산을 쳐다보았다.

"저건 무슨 산이지?"

"저 동쪽이 역참인 야마자키인가?"

"적의 승룡사는 저 산의 어느 쪽 방면에 있는가?"

각 장수들이 안내자에게 질문을 던졌다.

어느 부대에서나 지리에 밝은 사람들을 진중에 두었다. 조금이나마 전략적 지혜가 있는 사람이라면 그들에게 의견을 구해 덴노 산의 군사적 가치에 주목했다.

"내일의 전투는 저 산을 먼저 점해 높은 곳에서 적을 내려다보며 맞서는 쪽이 이길 것이다."

각 장수들은 가슴속으로 은밀히 생각했다.

'어쨌든 먼저 달려가 덴노 산에 아군의 깃발을 처음으로 꽂는 자가 평야에서 가장 큰 전공을 세운 자보다 더 큰 공을 세우게 될 것이다.'

13일 전날 밤, 여러 명의 장수가 히데요시를 찾아가 자신이 먼저 덴노 산으로 달려가고 싶다는 의사를 밝혔다.

"어쨌든 내일 하루 만에 결판이 날 싸움이라 여겨진다. 요도, 야마자키, 덴노 산을 중심으로 죽든 살든 수십 리 밖으로는 벗어나지 않을 것이다. 자신이 가야겠다고 생각하는 자는 가도록 하라. 단 아군끼리 싸우지 않도록 조심해야 한다. 서로의 공을 다투지 마라. 오로지 고 우다이진右大臣 노부나가 공의 하늘에 계신 영과 신께서 밝히 살피고 계시다는 사실만을 생각하라."

히데요시의 허락이 떨어지자마자 한밤중에 덴노 산으로 용감하게 뛰쳐나간 장수는 조총 부대의 대장인 나카무라 마고헤이지, 호리 히데마사, 호리오 모스케 등 지세에 어두운 세력들이었다.

남군 히데요시의 휘하가 모두 눈여겨본 중요 지점을 북군 미쓰히데가 어리석게도 그냥 지나칠 리 없었다. 미쓰히데가 멀리 있는 가쓰라 강을 건너 온보즈카까지 나온 것도 덴노 산을 점하겠다는 작전 태세를 그리고 있었기 때문이다. 미쓰히데는 이 부근 지리에 대해 적의 선봉인 나카가와 기요히데나 다카야마 우콘에게 뒤지지 않을 만큼 밝았다. 그리고 같은 산하의 지세를 보더라도 그들보다 미쓰히데가 훨씬 더 많은 것을 보았을 것이다. 미쓰히데는 가쓰라 강을 넘어 구가나와테를 행군하던 중에 이미 일군을 나누어 그곳으로 보내두었다.

"해인사 아랫마을을 북쪽으로 바라보고 덴노 산으로 올라가 산 정상을 취하라. 적이 습격해 오더라도 요지를 빼앗기지 않게 대비해야 한다."

미쓰히데는 이 부근 지리에 정통한 나미카와 가몬의 부하이자 승룡사 성에 있던 마쓰다 다로자에몬松田太郎左衛門을 특별히 선발해 보냈다.

마쓰다 다로자에몬은 활과 조총 부대를 합쳐 칠백여 병력을 이끌고 서둘러 덴노 산으로 갔다. 미쓰히데의 사령과 행동은 매우 신속했다. 그럼에도 불구하고 히데요시의 각 군은 이미 남쪽 기슭인 히로세廣瀨 방면을 돌파해 앞다투어 산을 오르고 있었다. 하지만 여전히 지리에 어두운 장병들이 많았다.

"오르는 길이 있다."

"그곳으로는 오를 수 없을 거야."

"아니, 오를 수 있어."

"길을 잘못 들었다. 이 앞은 절벽이야."

히데요시의 장병들은 기슭을 맴돌며 서로 오르는 길을 찾느라 몹시 분주했다.

그곳까지 앞뒤도 분간할 수 없을 만큼 한 덩어리가 되어 온 호리 히데마사의 부대, 나카무라 마고헤이지의 부대, 호리오 모스케의 부대는 산기슭에서 분산되어 돌을 떨어뜨리고 관목을 헤치며 요란스러운 소리를 낼 뿐이었다.

전날 낮에 한발 앞서 선봉을 명 받은 다카야마 우콘과 나카가와 세베의 진영도 그곳에서 멀지 않았다. 특히 세베는 다카야마 우콘에 뒤처져 야마자키 마을의 관문 안으로 들어가지 못하고 산 쪽에 진을 치고 있었기 때문에 곧 아군의 기습적 행동을 감지할 수 있었다.

"그곳이 요지임은 나도 깨닫지 못한 바 아니나 지쿠젠 나리의 명령도 없이 함부로 성급한 행동을 취해서는 안 되겠기에 꾹 참고 있었던 것이다. 그런데 후방에 머물러 있던 각 부대가 우리의 허락도 없이 앞장서 나서려 하다니 괘씸하다. 이렇게 된 이상, 이 세베도 그들에게 뒤질 수 없다."

세베는 직속 부하 몇 명과 얼마 되지 않는 조총수만을 데리고 산기슭에서 몇 정 위에 있는 다카라데라로 달려 올라갔다. 바로 이 길만이 유일하게 산으로 오를 수 있는 길이었고, 나머지는 쉽게 정상에 오를 수 없는 나무꾼들이 오가는 좁은 길이었다. 세베는 지리를 잘 알고 있기에 빨리 올라갈 수 있었다.

세베 부대가 다카라데라의 문 앞까지 다가가보니 벌써 와서 큰 소리를 지르며 산문을 두드리는 무리가 있었다.

"누구냐? 아군이냐?"

세베가 말을 걸자 산문 밑의 사람들은 뒤도 돌아보지도 않고 대답했다.

"물을 것도 없다."

호리 모스케의 목소리였다.

모스케 기요하루茂助淸晴는 지금은 쟁쟁한 하시바 휘하의 장수지만 청년기까지만 해도 기후岐阜의 이나바稻葉 산줄기에 있는 산악에서 자란 자연인이었다. 그에게 덴노 산 따위는 그저 조그만 일개 동산에 지나지 않았다.

"중놈들 당장 일어나라. 산문을 열지 않으면 짓밟아 부수겠다."

호리오의 부하가 문을 계속 두드려댔다. 싸움을 예감하고 절 안 깊숙이 숨어 있던 승려가 마침내 등불을 들고 나왔다. 그리고 산문을 열자마자 어딘가로 숨어버렸다.

"한 명 잡아라, 길 안내자로."

세베가 그러는 사이 호리오 모스케의 주종은 십여 명밖에 되지 않았지만 뒤도 돌아보지 않고 경내를 달려 뒷산을 오르기 시작했다. 그것을 지켜본 세베는 혀를 차더니 붙든 승려를 창으로 위협하며 몰아쳤다.

"산 정상까지 안내하라. 어서 서둘러."

그때 야마자키 마을에 진을 치고 있던 다카야마 우콘의 부대까지 그곳으로 몰려들었다. 그날 새벽, 각 부대는 덴노 산 선점을 위해 아군끼리도 양보하지 않는 모습을 보였다. 아군과 아군이 서로 지지 않으려고 때로 아슬아슬한 마찰을 일으키기도 하고 전국을 망치기라도 하듯 위험한 상황까지 벌어졌다. 하지만 그러한 기백이 없다면 적과 맞섰을 때 바로 몸을 던져 전력으로 싸우지도 못하는 법이다. 히데요시는 공을 다투어서는 안 되지만 대장부는 서로를 연마해야 한다고 생각했다.

어쨌든 그날 새벽 어둠 속에서 덴노 산을 아귀다툼으로 오르다 보니 가장 먼저 오른 사람이 누구였으며, 어느 부대였는지 나중에 논공행상에 의해서도 기록에 의해서도 전혀 짐작할 수 없었다. 호리, 호리오, 나카가와, 다카야마, 나카무라가 각각 집안의 기록을 내세워 자신의 집안이 가장 먼저 덴노 산에 올랐다고 주장하지만 책마다 기록이 다 다르다. 하지만 쉽게 상상해볼 수 있는 것은 남보다 먼저 산 정상에 이른 사람은 극소수에 불과하며, 그것도 한 장수 밑의 한 부대가 아니라 여러 장수의 부하가 뒤섞인 그야말로 발 빠른 사람들의 혼성 부대였을 것이라는 점이다.

각 부대의 장병들은 길이 험하고 날이 밝지 않다 보니 아군임에는 틀림없으나 누구의 수하인지 알 수 없는 상태로 그저 산 정상을 향해 발걸음을 서둘렀다. 그런데 정상을 앞두고 어느 쪽인지 방향도 알 수 없는 곳에서 연달아 총알이 날아왔다. 총을 쏜 것은 아케치 군인 마쓰다 다로자에몬의 조총 부대였다.

마쓰다 군이 먼저 불을 뿜었다고 해서 덴노 산 정상을 아케치 군이 먼저 밟았다고 할 수는 없었다. 그보다 훨씬 앞서 하시바 쪽 무사인 야마카와 시치에몬山川七右衛門, 야마카와 고시치山川小七, 기시 구베岸九兵衛 세 사람이 은밀히 올라 있었기 때문이다. 그들은 산 정상과 기슭의 어둠을 내려다보며 한발 늦은 아군과 아직 기척도 없는 적을 비웃고 있었다.

"이 요지를 가장 먼저 점한 건 틀림없이 우리일 거야. 우리 세 명을 빼면 누가 있겠어?"

그때 한 사내가 큰 소리로 외쳤다.

"시끄럽다. 입 다물고 거기에 몸을 숙이고 있어."

세 사람이 놀라 주위를 둘러보니 뜻밖에도 자신들보다 먼저 이 산 위에 와서 바위 그늘에 웅크린 채 잠을 자던 사내가 있었다.

"누구냐?"

하시바 쪽 무사들이 묻자 사내가 대답했다.

"다카야마 우콘의 부하인 나카가와 후치노스케 시게사다中川淵之助重定요. 적이 올 때까지 한잠 자려 했는데 귀공들이 떠들어대는 바람에 깨버리고 말았소. 서로 공을 이야기하는 것은 아케치를 전멸시킨 뒤 해야 하지 않겠소? 승패가 갈리기도 전에 찧고 까부는 건 너무 성급하지 않소?"

사내는 투덜투덜 이야기하고는 다시 자신의 무릎을 끌어안고 잠을 자기 시작했다.

잠시 뒤 그곳으로 나카가와 가의 신하인 아베 니에몬阿部仁右衛門이 조총을 든 보병 둘과 함께 올라왔다. 이로써 산 정상에는 일곱 명의 하시바 군이 있었다.

이윽고 산기슭의 다카라데라와 다른 방면에서 수많은 아군의 소리가 희미하게 들려왔을 뿐만 아니라, 북쪽의 해인사 아래쪽에서도 아케치 군의 마쓰다 부대 칠백 명이 굉장한 기세로 앞뒤 순서도 없이 정상에 먼저 오르기 위해 달려왔다.

"아직 쏘면 안 된다."

나카가와 후치노스케는 마치 무리의 지휘자라도 되는 양 성급히 달려들려는 나머지 여섯 명에게 주의를 주었다.

"적을 바로 옆까지 끌어들인 뒤 일제히 쏘도록 하라. 저 아래쪽 길이 굽은 곳에 하얀 것이 보일 것이다. 내가 소나무 가지에 묶어놓은 머리띠 조각이다. 총으로 그 아래를 겨누고 있어라. 그리고 적의 그림자가 저 길을 돌아선 순간 총알을 퍼붓도록."

나카가와 후치노스케의 행동은 얄미웠지만 그의 말은 좋은 책략이었다. 또 어딘가 믿음직스럽게 느껴졌다. 그러다 보니 어느새 모두 그의 말에 따라 적이 오기를 기다리고 있었다.

하지만 마쓰다 다로에몬의 선봉대는 산 정상의 팔부능선에서 이미 후방의 중턱에 하시바 군이 있다는 사실을 알았다. 그들은 곧 기선을 제압할 목적으로 일제히 총알을 퍼붓기 시작했다. 당연히 하시바 쪽에서도 마주 쏘았다.

서로 거리도 멀고 어둡다 보니 적과 아군 모두 표적이 매우 불확실한 상태였다. 단지 기세를 내보이기 위해 사격한 것에 불과했기에 양쪽 모두 큰 효과는 없었다. 오히려 적은 수이기는 하나 일곱 명이 산 위에서 수백 보 달려 내려가 아케치 군의 모습을 발견하자마자 총구를 아래로 향해 쏜 것이 훨씬 더 큰 효과를 거두었다.

처음 일곱 발 가운데 세 발은 틀림없이 적을 쓰러뜨렸다. 그뿐 아니라 많고 적음을 떠나 머리 위에서 하시바 군이 나타나자 아케치 군은 적잖이 당황할 수밖에 없었다. 이번 대결전에서 적을 가까이에서 본 게 처음이었으니 부대 전체가 덜컥하고 충격을 받은 것만은 틀림없는 사실이었다.

적의 모습도 아수라의 모습도, 싸움이 무르익어 서로 같은 모습이 되었을 때는 두려울 것이 없지만 처음으로 대면할 때는 아무래도 섬뜩하게 느껴진다. 그 순간만은 모든 적이 사람이 아닌 악귀나 악마처럼 느껴지는 법이다. 이것은 적 역시 마찬가지일 것이다. 그렇기에 살기에 압도당하지 않고 평소 담이 크고 침착하게 다가가는 쪽이 서전의 승리를 얻게 되는 것이다.

마쓰다 부대의 선두에는 주장인 다로에몬이 없었다. 다로에몬의 부하 장수인 쓰지 요시스케辻義助가 지휘를 하고 있었다. 요시스케는 역시나 담력이 큰 무사라서 그런지 기습해온 적이 예닐곱 명밖에 되지 않는다는 사실을 바로 꿰뚫어보았다.

"소란 피울 것 없다. 몇 명 되지 않는다."

요시스케는 지세가 낮아 불리한 위치에 있는 아군들이 겁을 먹지 않도록 격려한 뒤 다시 외쳤다.

"총구를 모두 저 위쪽 바위의 모퉁이로 모아라. 일제히 사격!"

적어도 칠팔십 정이나 되는 조총의 그림자가 한꺼번에 움직였다. 그리고 이내 총구를 하나의 초점을 향해 겨냥했다. 위쪽 바위에 서 있던 일곱 명은 벌집처럼 될지도 모르는 위치에 있었다.

"이미 늦었다. 나는 돌격하겠다."

그 순간 나카가와 후치노스케가 기시 구베, 아베 니에몬, 야마카와 형제 등에게 그렇게 말하고는 조총을 버린 채 높은 곳에서 낮은 곳에 있는 적을 향해 맹렬히 달려들었다.

한 발을 쏘면 다시 한 발을 채우고 화승에 불을 붙이고 방아쇠를 당기기까지 상당한 시간이 필요했는데, 이것이 이 시대 화기의 약점이었다. 특히 아케치 군의 조총수들은 가쓰라 강을 건널 때 소나기를 맞은 탓에 장비가 대부분 젖은 상태였다. 개중에는 가지고 있는 화승이 모두 못쓰게 되어 뒤로 물러나 있는 사람도 있었다.

후치노스케는 그런 허점을 노린 것이었다. 아베 니에몬도, 기시 구베도 후치노스케를 따라 지지 않고 뛰어들었다. 총구에서 파파팟 하고 연기가 피어올랐다. 이렇게 발사된 총알은 당연히 불발이 되고 말았다. 후치노스케는 벌써 칼로 적들을 베고 있었다. 야마카와 시치에몬의 동생 고시치는 적의 창을 빼앗기 위해 맨손으로 적과 엉겨 붙어 싸웠다.

소나무, 소나무, 소나무

나중에 상황을 살펴보니 마쓰다 부대의 칠백여 명은 이때 이미 두 갈래로 갈라져 있었다. 남군에서는 호리오, 나카가와, 다카야마, 이케다의 장병이 덴노 산 정상에 먼저 오르기 위해 앞을 다투었는데, 호리 히데마사가 갑자기 산허리를 우회하기 시작했다.

"옆길로 돌아 북쪽 기슭으로 향하라."

이미 산을 오르고 있는 적의 퇴로를 끊기 위한 게 목적이었다. 옆에서부터 기습을 가하자 과연 마쓰다 부대를 중간에 끊을 수 있었고 주장인 마쓰다 다로사에몬을 눈앞에서 볼 수 있었다.

이곳에서의 충돌은 산 위에서의 충돌보다 더 격렬했다. 소나무와 거친 바위가 많은 산언덕에서 싸우다 보니 조총은 오히려 둔했다. 그런 탓에 병사들은 대부분 창과 칼, 그리고 기다란 무기 등을 들고 싸웠다. 서로 맞서다 바위 위에서 떨어지는 사람도 있었다. 적을 깔고 앉았으나 안타깝게도 뒤에서 칼을 맞아 죽는 사람도 있었다.

물론 활을 쏘는 부대도 있었기에 활 튕기는 소리와 총성도 끊임없이 들렸다. 하지만 그보다 적과 아군을 합한 오륙백 명의 함성이 더 컸다. 그것은 누구 하나 목에서 내는 소리가 아니었다. 온몸의 머리털과 모공에서 울려 퍼지는 것처럼 들렸다.

밀고 밀리는 싸움이 계속될 무렵, 어느 틈엔가 해가 떠올랐다. 오랜만에 푸른 하늘과 하얀 구름이 보였다. 이렇게 맑은 날이면 산 가득 울려 퍼지는 매미 소리도 오늘은 벙어리가 된 듯했다. 그 대신 무사들의 함성과 절규가 산을 뒤흔들었다. 여기저기에 헤아릴 수도 없이 시체들이 흩어져 있었다. 혼자서, 혹은 겹쳐서 쓰러져 있는 모습은 비통하기 짝이 없었다. 하지만 시체들의 모습은 아군을 질타하는 힘이 매우 컸다. 시체를 밟는 전우는 모두 생사의 바깥으로 달렸다. 호리 부대의 병사도 아케치 부대의 병사도 마찬가지였다.

산 정상의 전황은 알 수 없었으나 이곳에서는 일승일패가 되풀이되었다. 그러는 사이 북군인 마쓰다 부대의 함성이 허성虛聲으로 바뀌었다. 그들은 마치 어린아이가 울 때처럼 와앗, 하며 숨을 들이쉬는 소리를 냈다.

"어, 어찌 된 일이냐?"

"왜 물러서는 거냐, 물러서지 마라."

마쓰다 부대원들은 앞서가던 아군이 흐트러지는 모습을 보며 분노했다. 하지만 그들도 곧 무너진 아군에 휩싸여 기슭 쪽으로 달려 내려가야 했다. 자신들의 주장인 마쓰다 다로자에몬이 총알을 한 방 맞아 부하 병사의 등에 업혀가는 모습이 눈에 들어왔기 때문이다.

"쫓아라, 마구 찔러라."

호리 부대원들이 추격하기 시작하자 히데마사가 있는 힘껏 소리쳐 그들을 말렸다.

"쫓지 마라."

하지만 그 순간의 기세는 도저히 말릴 수도 어찌해볼 수도 없는 것이었다. 아니나 다를까 산 위에서 마쓰다 부대의 선봉이 마치 탁류처럼 달려 내려왔다. 후속 부대가 오지 않던 차에 주장이 부상을 당했다는 소리를 듣고 달려 내려온 것이었다.

호리 부대원의 수는 마쓰다 부대원의 수에 비할 바가 아니었다. 그러다 보니 일전을 펼치기는커녕 한순간도 버티지 못하고 급경사를 달려 내려온 적의 부대에 나가떨어지고 짓밟히고 말았다. 히데마사가 걱정한 대로 조금 전 기슭 쪽으로 적을 추격해갔던 호리 부대원들 역시 협공을 받아 참담할 정도로 고전을 치러야 했다.

그때 호리오, 나카가와, 다카야마, 이케다의 혼성 산악 부대는 산 정상에 서서 서전의 첫 번째 환호성을 올리고 있었다.

"점령했다."

"덴노 산은 우리 군의 것이다."

하지만 그것은 일부 장병에 지나지 않았다. 대부분의 병력은 그곳을 점거하자마자 물밀듯이 기슭으로 물러난 아케치 군을 급히 쫓아야 했다. 그들은 호리 히데마사의 지휘를 받았다.

많은 아군을 얻은 히데마사도 망설임 없이 먼저 달려 내려갔던 부하들을 구하기 위해 서둘러 추격전을 벌였다. 달아나는 적이 길을 보지 않으니 쫓는 사람 역시 길을 보지 않고 내달렸다. 이 끔찍한 '추격전'에서 미야와키 마타베宮脇又兵衛(훗날 나가토노카미)는 말을 타고 다카라데라 뒤편에 있는 절벽까지 와버렸다. 말은 당연히 경직되어 움직이지 않았다. 그사이 가벼운 차림의 적들은 좁은 길을 달려, 혹은 덩굴 등을 붙잡고 거미 새끼처럼 아래로 달아났다.

"무문에서 태어나 평소 남들처럼 큰소리치던 마타베가 몇 길밖에 되지 않는 절벽에 서자 겁을 먹고 말을 버렸다는 얘기를 듣기는 억울하다. 겐구로源九郎가 단번에 뛰어넘은 곳이 얼마나 험한지는 모르겠으나 될 대로 되라지. 그도 사람, 나도 사람이다."

마타베는 두 손에 고삐를 묶고 말 등에 가슴을 찰싹 붙이더니 고꾸라지듯 절벽을 내려오기 시작했다. 남들에게 보이기 위한 것은 아니었으나 그 순간 그의 용감한 모습을 목격한 사람도 적지 않았다. 적이고 아군이고 할 것 없이 그저 한목소리로 와아 하며 그 말발굽에서 이는 흙먼지에 경탄해 마지않았다.

사람들은 마타베가 탄 말이 발을 헛짚지나 않을까, 또 다리를 삐지나 않을까 생각하며 한동안 지켜보았다. 하지만 말은 마타베를 태운 채 무사히 내려와서는 적들 속을 미친 듯이 날뛰었다.

같은 길은 아니었지만 호리오 모스케도 말을 타고 적을 쫓았다. 그는 손에 익은 열십자 모양의 창을 휘둘러 적을 세 명이나 쓰러뜨렸는데, 그럴 때마다 말을 타지 않은 가신 쓰쓰미 고헤이堤五兵衛, 마쓰다 마타이치松田又市, 가키 곤파치柿權八 등을 돌아보며 명령했다.

"저 목을 주워라."

호리오 모스케는 다시 촌각의 시간을 아껴가며 계속 적을 추격했다.

덴노 산을 중심으로 새벽부터 정오 전까지 약 이 각 동안 벌어진 싸움에서 무공을 세운 장병을 열거하면 끝도 없을 것이다. 이로써 히데요시 휘하의 장병들이 손에 침을 뱉어가며, 우지 강의 선봉에 임한 것과 같은 자랑스러움과 기백을 얼마나 마음에 품고 있었는지는 쉽게 알 수 있다. 이러한 기백은 원래 그들 개개인이 가진 것이지만, 크게 보면 히데요시의 기백이 투영된 결과이자, 히데요시라는 주인을 얻어 비로소 태양계를 맴도는 각 위성과 같은 기세와 찬란함을 가진 것이라고도 할 수 있다.

하지만 히데요시는 아직 전선에 도착하지 않았다. 요도 강에서 간베 노부타카를 기다리고 있었기 때문이다. 히데요시는 해가 중천에 떠 있는 미시未時(오후 3시) 무렵에나 노부타카와 니와 나가히데 등의 군을 본진에 더해 이곳으로 전진시켰다. 그 뜨거운 햇살에 새벽에 내린 비도 모두 말라

인마는 땀과 먼지투성이가 되었다. 갑옷의 화려한 미늘과 겉옷도 모두 허옇게 변해버리고 말았다. 홀로 찬란하게 빛을 쏘듯 반짝이는 것은 금 표주박이 새겨진 깃발뿐이었다. 히데요시는 그 깃발을 야마자키 하치만의 신사 앞에 세우게 했다.

덴노 산에서 총성이 메아리칠 때는 거리가 텅 빈 상태였는데, 아케치 군이 퇴각하고 새로운 갑주의 물결이 밀려들자 집집마다 물통과 수북이 쌓은 오이와 보리차 등을 내놓았다. 하시바 군을 보며 기뻐하는 백성들 사이에는 아녀자들도 섞여 있었다.

"이제 저기에 적은 단 한 명도 없는가?"

히데요시는 말에서 내리지 않은 채 산 위로 보이는 아군의 깃발을 응시하고 있었다.

"없습니다."

하치스카 히코에몬이 대답했다. 그는 각 부대의 전황 보고를 종합하여 판단한 뒤 히데요시에게 전했다.

"초전부터 지휘자를 잃은 적 마쓰다의 부대 중 일부는 북쪽 기슭으로 갔고, 나머지 일부는 도모오카友岡 부근에 있는 부대와 합류한 듯합니다."

"그 미쓰히데가 저 고지를 어째서 깨끗이 단념한 것일까?"

"아마도 그 역시 우리가 이렇게 신속히 올 줄 생각하지 못했기 때문일 것입니다. '때'를 잘못 헤아린 듯합니다."

"그의 주력은?"

"승룡사를 후방에, 원명사 강을 전방에 두고 요도의 초입부터 시모우에노下植野에 걸쳐 만반의 준비를 하고 있습니다."

간베와 시동들이 시원한 나무 그늘에 걸상을 놓았다며 쉬기를 권했으나 히데요시는 여전히 말을 탄 채 돌아보지도 않았다.

이윽고 그곳으로 호리오 모스케, 호리 히데마사, 나카가와 후치노스케, 미야와키 마타베 등이 속속 돌아왔다. 그들은 히데요시의 말 앞에서 절을 하고 히데요시가 전선으로 출마한 것을 축하했다.

"산기슭으로 가보세. 아직 시체도 그대로겠지."

히데요시는 쉬지도 않고 혈전이 벌어졌던 곳으로 말을 몰았다. 그리고 성천당聖天堂, 쇼덴도 옆에서부터 중턱 가까이까지 올랐다. 그곳에서는 요도 강도, 원명사 강의 일선도, 적의 포진도 한눈에 내려다볼 수 있었다.

"히데마사와 모스케는 말을 타고 내려왔다고 하던데. 나카가와와 다카야마 모두 좋은 가신을 얻어 다른 집안에 부끄럽지 않을 전공을 세웠으니, 축하할 일일세. 특히 미야와키 마타베는 노부나가 공의 선봉으로 주고쿠에 갔어야 했는데 발걸음을 돌려 공을 세웠다고 하니, 듣기만 해도 가슴이 시원해지는 듯하네."

히데요시는 마타베를 불러 직접 장도를 건넸다.

소나무 밑동과 바위 위에 적과 아군의 시체가 어지럽게 핀 꽃처럼 붉은빛으로 물든 채 겹겹이 쌓여 있었다.

"아군도 아군이지만 적도 꽤나 잘 싸웠습니다. 아케치 군에도 부끄러움을 아는 무사는 많은 듯합니다."

호리 히데마사의 말에 히데요시는 고개를 끄덕였다. 그리고 그 시체들 사이를 걸어 산 밑으로 내려오며 연가의 첫 번째 구를 읊었다.

"소나무, 소나무, 소나무, 하나같이 일본의 모습이구나. 누가 이 연가를 받아보겠느냐?"

그 순간 원명사 강 쪽에서 함성과 총성이 일었다. 때는 햇살이 밝은 신시(오후 4시) 무렵이었다.

맞부딪친 양군

원명사 강은 야마자키 역참의 동쪽에 있었다. 한 줄기 강이 요도 강으로 흘러드는데 부근은 갈대에 뒤덮인 습지였다. 그리고 평소에는 개개비 소리가 요란스럽게 들려오지만 오늘은 새소리 하나 들리지 않았다.

이미 그 부근에서는 그날 오전부터 아케치 군의 좌익과 하시바 군의 우익이 강 하나를 사이에 두고 대치하고 있었다.

때때로 쏴아 하고 갈댓잎을 하얗게 뒤집으며 습지를 건너가는 바람 속으로 겨우 깃대의 끝만 보일 뿐 군마다운 것은 양쪽 기슭 어디에도 보이지 않았다. 북쪽 기슭에는 사이토 도시미쓰, 아베 사다아키^{阿閉貞明}, 아케치 시게토모 등의 병력이 선두와 예비 병력을 합쳐 오천 명 정도가 있었을 것이다. 또 남군에는 다카야마 우콘, 나카가와 세베의 부하 사천오백 명에 이케다 노부테루의 병사 사천 명이 진열을 갖추고 이른바 일촉즉발의 몇 시간을 헛되이 보내며 습지의 후텁지근한 열기 속에서 전기를 기다리고 있었다.

이들은 히데요시가 도착하기만을, 그리고 히데요시의 명령을 기다리고 있었는데, 산으로 올라갔던 아군 부대가 덴노 산을 점령했다는 소식을 듣고 더욱 흥분하며 히데요시의 도착이 늦어지는 것을 답답해했다.

한편 온보즈카에 본진을 둔 아케치 미쓰히데는 미리 덴노 산으로 보냈던 마쓰다 다로자에몬의 전사와 부대의 패배 소식을 듣고 자신의 지휘가 때를 놓쳤음을 스스로 책망했다.

"늦었단 말인가."

미쓰히데는 그곳의 고지를 아군 세력 아래에 두는 것과 적의 손에 맡긴 채 결전에 임하는 것은 작전상 중대한 차이가 있다는 사실을 잘 알고 있었다. 하지만 그곳으로 진출하기 전까지 미쓰히데는 세 가지 '미련'에 사로잡혀 있었다. 그러한 미련 때문에 결단을 내리지 못하고 망설일 수밖에 없었다.

첫째는 쓰쓰이 준케이와의 약속에 연연하여 호라가미네에서 덧없이 하룻밤을 초조하게 보낸 것이었다. 둘째는 시모토바로 돌아온 뒤에도 여전히 요도 성의 수축 등을 명했을 정도로 히데요시의 진격에 대해 시간적인 과오를 품은 것이었다. 그리고 마지막으로 그의 근본적인 마음가짐이 문제였다. 즉 적극성을 띨 것이냐, 소극성을 띨 것이냐. 그리고 공세를 취할 것이냐, 수세를 선택할 것이냐. 온보즈카에 진출하기 직전까지 그는 여전히 기로에 서서 결정을 내리지 못하고 있었다.

물론 노신인 사이토 도시미쓰의 의견도 영향을 미쳤다. 도시미쓰는 두 번이나 전령을 보내 미쓰히데에게 이렇게 권했다.

"여기서 일전을 펼쳐서는 아무래도 아군에게 불리할 듯합니다. 그러니 히데요시의 예봉을 피해 우선은 사카모토까지 퇴진한 다음 고슈와 그외의 곳에 산재해 있는 아군 세력을 하나로 결속하여 불패의 진용을 굳건히 갖춘 뒤 적을 맞는 것이 유일한 최선책일 듯합니다."

사이토 도시미쓰가 이런 주장을 한 데는 이유가 있었다. 일만 육천에 이르는 아케치 군이었지만 병력 중 이 할은 새로 얻은 야마시로의 병사였다. 그렇기 때문에 어렸을 때부터 기른 장병에 비하면 단연 실력이 뒤떨어졌다. 여기저기서 새로이 규합한 훈련받지 못한 병사들이라 약할 수밖에 없었다. 그리고 부장들 중에는 스와 히다노카미諏訪飛駄守, 야마모토 산뉴山本山人, 그 외에 옛 쇼군 가의 유신과 단바 무사라 불리는 토족 등이 섞여 있었다. 이들의 투지를 과연 오랜 세월 아케치 가를 섬겨온 무사들과 동일시할 수 있을지도 꽤나 의심스러웠다.

그에 반해 적인 히데요시의 군용은 압도적인 우세에 있었다. 병사의 수로만 봐도 주고쿠에서 데려온 그의 직속 일만 명에, 이케다 노부테루의 사천 명, 다카야마와 나카가와 양군을 합쳐 사천오백 명이었으니, 어림잡아 일만 팔천오백 명은 거느리고 있었다. 거기에 오사카에서 참가한 간베 노부타카, 니와 나가히데, 하치야 요리타카의 병력 팔천 명을 더하면 총 이만 육천오백 명이었다. 아케치 군과 비교해도 일만 명이나 더 많았다.

그뿐만 아니라 그들은 이른바 정예군이었으며, 또 고 노부나가의 가신들이었기에 '고 노부나가 공의 복수전'이라는 기치를 내걸고 있었다. 이렇게 빠른 물살처럼 밀려오는 하시바 군에 맞선다는 것은 아케치 군에게 무척이나 불리한 일이었다.

아케치는 교토라는 정략상의 주요 거점을 일단 적에게 내주는 한이 있더라도 사카모토까지 물러나 그곳에 있는 삼천 명의 병력과 아군 중 가장 믿을 만한 양장良將이라고 여기는 아케치 사마노스케 미쓰하루까지 참전케 했어야 했다. 그리고 시코쿠의 정치적 변화와 노부나가의 유신 중 당연히 일어날 내홍과 자괴 작용을 기다리며 서서히 진용을 굳건히 한 뒤 싸움에 임했어야 했다. 바로 이것이 노장 사이토 도시미쓰의 생각이었다.

노장의 견해는 자연히 정곡을 찌르게 마련이다. 미쓰히데도 내심 마음이 끌렸지만 이렇게 생각했다.

'여기서 질 정도면, 사카모토에서 농성한다 해도 질 게 뻔하다. 만약 교

토를 적에게 빼앗긴다면 이 미쓰히데는 무엇으로 명분을 삼는단 말이냐.'

설령 여러 가지로 불리하다 할지라도 싸움 한번 하지 않고 교토를 넘겨준다는 것은 그의 마음속에서 결단코 받아들일 수 없는 일이었다. 누구에게도 말하지 않았으며, 격문에도 그것을 칭하지는 않았으나 사실 미쓰히데의 마음은 다음과 같았다.

'비록 주군이었던 노부나가를 하루아침에 치기는 했으나 나도 대군*의 백성, 노부나가도 대군의 백성, 무인의 정신에 어찌 변함이 있겠는가만, 싸움 한번 해보지도 않고 어소의 땅인 교토를 간단히 적에게 넘겨준다면 미쓰히데는 대체 누구를 받들어 천하에 서려 하는 것인가? 불리하다고 판단되면 금문의 어소도 잊은 채 달아나는 비열함을 보라. 이를 통해 보면 노부나가를 친 마음도 모두 난신적자亂臣賊子의 야심에 지나지 않는다는 소리를 들어도 할 말이 없게 된다. 하니 시체가 아무리 욕을 보게 된다 할지라도 그 한 점을 의심받는다는 것은 후세에까지 유감스러운 일이다. 미쓰히데는 무슨 일이 있어도 교토를 등에 지고 이 야마자키에서 일전을 펼치기로 하겠다. 히데요시가 뭐 그리 대단하단 말이냐.'

미쓰히데는 싸움에 임하기 전부터 이미 슬픈 가락을 연주하고 있었다.

'히데요시가 뭐 그리 대단하단 말이냐.'

이렇듯 기개를 보이기는 했으나 그는 마음속에 필승을 다짐할 만큼 확신이 없었다. 그래도 그의 비장한 결의는 주요 장수들에게 잘 전달되었다. 그러한 점에서 봤을 때 미쓰히데 곁에는 그를 위해서라면 언제라도 목숨을 바칠 심복이 많았다. 특히 사이토 도시미쓰는 나이도 노령이었고, 충언도 받아들여지지 않았으며, 대세를 꿰뚫어보고 있었으나 노장인 만큼 '오늘이야말로 마지막이다'라고 생각하며 누구보다 먼저 결심했을 것이다. 그런데 그런 사이토 부대가 갑자기 원명사 강에서 총성을 울린 것이다.

싸움이 일어나는 계기는 참으로 미묘했다. 양군 모두 거의 한나절을 갈대 사이에서 파리매와 모기에 뜯기면서 대치한 채 지휘관의 호령을 기다리고 있었다. 그러는 사이 하시바 쪽 진영에서 아름다운 안장을 얹은 말 한 마리가 물을 마실 생각이었는지 갑자기 원명사 강의 기슭으로 달려 나왔다. 분명 말의 주인은 이름 없는 무사였을 것이다. 그리고 네다섯 명의 병사가 그 뒤를 쫓아 나왔다. 그러자 맞은편 기슭의 갈대 속에서 그들을 향해 획 하고 연기가 오르더니 뒤이어 탕탕탕 연속으로 총알이 쏟아졌다.

"앗, 맞았다. 쏴라, 쏴."

아군 병사들이 강가에 쓰러지자 하시바 쪽 병사들도 북쪽 기슭의 연기가 나는 곳을 향해 총을 쏘았다. 더는 명령을 기다릴 틈도 없었다.

"전군 돌격."

이렇듯 총성이 울린 뒤에나 히데요시의 명령이 전달되었으며, 아케치 군 역시 적의 움직임에 반동을 일으켜 과감하게 강을 건너왔다.

요도로 흘러드는 강의 폭은 꽤 넓지만 상류 쪽은 그렇게 넓지 않았다. 하지만 물은 며칠 만에 내린 소나기로 상당히 거세게 흐르고 있었다. 조총을 든 아케치의 부대가 북쪽 덤불 속에서 모습을 드러내 남쪽 둑 위에 서 있는 하시바 군을 노리고 쏘는 동안, 아케치의 정예군이라고 할 수 있는 창을 든 부대가 벌써 여기저기서 물보라를 일으키며 강을 건너갔다.

"창을 든 부대, 전진하라."

다카야마 부대의 장수가 둑 위로 뛰어올라 지휘를 했다.

강폭이 좁아 총을 쏘는 게 쉽지 않았다. 앞쪽에서 쏜 뒤 총알을 장전하기 위해 뒷줄과 교대하는 사이에 적이 강기슭으로 몰려들어 조총 부대 속으로 뛰어들 위험이 있었다.

"조총 부대는 옆으로 물러나라. 아군의 앞을 가로막지 마라."

창끝을 가지런히 하고 달려 나온 나카가와 부대원 대부분이 창을 치켜 들었다가 내리쳐 둑 밑의 수면을 베었다. 물론 표적은 적병이었으나 창을 뒤로 뺏다가 찌르기보다 치켜 올렸다가 내리치는 것이 더 신속하게 적을 막을 수 있기 때문이었다.

양군은 강 위에서 격렬히 싸웠다. 창과 창, 창과 검, 혹은 장대로 베고 또 베었다.

"귀찮구나."

이렇게 외치며 백병전을 펼치는 병사도 있었고, 물보라를 일으키며 전열에서 물속으로 쓰러지는 병사도 있었다. 탁류는 소용돌이치고 있었다. 아니, 무사와 무사 사이에 물줄기가 가늘게 흘러갈 뿐이었다. 그만큼 강물 안에 무사들이 가득했다. 수면은 피로 물들었다가 다시 순식간에 물빛이 되었다.

그사이 남군의 제2진인 나카가와 기요히데의 부대는 하류의 전투를 다카야마 우콘의 부대에게 맡겨둔 채, 신위를 실은 가마를 짊어진 가마꾼들이 신사에서 나올 때처럼 영차, 영차 하며 앞으로 달리기 시작했다.

"돌격, 돌격하라."

"옆도, 뒤도 돌아볼 것 없다."

"돌격하라, 돌격!"

"오로지 돌격이다."

그곳에는 아케치 군 좌익의 제2대인 아베 사다아키의 진영이 있었는데, 그 무렵 북군의 파탄이 시작되었다. 아군의 좌익이 이미 맹렬하게 돌격하고 있었는데도 계속 총구에서 연기를 내뿜으며 화기에만 의존했기 때문이다.

덤불을 넘으면 곳곳에 습지가 있었고 밭과 들길과 밤나무 숲이 보였다. 아케치 군은 곳곳에 숨어 있다가 돌격해 들어오는 적을 보고는 노도처럼 일제히 일어나 적을 향해 달려들었다.

"이랴, 이랴."

그때 아케치 군 쪽에서 이상한 소리를 내며 앞장서 나오는 거한이 있었다. 그는 순식간에 묵직한 창으로 나카가와 군의 병사 네다섯을 찌르더니 다시 사납게 달려들었다. 갑옷은 입고 있었으나 투구는 쓰고 있지 않았다. 머리띠 위로 곤두선 머리카락이 한 줄기 횃불처럼 벌겋게 보였으며, 커다란 두 눈에서 빛을 내뿜는 모습이 일당백의 무사처럼 보였다.

나카가와 부대는 사내의 창에 밀려 강 옆까지 물러나고 말았다. 그러자 나카가와 군에서 갑자기 소리를 지르며 나온 장수가 있었다. 나카가와 기요히데의 사위인 후루타 오리베시게나리^{古田織部重然}였다. 그는 멧돼지 같은 아케치 무사의 창을 자신의 창으로 쩔그럭 맞대며 싸웠다.

"네 이놈, 저 혼자만 무사인 양 잘난 척하는 녀석. 여기에 오리베가 있다는 사실을 몰랐단 말이냐!"

두 사람의 전투가 너무나 치열해 다른 사람이 끼어들 여지가 없었다. 얼마 뒤 오리베의 창이 얇았던 탓인지 창날의 이음매 부근이 뚝 부러져 창끝이 쨍그랑하는 소리와 함께 얼음 조각처럼 날아가버리고 말았다.

"아앗, 젊은 나리께서 위험하시다."

주위에 있던 나카가와 가의 가신들이 눈앞에 있는 적을 버리고 도우러 가려는 순간, 오리베가 갑자기 부러진 창을 휘둘러 멧돼지 같은 무사의 손목을 세게 내려치더니 그의 품으로 달려들었다. 나카가와 가의 가신들이 삽시간에 뒤로 다가와 오리베의 상대를 닥치는 대로 찌르고 베었다. 히데요시의 제2군인 나카가와 부대는 아케치 군의 가장 왼편에 있던 사이토 부대를 위험에 빠지게 했다.

"제2군인 나카가와 부대는 이미 앞으로 멀리 나갔다. 나카가와 군에게 뒤져서는 안 된다. 그들 뒤에 선다는 건 있을 수 없는 일이다."

사이토 부대의 예봉을 막지 못할 것처럼 보였던 다카야마 우콘의 부하들도 서로를 격려하며 밀려났다가는 밀어붙이고, 밀어붙였다가는 밀려나기를 거듭했다. 그들은 강 속을 병사들로 메워버리기라도 할 듯 으르렁거리며 싸웠다.

"물러나라! 땅 위로 물러나 적을 유인한 다음 쳐라. 유인한 뒤 쓰러뜨려라."

사이토 군 사이에서 쥐어짜내는 듯한 호령이 울려 퍼졌다. 그러자 다카야마 부대는 아군인 나카가와 부대가 벌써 적의 뒤쪽까지 접근한 증거라고 판단했다.

"돌격, 돌격, 돌격!"

"숨 쉴 틈도 주어서는 안 된다."

맞은편 기슭으로 물러나는 적의 물보라를 뒤집어쓰며 일제히 추격의 창을 겨누었다. 두 강이 만나는 곳에는 덤불도 없었다. 습지대인 만큼 일단 물러나면 방어물도 없어 사실상 완전히 무너질 수밖에 없었다. 말이 달려 강을 건넜다. 깃발이 돌진해 들어갔다. 다카야마 우콘의 부대원들도 대부분 북쪽 기슭으로 올라섰다.

그 무렵 서쪽 해가 기울기 시작했다. 저물녘 검붉은 구름은 처참한 저녁 하늘 아래에서 아우성치는 새카만 덩어리들을 비추며 홀로 적막하게 밤하늘로 흘러갔다.

약 반 각에 걸쳐 격렬한 전투가 펼쳐졌다. 사이토 군은 한때 무너질 것처럼 보였으나 다시 되돌아와 늪지나 관목 지대에 서서 끈질기게 적을 막아냈다. 그들뿐만 아니라 아베 사다아키의 군도 그렇고 아케치 시게토모의 군도 그렇고 대체로 아케치 군에게는 일종의 섬뜩한 광기 같은 게 있었다. 자신도 모르게 미쓰히데의 흉중에 예기되어 있던 비통함의 선율은 바로 이 광기가 올리는 파멸의 목소리였다.

"여기는 고립될 우려가 있다. 아군의 산악 부대가 궤멸되었다는 소식을 들었다. 나미카와 가몬 나리도 목숨을 잃었다. 스와 히다노카미도 목숨을 잃었다. 포위되기 전에 얼른 물러나자. 물러나라, 물러나."

비가와 비보가 바람처럼 아케치의 제1군과 제2군으로, 그리고 중앙의 제3군으로 전해졌다.

예비 부대로 중군에 온보즈카를 중심으로 미쓰히데 직속 병력이 오천 명, 후지타 덴고와 이세 사다오키 등의 병력이 이천 명, 쓰다 노부하루, 무라카미 기요쿠니 등의 병력이 이천 명 정도 되었다. 하치야 데와노카미 요리타카는 중앙을 향해 공격을 가했다. 후지타 덴고는 큰북을 울려 보무당당하게 전열을 전개했다. 앞쪽에 있는 활 부대가 일제히 시위를 당기자 화살이 바람에 실려 날아갔다. 하치야 부대도 맞서 조총을 쏘아댔다.

"교대."

덴고의 깃발이 명령과 함께 바람을 가르자 활 부대가 흩어졌다. 하치야 쪽에서도 조총 부대가 나와 맞서 싸웠다. 철창과 철갑으로 무장한 무사들은 모락모락 피어오르는 초연이 가라앉을 새도 없이 적을 향해 헤쳐나갔다.

후지타 덴고와 정예 병사들이 하치야 부대를 격퇴했다. 그러자 하치야 부대를 대신해 간베 노부타카의 휘하인 미네 시나노카미峰信濃守와 히라타 이키노카미平田壹岐守의 부대가 아케치 군과 맞섰다. 하지만 그 부대들도 덴고 유키마사伝五行政의 부대에 격파당하고 말았다.

후지타 부대는 더 이상 맞설 적이 없을 듯 기세를 떨쳤다. 무적을 자랑하는 후지타 부대의 북소리는 노부타카 주위를 둘러싸고 있는 무사들의 발걸음조차 어지럽힐 정도로 적을 위협했다.

그 순간 구니와케 사도노카미國分佐渡守와 부장들이 어림잡아 사오백 명쯤 되는 병사를 이끌고 징소리를 울리고 함성을 지르며 대군이 몰아치듯 후지타 부대의 측면을 습격했다.

구름은 붉은빛으로 살짝 물들었지만 땅 위에는 벌써 땅거미가 지기 시작했다. 후지타 덴고는 적진 깊숙이 들어온 것 같은 느낌이 든 순간 깃발을 휘둘러 방향을 바꾸었다.

"오른쪽으로 돌아라! 돌아라, 돌아. 어디까지나 오른쪽으로."

후지타 덴고는 원래의 중군과 합류하여 굳게 싸울 생각이었다. 그런데 갑자기 땅에서 솟아오른 듯 히데요시의 휘하인 호리 히데마사의 일군이 맹렬하게 공격을 가해왔다.

"물러설 수는 없다."

덴고는 순간적으로 생각을 바꿨으나 진용을 다시 갖출 여유가 없었다. 호리의 부대는 질풍처럼 적의 가운데를 끊더니 한쪽을 포위하기 시작했다. 덴고 앞으로 금색 절굿공이의 깃발이 흔들리며 다가왔다.

"간베 산시치 노부타카가 앞으로 나왔구나."

덴고는 지체하지 않고 아들 덴베 히데유키傳兵衛秀行와 동생 도조 유키히사藤三行久, 이세 요사부로伊勢与三郎 등과 함께 사백칠십 기를 모아 과감하게 적군 속으로 뛰어들었다.

"내 목을 내주든지, 저 목을 취하든지 하겠다."

그 순간 피비린내 나는 바람이 들판을 뒤덮었다. 저녁은 이미 어두워졌으며, 사투의 외침 하나하나가 피비린내를 머금은 채 하늘을 달리는 바람이 되었다.

하시바 군 가운데 간베의 부대가 가장 병력이 많았다. 게다가 니와 나가히데의 병사 삼천 명이 그를 도와 싸웠다. 후지타 덴고와 골육들이 아무리 용감하다 할지라도 창검으로는 도저히 무너뜨릴 수 없는 두터운 전선이었다. 덴고는 여섯 군데나 상처를 입은 채 이리저리 뛰어다니며 싸우다 말 위에서 정신을 잃어가고 있었다. 그 순간 뒤쪽에서 아들의 목소리가 들려왔다.

"아, 아버지!"

덴고가 아들의 목소리를 듣고 퍼뜩 말의 갈기에서 얼굴을 들었다. 그 순간 무엇인가가 왼쪽 눈 위에 부딪쳤다. 마치 하늘의 별이 이마로 떨어진 듯한 느낌이었다.

"앗, 안장에, 안장에 단단히 의지하시기 바랍니다. 화살은 비껴갔습니다. 이마의 상처는 깊지 않습니다."

"누구냐, 나를 지탱해준 것이."

"도조입니다."

"아우냐? 이세 요사부로는 어떻게 되었느냐?"

"전사하고 말았습니다."

"스와는?"

"스와 나리도."

"덴베는?"

"또다시 적에게 포위당할 것 같습니다. 제가 함께하겠습니다. 안장 앞쪽으로 몸을 엎드리십시오."

도조는 덴베의 생사에 대해서는 말하지 않고 형을 태운 말의 부리망을 쥔 채 어지러운 병사들 속을 헤치고 달아났다.

금 표주박 전진

하시바 군과 아케치 군의 싸움은 신시(오후 4시)부터 유시酉時(오후 7시경)까지 이어졌다. 그사이 구가나와테에서 원명사 강을 따라 펼쳐진 북쪽 벌판은 완전히 저물어 있었다.

"생각보다 강하구나."

히데요시가 그렇게 중얼거릴 만큼 아케치 군의 항전은 더할 나위 없이 치열했다. 하지만 누가 뭐래도 총결전을 펼치기 전 아케치 군은 적에게 덴노 산의 고지를 빼앗겼을 뿐만 아니라 산악 부대의 대부분을 잃었고, 마쓰다 다로자에몬과 나미카와 가몬 등의 대장을 일찌감치 잃었다. 그것은 결정적인 패인이 되었다.

그때 민첩하게 기회를 포착할 줄 아는 히데요시가 아케치의 전선을 뚫었던 것이다. 기울어가는 붉은 태양이 원명사 강을 물들이고 있을 때 예비 부대 일만을 남김없이 전진시켜 상류에서부터 적을 압박한 것이었다. 결국 히데요시는 적군 속에 자신의 중군을 놓았다고 말할 수 있을 정도로 대담한 적극성을 내보이면서 전진, 다시 전진하며 한 발짝도 물러서지 않았다. 그렇지만 결코 쉽게 전진할 수 있었던 것은 아니다.

미마키 산자에몬御牧三左衛門, 오쿠다 구나이奧田宮內, 아케치 주로사에몬明智
十郎左衛門, 신시 사쿠자에몬進士作左衛門, 쓰마키 주자에몬妻木忠左衛門, 미조오 쇼베
등 아케치 가를 대대로 섬겨온 용장들이 모두 그곳으로 쇄도해 들어온 상
태였다.

"저기 지쿠젠이 보인다."

"왔느냐, 원숭이 놈."

"내가 단번에."

무릇 이름 있는 무사라면 밤에도 번쩍번쩍 빛나는 금 표주박 깃발을
목표로 삼지 않은 사람이 없었다. 그렇듯 히데요시의 모습은 히데요시를
노리는 적장들에게 죽음까지 잊게 만들 정도로 큰 용기를 주었다. 그러다
보니 히데요시의 예비군은 일만에 이르는 대군이기는 했으나 아주 조금
밖에 전진하지 못했다.

게다가 가토 미쓰야스와 호리 히데마사에게 병력이 적은 나카가와와
다카야마 등을 도우라며 이천씩을 내준 상태라 실제로 히데요시의 예비
군은 오륙천에 지나지 않았을 것이다. 그러다 보니 한때는 승패를 가늠하
기조차 어려웠다.

미쓰히데에게 있어서도 그곳은 본진의 전위였으며, 히데요시도 검광
극풍劍光戰風 속으로 말을 몰아 나간 것이었으니 그곳에서 주력과 주력의 참
된 결전이 펼쳐졌다고 봐야 할 것이다.

앞서 히데요시는 승려인 세야쿠인을 시모토바에 있는 미쓰히데 진영
으로 보내 미쓰히데에게 다음과 같은 말을 전하게 했다.

"늘 전투를 치르고 있기는 하나 아직 대장과 대장이 직접 칼을 맞댄 적
은 없었다. 이번에는 주인의 원수를 토벌하기 위해 나가는 것이니 삼 일
안에 쳐 올라가서 미쓰히데와 직접 칼을 맞댈 것이다. 그리 전하도록 하
라."

히데요시가 진격하는 모습만 봐도 그의 얘기가 농담이거나 공갈이 아니었음을 알 수 있다. 히데요시는 진심으로 미쓰히데와 직접 칼을 맞대기를 바랐다. 하지만 그의 부하들은 그로 하여금 앞장서서 나아가는 모습을 자랑스럽게 여기도록 그냥 내버려둘 수는 없는 일이었다. 《가와스미 태합기》에 다음과 같은 내용이 기록되어 있다.

> 히데요시가 기마의 선봉대에게 창을 휘두르라 명함과 동시에 휴가
> 노카미의 방어진이 무너져 일 정 정도 물러났으나 다시 적의 선봉이
> 밀려들었기에 히데요시는 혹시 밀리지나 않을까 걱정하여 아군이 창
> 의 손잡이 끝도 움직일 수 없을 정도로 표주박 깃발을 바싹 전진하게
> 하여 다시 적을 쳤다.

이 부분은 그야말로 당시의 정황을 생생하게 기록한 것이다. 예로부터 '히데요시' 하면 지략이 풍부해서 공성, 야전에서도 대부분 싸우지 않고 계략으로 승리하는 데 능했으며, 자신이 나서서 용감히 싸우는 것을 매우 꺼리는 사람이라 여겨져 왔으나, 그가 용장이 아니라는 확실한 증거는 어디에도 없다.

히데요시는 단지 가능한 한 병력을 잃지 않고 피를 흘리지 않고 가장 큰 전과를 얻으려 했던 것이다. 청년 장교 시절에 있었던 미쓰쿠리箕作 성의 격전에서는 아군의 선봉에 서서 여러 군데에 부상을 입을 정도로 용감한 모습을 보여주었다. 그런 점만 봐도 그에게 용장의 일면이 없었다고는 결코 말할 수 없을 것이다.

특히 야마자키의 일전에서 '대장과 대장이 칼을 맞대 승패를 가르자'고 미쓰히데에게 전했고, '아군이 창의 손잡이 끝도 움직일 수 없을 정도로 표주박 깃발을 바싹 전진하게 하여'라고 기록된 것만 봐도 당시 그의

의지가 얼마나 불타올랐을지 알 수 있다.

바로 그때 그가 취한 전법은 에이로쿠永祿[18] 시절 에치고越後의 우에스기 겐신上杉謙信이 적인 신겐信玄의 진영 깊은 곳에 기지를 설치하고 단번에 사이조妻女 산에서 가와나카지마川中島의 적군 속으로 목숨을 걸고 돌진하여 물러서지 않았던 것과 비슷하다. 그런 상황에서 그 앞을 가로막을 적이 어디 있겠는가?

아케치 쪽에도 용감한 사람은 많았으나 오쿠다 이치노스케奧田市之助, 미조오 고자에몬溝尾五左衛門, 사쿠라이 신고櫻井新五, 헨미 모쿠노스케逸見木工允, 호리구치 산노조堀口三之丞, 이소노 단조磯野彈正, 도리야마 도노모노스케鳥山主殿助 등이 한자리에서 목숨을 잃고 말았다.

별빛은 어둡고 길은 습지였다. 히데요시의 중군은 피인지 연못이지 모를 질퍽한 것을 밟고 또 밟으며 쉬지 않고 전진해 나갔다. 그런데 움푹 파인 땅 한쪽에서 쉬지 않고 총을 탕탕 쏘는 사람이 있었다.

앞줄에 있었던 네다섯 명이 차례로 쓰러졌다. 총알이 날아오는 간격으로 봐서 한 소대가 숨어 있는 줄 알았는데 총을 쏘는 사람은 단 한 명이었다. 그 사람은 좌우에 가신을 서너 명 두어 총을 한 발 쏘고 나면 총알을 끼우게 하고, 또 한 발 쏘고 나면 다시 다른 총을 들어 조준을 했다.

"물러나지 않은 적이 없는데 저렇게까지 용감한 적이 있다니. 도라노스케虎之助 가서 보고 오너라."

히데요시가 뒤를 향해 말하자 올해 스물두 살인 시동 가토 도라노스케가 주인의 말이 채 끝나기도 전에 말을 달려 나갔다.

탕, 탕! 두 번 정도 총성이 들렸으나 그 연기가 사라지는 것보다 도라노스케의 발이 더 빨랐다. 총을 쏘던 적이 총을 버리고 벌떡 일어나 눈을

---

18) 일본의 연호. 1558~1570년.

번뜩였다.

"이놈, 무엇을 바라고 온 것이냐?"

도라노스케는 첫 출진이 아니었다. 주고쿠 진영에 머물렀을 때 가무리
₪ 산성을 비롯한 전투에서 어엿한 전공을 세웠다. 도라노스케가 손에 익
은 창을 비껴들고 맞받아쳤다.

"전장에서 원하는 것은 이름 있는 적의 목이다. 이름도 없는 너 따위는
취할 가치도 없다. 내 창에 걸려도 좋을 정도의 목이냐, 그럴 가치도 없는
목이냐? 다시 한 번 짖어보아라."

그 말에 적이 껄껄껄 웃으며 말했다.

"나는 휴가노카미 님의 일가이신 이세 요사부로 사다오키 나리의 가
신 신도 한스케進藤半助다. 주인 사다오키께서는 이미 세상을 떠나셨다. 그
러니 이 한스케가 살아서 무엇하겠느냐. 이렇게 된 이상 총알 하나를 저
깃발 아래에 있는 히데요시에게 돌려주겠다는 일념으로 몸을 숙이고 있
었던 것이다. 너는 아직 나이도 어린 애송이라, 한스케가 쳐서 취하기에는
부족하다. 물러나라, 방해하지 마라."

"어리석은 놈. 이래도 상대로 부족하단 말이냐!"

도라노스케가 갑자기 창끝을 높이 치켜들었다가 휙 하고 내리쳤다. 창
은 한스케의 미간 한가운데를 스치고 지나갔다.

대개 창을 휘두르면 노린 곳 아래를 치기 쉬운 법이다. 얼굴을 노리면
목 부근을, 목을 노리면 몸 부근을 치게 되는 게 일반적이다. 하지만 도라
노스케의 창은 목표한 곳을 정확하게 쳤다. 그러자 순간 한스케도 놀라고
말았다.

"이놈."

한스케는 머리를 피하며 장검을 휘둘렀다. 도라노스케는 상대가 걷어
낸 창을 그대로 내던졌다. 참으로 난폭한 모습이었다. 도라노스케는 투구

끝을 포탄처럼 향하고 한스케의 옆구리로 뛰어들었다.

"앗!"

한스케가 비틀거리자 도라노스케가 끈질기게 달라붙었다. 이미 도라노스케가 승리한 듯 보였다. 하지만 두 사람 모두 맨손이었고, 단검의 손잡이를 잡을 여유가 없었다.

"건방진 애송이."

그때 도라노스케 뒤쪽에서 한스케의 부하 셋이 와아 하며 달려들었다. 그들은 조총의 개머리판과 칼로 한꺼번에 도라노스케의 등을 내리치려 했다. 하지만 그 순간 털썩, 세 사람이 땅을 울리며 쓰러졌다. 도라노스케가 위험하다고 판단한 아군이 달려와 한 사람, 한 사람 적을 벤 것이었다.

도라노스케와 한스케는 싸움닭처럼 서로의 몸을 감싼 채 땅 위에 쓰러져 있었다. 이내 도라노스케가 정신을 차린 뒤 자신의 갑옷 끈을 있는 힘껏 쥐고 있던 주먹을 쥐어뜯었다. 그리고는 몸의 피를 털어내며 무엇인가를 끌어안고 히데요시의 말 앞으로 단걸음에 달려갔다.

"말씀하신 물건 가져왔습니다."

도라노스케가 신도 한스케의 목을 별빛에 비춰 보이며 말했다.

"서기, 붓을 가져오너라."

히데요시 역시 별빛에 종이를 비춰가며 글을 써서 도라노스케에게 던져주었다.

무용, 마음에 새겨 공을 세운 젊은이란 너를 두고 하는 말이구나. 더욱 무공을 세우기 바란다.

6월 13일

히데요시

가토 도라노스케

참으로 솔직한 말이었다. 어떠한 수식도 과장도 없었다. 하지만 이 한 조각 종이는 황금 투구, 명품 다기보다 몇 곱이나 더 귀한 훈장이 될 터였다. 그것을 기약 받은 젊은 무사는 감격의 눈물에 목이 메었다. 그리고 이치마쓰, 스케사쿠助作, 사키치佐吉, 마고로쿠孫六 등의 다른 시동들은 도라노스케에게 선망의 시선을 보내며 마음을 다잡았다.

온보즈카

어두운 바람이 소나무를 스치고 진영으로 몰아쳤다. 막사가 하얀 생물처럼 크게 부풀었다. 바람은 펄럭이며 자꾸 심상치 않은 비가를 불렀다.

"요지로, 요지로!"

"넷!"

"지금 저기서 무엇인가를 고하자마자 바로 돌아간 사자는 누가 보낸 자냐? 왜 일일이 이 미쓰히데에게 고하지 않는 것이냐."

"아직……사실인지 아닌지 분명하지 않기에."

"전령이 전한 내용이 어떤 것이든 미쓰히데에게 고하지 않을 수 있단 말이냐, 요지로!"

"넷!"

"정신 똑바로 차려라. 아군의 패색에 너마저 넋을 잃었단 말이냐."

"억울한 말씀입니다. 호리 요지로는 죽음을 각오하고 있습니다."

"그러냐……."

미쓰히데는 문득 자신의 목소리가 크다는 것을 깨닫고 소리를 낮추었다. 그리고 호리 요지로를 나무랐던 말을 자신에게 해야 한다고 생각했다.

'온보즈카의 본진도 낮 한때에 비하면 참으로 적막하게 솔바람 소리만 들리는구나.'

미쓰히데는 망연자실 주위를 둘러보았다. 완만한 경사를 이룬 아래쪽은 밭과 들판으로 이어져 있었다. 동쪽으로 구가나와테, 북쪽으로 산악, 서쪽으로 원명사 강이 한눈에 들어오는 전장도 지금은 파란 별만 반짝일 뿐 어둠 일색이었다.

신시에서 유시까지, 아직 겨우 일 각 반(세 시간)밖에 지나지 않았다. 들판을 가득 메웠던 아군의 기치는 어디로 사라졌는가. 미쓰히데는 일 각 반 동안 '누구도 목숨을 잃었습니다. 누구도 적군 속에서 전사했습니다. 누구도, 누구도……' 하며 연달아 보고되는 아군의 이름을 가슴에 모두 담아둘 수 없을 정도로 들어야 했다.

방금 전에도 호리 요지로가 또 하나의 비보를 전해 들은 것임에 틀림없었다. 하지만 호리 요지로도 더 이상 미쓰히데에게 비보를 고할 용기가 나지 않았을 것이다. 그는 미쓰히데에게 야단을 맞은 뒤, 다시 언덕 아래로 내려갔으나 소나무 줄기에 등을 기댄 채 힘없이 별을 올려다보았다.

"누구냐?"

요지로가 지팡이 삼아 짚고 있던 창을 갑자기 고쳐 쥐더니 어둠 너머에서 말을 세운 사람을 향해 외쳤다.

"아군이다. 아군……."

숨을 헐떡이며 가까이 다가오는 그림자의 발걸음으로 봐서 분명히 부상을 입은 사람이었다. 깜짝 놀란 요지로가 가까이 다가가 그 사람에게 자신의 어깨를 내밀었다.

"교부刑部 아닌가? 내 어깨에 기대게."

"오…… 요지로인가. 주군께서는?"

"위에 계시네."

"아직 여기에 계시는가? 위험하네, 이제는 여기도 위험해."

가가와 교부香川刑部는 후지타 덴고의 부대에 가담했던 아케치의 부장이었다. 이윽고 교부가 미쓰히데의 걸상 앞에 고꾸라지듯 꿇어앉았다.

"사이토 나리, 아베 나리, 쓰다 나리, 그 외에 후지타 덴고 나리를 비롯하여 모든 군이 무너졌습니다. 우리 장수와 정예 병사 모두 목숨을 잃고 시체가 되어 일일이 손가락을 꼽을 수도 없습니다."

"……."

미쓰히데는 아무런 대답이 없었다. 듣고 있지 않는 것처럼 보이기도 했다. 어두운 소나무 숲 아래였지만 미쓰히데의 얼굴만큼은 하얗게 떠 있는 것처럼 보였다. 교부가 괴롭다는 듯 말을 이었다.

"한때는 히데요시의 중군이 있는 곳까지 밀고 들어갔으나 어둠이 내릴 무렵부터 퇴로를 공격당해 주장인 덴고 나리의 행방조차 알 수 없게 되었습니다. 그리고…… 미마키 산자에몬 나리의 일군도 적에게 겹겹이 포위당해 고전을 거듭하다 미마키 나리 이하 이백 명 정도가 간신히 빠져나와 니시쿠가西久我 마을까지 물러났는데, 그 미마키 나리께서 저를 보시고, '여기도 이미 틀렸네. 주군께서도 얼른 승룡사 성으로 물러나 농성을 준비하시거나, 아니면 밤을 틈타 고슈로 물러나는 것이 상책이라 생각하네. 자네는 온보즈카로 급히 가서 한시라도 빨리 내 말을 주군께 전하도록 하게. 그때까지는 이 산자에몬도 죽음을 서두르지 않고 여기에 머물며 후방을 맡고 있겠네. 그리고 주군께서 떠나셨다는 소식을 들은 뒤에야 살아남은 이백여 명과 함께 히데요시의 진영 속으로 뛰어들어 적과 싸우다 목숨을 바칠 생각일세'라고 말씀하셨습니다."

"……."

미쓰히데는 여전히 말이 없었다.

그 순간 갑자기 사명을 다한 교부는 땅에 엎드린 채 불러도 대답 없는 사람이 되어버리고 말았다. 걸상에서 가만히 바라보고 있던 미쓰히데가 냉담하게 요지로를 돌아보았다.

"교부는 깊은 상처를 입고 있었는가?"

"네."

요지로는 비통해하며 눈물을 글썽였다.

"숨이 끊어진 듯하구나."

"그런 것 같습니다."

"요지로……."

미쓰히데가 전혀 다른 목소리로 물었다.

"조금 전, 네가 받은 사자의 보고는 무엇이었느냐?"

"더는 숨기지 않고 말씀드리겠습니다. 쓰쓰이 준케이의 부대가 갑자기 호라가미네를 내려와 요도 방면에서 아군의 좌익을 힘껏 습격한 탓에 사이토 도시미쓰 나리를 비롯해 아군 부대가 끝까지 버티지 못하고 모두 무너졌다는 사실과 그 패인에 대한 보고였습니다."

"그래, 그런 내용이었단 말이냐."

"이제 와서 말씀드려봐야 그것을 만회할 방법은 없습니다. 괜히 불쾌하고 초조하기만 할 뿐이라 나중에 때를 봐서 말씀드릴 생각이었습니다."

"아니다, 인간의 세상 아니냐. 특히 준케이 따위는 인간 중에서도 가장 흔한 인품. 그가 하고도 남을 짓이다. 상대할 것도 없다."

미쓰히데는 억지웃음을 지어 보였다. 그리고 뒤편을 향해 초조한 듯 말했다.

"말을 내 오거라, 말을."

밤길

원군을 잇따라 내보냈기에 병사의 수가 얼마 남지 않았으나 그래도 아직 노신 이하 이천 명 가까운 병력이 있었다. 미쓰히데는 남은 병력을 이끌고 적군 속에 있는 미마키 산자에몬 가네아키御牧三挫衛門兼顯의 잔군과 힘을 합해 마지막 일전을 펼칠 생각이었다.

미쓰히데는 말 위에 올라 온보즈카의 모든 영에 들릴 만한 목소리로 진격의 명령을 내렸다. 그리고 모든 영의 병사가 모일 때까지 기다리지도 않고 말 머리를 돌려 좌우의 무사 몇 기와 함께 언덕을 달려 내려갔다. 그런데 갑자기 막사 안에서 한 사람이 뛰쳐나오더니 언덕길을 달려 내려와 느닷없이 길을 막은 채 미쓰히데의 말 앞에 팔을 벌리고 섰다.

"앗, 거기 서 있는 게 누구냐?"

미쓰히데는 급히 말을 멈췄다. 길을 막은 사람은 노신인 히다 다테와키比田帶刀였다.

"다테와키, 왜 막는 게냐?"

미쓰히데의 목소리는 날카로웠다.

다테와키는 이미 주인 말의 부리망을 쥐고 서 있었다. 한번 흥분했던 말은 쉽게 본능을 억누르지 못하겠다는 듯 자꾸만 땅을 차며 발버둥 쳤다.

"요지로와 산주로三十郞 모두 어째서 말리지 않는 겐가? 어서 내리게."

히다 다테와키는 부하들을 먼저 야단친 뒤 미쓰히데를 향해 공손히 머리를 숙였다.

"평소의 나리답지 않으십니다. 승패는 한 번의 변화에 지나지 않습니다. 눈앞의 패배 한 번 때문에 몸을 버리려는 것과 다를 바 없는 경거輕擧를 보이시는 것은 휴가노카미 미쓰히데 님답지 않은 행동입니다. 이성을 잃은 행동이라 웃음거리가 될 것입니다. 비록 여기에서는 졌으나 사카모토에 일족이 계시고, 또 각지에서 때를 기다리는 장수들도 산재해 있습니다. 반드시 훗날을 도모할 책략이 없는 것도 아닙니다. 일단은…… 우선 승룡사 성으로 물러나는 것이 좋을 듯합니다."

"어리석은 다테와키."

미쓰히데는 성난 말의 갈기와 함께 고개를 흔들었다.

"지금은 평상시와 다르다. 평상시의 미쓰히데만 있는 줄 아느냐? 무너진 각 부대의 병사들도 미쓰히데가 선두에 섰다는 말을 들으면 다시 결집하여 예기를 되찾을 것이다. 그리고 미마키 산자에몬의 부대를 적군 속에 그냥 내버려둬 죽게 만들 수는 없다. 히데요시의 의표를 찔러야 한다. 신의를 저버린 쓰쓰이 준케이도 응징할 것이다. 미쓰히데는 그저 막연히 죽을 장소를 찾아갈 수 없다. 미쓰히데다움을 보여주려 하는 것이다. 놓아라, 쓸데없는 참견 마라."

"아아, 그처럼 예지에 빛나던 나리의 눈이 오늘은 어째서 이처럼 어두워진 것입니까? 오늘 우리 전군 중에 목숨을 잃은 자가 적어도 삼천 명은 넘을 것입니다. 부상을 입은 자는 헤아릴 수도 없습니다. 또 장수들 모두 목숨을 잃었고 새로 가담한 병사들은 모두 흩어져 달아났습니다. 지금 이 본진에 몇 명의 병사가 남아 있다고 생각하십니까?"

"놓아라. 아무래도 상관없다. 놓지 못할까?"

"그 말씀이야말로 이미 죽음을 서두르고 계시다는 증거입니다. 이 다테와키는 무슨 일이 있어도 막아야겠습니다. 지금 이곳에 삼사천쯤 되는 강병이 남아 있다면 모르겠으나, 나리의 말을 따르는 자는 아마 사오백 명도 되지 않을 것입니다. 나머지는 모두 땅거미가 질 무렵부터 살금살금 진지에서 벗어나 달아났습니다."

노신 히다 다테와키 노리이에比田帶刀則家는 눈물로 충언을 쏟아냈다.

'인간의 지성이란 이처럼 나약한 것일까? 그 예지가 일단 어긋나기 시작하면 이렇게까지 어리석음으로 되돌아가는 것일까?'

다테와키는 미쓰히데의 광기 어린 모습을 보고 통한의 눈물을 흘리며 예전의 사려 깊고 총명했던 그의 모습을 떠올리지 않을 수 없었다.

"히다 님의 말씀이 극히 지당하다고 생각합니다. 바로 가까이에 승룡사 성이 있으니 우선 그곳으로 들어가서서 최선책을 세우셔도 결코 늦지 않을 것입니다. 제가 모시도록 하겠습니다."

어느 틈엔가 신시 사쿠자에몬과 아케치 시게토모를 비롯해 여러 장수가 말 앞에 와 있었다. 사쿠자에몬과 시게토모는 전선으로 나갔다가 미쓰히데의 몸이 걱정돼 돌아와 있었다.

"이러는 동안 적이 가까이 밀려오면 여기서 모든 것이 허무하게 끝나 버리고 말 것이다. 한시라도 빨리 고삐를 잡아 승룡사로 모시도록 하라."

다테와키는 주인의 뜻을 더 이상 묻지 않았다. 나팔을 불게 하여 급히 북쪽으로 후퇴할 것을 명령했다. 무라코시 산주로村越三十郎, 호리 요지로 등은 자신의 말을 버리고 주인의 말고삐를 쥔 채 북쪽으로 정신없이 달리기 시작했다. 언덕 위의 장병들도 역시 뒤를 따랐다. 하지만 히다 다테와키의 말처럼 그 숫자는 겨우 오백 명 정도에 지나지 않았다.

승룡사 성에는 미야케 도베三宅藤兵衛가 수장으로 있었는데, 그곳에도 질은 패색이 드리워져 있었다. 암담하고 처참한 기운이 성안 가득 넘쳐나고 있었다. 미쓰히데와 장군들은 희미한 등불을 둘러싸고 이번 패전을 수습하기 위한 논의를 했다. 사실 올바른 이성으로 판단했을 때 더는 계책이 없다는 것을 미쓰히데도 깨닫고 있었다.

성 밖의 보초병으로부터 적군이 다가오고 있다는 보고가 자꾸만 들려왔다. 승룡사 성도 히데요시 군의 파죽지세를 막을 수 있을 만큼 견고한 성은 아니었다. 애초부터 셋쓰의 나카가와, 이케다, 다카야마 등이 혹시라도 음모를 꾸민다면 당장 치겠다고 허장성세를 부리기 위해 쌓은 성에 지나지 않았다. 요도 성마저 바로 어제 수축을 명한 상태였다. 성난 파도 소리를 들은 뒤에 둑을 쌓기 시작한 격이었다. 모든 일을 거꾸로 생각해보면, 미쓰히데가 이렇게까지 눈이 어두워질 수 있을까 의심이 들 정도였다.

그래도 미쓰히데를 오래도록 섬겨온 숙장이나 가신들은 그의 은혜를 배신하지 않고 목숨을 바쳐 싸워 눈물겨운 주종의 의를 내보였다. 주인을 친 아케치 가 안에서 이처럼 주종의 도의가 깨지지 않고 남아 있었다는 것은 얼핏 모순인 것처럼 보이나, 역시 미쓰히데의 덕이라 할 수 있을 것이다. 또 도의에 사는 것 외에는 살아갈 곳도, 죽어야 할 곳도 없는 무문의 철칙을 잘 보여준 것이라고도 할 수 있을 것이다.

어찌 됐든 겨우 일 각 반 동안의 전투에서 양군의 사상자는 어마어마할 정도로 많았다. 훗날 조사에 따르면 아케치 군의 전사자는 삼천여 명, 히데요시 군의 전사자는 삼천삼백여 명이나 되었다. 부상자 수까지 더하면 헤아릴 수 없을 정도로 사상자 수가 많았다. 하지만 이번 싸움에서 미쓰히데의 의지에 뒤지지 않는 아케치 군의 기백을 엿볼 수 있었다. 그리고 적의 반수도 되지 않는 병력과 불리한 위치였다는 점을 생각해보면 미쓰히데의 패배는 결코 세상의 웃음거리가 될 만한 패배가 아니었다.

오구루스小栗栖

6월 13일, 옅은 먹물 같은 구름 속으로 달빛이 번져 있었다. 앞쪽에 한 두 기, 그리고 조금 뒤떨어진 곳에 몇 기, 총 십삼 기 정도의 무사가 한 무리가 되어 요도 강 북쪽에서 후시미 방면으로 달아나고 있었다.

"여기는 어디쯤인가?"

마침내 길이 어두운 산중에 들자 미쓰히데가 히다 다테와키 노리이에를 돌아보며 물었다.

"오카메大龜 계곡일 것입니다."

다테와키의 얼굴에도 뒤따르는 몇 기의 그림자에도 나뭇가지 사이로 새어나온 달빛의 반점이 파란 물빛처럼 쏟아지고 있었다.

"그렇다면 모모야마桃山의 북쪽을 넘어 오구루스에서 권수사勸修寺(간슈지) 길로 나갈 생각인가?"

"그렇습니다. 날이 밝기 전에 야마시나, 오쓰大津 부근까지 가면 더는 걱정하실 것 없습니다."

그때 미쓰히데보다 조금 앞서가던 신시 사쿠자에몬이 갑자기 말을 세우더니 손을 흔들었다.

"쉿!"

미쓰히데도 말을 세웠다. 뒤따르던 사람들도 모두 말을 세웠다. 그리고 속삭이는 소리도 멈추었다. 훨씬 앞에서 정찰을 하며 걷고 있던 아케치 시게토모와 무라코시 산주로의 그림자가 눈에 들어왔다. 그들은 계곡의 물가에 말을 세운 채 뒤쪽 사람들에게 손짓으로 기다리라는 신호를 보내 놓고 온몸의 촉각을 곤두세우며 서 있었다.

사람들은 곧 안심하고는 두 사람의 신호에 따라 다시 살금살금 말을 움직였다. 달과 구름도 한밤중의 중천에서 잠을 자고 있는 듯했다. 아무리 조용히 걷는다 해도 말은 언덕길에 접어들면 돌을 차기도 하고 썩은 나뭇가지를 밟아 부러뜨리기도 했다. 그러다 보니 조그만 소리에도 잠들었던 새가 날아올랐다. 그럴 때마다 미쓰히데 일행은 '적인가?' 싶어 말의 발걸음을 멈추게 했다.

대패를 당한 뒤 승룡사 성으로 들어가 하루 종일 지쳤던 몸을 쉬며 앞으로 어떻게 해야 할지 논의했으나 결국 사카모토로 달아나는 수밖에 특별한 방책이 없었다. 신하들도 모두 미쓰히데에게 인내의 길을 택하라고 권했다. 그러자 미쓰히데는 사카모토로 방향을 정하고 성의 뒷일을 수장인 미야케 도베에게 맡긴 채 저녁 무렵 그곳을 벗어났던 것이다.

미쓰히데가 승룡사에서 나설 때까지만 해도 그를 따르는 병력은 사오백 명쯤 되었다. 하지만 구가나와테에서 요도 강을 건너 후시미 마을에 이르는 동안 대부분의 병력이 뿔뿔이 흩어져 달아났고, 남은 병력은 이제 심복들로 겨우 십삼 기뿐이었다.

"사람이 많으면 오히려 적의 눈에 띄기 쉽다. 생사를 함께하겠다는 각오가 없는 자는 오히려 걸리적거리기만 할 뿐이다. 사카모토에는 아직 미쓰하루 나리가 계시며 삼천의 정예도 있다. 그곳에 이르기까지 무사하기만 빌면 된다. 가엾은 주군 위에 신의 도움이 있기를."

아케치 시게토모, 무라코시 산주로, 신시 사쿠자에몬, 호리 요지로, 히다 다테와키 등의 심복들은 그렇게 서로를 위로했다.

자세히 말하면 오카메 계곡은 야마시로의 기이紀伊 군 후카쿠사深草 촌의 산중이었다. 길은 여기서부터 우지 군 다이고醍醐 촌의 미나미오구루스南小栗栖로 이어졌다. 산과 계곡이라곤 하지만 그다지 험준한 곳은 아니었다.

그날 밤 오랜만에 음력 6월 열사흗날의 달무리를 볼 수 있었으나 조금 전에 날이 다시 흐려졌으며, 나무 밑이 축축할 정도로 땅이 질퍽거렸고, 낮은 곳에는 생각하지도 않았던 물이 흐르고 있다 보니 주종 십삼 기가 달아나는 길은 결코 순탄하지 않았다.

더군다나 미쓰히데와 심복들의 심신은 젖은 솜처럼 녹초가 되어 있었다. 이제 야마시나까지는 얼마 남지 않았다. 오쓰까지 가면 그때부터는 안심할 수 있다고 서로를 격려했으나 모두 지쳐 있다 보니 그 얼마 되지 않는 거리가 마치 천 리처럼 느껴졌다.

"오, 마을이 보인다."

"오구루스일 걸세. 조용히 하게."

"그래. 조용히 지나기로 하세."

사람들은 눈빛으로 서로에게 주의를 주었다. 수풀 사이로 산속 집들의 초가지붕이 드문드문 보이기 시작했기 때문이다. 그러한 마을은 될 수 있으면 피하고 싶지만 길은 자연스럽게 집들 사이로 들어서는 법이다. 하지만 천만다행으로 어디를 둘러보아도 불빛 하나 보이지 않았다. 하얀 달빛 아래, 대나무 숲에 둘러싸인 산골 마을의 지붕은 세상의 소란도 모르는 채 깊은 잠에 빠져 있는 듯했다.

멀리 앞까지 정찰을 하며 달려갔던 아케치 시게토모와 무라코시 산주로는 한 줄기 좁은 마을길을 무사히 지나 숲의 모퉁이에 서서 뒤따라오는 미쓰히데의 무리를 기다리고 있었다. 그런데 두 사람이 비껴든 창의 하얀 빛이 반 정(약 오십 미터)쯤 앞에 있는 나무 그림자에 반짝반짝 보일 무렵이었다. 어린 대나무라도 밟아 부러뜨리는 듯한 울림과 함께 야수가 울부짖는 듯한 소리가 어딘가에서 들려왔다.

"……응?"

미쓰히데 바로 앞에서 말을 타고 은밀하게 걷던 히다 다케와키가 본능적으로 뒤를 돌아보았다. 어둠 속에 대나무 숲으로 둘러싸인 산골 집의 울타리를 따라 길이 나 있었다. 미쓰히데의 그림자는 열 간 정도 뒤에 못 박힌 듯 서 있었다.

"나리……."

아무 대답도 없었다.

대나무 숲의 어린잎들이 바람도 없는 하늘에서 흔들리고 있었다. 자꾸만 들려오는 땅의 울림은 그곳에서 떨어지는 밤이슬이었다.

"무슨 일이십니까?"

다테와키가 돌아서려던 순간이었다. 말의 갈기에 엎드려 옆구리를 쥐고 있는 것처럼 보였던 미쓰히데가 가슴 밑에 있던 고삐를 쥔 손을 움직이더니 갑자기 얼굴을 들어 급히 말을 움직이기 시작했다. 그러고는 아무런 말도 하지 않고 다테와키 옆을 지나 앞으로 달려가는 것이었다. 다테와키는 이상히 여기기는 했으나 아직 아무것도 깨닫지 못한 채 뒤를 따랐으며, 사쿠자에몬과 요지로도 뒤따라 달려갔다.

그들은 삼 정 정도를 그대로 달렸다. 앞에서 기다리고 있던 시게토모와 산주로는 하나가 되어 달렸고, 미쓰히데는 열세 명의 일행 중 여섯 번째로 달리고 있었다. 그러다 갑자기 무라코시 산주로의 말이 뒷발로 곤추섰다. 그 순간 산주로는 하얀 칼날을 뽑아 왼쪽 옆구리 부근을 베었다.

쩽그랑! 고막을 찢을 것 같은 소리가 하얀 칼날과 죽창 사이에서 들려왔다. 죽창을 들고 달려든 사람은 창끝이 잘린 뒤 바스락 소리를 내며 대나무 숲 속으로 민첩하게 숨어들었으나 사람들은 분명히 그를 보았다.

"지금 도둑 떼였나?"

"그런 것 같네. 방심해서는 안 돼. 이 대나무 숲 안에서 날뛰고 있는 듯하니."

"산주로, 괜찮은가?"

"당연하지, 산적들의 죽창 따위는 문제없네."

"신경 쓸 것 없어. 서두르게, 어서 서둘러. 신경을 쓰기 시작하면 귀찮아져."

"그런데…… 나리께서는?"

산주로를 비롯한 부하들이 주위를 둘러보았다.

"아, 저기에."

그 순간 모두 놀라 얼굴빛이 새파랗게 변했다. 한 백 보쯤 앞에 미쓰히데가 말에서 떨어져 있었다. 게다가 미쓰히데는 몸을 웅크린 채 심상치 않은 신음 소리를 내고 있었다.

"나리, 정신 차리십시오."

"나리! 나리……."

"조금만 더 가면 야마시나입니다. 상처도 그리 깊지 않습니다."

"마음을 굳게 먹으셔야 합니다."

말에서 내려 달려온 아케치 시게토모와 히다 다테와키가 미쓰히데를 안아 일으켜서는 억지로라도 다시 한 번 말에 태우려 했다. 하지만 미쓰히데는 이미 그럴 의지도 없는 듯했다. 그저 천천히 얼굴을 옆으로 흔들 뿐이었다.

"앗, 어떻게 되신 겁니까?"

산주로, 요지로, 사쿠자에몬 등도 달려왔다. 그리고 괴로워하는 미쓰히데의 신음과 사람들의 탄식과 오열 소리가 뒤섞였다.

그 순간 하늘에 떠 있는 달이 유난히 맑게 보였다. 그리고 대나무 숲 어둠 속에서 갑자기 토민들의 발소리와 외치는 소리가 노골적으로 웅성 웅성 들려오기 시작했다.

"조금 전 어둠 속에서 죽창을 휘둘렀던 도적 떼가 여전히 우리를 노리고 있는 모양이군. 약한 모습을 보이면 상대의 빈틈을 노려 더욱 끈질기게 따라붙는 것이 그들의 습성이지. 산주로와 요지로는 이곳의 일보다 주위의 도적들을 처리하게."

시게토모의 말에 사람들은 급히 앞뒤로 갈라져 다가오면 베겠다는 듯 창을 꼬나들기도 하고, 칼을 뽑아 '이놈들!' 하고 크게 외치며 기척이 느껴지는 대나무 숲 속으로 달려 들어가기도 했다. 마치 나뭇잎에 떨어지는 빗소리처럼 사사삭 하며 오구루스의 깊은 밤의 정적을 깼다.

"시게토모……. 시, 시게토모는?"

"여기 있습니다. 이렇게 나리의 몸을 단단히 끌어안고 있습니다."

"오…… 시게토모."

미쓰히데가 입술을 움직였다. 그리고 자신을 지탱하고 있는 시게토모의 팔과 어깨를 더듬듯 쓰다듬었다. 옆구리에서 피가 너무 많이 흐르다 보니 이내 시력도 떨어지고 혀도 꼬였다.

"지금 상처를 감싸고 있습니다. 가지고 있는 약을 드릴 테니 조금만 참으십시오."

"쓸데없는……."

미쓰히데는 필요 없다며 머리를 옆으로 흔들었다. 그리고 무엇인가를 원하듯 손을 움직였다.

"무엇 말입니까? 무엇?"

"벼루."

"벼루 말씀이십니까?"

시게토모는 서둘러 갑옷의 소매에서 종이와 벼루를 꺼냈다.

미쓰히데는 힘없이 붓을 쥐고는 하얀 종이 위를 노려보았다.

'마지막으로 시를 지으실 모양이구나.'

시게토모는 가슴이 미어졌다. 그는 지금 그곳에서 미쓰히데에게 시를 짓게 하고 싶지 않았다. 그는 운명을 받아들이지 못하고 마음속으로 쓸데없는 반항을 하고 있는 것이었다.

"나리, 나리……. 덧없이 붓을 쥐지 마십시오. 오쓰까지 이제 얼마 남지 않았습니다. 거기까지만 가면 사마노스케 미쓰하루 님께서 마중을 나오실 것입니다. 자…… 상처를 감싸겠습니다."

시게토모가 종이를 땅바닥에 놓고 미쓰히데의 허리끈을 풀려 하자 미쓰히데가 놀라운 힘으로 그의 손을 뿌리쳤다. 그리고 왼손으로 몸을 짚어 땅바닥에 있던 하얀 종이를 향해 오른손을 뻗더니 붓이 부러질 듯한 힘으로, '순역무이문順逆無二門'이라고 썼다. 하지만 손의 떨림이 너무 심해 더는 쓸 수 없었다. 미쓰히데가 시게토모에게 붓을 건네주며 말했다.

"뒤를 받아쓰게."

"……"

미쓰히데는 시게토모의 무릎에 기댄 채 얼굴을 하늘로 향했다. 그러고는 오래도록 한 점 달을 응시했다. 달보다 더 창백한 죽음의 빛이 얼굴 가득 넘쳐날 무렵, 신기하게도 조금도 흐트러짐이 없는 목소리로 시의 뒷부분을 이어나갔다.

대도가 마음 깊이 통해

오십오 년의 꿈

깨어보니 근원으로 돌아가네.

시게토모는 붓을 던지고 통곡했다. 그 순간 미쓰히데는 자신의 목을 단도로 단숨에 베고 있었다.

"여기까지구나."

그 모습을 보고 달려온 신시 사쿠자에몬과 히다 노리이에도 죽은 주인 옆으로 다가가 자신의 칼끝 위로 몸을 숙였다. 그리고 네 명, 여섯 명, 여덟 명…… 나머지 사람들도 미쓰히데의 시체를 둘러싸고 목숨을 바쳤다. 순식간에 시체들은 땅 위에 커다란 피의 꽃잎과 화심을 수놓았다.

조금 전 대나무 숲 속으로 뛰어들었던 호리 요지로는 토민 무리와 싸우다 목숨을 잃은 것인지 무라코시 산주로가 어둠을 향해 아무리 불러도 돌아오지 않았다.

"요지로, 돌아오라. 요지로, 요지로!"

부상을 입은 산주로는 대숲 속을 엉금엉금 기어서 나왔다. 그때 바로 옆을 지나쳐 가는 사람이 있었다.

"앗, 시게토모 나리."

"산주로냐?"

"주군은 어떻게 되셨습니까?"

"숨을 거두셨다."

"넷?"

산주로는 깜짝 놀랐다.

"어, 어디에?"

"산주로, 나리는 여기에 계시다."

시게토모가 말안장 덮개에 쌌던 미쓰히데의 목을 내보이며 암울하게 얼굴을 돌렸다.

"아아."

산주로는 격렬한 기세로 미쓰히데의 목을 향해 달려들었다. 그리고 주인의 목에 달라붙자마자 엉엉 소리를 높여 통곡했다.

"마지막 말씀은?"

"순역무이문, 이 시 한 수뿐이었다네."

"순역무이문이라 말씀하셨습니까?"

"비록 노부나가를 쳤다고는 하나 순역을 따질 이유는 없다. 그도 나도 똑같은 무문. 무문 위에 삼가 우러러야 할 사람은 오직 한 분밖에 없다. 그대도는 나의 마음 깊은 곳에 있는 것. 아는 자는 마침내 알게 될 것이다. 하지만 오십오 년의 꿈, 깨어나고 보니 나도 세속의 평판에서 자유롭지 못한 자였다. 평판을 하는 자도 역시 근원으로 돌아가지 않을 수 없을 것이다. 이렇게 울분을 토하고 자결하셨다네."

"이해할 수 있습니다. 이해할 수……."

산주로는 훌쩍이며 주먹으로 눈물을 훔쳤다.

"전략에 능한 사이토 나리의 간언도 쓰지 않으시고 불리한 지형과 적은 병사인 줄 뻔히 알면서도 야마자키에서의 결전을 피하지 않은 것도 그대도를 생각했기 때문이었습니다. 야마자키에서 물러나면 교토를 버리는 셈이 되니……. 그 마음을 생각하면 울어도 울어도 속이 풀리지 않을 것입니다."

"아니, 비록 졌다고는 하나 대도를 버리지 않으셨다는 점에서만은 만족하시며 눈을 감으셨을 것이다. 마지막 시가 그것을 하늘에 외치고 있어. 아…… 시간을 지체하면 도적 떼가 또 공격해올 것일세, 산주로."

"네……."

"나 혼자서는 뒤처리를 할 방도가 없으니 저기에 남겨두고 온 목 없는 시체를 모쪼록 사람들 눈에 띄지 않는 땅속에 묻어 숨겨주기 바라네."

"다른 분들은?"

"모두 유해를 둘러싸고 깨끗하게 목숨을 바쳤다네."

"말씀하신 일을 마치고 나면 저도 죽을 곳을 찾도록 하겠습니다."

"나도 이 수급을 지은원知恩院(지온인)에 계신 미쓰타다光忠 나리께 전해 드리고 난 뒤 내 몸을 처리할 생각일세. 그럼 떠나도록 하게."

"안녕히 가십시오."

두 사람은 대숲 속 오솔길에서 헤어졌다. 넘쳐나는 달빛의 반점이 아름다운 밤이었다.

세베, 수고했네

미쓰히데가 오구루스 부근에서 최후를 맞이한 때 승룡사 성도 잃고 말았다. 야마자키와 원명사 강을 잇는 곳에서 아케치 군을 격퇴한 남군의 호리, 나카가와, 하치야 등의 부대가 들판과 풀을 휩쓸며 승룡사를 포위한 것이었다.

"미쓰히데는 틀림없이 저기에 있을 것이다."

공격진은 미쓰히데가 후시미 방면으로 달아난 뒤라는 사실을 알고 실망했으나 여전히 포위를 풀지 않았다. 성안에서 수장 미야케 도베와 수백 명의 병사가 한꺼번에 화살과 총알을 퍼부었기 때문이다. 하지만 그것은 불이 꺼지기 직전 피어오르는 불꽃에 불과했다. 잠시 뒤 사격 소리가 뚝 끊기고 성루의 한쪽 끝에서 벌건 불꽃이 피어오르더니 달이 뜬 밤하늘로 맹렬하게 타올랐다.

"마침내 스스로 불을 지르고 성안에 병사 한 명 남기지 않고 성 밖으로 나와 싸우다 죽을 준비를 하는군."

공격진에 긴장감이 감돌았고, 각 부대원들은 서로 주의를 주었다. 그들은 성문으로 적이 달려 나오면 한 사람도 남김없이 베겠다며 웅성거리고 있었다. 그러는 사이 성안의 불꽃이 사라져버렸다. 무덤과도 같은 정적이 흐르고 어둠 속에서 연기만 피어올랐다. 어찌 된 일일까, 공격진은 의구심에 사로잡혔다. 그때 성문 위에 사람의 그림자가 나타났다. 그가 공격진을 향해 외쳤다.

"공격진의 대장은 들으시오. 성의 수장인 미야케 도베께서 끝까지 버틸 수 없을 것이라고 판단해 조금 전 목숨을 끊으셨소. 죄 없는 부하는 각자의 고향으로 돌려보내고 싶소. 이러한 뜻을 받아들일 요량이라면 성문을 열도록 하겠소."

미야케 도베의 심복인 미조오 고자에몬이었다. 공격진은 요구를 받아들였다. 고자에몬은 그 자리에서 문을 열라고 명령하고 성안의 병사 수백 명이 적의 손에 넘어가는 것을 지켜본 뒤 내려왔다.

"그럼, 나도 가기로 할까."

하지만 고자에몬은 성 밖으로 나오지 않았다. 잠시 뒤 망루 아래에서 다시 불길이 일었다. 공격진은 일제히 몰려 들어가 불을 껐다. 하지만 고자에몬은 이미 할복을 한 뒤였고 불속에서 백골이 되어 있었다.

저녁 무렵, 원명사 강의 격전에서 중상을 입은 후지타 덴고 유키마사는 동생인 도조의 호위를 받으며 간신히 전장에서 빠져나와 새벽 무렵 요도 강가 마을 동구 밖에 도착했다.

"형님, 여기서 잠시만 기다리십시오."

도조 유키히사가 다리 부근을 돌아다니자 덴고가 물었다.

"유키히사, 무엇을 찾는 게냐?"

도조가 대답했다.

"작은 배를 찾아서 형님을 모실 생각입니다."

도조의 말에 덴고가 화를 내며 야단쳤다.

"주군의 생사도 알기 전에 나 홀로 안전한 길을 갈 수는 없다."

하지만 머지않아 승룡사 성이 떨어지고 미쓰히데가 죽었다는 소식이 전해졌다. 마침내 형제는 요도의 작은 다리 옆에서 장렬하게 서로를 찔러 목숨을 끊었다.

승룡사 성으로 남군이 밀려든 뒤에도 니시가오카西ヶ岡 방면, 구가久我, 가쓰라 강 일대에서는 여전히 작은 조총 소리가 울려 퍼졌다. 곳곳에서 소탕전이 벌어지고 있는 듯했다.

한편 나카가와 세베, 다카야마 우콘, 이케다 쇼뉴, 호리 히데마사 등의 장수들은 이곳으로 부대 사령부를 옮긴 뒤 커다란 횃불을 피워놓고 성문 밖에 걸상을 늘어놓은 채 간베 노부타카와 히데요시가 오기를 기다렸다. 이윽고 노부타카가 도착했다. 전승을 올리고 입성하는 것이었다. 장병들은 기치를 정연히 하고 그들을 맞아들였다. 노부타카가 말에서 내려 전군이 도열해 있는 사이를 지나갔다.

"그래, 그래."

노부타카는 줄곧 따뜻한 얼굴로 장병들과 인사를 나누었다. 그중 이케다, 다카야마, 호리, 호리오 등에게는 은근하면서도 정중한 말투로 노고를 치하했다. 특히 나카가와 세베에게는 손을 잡고 이렇게 말했다.

"이번 대전투에서 아케치 군을 하루 만에 격파하여 돌아가신 아버지 노부나가의 원한을 씻을 수 있었던 것은 모두 여러분의 충절과 분전에 의한 것이오. 이 노부타카, 결코 잊지 않을 것이오."

노부타카는 다카야마 우콘에게도, 이케다 쇼뉴에게도 찬사를 보냈다. 그런데 그 뒤를 따라온 히데요시는 다카야마, 이케다 앞을 지나면서 아무런 말도 하지 않았다. 그뿐만 아니라 그는 가마에 탄 채 몸을 조금 뒤로 젖혀 거드름을 피우는 것처럼 보이기까지 했다. 무사들 가운데 가장 사납기로 유명한 나카가와 세베는 히데요시의 모습을 보고 꼴불견이라 생각했는지 '기요히데가 여기에 있다'고 말하기라도 하듯 일부러 큰 소리로 마른기침을 했다. 그제야 히데요시가 가마 위에서 세베에게 눈길을 주었다. 그러고는 단 한마디 말만 내뱉고 지나쳐버렸다.

"세베, 수고했네."

히데요시의 말에 세베는 발을 동동 구르며 화를 냈다.

"노부타카 님조차 말에서 내려 인사를 했는데 가마를 탄 채 지나다니 불손하기 짝이 없는 녀석이다. 원숭이 놈, 벌써 천하라도 쥔 줄 알고 있단 말인가."

말은 주변 사람들에게 들리도록 했으나 더 이상 화도 내지 않았고 그 어떤 행동도 취하지 않았다. 사실 화를 더 내봤자 오히려 자신이 작아질 뿐이었다.

세베 한 사람만이 아니라 니와, 이케다, 다카야마 모두 히데요시와 어깨를 나란히 하던 오다의 유신이었다. 하지만 어느 틈엔가 히데요시는 그들을 자신의 휘하처럼 다루게 되었고, 그들 또한 그것을 알면서도 히데요시 밑에 머물지 않을 수 없었다. 모두 하나같이 석연치 않은 기분이었지만 그렇다고 해서 누구도 그것을 거부할 수 없는 상황이었다.

히데요시는 성안에 들어서서도 타고 남은 건물을 한번 쳐다봤을 뿐 안으로 들어가 몸을 쉬려 하지 않았다. 넓은 정원에 장막을 치게 한 다음 노부타카와 걸상을 나란히 하고 앉은 채 모든 장수들을 불러 명령을 내리기 시작했다.

"규타로(호리 히데마사)는 곧 병사를 이끌고 야마시나에서 아와다구치로 밀고 들어가게. 오쓰로 가서 아즈치와 사카모토의 통로를 차단하는 게 목적일세."

나카가와와 다카야마 두 장수에게는 이렇게 명령했다.

"세베와 우콘은 단바 쪽으로 급히 서둘러 가게. 적의 잔병 중 대부분이 단바로 달아날 게야. 그들을 가메야마로 들어가게 해서는 안 되네. 때를 놓치면 성을 떨어뜨리기가 쉽지 않을 게야. 내일 중으로 가메야마를 공략한다면 별 어려움 없이 함락시킬 수 있을 걸세."

나머지 장수들에게도 도바鳥羽, 시치조七條 방면으로 서둘러 가라는 등, 요시다와 시라 강 방면으로 먼저 출발하라는 등 하며 명령을 내렸다. 매우 명쾌한 지휘였으나 옆에 있는 노부타카를 제쳐놓은 채 지시를 내리고 있었기에 모든 장수의 눈에는 히데요시의 태도가 무척이나 불손하게 보였다. 하지만 조금 전 소리까지 내며 화를 냈던 나카가와 세베는 물론 다른 사람들도 점잖게 명령을 받아들였다. 단 한 사람도 겉으로 불쾌한 감정을 드러내지 않았다.

"알겠소."

"말씀대로 하겠습니다."

히데요시는 군량을 병사들에게 풀고 술을 내주어 배를 채우게 한 뒤, 다시 다음 전장으로 출발했다. 그는 사람을 굴복시키는 데도 때와 장소가 있다는 것을 잘 알고 있었다. 모든 사람들이 승리에 들떠 있을 때야말로 좋은 기회였다. 이러한 때에 세베처럼 울컥해서 화를 내면 주위 사람들은 오히려 세베를 소심하다며 비웃을 게 뻔했다. 히데요시는 그런 기회를 이용해 일당백의 장수들과 다루기 어려운 용맹스러운 동료들을 자신의 휘하로 만들 정도로 무분별한 사람이 아니었다.

군대에는 수뇌가 절대로 필요하며 통사가 명확하지 않으면 군기가 문란해진다. 신분상으로는 노부타카가 주장이 되어야 했으나 이번 전투에 늦게 가담한 데다 과감한 결단과 지략이 부족하다 보니 주장이 될 수 없었다. 그것은 전군의 모든 장수들이 인정하는 사실이었다.

그렇다고 해서 히데요시 말고 다른 인물이 있는가 하면, 그럴 만한 사람도 없었다. 다들 가슴속으로는 히데요시 휘하에 만족할 수 없다고 생각하면서 그렇다고 직접 나서서 사람들을 이끌 수 있다고 생각하지도 않았다. 특히 이번 복수전의 주창자는 히데요시였다. 그 규합에 응해 나선 이상 이제 와서 '사람을 부하 다루듯 하다니, 괘씸하다'고 주장해봐야 스스로 속이 좁다고 떠들어대는 것과 다를 게 없었다. 한편으로는 승리를 거둔 진영에 가담했으면서 스스로 공을 버리고 배신자라는 비방을 사려 하는 것과 다를 게 없었다. 이에 각 장수들은 쉴 틈도 없이 전장으로 향하기 위해 자리에서 일어났으며, 히데요시는 주장의 자리에 앉은 채 턱으로 간단히 인사를 건넬 뿐이었다.

"수고하게."

다리 위, 다리 아래

히데요시 역시 그날 밤이 지나기 전 요도까지 진출했다. 그곳에서 노부타카와 함께 숙영을 한 뒤 새벽에 출발해 교토로 들어갔다. 6월 14일이었다. 교토로 들어가서는 무엇보다 먼저 불에 타고 남은 본능사를 찾아가고 노부나가의 영을 애도하고 전황을 보고했다. 하지만 그곳에는 불에 타고 남은 가람의 잔해와 재 외에는 아무것도 남아 있지 않았다.

다만 고대사高台寺(고다이지)의 법사들이 한쪽 구석 연못가에 돌을 쌓아두었는데, 누군가가 그곳에 꽃과 물 등을 바쳤던 흔적이 있을 뿐이었다. 노부타카와 히데요시는 그곳을 임시 영지로 삼고, 노부나가를 비롯해 목숨을 잃은 수많은 장병들에게 절을 올렸다.

"여기에 서 있는데도 아즈치로 돌아가면 뵐 수 있을 것 같은 생각이 드는군……."

노부타카가 눈물을 흘리며 말했다.

"얼마나 원통하셨을지. 6월 2일 이후 오늘이 꼭 십삼 일째 되는 날이구나. 타다 남은 마룻대와 기둥에서도 아직 불 냄새가 나는 듯하구나. 아아…… 불에 탄 헝겊 조각이 떨어져 있네. 부러진 활도 보이고."

히데요시도 그곳을 떠나지 못하고 이곳저곳을 돌아보며 깊은 감회에 사로잡혔다. 그는 오쓰까지 서둘러 가는 도중에 행군을 멈추고 그곳에 들른 것이었다.

어젯밤 승룡사에서 출발한 히데마사의 부대는 오늘 아침 무렵 오우미近江 근처까지 진출해 있을 터였다. 그 외에도 어젯밤 배치에 따라 다이고, 야마시나, 오우사카逢坂, 요시다, 시라 강, 니조二條, 시치조, 교토 곳곳에까지 히데요시가 지휘하는 부대가 이르지 않은 곳이 없었다. 오늘 아침에는 태양의 빛깔까지 왠지 상쾌하게 느껴졌다.

'묘심사에서 무수히 끌어냈다고 하더군.'

'사가嵯峨에서도 붙잡았다고 하던데.'

'혼아미本阿弥의 네거리에서 목이 잘리는 것을 보고 왔어……'

거리마다 잔당 섬멸에 대한 소문이 파다했다. 야마자키에서 달아난 무사들과 치안을 맡고 있던 아케치의 병사들은 한 명도 남김없이 잡혀 참수를 당했다.

니조 성의 전투에서 부상을 입고 지은원知恩院에 들어가 요양을 하고 있었던 아케치 미쓰타다도 그날 아침 근신으로부터 '이미 히데요시의 깃발이 교토로 들어왔습니다'라는 보고를 받고는 바로 방문을 걸어 잠그고 자결하고 말았다. 그의 가신들도 모두 그를 따라 목숨을 끊었다. 그리고 어젯밤 단바를 넘기 위해 떠났던 다카야마와 나카가와 두 부대는 14일 아침 무렵 가메야마 성을 포위했다. 하지만 그곳에는 이미 미쓰히데의 가족이 없었다. 큰아들인 주베 미쓰요시十兵衛光慶가 성을 지키고 있을 것이라 생각했으나 그도 보이지 않았다. 노신인 오키 고로베隱岐五郎兵衛는 전날 병사한 상태였다. 그 외에 장수들도 보이지 않았다. 그러다 보니 공격진은 아무런 저항도 받지 않고 입성할 수 있었다.

이튿날인 14일 무렵, 중앙을 제외한 지방의 제후들은 어떠한 결정을 내렸을까? 다들 여전히 혼란 속에서 갈팡질팡했지만 도카이도東海道의 도쿠가와 이에야스德川家康와 에치젠越前의 시바타 가쓰이에柴田勝家는 다소 적극적인 움직임을 보였다.

가쓰이에는 교토로 들어가 세상을 떠난 주인의 원수 미쓰히데와 일전을 펼치기 위해 양자인 가쓰토요勝豊와 가쓰마사勝政, 그리고 장수들을 이미 선발대로 내보냈다. 그리고 자신도 기타노쇼北ノ庄에서 나와 산을 넘어 오우미로 발걸음을 재촉하고 있었다.

도쿠가와 이에야스의 세력도 같은 목적으로 14일에 이미 아쓰타熱田까지 진출한 뒤 교토를 향해 속속 행군 중이었다. 하지만 미쓰히데가 패한 뒤라 이미 늦었다고 할 수밖에 없었다. 이에야스와 가쓰이에도 미쓰히데처럼 오산을 하고 말았다. 히데요시가 세상의 커다란 변화를 신속하게 밀어붙여 단번에 마무리 지을 줄은 꿈에도 생각하지 못했던 것이다. 세상 사람들 역시 마찬가지였다. 어제 하루 만에 아케치의 존재가 거품처럼 말살된 것이었다.

오늘 아침, 사람들은 미쓰히데가 갑자기 일으킨 사건에 놀란 만큼 다시 그가 맥없이 떨어져버렸다는 데 망연한 기분마저 들었다. 하지만 그날까지도 병력에 타격을 받지 않은 아케치의 일족이 있었다. 아즈치를 점령해 주둔하고 있던 일천여 명과 사카모토 성에 있는 일천 수백 명이었다. 그곳의 장수는 바로 미쓰히데의 사촌 동생인 아케치 사마노스케 미쓰하루였다.

두 개 성을 합치면 약 삼천 명의 병력이 있었다. 그들을 덧없이 오우미 초입에 남겨둔 것은 미쓰히데의 커다란 하책下策이었다고 혹평하는 전략가도 있으나 미쓰히데라고 결코 그 정도의 군을 그냥 놀게 내버려둘 생각은 아니었다. 단지 히데요시가 일사천리로 밀려왔기에 예비군으로 남겨두었던 아즈치와 사카모토의 새로운 병력을 더해 반격에 나설 틈을 얻지 못했을 뿐이었다.

미쓰히데가 야마자키에 도착하기에 앞서 사촌 동생인 미쓰하루에게
보낸 서찰은 늦어도 13일 아침에는 도착했어야 하나, 도중에 연락이 원활
하지 않았기에 13일 한밤중이 지나서야 미쓰하루의 손에 전달되었다.

"늦게 도착하면 돌이킬 수 없을 것이다."

급한 사정을 알게 된 미쓰하루는 바로 일천여 명의 아즈치 장병들에게
전원 출군을 명했으며, 새벽에 성문을 나와 해가 오를 무렵에는 세타의 가
교까지 나아갔다. 만약 미쓰히데가 오구루스에서 죽지 않고 몇십 리만 더
벗어났다면 그날 아침에 야마시나에서 오쓰로 가서 승리하지 못했어도
미쓰하루와 함께 화려하게 마지막 일전을 펼칠 수 있었을지 모른다. 하지
만 이미 모든 게 너무 늦고 말았다.

수많은 적군이 세타의 다리 부근에서 만반의 준비를 한 채 미쓰하루의
마지막을 보기 위해 기다리고 있었다. 다리는 끊어져 있었다. 다리 밑판을
뜯어내 횡목과 말뚝만 남은 상태였고, 불을 질러 무너뜨린 흔적도 보였다.

"근처 민가를 허물어 바로 건너라."

말 위에서 명령을 내리는 사마노스케 미쓰하루의 얼굴에는 어떠한 망
설임도 보이지 않았다.

주변에 있는 민가들이 순식간에 허물어졌다. 그곳에서 낡은 목재인 기
둥과 문짝을 옮겨왔다. 병사들이 세타의 강줄기에 몸을 담가 다리의 말뚝
을 보강하고, 횡목을 건너간 뒤 맞은편에서 밧줄을 던져 긴 판자를 끌었
다. 그때 기회를 가늠하고 있던 맞은편 적들이 총을 나란히 하여 한꺼번에
탄환을 퍼붓기 시작했다.

"몸을 숙여라!"

아케치 군의 보병 대장이 부하들에게 큰 소리로 외쳤다. 하지만 자신
은 의연히 선 채 적의 총에서 피어오르는 연기를 노려보았다. 보병 대장은

288

관자놀이 부근을 관통당해 다리의 횡목에서 강물 속으로 떨어졌다. 그러자 대포의 탄이 떨어진 듯한 물보라가 일었다.

"물러나지 마라. 물러나지 마라."

그곳으로 기다란 마룻대와 바닥에 깔려 있던 널빤지가 쉴 새 없이 옮겨져 왔다. 하나씩 하나씩 결사적으로 보수를 한 끝에 아군의 돌격로가 만들어졌다. 시체가 다리를 메우고, 다리의 횡목에서 피가 흘러 세타 강을 붉게 물들였다.

맞은편에는 적군이 꽤나 많은 듯했다. 조총수가 총알을 장전하기 위해 시간을 보내고 있는 사이 활 부대가 시위를 당겨 무시무시할 정도로 화살을 쏘아댔다. 그들은 사변 당초부터 아케치 군을 반대하는 뜻을 분명히 내보인 세타의 성주 야마오카 가게타카山岡景隆의 병력과 앞서 야마자키에서 급파한 호리 히데마사의 선봉 중 한 부대였다. 어제의 전승에 이어 미쓰히데와 여러 장수들의 최후를 들은 상태라 사기가 최고조로 올라 있었다. 그러다 보니 그들의 화살과 탄환, 함성에서 내뿜는 소리는 마치 사마노스케 미쓰하루가 통솔하는 일천여 명의 병력 따위는 주인을 잃고 헤매는 가엾은 패잔병이라고 야유하는 소리처럼 느껴졌다.

"아케치의 병사들이여, 아직 듣지 못했는가?"

"야마자키에서 전군이 패했다는 사실을 모르고 이곳을 건너려는 것이냐, 알고 건너려는 것이냐."

"휴가노카미 미쓰히데마저 어젯밤에 오구루스에서 목숨을 잃었다."

"인과응보를 몸으로 직접 보여주었다."

"그것도 모르느냐."

"알고 있느냐, 한심한 놈들."

"껍데기뿐인 어리석은 군."

"무엇을 위해 건너려는 것이냐."

"어디로 달아나려고?"

아케치 군을 조롱하는 말들과 왁자지껄 웃는 소리가 들려왔다.

미쓰하루의 부하들은 아군의 작업 부대를 위해 필사적으로 엄호사격을 가하며 조금씩 밀고 나갔다. 그리고 아군의 시체를 방어벽 삼아 대교의 절반 이상을 건넜다. 마침내 사마노스케 미쓰하루의 호령이 떨어지자마자 일천여 명의 병사들은 한꺼번에 적진 속으로 돌격해 들어갔다. 다리 위만이 아니라 다리 밑 급류 속을 말을 타고 건넜고, 뗏목을 저어 나갔고, 혹은 반나체가 되어 헤엄쳐 건넜다.

시가志賀 포구의 바람

야마오카 가게타카 형제와 도묘 미마사카노카미同苗美作守 등의 일족은 이른바 시가 무사들의 두목이었다. 이번 대란을 만나 사카이堺에서 다급히 본국으로 돌아가던 중에 어려움을 겪은 도쿠가와 이에야스를 고가 산중에서 도왔던 일종의 떠돌이 무사들도 모두 야마오카 일족의 수하에 속한 사람들이었다.

이 일족이 절개를 내세워 당초부터 미쓰히데의 권유를 뿌리치고 단호하게 아케치 군을 반대한 것은 쓰쓰이 준케이 등에 비하면 참으로 대단한 일이었다. 요컨대 세타 성은 원래 세타 가몬노스케瀬田掃部助의 거성이었는데, 노부나가 대에 이르러 야마오카 일족에게 준 것을 커다란 은혜로 여기고 있었기 때문이다. 이러한 야마오카의 세력에 호리 히데마사의 선봉대가 합류했기에 그들의 세력은 강할 수밖에 없었다. 게다가 그들은 미쓰하루가 아즈치에서 이끌고 온 일천여 명의 병력에 적어도 세 배에 가까운 병력으로 맞서고 있었다.

세타의 대교를 앞뒤 가리지 않고 간신히 돌파한 미쓰하루와 병사들은 대군 속으로 망설임 없이 뛰어들었으나, 그것은 아무래도 스스로 고전 속으로 뛰어든 것에 지나지 않았다.

"흩어져서는 안 된다, 무너져서는 안 된다. 둥그렇게 원진을 짜서 북진하라. 아군의 깃발에서 떨어져 싸워서는 안 된다."

미쓰하루는 갈라진 목소리로 그렇게 외치며 함성과 흙먼지 속에서 움직이고 있었다.

군의 분열은 적이 바라는 것이며, 미쓰하루에게는 자멸을 의미한다. 미쓰하루는 어디까지나 일천여 명의 힘을 하나로 묶어 태풍처럼 선회진旋回陣을 취하며 오쓰까지 돌파하려 했던 것이다. 하지만 오쓰까지 가는 데 성공한다 할지라도 결코 승리하는 것도, 대세 위에서 서광을 보는 것도 아니었다. 여기서 이긴다 해도, 진다 해도 그가 가야 할 길은 오직 하나, 죽음뿐이었다.

야마자키에서 이미 패해 일족이 사방으로 흩어졌고 주장인 미쓰히데 역시 비명횡사했다는 소식을 들은 지금, 미쓰하루는 마음속으로 '그곳으로 가 무엇하리, 살아서 무엇하리'라고 생각할 것이다. 하지만 그러한 미쓰하루에게도 고전을 치르면서까지 이루고 싶은 소망이 한 가지 있었을 것이다. 그것은 물론 '그냥 죽지는 않겠다'는 것이었으며, 평소의 각오와 희망대로 '깨끗하게 죽고 싶다'는 것이었다.

"무사의 길, 한평생의 꽃과 열매를 맺느냐 맺지 못하느냐 하는 것은 오로지 죽음 직전의 한순간에 있다. 평생의 수양도 지킴도 연마도 만일 그 죽음에 오점이 있다면 평생의 언행이 모두 진실을 잃게 되며, 다시 살아서 그 오명을 씻을 수도 없게 된다."

미쓰히데는 평소 자식들에게 하던 말을 지금 자기 자신에게 들려주며 말 위에서 창을 비껴들고 아와즈粟津 쪽을 향해 노도와 노도가 맞부딪치는 것 같은 혈전 속으로 유유히 나아가고 있었다. 이렇게 해서 마침내 오쓰 마을의 동쪽 초입까지 돌파하기는 했으나, 문득 전후를 따르는 병사들을 둘러보니 겨우 이백 기 정도밖에 보이지 않았다. 대부분 도중에 목숨을 잃었거나 부상을 당한 것일 테지만, 아와즈 부근에서 적의 부대를 만나 사분오열된 결과였다.

'사카모토, 사카모토까지는.'

사마노스케 미쓰하루는 마음속으로 끊임없이 되뇌었다. 사카모토에 도착하기 전까지는 죽지 않겠다고 다짐했다. 사카모토 성에는 아직 많은 집안사람과 가메야마에서 온 미쓰히데의 부인과 자녀들과 수많은 권속이 있었다. 물론 자신의 처자도 있었다.

"그들이 마음 편히 저승으로 갈 수 있게, 훌륭한 죽음을 이루어야 한다."

미쓰히데가 세상을 떠났으니 당연히 미쓰하루가 일족의 가장이었다. 미쓰하루는 가장 나중에 죽을 생각이었다. 사카모토가 가까이에 있었다. 이제 십오 리나 이십 리밖에 남지 않았다. 하지만 오쓰의 마을에 들어서자 집들은 연기에 휩싸여 있었다. 미쓰하루보다 앞서 출발했던 아라키 야마시로荒木山城의 아들 야마키 겐노조源之丞와 오토노조乙之丞 형제가 말 머리를 돌려 손을 흔들며 말했다.

"나리, 나리. 이 길은 지날 수 없습니다. 다른 길로 가야겠습니다."

형제를 따라서 다른 보병들도 우르르 발길을 돌렸다. 양쪽의 집에서 불길을 내뿜고 있다 보니 지날 수 없었던 것이다.

"왜 못 지난다는 것이냐?"

미쓰하루가 선두에 나섰다.

"새로운 적이 마을의 집에 불을 지르고 앞의 갈림길을 가득 메운 채 지키고 있습니다."

아라키 형제가 대답했다.

"이 적은 병력으로 밭이나 논길을 지나면 그때는 적이 우회하여 좋은 먹잇감이라며 포위할 것이다. 적의 한가운데를 가르고 지나는 것이 다른 어떤 방법보다 안전하다. 나를 따라 돌파하도록 하라."

미쓰하루는 그렇게 말하고 갑자기 말에 채찍을 가해 불꽃의 마을 속으로 뛰어들었다. 불뿐만이 아니었다. 그의 모습을 노리고 화살과 총알을 마구 쏟아댔다. 미쓰하루는 왼쪽 팔꿈치를 구부려 갑옷의 소매로 앞을 가리고 말갈기 가까이 몸을 숙여 돌격해 나갔다.

"모두, 나리의 뒤를 따르라."

아라키 형제는 숨이 막히는 가운데서도 다른 부하들과 함께 불속을 달렸다. 그렇게 해서 갈림길까지 나왔다. 그곳을 오르면 오우사카였고, 서쪽은 삼정사三井寺(미이데라)였다. 또 다른 한쪽 길은 야나가사키柳ケ崎의 해변이었다.

그 요지에는 호리 히데마사의 본진이 있었다. 물론 그곳에는 규타로 히데마사도 있을 터였다. 미쓰하루와 아케치 군은 당연히 그들을 향해 진격했으며, 호리의 부대 역시 맹렬하게 그들을 맞아 싸웠다. 말도 창도 마음대로 움직일 수 없을 정도로 길의 폭이 좁은 갈림길이었다. 한동안 펼쳐진 시가전으로 불에 타 무너지는 건물과 인간의 포효와 피의 검은 연기가 뒤섞여 밤인지 낮인지도 구분할 수 없었다.

갈림길은 언덕 아래에 있는 삼거리라 당연히 언덕 위를 점하고 있는 호리 군이 지형적으로 유리했다. 여러 가지 상황을 살펴봤을 때 미쓰하루와 부하들이 최후를 맞을 때와 장소는 지금 그곳밖에 없었다. 하지만 미쓰하루와 이백 명의 병사는 그 절대적인 것을 '전혀 개의치 않는' 광기와도 같은 태도로 용전을 펼쳤다. 그곳까지 미쓰하루와 떨어지지 않고 따라온 것만 봐도 남은 병사들은 평범한 병사와는 질적으로 전혀 달랐다.

그러다 보니 호리 부대는 지형적으로 유리한 곳에서 검은 연기와 맹렬한 불길을 내뿜으며 몇 배나 많은 병력으로 맞섰지만 오히려 소수의 적에게 완전히 의표를 찔리고 말았다. 시간이 흐를수록 적의 숫자가 줄어들기는 했으나, 호리 군은 그보다 몇 배나 많은 사상자를 내고 있었다.

"저 사람이 사마노스케 미쓰하루인가?"

호리 히데마사가 손가락으로 가리키며 물었다. 그가 있는 언덕 위에서는 거리를 가득 메운 연기 때문에 바로 앞의 전황조차 볼 수 없었다.

"누구 말입니까?"

곁에 있던 가신 호리 겐모쓰堀監物와 곤도 시게카쓰近藤重勝가 눈을 비비며 히데마사의 손가락 끝을 둘러보았다.

"저기, 저 하얀 겉옷 말일세. 타고 있는 말도 좋은 말인 듯하고."

"오, 과연 그렇군요."

"미쓰하루겠지?"

"정확히는 모르겠습니다만."

"미쓰하루가 아니라면, 부하 중에 저 정도의 무사가 있으리라고는 여겨지지 않는다. 규타로 히데마사 앞에 세우기에 부족함이 없는 적이다. 어디……."

히데마사는 그렇게 말하고는 가까이 있던 말을 타고 언덕 아래로 달려 내려갔다.

그때 호리 규타로 히데마사는 정확히 서른 살이었다. 덴노 산, 야마자키 등에서 그의 이름은 하시바 군 가운데서도 단연 두각을 드러냈다. 그는 장막 안에 들어앉아 전략을 짜기보다 진두에 서는 것을 좋아하는 용장이라 할 수 있었다.

히데마사는 아군을 헤치고 들어가 적군이 있는 곳 바로 앞에 말을 세웠다. 그런 다음 적을 향해 커다란 목소리로 무엇인가 말했으나 주위의 규환과 불꽃 소리 때문에 말소리가 전혀 전달되지 않았다. 그래도 그의 태도와 장비를 통해 그가 대장 히데마사라는 사실은 금방 알아볼 수 있었다. 아케치 군의 눈이 모두 히데마사에게 쏠렸다.

"죽더라도 저놈을 찌르고 함께 죽을 것이다."

잡병들까지 히데마사에게 우르르 몰려들었다.

"나를 보고 등을 돌릴 생각이냐? 사마노스케, 사마노스케."

히데마사는 바로 앞에 있는 적들은 보지 않고 저편에 있는 하얀 옷을 입은 적만 보고 있었다. 그리고 가까이 다가오는 적병들을 말발굽으로 차서 흩뜨리고 창으로 때려 쓰러뜨렸다. 그는 오로지 하얀 옷을 입은 적만을 노리고 있었다.

미쓰하루가 연기 속에서 히데마사 쪽을 힐끗 돌아보았다. 그러더니 주변에 있는 적들을 사납게 뿌리치고 히데마사 쪽으로 말 머리를 돌려 달려왔다. 그때 갑자기 아군의 젊은이 둘이 좌우에서 앞을 가로막더니 주인의 부리망을 잡고 반대 방향으로 달려갔다. 그들은 미쓰하루가 평소 기대를 걸고 있던 시동들이었다.

"더럽구나! 돌아와라. 달아나려 해도 달아날 길도 없을 텐데, 사마노스케는 죽어야 할 장소도 모른단 말이냐?"

호리 히데마사가 그렇게 외치며 타고 있던 준족을 달려 무시무시할 정도의 속력으로 미쓰하루를 추격했다.

"놓아라!"

미쓰하루가 말을 멈춘 채 말의 부리망을 잡고 있는 두 사람의 손을 떼어내려 했으나 두 시동은 필사적으로 거부했다.

"안 됩니다. 침착하시기 바랍니다, 나리."

"뒷일은 저희에게 맡기십시오."

시동 하나가 창의 손잡이로 미쓰히데가 타고 있는 말의 엉덩이를 있는 힘껏 내리쳤다. 말은 놀라 미쓰히데를 태운 채 앞을 향해 맹목적으로 달렸다. 그리고 두 시동은 길을 되돌아가 호리 히데마사와 창을 겨루다 나란히 전사하고 말았다.

미쓰하루는 흥분한 말의 고삐를 간신히 쥔 채 논두렁 옆 호수로 흐르는 냇가까지 달려가게 되었다. 그곳에서 돌아보았을 때는 이미 두 시동의 모습이 보이지 않았으며 따라오는 히데마사의 모습도 보이지 않았다. 그 대신 가까이 보이는 길에도, 뒤쪽 밭길의 흙다리와 숲 부근에도 백 기, 이백 기 정도의 적이 마치 하늘에서 그물 속으로 날아드는 새를 바라보듯 움직이지도 않고 삼엄하게 미쓰하루를 바라보고 있었다.

아직 위험한 곳에서 벗어난 것이 결코 아니었다. 오히려 더 위험한 상태에 놓였다. 혼란 속에서 적들에게 둘러싸여 있다가 이제 완전히 포위된 것이었다.

이럴 때 당황해서 허둥대면 훗날까지 이야깃거리가 된다. 미쓰하루를 포위하고 있는 적들은 '사마노스케 미쓰하루가 어떤 모습으로 죽을지 어디 한번 보기로 하자'라고 생각하며 태연자약하게 그를 지켜보았다. 그냥 내버려둔다 할지라도 어차피 미쓰하루는 우리 속에 있는 것이나 다를 게 없었다. 그들은 미쓰하루가 달아날 수는 없을 것이라며 자신만만해했다.

"워워."

미쓰하루도 여유로웠다. 고삐 한쪽을 휙 쳐들어 말을 야단쳤다. 억지로 말을 세운 탓에 말의 앞다리가 질퍽한 논바닥에 깊숙이 박혀버렸다. 그는 말이 다치지 않게 말의 앞다리를 빼낸 뒤 천천히 말 머리를 돌렸다. 말은 호수 쪽을 향해 논과 냇물 사이를 걷기 시작했다. 말은 자꾸만 갈기를 흔들며 하얀 거품을 부리망으로 내뿜었다. 아무래도 아직 흥분이 가라앉지 않은 모양이었다. 미쓰하루는 애써 말을 달래며 앞으로 나아갔다.

그때 화살 하나가 휙 하고 바람을 가르며 그의 얼굴과 말갈기 사이로 지나갔다. 주변 논두렁에서도 총알이 퍽 하고 박히는 둔탁한 소리가 들렸다. 하지만 화살과 총알은 대부분 논바닥에 떨어졌다. 그만큼 그의 위치는 아직 사정권 밖에 있었다.

미쓰하루는 어디로 가려는 것일까? 길은 모두 적이 막고 있었다. 적이 없는 곳은 비와ᴮᴵᵂᴬ 호수뿐이었다. 그런데 갑자기 미쓰하루의 모습이 사라져버리고 말았다. 멀리서 미쓰하루를 감싸고 있던 적들이 깜짝 놀라 소리쳤다.

"달아나버렸어."

"어딘가로 숨어버렸어."

당황한 적들은 미쓰하루의 모습이 사라진 쪽을 향해 화살과 총알을 마구잡이로 날리기 시작했다. 동쪽 숲에서도 서쪽 길에서도 일대일 승부에 자신이 있는 듯한 무사들이 삼 기, 칠 기, 십 기씩 앞서거니 뒤서거니 달려나갔다. 물론 미쓰하루에게 다가가 자웅을 겨룰 심산이었다. 그들이 말 위에서 아군을 향해 손을 흔들며 외쳤다.

"쏘지 마라."

"잠시 멈추어라."

그들은 병사들을 제지하고 말을 달려 미쓰하루를 찾고 있는 듯했다. 바로 그때 한 줄기 바람이 갈대숲을 가르듯 눈에 띄게 갈대가 흔들렸다. 금빛 안장을 얹은 말과 그 말의 부리망을 쥐고 가는 하얀 겉옷을 입은 무사가 갈대 속에 그림자를 드리운 채 매우 여유 있게 호수 쪽으로 걸어가는 모습이 보였다.

"앗, 저기 있다."

"사마노스케, 기다려라."

십여 기의 무사들이 공을 다투었다. 너도나도 사냥감을 잡겠다며 다투듯 말을 달려 갈대 속으로 뛰어들었다. 논길에서 호수까지의 거리는 일 정 정도 되었는데 전면이 갈대로 뒤덮여 있었다. 그곳으로 뛰어든 사람들은 갈대의 뿌리가 자라 있는 곳이 질퍽한 습지인 줄 알지 못했다. 말의 정강이가 갈대의 뿌리보다 깊이 박힌 탓에 도저히 준족을 자랑할 수가 없었다.

"안 되겠다."

그제야 몇 사람이 깨닫고 말에서 내렸다. 혹은 다시 논길로 돌아가 멀리 갈대가 없는 길로 우회를 시도하기도 했다. 동구 밖인 그곳에만 갈대가 있었고, 야나가사키 앞에는 솔숲이 이어진 하얀 모래밭이었다.

"나올 데는 여기밖에 없다."

적병들 중에는 미쓰하루의 방향을 짐작하고 먼저 솔숲 쪽으로 가서 기다리는 사람도 있었다. 그곳에서 우치데가하마打出ヶ浜에 걸친 지역에는 하시바 군이 가득했으며, 삼정사 방면에서 아케치 군을 소탕하고 온 호리 히데마사와 그 휘하 역시 솔숲에서 잠시 휴식을 취하고 있었다.

그 순간 그곳뿐만 아니라 호숫가에 있던 아군들 사이에 와아 하며 환성 비슷한 동요가 일었다. 돌아보니 갈대 기슭에서 삼십 간 정도 되는 수면 위에 한 줄기 부드러운 파문을 그으며 나아가는 사람이 있었다. 그것은 적과 아군 누구도 예상하지 못했던 일이었다.

한 마리 말이 비와 호수 한가운데를 향해 멋지게 물을 가르고 있었다. 그리고 파문 주변에는 하얀 옷을 입은 사람이 잠겼다 떠오르기를 반복했다. 그 사람은 바로 그들이 아까부터 손에 침을 뱉어가며 찾고 있었던 사마노스케 미쓰하루가 틀림없었다.

아무래도 인간의 상상력에는 일정한 한계가 있다. 나중에는 잘못을 깨닫게 되는 일이라 할지라도, 사실을 알게 된 순간까지 일정한 상식선에서 한 걸음도 벗어나지 못하는 법이다.

사마노스케를 놓친 하시바 군이 덧없이 탄성을 올리는 마음도 스스로 자신들의 상식을 비웃는 것과 비슷한 것이었다.

'갑옷을 입고 큰 칼을 차고, 오늘 아침부터 이어온 전투로 지친 사마노스케가 말을 탄 채 호수로 달아날 리 없다.'

하시바 군은 그렇게만 생각하고 있었는데 눈앞에 나타난 사실을 보고 자신들의 생각이 잘못되었다는 것을 깨달았다. 철은 물에 가라앉는 법이라는 만고불변의 통념이 전복해버리고 만 것이었다.

커다란 불찰임에는 틀림없으나 전국 시대 무사들은 미쓰하루에게 멋지게 당했다며 적이지만 참으로 대단하다는 환호를 보냈다.

"과연 아케치 일족의 최고 무사답군."

"대단하구나, 사마노스케."

미쓰하루를 칭찬하는 사람들까지 있었다. 특히 호리 히데마사와 그 외에 서로 이름을 아끼는 무문의 장수들은 아름다운 것에 홀린 듯한 눈으로 호수의 물을 응시하고 있었다. 사마노스케는 이미 총알도 화살도 닿지 않을 거리까지 헤엄쳐 나갔다.

"설마 사카모토까지 저 말을 헤엄치게 할 수는 없겠지."

"어디쯤에서 물에 잠길지……."

병사들의 대부분은 하나같이 약속이라도 한 듯 화살도, 총도 쓸데없이 쏘지 않았다.

그렇게 물가에서 몇 정이나 벗어난 사마노스케 미쓰하루는 곧 느슨한 반원의 파문을 그리며 수면 위로 살짝 보이는 말 머리를 사카모토 쪽인 서쪽으로 휙 돌렸다.

《개정 미카와고 풍토기改正 三河後 風土記》와 그 밖에 여러 책에서 기록한 글에 따르면 그날 미쓰히데의 차림은 당시 이름 있는 화공이 수묵으로 운룡을 그린 하얀 명주옷을 입고 있었다고 한다. 그리고 투구는 묘친明珍이 만든 것으로 '니노야=ノ㙊'라고 새겨져 있고 빛이 났으며, 말도 밤색을 띤 커다란 수말로 상당히 뛰어난 준마였다. 그것은 아침부터 이어온 전투를 견디고, 호수의 물을 가르는 힘찬 모습만 봐도 알 수 있는 일이었다. 하지만 아무리 명마라 할지라도 그 말이 오래 지치지 않도록 하려면 타는 사람이 어떻게 다루느냐도 중요했다.

활과 칼을 다루는 솜씨 이상으로 당시의 무장들이 기마를 중히 여겼다는 점은 말할 필요도 없는 사실인데, 특히 미쓰하루는 마술 연마에 힘을 쏟았다. 이에 관해서는 청년 시절 미쓰하루와 히데요시 사이에 일화 하나가 전해지는데 지금은 그것을 이야기할 여유가 없다.

미쓰하루가 말 머리를 돌린 호수 위에서 맞은편의 사카모토 성은 얼추 오 리가 넘었다. 그곳까지 말이 잘 버텨줄 수 있을지 모르는 일이었다. 또 사람들의 이목이 있으니 세상의 웃음거리가 될지도 모르는 일이었다. 미쓰하루로서는 틀림없이 필생의 도박이었을 것이다. 그냥 보기에는 널따란 호수로 보이지만, 그 물 밑에는 깊은 곳도 있고 얕은 곳도 있었다. 사마노스케 미쓰하루도 그것을 잘 알고 있었다.

미쓰하루는 아즈치를 나섰을 때부터 죽음을 각오하기는 했으나 원래의 성격으로 봐서 무모하거나 어리석은 행동은 하지 않는 사람이었다. 그러한 점에 있어서는 그가 사촌 형인 미쓰히데보다 훨씬 더 철저한 이성가였다고 해도 좋을 것이다. 미쓰히데는 자신의 생애에서 결국 스스로 교양도 인내도 단번에 파괴해버리고 말았으나, 사마노스케 미쓰하루는 마지막 순간까지도 자신을—적군이 사면을 감싸고 있는 비와 호수 속에서조차—귀한 구슬처럼 아끼며 지켰다.

비와 호수는 물론 주변 땅까지도 모두 미쓰하루의 영토였다. 게다가 그곳은 사카모토 성의 바로 아래에 위치해 있었다. 그러니 미쓰하루가 논밭 두렁길에서부터 갈대숲까지 어떤 상황인지 잘 알고 있었던 것은 당연한 일이었다. 물속에서 말을 몬 것도 상황을 잘 알고 있기 때문에 가능했던 것이다. 그는 오늘 처음 호수에서 말을 헤엄치게 한 것이 아니었다. 자신의 성인 사카모토의 마장에서 오쓰 부근까지 몇십 번이나 말과 함께 물을 건넜다. 그러니 호수가 얕은지 깊은지 잘 알고 있을 수밖에 없었다.

말의 다리가 닿지 않는 깊은 곳에 이르면 몸을 말의 엉덩이 쪽으로 내려 고삐를 가볍게 당겨서 말을 헤엄치게 했고, 또 얕은 곳에서는 물보라를 일으키며 달리게 했던 것이다. 이러한 방법은 그가 고안해낸 것이 아니라 적 앞에서 도하를 할 때는 이렇게 다루어야 한다고 가르치는 선인들의 소중한 경험에 바탕을 둔 것이었다. 그런데 후세 사람들은 이것을 두고 매우 어려운 일이라 여기며 끊이지 않고 다른 설을 세우기도 한다.

"사마노스케가 호수를 말로 건넜다는 것은 과장되게 전해진 허설로, 사실은 호숫가를 달려 사카모토로 들어간 것에 지나지 않는다."

또 다른 사람은 다음과 같이 말한다.

"그는 호수와 마을의 집들 사이를 돌파했다."

그 밖에 작은 배를 타고 사카모토 성으로 들어갔다는 설도 있다. 이러한 설들은 모두 호리 히데마사와 하시바의 군들이 병력을 호숫가나 사카모토로 통하는 길에 전혀 배치하지 않았던 것처럼 전국을 보는 것이라고 할 수 있다. 용병상, 그것도 적의 몇 배에 달하는 병력과 시간적 여유를 가지고 있었던 하시바 군이 그처럼 한쪽만을 지키는 작전을 취했을 리는 없다. 다시 말해 사마노스케가 호수를 건넜다는 사실을 부정하고 싶어 하는 사가들의 심리는 그것이 지극히 어려운 일이라는 생각과 함께 사실 자체가 너무나도 극적이기 때문에 오히려 회의를 품고 그것을 통속 중의 항설이라 여기고 싶어 하는 마음에서 나온 것이리라. 하지만 예로부터 자신의 몸으로 역사를 장식해온 일본 무사들의 모습은 언제나 최고로 극적인 장면을 연출해왔다. 미나토가와湊川, 시조나와테四條畷, 가와나카지마, 다카마쓰 성의 한 조각 배, 소나무 사이의 복도, 눈 내리던 밤의 혼조本所 마쓰자카松坂만 봐도 극 이상의 극이라고 할 수 있다.

하지만 사마노스케 미쓰하루에게 그것은 결코 후세 사람들이 생각하는 것처럼 어려운 일도 무모한 행동도 아니었다. 그는 단지 평소 호수에서 했던 말의 훈련을 갑옷을 입고 하는 정도로밖에 생각하지 않았다. 그러다 보니 유유히 파문을 일으키며 말을 몰고 나가는 사마노스케의 하얀 옷은 호수에 많이 살고 있는 논병아리 한 마리가 헤엄쳐가는 것처럼 보였다.

'곧 빠져 죽겠지.'

그렇게 생각하며 여전히 그 모습을 바라보고 있던 하시바 군이 다시 소란스러워지기 시작했다. 자신들의 예상이 다시 빗나갔기 때문이다.

사마노스케 미쓰하루는 적의 화살과 탄알의 사정거리 밖을 우회하여 마침내 무사히 사카모토 성의 동쪽 물가에 올라 있었다. 가라사키唐崎의 히토쓰마쓰一ツ松에서 그곳까지는 깨끗하고 고운 모래와 솔숲으로 이어져 있었다. 그는 물가의 물보라에서 벗어나자마자 솔숲 속으로 곧장 달려들었다. 그리고 한동안 숲 속에 모습을 감췄는가 싶더니 사카모토 마을의 가옥과 솔숲 사이에 있는 십왕당十王堂(주오도) 앞에 다시 모습을 드러냈다. 멀리서 그 모습을 확인한 하시바 군의 병사들은 그제야 정신이 든 것처럼 한꺼번에 북을 울리며 함성을 질렀다.

"아, 아. 호수를 건넜어."

"성에 들어가게 해서는 안 된다."

그들은 갑자기 물결을 이루며 달려갔다. 미쓰하루는 뒤돌아 그 모습을 보며 싱긋 웃음을 지었다. 그는 채찍을 휘둘러 발걸음을 재촉하지 않고 말에서 훌쩍 뛰어내렸다. 그곳은 십왕당 앞이었다.

미쓰하루는 말고삐를 본전 복도 기둥에 묶고 몸을 흔들어 갑옷 소매와 품속에 고인 물을 턴 뒤 니노야의 투구를 벗어 신전 앞에 놓았다. 그런 다음 벼루갑을 꺼냈다. 붓을 쥐고 본당 앞에 선 것이었다. 그리고 그곳의 하얀 벽에 이렇게 썼다.

아케치 사마노스케 미쓰하루가 타고 호수를 건넌 말이다. 지금까지의 충성을 위로할 틈도 없이 작별을 고한다. 누군가 내게도 뒤지지 않을 만한 자에게 이 밤색 말을 주겠다. 아끼기 바란다.

붓을 버리고 계단에서 내려온 미쓰하루는 커다란 밤색 말의 젖은 갈기를 몇 번이고 쓰다듬으며 마치 사람에게 하듯 이야기했다.

"밤색 말이여, 이제 이별이다."

말이 미쓰하루의 어깨에 얼굴을 얹었다. 마치 울고 있는 듯했다. 미쓰하루는 말의 목을 끌어안고 맞은편 가라사키의 소나무를 바라보며 문득 이렇게 읊었다.

"나 아닌 누가 심겠는가 한 그루 소나무, 조심해서 불어라 시가 포구의 바람."

그것은 예전에 미쓰하루가 처음으로 사카모토 성을 영지로 삼았을 때 가라사키에 그를 기념하는 소나무를 심게 하고 거기에 부쳐 읊은 노래였다. 미쓰하루는 그 노래가 왜 지금 자신의 입에서 나온 것인지 알지 못했다. 다만 이럴 때면 사람은 왠지 모르게 울분을 토하고 싶어진다는 것이다. 천지를 향해 통곡하고 싶은 감정을 반대로 표현하다 보니 자신도 모르게 시를 읊은 것인지 모르겠다. 어쨌든 미쓰하루는 애마를 버리고 그곳에서 몸을 돌려 마을 입구의 문 쪽으로 달려 들어갔다. 그의 부하들이 우는 듯한 소리를 올리며 그를 사카모토의 진영으로 맞아들였다.

천하의 물건

미쓰하루가 성으로 들어서자 그곳에 남아 있던 모든 사람들이 마치 초토에 내려온 보살이라도 맞이하는 것처럼 그의 모습을 감쌌다. 사카모토에 머물고 있던 미쓰히데의 부인과 일족들은 그가 반드시 돌아올 것이라고 믿었다. 당연히 죽음을 맞이해야 한다는 것은 알고 있었으나 '사마노스케 나리가 오시는 것을 본 뒤에라도 늦지 않을 것'이라며 기다리고 있었던 것이다.

미쓰하루는 바로 명령을 내렸다.

"할 말이 있다. 전 장병은 혼마루로 모여라. 성 밖의 문에 나가 있는 자도 불러들여라."

잠시 뒤 모인 사람은 삼사백 명도 되지 않았다. 절반 이상은 미쓰히데가 죽었다는 소식을 듣고 어젯밤 사이에 어딘가로 달아난 상태였다.

"지금까지 여기서 잘 버텨주었다. 하지만 우리의 뜻과는 달리 아군은 야마자키에서 패했으며, 큰 나리도 어젯밤 오구루스 부근에서 덧없이 돌아가셨다고 한다. 우리의 고레토 휴가노카미 님께서 돌아가셨으니 우리의 소망도 끝났다. 거듭 말하겠다. 이처럼 최후의 순간까지 다른 마음을 품지 않고 견뎌준 여러분의 선전에 사마노스케가 고 미쓰히데 님을 비롯하여 마님과 일족을 대신해 진심으로 감사의 말을 전하노라. 이렇게 이 성은 우리 아케치 일당의 마지막 분묘가 되었으나, 여러분은 이미 무사로서 부끄러울 것 없이 본분을 다했으니 죽음을 서두를 필요가 없다. 각자 고향으로 돌아가 무사의 혼을 더욱 연마하고 오늘의 교훈을 평생 살려 훌륭한 무사로 생을 마감하기 바란다. ……이것이 이 미쓰하루의 마지막 명령이다. 반드시 지켜주길 바란다."

말을 마친 사마노스케는 곧 곳간을 열어 금은부터 여러 가지 기물과 신변의 물건까지 모두 꺼내 그들에게 나눠주었다.

"얼른 돌아가도록 하라. 뒷문으로 나가 산을 타고 시메이가다케四明ヶ嶽를 넘어가면 아직 벗어날 길이 있을 것이다. 모쪼록 우리 일족의 걸림돌이 되어서는 안 된다. 얼른, 얼른."

사마노스케는 그렇게 재촉해서 거의 대부분의 사람들을 내쫓듯 뒷문으로 달아나게 했다.

그 뒤 성안은 텅 비어버린 것처럼 휑뎅그렁했다. 그 적막함 속에는 혈연이 있는 일부 사람들과 시중들던 하녀들과 근신만이 남아 있을 뿐이었다. 그 순간 한 노인이 어린아이들 몇 명과 그 어미 되는 사람과 시녀들을 데리고 안채의 다리 모양 복도를 건너왔다. 미쓰하루의 숙부인 아케치 미쓰카도뉴도 조칸사이明智光廉入道長閑齋였다.

"할아버지, 우리 어디로 가는 거예요?"

미쓰히데의 막내아들인 오토주마루乙壽丸는 여덟 살이었다. 안채 사람들이 모두 안채에서 나서는 것은 드문 일이었기에 신기하다는 듯 물었다.

"글쎄, 어디로 가는 걸까? 사가로 꽃놀이를 가는 걸까, 배를 타고 지쿠부竹生 섬에 달맞이를 가는 걸까?"

평소 천진하게 아이들과 장난을 치던 조칸사이의 모습은 오늘도 다른 날과 다름이 없었다. 부인이나 시녀나 유모들은 때때로 얼굴을 돌려 가만히 눈물을 훔치기도 했으나 조칸사이의 말을 들으면 눈물 속에서도 문득 웃음을 짓게 되었다.

그곳에는 사마노스케 미쓰하루의 처자도 있었다. 그리고 가메야마에서 미쓰히데의 처자 권속까지 받아들였기에 안채의 사람들만 해도 친척까지 더하면 상당한 숫자였다. 미쓰하루는 숙부인 조칸사이에게 부탁해 그들을 소란스럽지 않게 혼마루의 넓은 방으로 불러 모았다. 조칸사이의 역할은 꽤나 어렵고 괴로운 것이었을 터였다. 하지만 조칸사이는 괴로운 얼굴도, 슬픈 모습도 보이지 않았다. 평소와 다름없이 아이들과 장난을 치며 몇 번이고 다리 모양의 복도를 건너 마침내 넓은 방으로 모든 사람들을 모이게 했다.

"참으로 활기차구나. 길동무가 이처럼 많으니 어디를 가든 적적하지는 않을 게야."

조칸사이는 한가운데 앉아 쉴 새 없이 이야기를 했다. 하지만 대부분의 여인들은 눈물을 흘리고 있었다. 그런 모습이 아이들의 어린 마음까지도 이상하게 가라앉혔다. 평소 같으면 조칸사이의 어깨와 무릎에 달라붙어 그를 놀이 상대로 삼았던 아이들도 유모나 어미 옆에 기대앉아 떠나려 하지 않았다.

"숙부님, 모두 모였는지요?"

마침내 미쓰하루가 그곳으로 들어가 미쓰히데의 부인에게 마지막을 고했다.

"적은 이미 성 아래 가까이까지 밀려왔습니다. 이제는 미련 없이 떠나시기 바랍니다. 이 미쓰하루도 곧 뒤를 따르도록 하겠습니다."

미쓰히데의 부인은 자신의 아들과 맡아 기르던 어린아이들을 좌우에 두고 미쓰하루의 아내와 함께 나란히 앉아 있었다.

"이렇게 세심하게 신경을 써주셔서 저는 기쁩니다. 특히 다시 뵙게 되어 더없이 행복했습니다. 이곳의 일은 신경 쓰지 마시고 뜻에 따라 좋은 곳을 선택해 적에게 웃음거리가 되지 않도록 하십시오."

"고맙습니다. 그럼……."

미쓰하루는 이번 생의 마지막 인사를 올렸다.

"숙부님, 잘 부탁드리겠습니다."

"걱정 말게."

"부인, 동요하지 마시오."

미쓰하루는 아내에게도 한마디 말을 건네고 밖으로 나갔다.

성벽 밖에서는 이미 철포 소리가 들려오고 있었다. 그 순간 그곳에 있는 사람들이 조금 전 막 나온 안채 쪽에서 갑자기 짙은 연기가 피어오르기 시작했다. 이는 시동인 오쿠다 세이자부로奥田清三郎와 후나키 하치노조船木八之조가 미쓰하루의 명령에 따라 지른 불이었다. 그 불꽃이 다리 모양의 복도가 있는 안뜰을 넘어 넓은 방의 장지문에 붉게 비쳤다.

"무서워."

아이들은 그렇게 외치며 매달렸고 울음을 터뜨렸다. 그런 중에도 조칸사이의 목소리만은 어딘가 밝게 들렸다.

"울지 마라, 울지 마. 무사의 자식은 울지 않는 법이다. 할아버지도 가고, 어머니도 가실 게야. 모두 오너라. 손에 손을 잡고 저승길로 여행을 떠나자. 자, 바른 자세로 앉아야지. 할아버지가 차례차례 데려가도록 하마."

검은 연기가 감돌기 시작한 장지문 전면에 고운 핏줄기가 번졌다. 흐트러진 검은 머리카락 아래에서 마지막 숨결로 아들의 이름을 부르는 어머니의 목소리도 흘러나왔다. 하지만 이 모든 것은 한순간의 흔들림처럼 느껴졌다. 서로를 찌르고, 또 서로를 찔렀다. 뒤처지는 부모도, 자식도 없었다. 그곳에서 홀로 살아남아 복도로 나온 사람은 조칸사이뿐이었다.

그 무렵 정면 쪽 성문에서 우지끈 하는 소리가 들려왔다. 공격진이 문을 부수기 시작한 것이었다. 돌담 여기저기에서 병사들이 앞다투어 기어오르는 모습이 보였다. 뒷문 쪽에서는 불길이 치솟았다. 그 불길은 성안 사람들이 지른 안채의 불과 하나가 되어 성 절반을 뒤덮을 듯한 기세로 타올랐다.

"하치노조, 세이자부로. 일일이 총알을 장전해서는 너무 늦는다. 총을 바꿔가며 있는 총알을 모두 쏘도록 하라."

미쓰하루가 망루에 올라 얼마 남지 않은 좌우의 사람들에게 명령했다. 그리고 자신도 총을 쥐고 적병을 저격했다. 성안에 있는 병사들을 이미 달아나게 한 뒤라 무기만은 얼마든지 남아 있었다. 총알을 한 번 쏘고는 다시 다른 총으로 쏘고 버리기를 거듭했다. 같은 망루에 있던 일고여덟 명의 시동들과 부장들도 모두 그런 식으로 적에게 맹공을 퍼부었다.

"사마노스케 나리, 계십니까?"

"여기 있다. 스오周防냐?"

"그렇습니다."

"명령한 물건들은?"

"망루 아래에 가져다놨습니다만, 어찌하실 생각인지?"

"그건 신경 쓸 것 없다. 곧 여기로 가져오도록 하라."

"알겠습니다."

계단 입구에서 상반신만을 드러내고 미쓰하루의 등에 대고 말을 한 사람은 미야케 스오노카미三宅周防守였다. 스오노카미는 망루의 2층까지 내려가 아래에서 기다리고 있던 무사들에게 손을 흔들며 말했다.

"올려라. 가지고 올라와라. 그것들을 들고 망루 위까지."

그사이에도 미쓰하루는 쉬지 않고 철포를 쏘아댔다. 그리고 곧 미야케 스오노카미와 다른 네다섯의 아군이 이불에 감싼 짐과 멍석에 만 고리짝 같은 것을 서너 개쯤 짊어지고 올라온 것을 보고는 갑자기 휴전을 명령했다.

"철포를 거두어라."

연기는 여전히 자욱이 드리워져 있었으나 그의 명령과 함께 그곳은 쥐죽은 듯 고요해졌다. 사마노스케 미쓰하루가 총안으로 상반신을 내밀어 적을 향해 외쳤다.

"공격진의 대장인 호리 나리, 근처에 안 계신가? 나는 수장인 사마노스케 미쓰하루요. 호리 히데마사 나리께 드릴 말씀이 있소."

적군 사이에서도 갑자기 함성이 멈췄다. 그리고 호리 히데마사의 사촌 동생인 겐모쓰가 망루 밑으로 모습을 드러냈다.

"사마노스케 나리시오? 조금 전에는 참으로 훌륭했소. 좋은 이야깃거리를 남기셨소. 이미 최후를 준비하고 계신 듯한데, 이쪽에 하실 말씀이란 무엇이오?"

사마노스케가 아래를 내려다보며 말했다.

"아아, 겐모쓰 나리시오? 아직 맞설 화살과 탄알은 남아 있으나 이것으로 무문의 마지막 인사를 드리겠소. 곧 성 전체가 불길에 휩싸일 것이오. 그 뒤에는 우리의 뼈조차 찾기 어려울 것이오. 이에 재로 만들기에는 아까운 물건들을 귀공의 손에 맡겨 세상에 돌려주고 싶소. 받으시기 바라오."

미쓰하루는 말을 마치고는 이불과 멍석에 싼 짐을 줄에 묶어 총안을 통해 아래로 내려 보냈다. 호리 겐모쓰는 뜻밖의 감정에 휩싸였다. 공격진의 장병들도 모두 그곳으로 시선을 보냈다. 망루 아래에 있는 겐모쓰와 위에 있는 미쓰하루 사이에 다시 몇 마디가 더 오갔다.

"지금 건넨 물건들은 돌아가신 미쓰히데 나리께서 공이 있으실 때마다 고 노부나가 나리로부터 받은 물건들이오. 거기에 함께 보내는 목록을 살펴보시오. 교도虛堂의 묵적, 찻물을 끓이는 솥, 명품 찻그릇, 그 외에 칼 등 몇 점이 더 있소."

젠모쓰는 목록을 살펴보았다. 그리고 병사에게 짐을 풀게 하여 대조한 뒤 바로 대답했다.

"목록대로 틀림없이 받았소. 그런데 이런 비장의 물건을 원수인 적의 손에 건네주다니 대체 무슨 생각이시오? 특별히 누구에게 건네주면 좋겠다는 바람이라도 있으시오?"

미쓰하루가 높은 곳에서 웃음을 지어 보이며 대답했다.

"아니오. 싸움에 패해 목숨을 잃으면 천하조차도 다음 세대의 승자에게로 넘어가는 법인데 일개 다기와 명검이 무엇이란 말이오. 그처럼 귀중한 물건은 그것을 소유할 만한 가치가 있는 사람이 살아서 가지고 있을 때만 그 사람의 물건이지, 결코 누구의 물건도 아닌 천하의 물건, 세상의 보물이라 생각하오. 사람의 한 세대는 짧지만 명기와 보물의 생명은 대대로 오래도록 이어지길 바라는 마음이오. 이것을 불속의 재로 만드는 것은 국가의 손실이며, 무문의 생각 없음을 후세가 탄식할 거라 여겨 이렇게 나리의 손에 넘기는 것이오. 그러하니 그 명기와 명검이 누구의 소유가 될지는 지금 세상을 떠나려 하는 미쓰하루가 알 바가 아니오. 누군가가 아끼다 누군가에게 상으로 전해지면 그것으로 충분하오. 가질 만한 자격이 있는 자에게 주었다가 세상의 흐름에 맡기면 될 것이오."

말을 마친 뒤 미쓰하루는 죽음을 서두르듯 총안에서 모습을 감추었다. 호리 젠모쓰가 당황하며 다시 망루 위를 향해 말했다.

"사마노 나리, 사마노 나리. 묻고 싶은 게 한 가지 더 있소. 다시 한 번 모습을 보이시오."

"무슨 일이오?"

미쓰하루가 다시 아래쪽을 내려다보았다.

"다름 아니라 지금 받은 여러 보물 중에 예전부터 아케치 가에 있다고 알려진 그 유명한 요시히로에吉廣江의 작은 칼이 보이지 않소만, 혹시 잊고 꺼내지 않은 것이오? 혹시 잊은 거라면 곳간에서 꺼내올 때까지 기다리기로 하겠소."

그러자 사마노스케 미쓰하루가 껄껄 웃으며 대답했다.

"그것은 평소 휴가노카미 나리께서 특히 아끼시던 명검이오. 그리고 아케치 가에 유서 깊은 물건이기도 하니 저승길에서 미쓰히데 나리를 뵙게 되면 바칠 생각으로 일부러 빼놓았소. 불길이 이미 혼마루까지 옮겨붙은 듯하니 더는 말씀드릴 시간이 없소. 겐모쓰 나리, 이제 공격을 시작하시오."

미쓰하루가 말을 마치자마자 쾅 하는 소리가 들렸다. 이내 미쓰하루는 한 줄기 섬광과 검은 연기 속으로 모습을 감췄으며, 망루의 총안에서 초연이 뭉게뭉게 피어올랐다. 그다음 순간, 커다란 소리를 울리며 전 망루가 한 줄기 불길에 휩싸여 무너지기 시작했다. 미쓰하루는 화약을 쌓아놓고 자결한 것이었다.

사카모토 성은 아케치 군의 마지막 거점이었다. 사마노스케 미쓰하루 이하 일족과 심복들은 아무런 미련도 없이 생의 마지막을 장식했다. 그렇게 해서 그날을 마지막으로 이 세상에서 아케치 군이라 이름하는 것은 성하나도, 병사 하나도 남지 않게 되었다. 자폭한 망루가 무너지면서 성안도 불바다가 되었기에 공격진은 일단 그 불기운에서 멀어져 포위를 풀었다. 그런데 그 불길 밑에서 늙은 적 하나가 뛰어나왔다.

"공격진의 젊은이들은 들으라."

늙은 무사는 그렇게 말하며 열풍 속에서 달리기 시작했다.

"나는 미쓰하루의 숙부 아케치 조칸사이 미쓰카도다. 원하는 자는 앞으로 나서라, 이 목을 내주겠다."

조칸사이는 창을 휘두르며 호리 군의 일각을 향해 맹렬히 돌진했다. 평소 가정의 아녀자들이나 사카모토 집안사람들로부터 '만사태평한 양반'이라는 소리를 듣기도 하고 '익살맞은 노인'이라며 마치 안채의 장난감 같은 취급을 받았던 조칸사이는 그날 미쓰히데와 미쓰하루의 처자, 그리고 그 이하 모든 사람들의 최후까지 지켜보고 난 뒤 망루로 올라갔다. 그곳에서 조카인 미쓰하루에게 할복을 권하고 그것을 도운 뒤, 미야케 스오노카미를 비롯한 장병들이 모두 자결하고 나자 마지막으로 망루 아래에 있는 화약에 불을 붙였다.

"그렇게 겁먹을 것 없다. 올해 예순일곱 살 먹은 늙은 무사의 창끝을 피해 다니는 녀석은 앞으로 세상에 살아남아 있어봐야 도움이 되지 않을 게다. 자신 있는 젊은이라면 이 목을 취해라. 취해보기 바란다."

조칸사이는 큰소리를 쳤다. 실제로 그의 창에 맞설 만한 사람도 없었다. 참으로 죽음을 각오한 사람의 움직임에는 노소의 차이가 느껴지지 않는다. 그가 내지르는 소리는 그야말로 늙은 사자의 포효와도 같았다.

공격진은 다시 조총을 준비하여 그를 쏘려 했다. 그 순간 호리 히데마사의 하타모토인 야쿠시지藥師寺가 나섰다.

"과연 그 조카에 그 숙부로구나. 안타깝게도 훌륭한 죽음을 맞이하려 하는구나. 바라건대 나에게 저자를 치게 하라."

야쿠시지는 그렇게 조총 부대의 저격을 만류한 뒤, 한 자루 창을 들고 맞서 싸웠다. 결국 그는 조칸사이를 찔러 쓰러뜨리고 그 수급을 취했다.

조칸사이는 조카 미쓰하루의 죽음을 도울 때 썼던 미쓰하루의 칼을 차고 있었다. 미쓰하루의 칼은 수급과 함께 호리 히데마사에게 건네졌고, 그것은 다시 삼정사로 보내져 히데요시에게 바쳐졌다.

"세상을 떠났는가? 조칸사이도 재미있는 노인이지만, 특히 미쓰하루는 아까운 사내다."

히데요시는 목과 칼을 앞에 놓고 좌우의 장수들에게 옛 추억을 들려주었다.

"그건 벌써 꽤나 오래전의 일이네만, 미쓰히데가 처음으로 사카모토 성을 영지로 받았을 때, 노부나가 공의 사자로 이 지쿠젠이 축하를 하기 위해 찾아간 적이 있었다네. 그때 미쓰히데는 매우 정중하게 대접했을 뿐만 아니라 또 사촌 동생인 미쓰하루와도 만나게 해주고 싶었던 듯 몇 번이고 사마노스케를 부르기 위해 사람을 보냈지. 하지만 그는 끝내 오지 않았다네. 그 뒤 임무를 마치고 돌아올 때, 내가 호반의 길로 접어들었는데 솔숲 안에서 붉은 겉옷을 입은 사내가 마술 연습에 여념이 없더군. 우리의 행렬에 눈길 한번 주지 않고 말만 다루고 있었다네. 나중에 듣자하니 그가 바로 사마노스케 미쓰하루였다고 하더군. 그때부터 나도 그를 기골이 있는 사내라고 생각했는데 과연 오늘 그 진가를 천하에 내보였다. 이 사내가 내 휘하였다면…… 하고 진심으로 생각하고 있다네. 물론 이렇게 안타까워하는 것도 역시 그 사람의 행복일 테지만."

게으른 농부

히데요시는 삼정사에서 숙진宿陣을 했다. 14일 밤에는 다시 천둥이 치고 큰비가 내렸다. 사카모토 성의 여진은 사라지고 먹처럼 검은 호수와 시메이가다케 위로 밤새 희푸른 번개가 번쩍였다. 만약 지상의 현실을 넘어 사람의 감정과 환상까지 역사의 그림자로 묘사할 수 있다면 그날 밤 쓸쓸하고 검은 구름 속에서 아케치 군마의 재갈 소리와 함성이 들렸을 것이다. 본능사 방면에서도 심상치 않은 무사의 목소리가 들려왔을 것이다. 그리고 히에이比叡 산의 근본중당根本中堂 부근에서는 예전에 불타 목숨을 잃은 수많은 승려, 석학, 잡인의 아비규환이 들려왔을 것이다. 그 모든 것이 울부짖고, 웃고, 싸워서 천둥과 번개를 이룬 것이라 해도 과언이 아닐 것이다.

교토 부근의 백성들은 아케치 가의 멸망을 알고 난 뒤에도 여전히 내일의 세상이 어디로 향할지, 지상의 소란이 언제 그칠지 어림짐작할 수 없었을 뿐만 아니라, 오히려 노부나가 이전처럼 혼란스러운 풍운이 다시 세상을 뒤덮는 것이 아닐까 하고 밤새 이불을 뒤집어쓴 채 천둥과 빗소리를 들으며 두려워했다. 하지만 날이 밝자 하늘은 맑게 개었으며, 다시 뜨거운 여름 하늘이 되어 있었다. 15일이었다.

삼정사의 본진에서 봤을 때 호수의 동쪽 물가에 있는 아즈치 쪽에서 누른빛을 띤 짙은 연기가 뭉게뭉게 피어오르기 시작했다.

"아즈치가 활활 불에 타고 있습니다."

보초의 보고에 히데요시와 각 장수들은 마루로 나가 손차양을 하고 아즈치 쪽을 바라보았다. 그때 세타의 야마오카 다카카게가 보낸 전령이 와서 상황을 전했다.

"오늘 아침부터 고슈 쓰치야마土山에 진을 치고 있던 기타바타케 나리(노부나가의 둘째 아들)인 노부오와 가모 나리의 부대가 하나가 되어 아즈치를 공격해 성 아래와 성루에 불을 붙였는데 불이 호수의 바람을 타고 번져 아즈치 일대를 감싸고 있습니다. 하지만 아즈치에는 이렇다 할 적병도 없었으니 전투다운 전투는 없었을 것이라 여겨집니다."

히데요시가 그 정경을 상상하며 불쾌하다는 듯 중얼거렸다.

"쓸데없이. 노부오 님이야 그렇다 쳐도, 가모까지 어찌 허둥대는 건지."

하지만 그의 눈빛은 곧 온화해졌다. 노부나가가 반생의 피와 재력을 기울여 쌓아올린 문화는 여러 의미에서 아깝기는 하지만 히데요시에게는 자신의 힘으로 다시 그 이상의 문화와 성곽을 재현해보일 확신이 있었다. 그 포부는 이미 그의 마음속에 충분한 확신을 가지고 그려져 있었다. 오히려 오늘을 계기로 과거의 것들은 과거로 돌려보낸 하늘의 뜻에 감사한 마음을 가졌다. 그때 산문을 지키던 장병들이 한 사내를 데려왔다.

"오구루스의 농민인 조베長兵衛라는 자가 휴가노카미의 수급을 다이고 부근의 밭에서 주웠다며 가지고 왔습니다. 이 사실을 주군께 전해주시기 바랍니다."

중문을 지키던 수장이 달려오더니 툇마루에 나와 있던 사람들 가까이 다가와 무릎을 꿇고 히데요시에게 고했다.

적장의 목을 살펴볼 때에는 엄중하고 예의를 갖추는 게 당시의 관습이었다. 히데요시는 부하들에게 명하여 본당 앞에 걸상을 놓게 한 뒤, 좌우의 사람들과 함께 앉아 미쓰히데의 수급을 살펴보았다.

"……."

히데요시는 그저 쳐다보기만 할 뿐 아무런 말도 하지 않았다. 커다란 감회에 젖어 있는 듯한 모습이었다.

그때 히데요시가 걸상에서 일어나 '주군 노부나가를 친 대가가 무엇인지 이제 알았느냐?' 하며 미쓰히데의 수급을 지팡이로 때렸다는 내용이 《호칸豊鑑》[19]에는 기록되어 있으나 이는 우습기 짝이 없는 필자의 억측이라고 할 수밖에 없다. 그런 식으로 억측을 할 바에는 오히려 히데요시가 수급 옆에 자랑스러운 얼굴로 앉아 있던 농부의 머리를 지팡이로 내리쳤다고 생각하는 편이 히데요시의 심사에 더 가까울 것이다.

미쓰히데의 목을 땅속에서 파내 가져온 사람은 서른 살쯤 된, 얼굴에 술독이 올라서인지 어딘가 좋지 않은 인상을 풍기는 사내였다. 그는 자신을 오구루스의 농민인 조베라고 밝혔으나 농민의 집에서 태어나 농촌 사정에 밝은 히데요시는 그를 보고 단번에 이렇게 생각했다.

'이 사람은 선량한 농부가 아니다. 어느 마을에나 있는 게으른 농부다. 그러한 자에게 은상을 내려 마을의 자랑으로 삼게 할 수는 없다.'

여러 책에서는 조베를 두고 다이고 부근의 농민이라고도, 오구루스 촌장의 아들이라고도 이야기하는데, 어쨌든 성실한 농부가 아니었던 것만은 사실인 듯하다. 예나 지금이나 농촌에는 반드시 한두 사람씩 있는 건달—게으른 사람, 마구 굴러먹는 사람으로 생떼를 써서 근면한 농부에 빌붙어 사는 사람—으로 말하자면 질이 좋지 않은 농부였음에는 틀림없었던 듯

---

19) 《노부나가 공기信長公記》에 대항해서 주군 히데요시의 일대기를 기술한 다케나카 시게카도竹中重門의 저작으로 전4권.

하다. 통설에 따르면 특히 전국 시대의 농민은 평소 논밭으로 나가 일을 하다가도 부근에서 전쟁이 일어나면 도적 떼처럼 변해서 나약한 낙오자를 덮치기도 하고 전사자의 물건을 훔치기도 했다고 전해지고 있다. 하지만 이는 사가들의 커다란 착각이라고 여겨진다. 일본 백성의 향토에 대한 유구한 모습을 다른 민족의 백성과 동일시해서 보거나, 혹은 유물사관에 빠진 사가들의 오류에 지나지 않는다. 과거의 사가들이 말한 것 같은 폐풍弊風과 악질적인 성격은 결코 당시 농촌 전부의 모습이었던 것은 아니다. 단지 이렇게는 말할 수 있을지 모르겠다.

전란에 의한 '시대의 패배자'에게도, 악질적인 어둠의 난폭자나 게으른 사람에게도 당시의 농촌은 좋은 은신처가 되었다는 점이다. 그러한 사람들이 거침없이 흘러든 것만은 틀림없는 사실이다. 하지만 이와 같은 귀향민이나 타향민과 조상 대대로 묵묵히 땅에만 천명을 맡기고 오곡을 경작해온 순수한 백성은 당연히 구별해서 생각해야 한다. 무로마치室町 시대 이후 일전, 또 일전을 펼칠 때마다 수많은 불순분자가 순수한 사람들 사이에 섞여들어 농촌의 모습을 살벌하게 만들었으나, 그 황폐해진 시류의 흐름 속에서도 예로부터 땅을 지켜온 농부들은 여전히 허름한 집 속에 빈약한 등불을 밝힌 채 시대의 소란에 떨면서도 본연의 임무와 농부의 마음은 결코 잊지 않았을 것이다. 바로 그랬기 때문에 시간이 흐르면 그렇게도 탁했던 물이 다시 원래의 맑은 물로 돌아갈 수 있었던 것이다.

"미쓰히데의 목은 어디에서 가져왔는가?"

히데요시가 묻자 오구루스 마을의 조베가 마치 기다리고 있었다는 듯 몇 번이고 머리를 숙인 뒤, 농부답지 않은 말솜씨로 대답했다.

"다이고 도로의 대숲 부근에 남몰래 묻어둔 것을 나중에 파내서 가져온 것입니다요."

"거기에 묻었다는 사실을 어찌 그리 금방 알아냈는가?"

"그야 알고말굽쇼. 휴가노카미와 일고여덟 명의 무사가 오구루스 마을의 대나무 숲을 지날 때 지켜보고 있다가 죽창으로 단번에 찌른 것도 여기에 있는 이 조베니까요."

"자네가 죽창으로 미쓰히데를 찔렀다는 말인가?"

"네, 그렇습니다요."

"잘도 했구먼."

"대장님 앞에서 말씀드리기는 뭐합니다만, 약간은 손에 익은 일이라."

"농사도 짓고, 손에도 익은 일이라고 하니 자네 허투루 볼 수 없는 꽤나 거친 사람이구먼."

"거친 사람이라니, 무슨 말씀이십니까?"

"농민답지 않게 허투루 볼 수 없다는 뜻이야."

"헤헤헤. 부근의 농민들이라고는 하나같이 얼뜨기 같은 겁쟁이들뿐이어서 설령 아케치 쪽의 대장이 패잔병이 되어 지나는 것을 알아도 그 녀석에게 죽창을 먹일 만한 담력을 가진 사람은 한 놈도 없습니다. 자랑 같습니다만, 만약 이 조베가 먼저 말을 꺼내서 산적들을 모으지 않았다면 휴가노카미는 이렇게 수급만 따로 남지는 않았을 겁니다요."

"동료들은 숫자가 많은가?"

"오십 명쯤 모아서 벌인 일입니다요."

"그럼 자네 혼자만의 공이라고 할 수도 없겠군."

"그렇습니다. 나머지 오십 명은 마을에서 제가 돌아오기를 학수고대하고 있습니다."

"흠, 왜 기다리고 있는 게지?"

"헤헤헤헤."

조베는 자신의 뒷목을 손바닥으로 두드리며 대답했다.

"대장님께는 말씀드리기 어렵습니다만, 그게…… 포상금을 나누어 갖기 위해서……."

"포상이라."

"네, 모쪼록 잘 처분해주십시오."

조베는 손을 비비며 다시 절을 했다. 히데요시는 좌우의 가신들에게 명하여 미쓰히데의 수급을 상자에 넣게 한 뒤 말했다.

"조베."

"네."

"너는 술을 좋아하겠지?"

"조금은 합니다."

"사양할 것 없네. 다 술을 마시고 싶어서 한 일 아닌가? 오늘은 마음껏 마시고 돌아가도록 하게."

히데요시는 옆에 있던 후쿠시마 이치마쓰와 거친 무사 두엇을 골라 명령했다.

"이자에게 술 한 말을 주어 실컷 마시게 한 뒤 돌려보내도록 하게. 모두 마시기 전에는 자네들의 칼을 써서라도 결코 돌려보내서는 안 되네. 모두 마시고 나면 문밖으로 놓아주게."

"알겠습니다."

"아, 대장님……. 포상금은?"

"바로 오구루스 마을의 촌민들에게 내리도록 하겠네. 가신을 보내서 촌장에게 건네도록 하지. 자네에게 들려 보내면 말술을 마셨으니 도중에 잃을 것이 뻔하네."

"자, 일어나라. 마시러 가자."

후쿠시마 이치마쓰를 비롯한 무사들이 좌우에서 그의 멱살을 쥐고 재미있겠다는 듯 끌고 갔다.

도라지의 분맥 分脈

미쓰히데의 수급은 본능사의 불타고 남은 자리에 내걸렸다. 그곳에서 새벽에 물빛 도라지 깃발 아홉 개가 요란스럽게 북소리를 올린 지 겨우 보름 뒤의 일이었다.

누구나 볼 수 있는 곳에 내걸리다 보니 아침부터 저녁까지 시민들이 몰려들었다. 그것만으로도 이 일의 정치성은 충분했다. 한때는 미쓰히데의 반역을 도의에 비춰 욕하던 사람들도 이제는 입안으로 부처님의 이름을 중얼거리며 돌아갔다. 가끔은 썩은 시체 아래에 꽃을 던지고 가는 사람도 있었다. 그래도 지키고 서 있는 무사가 타박하는 일은 없었다.

교토를 중심으로 이루어진 잔당 색출 작업도 극히 단기간에 마무리되었고, 더 큰 뜻에서 인심을 얻기 위한 작업들이 이루어지고 있었다. 생전에 미쓰히데와 친분이 있었던 요시다 겐와吉田兼和와 사토무라 조하里村紹巴 등을 소환해 민간의 신경을 곤두서게 했으나, 그날로 혐의가 없음이 인정되어 그들을 집으로 돌려보냈다.

히데요시의 군령은 간단하고 명료했다. '자신의 본분에 충실하고, 나쁜 일을 저지르지 마라, 질서를 어지럽히는 사람은 목을 베겠다' 이 세 가지로 요약할 수 있었다. 그리고 교토에 들어갔다고 해서 바로 세금 감면을 포고하거나, 오산이나 조정에 헌금하는 등 아첨하는 모습을 보이지 않은 게 미쓰히데와 다른 점이었다. 아니 히데요시는 아직 정식으로 노부나가의 장례를 치르지 않았다. 그렇게 큰 규모의 장례식은 병력만으로도, 또한 사람의 이름으로도 할 수 없는 일이었다. 모든 일은 그 뒤에 처리하겠다는 심산이었다. 특히 중앙의 커다란 불은 마침내 잦아들었으나 그 불똥은 아직 각 주의 곳곳에 영향을 미치고 있었다.

시바타, 사구마佐久間, 마에다前田, 그리고 도쿠가와, 다키가와, 모리, 조소카베. 거기에 노부나가의 아들인 기타바타케 노부오와 간베 노부타카 등 친족들의 의향부터 그 사이에 잠재해 있는 각 무문의 속내까지. 모든 것을 일일이 고려해야 한다면 도저히 손쓸 수 없는 천파만파라고 할 수밖에 없었다. 천하의 모습은 아직 결코 광란에서 원래 상태로 돌아간 것이 아니었을 뿐만 아니라 노부나가가 떠나고 미쓰히데가 사라져 다시 전 국토가 셋으로 나뉘는 대분열을 초래하거나, 혹은 훨씬 더 좋지 않았던 무로마치 중기 시절처럼 동족상잔과 군웅할거가 재현될지도 모르는 상태에 있었다.

그러한 상황에서 히데요시는 며칠 동안 삼정사에서 움직이지 않았다. 17일에는 그곳으로 아케치 가의 노신인 사이토 구라노스케 도시미쓰가 생포되어 끌려왔다. 히데요시가 늙은 용장의 백발을 안쓰럽게 여기며 물었다.

"그대의 소망은?"

"그저 죽음뿐이다."

도시미쓰는 그렇게 대답했다.

심문에 의해 간신히 알게 된 바에 따르면, 구라노스케 도시미쓰는 야마자키에서 패한 뒤 아들인 도시미쓰利光와 미쓰요시光存와도 뿔뿔이 흩어져 고슈 가타다堅田의 민가에 숨어 있다 잡혔다. 몸 곳곳에 화살과 창에 의한 부상을 입었으며, 머리는 삼베처럼 하얘서 참으로 안쓰럽게 보였다.

18일, 도시미쓰의 수급은 교토 안을 끌고 돌아다닌 뒤 아와다구치에 내걸렸다. 그때 시정에서 조그만 사건이 하나 일어났다. 도시미쓰의 수급을 분실한 것이었다.

아와다구치에 내걸린 사이토 도시미쓰의 수급은 본능사에서 옮겨온 미쓰히데의 수급과 나란히 걸려 있었는데 겨우 한나절 동안 걸렸을 뿐 그날 밤 누군가에 의해 도둑맞고 말았다.

"아케치 당의 짓이야."

"아직 잔당이 있단 말이군."

교토 안의 사람들은 더욱 엄중한 색출 작업을 예상하여 두려워했으나, 뜻밖에도 이 일에 관해서만은 그 뒤로 특별한 여파가 없었다. 그렇게 안심할 무렵 누구에게랄 것도 없이 이런 소문이 나돌기 시작했다.

"수급을 훔친 건 화가인 가이호쿠 유쇼海北友松인 듯해."

유쇼는 당시 교토 북쪽의 한 사원에서 살고 있었다. 그를 만났던 사람의 말에 따르면 그는 여전히 그림에 빠져 가난하게 살고 있는데 그 일에 대해서 물으니 자신이 했다고도, 하지 않았다고도 말하지 않고 그저 웃을 뿐이었다고 한다.

유쇼는 예전부터 미쓰히데와 마음을 주고받은 사이였으며, 구라노스케 도시미쓰와는 특히 친밀했다. 그러다 보니 '틀림없이 그가'라는 당연한 억측이 나돌게 되었다. 그런데 유쇼가 사람들의 억측을 부정하지 않았으니 어쩌면 맞을지도 모른다고 생각하는 사람도 있었다. 하지만 교토 수비군은 유쇼를 따로 소환하지 않았다. 그 뒤로 교토 안팎은 며칠 만에 예전보다 더 평온해졌다.

이는 훨씬 뒤의 여담인데, 사이토 도시미쓰의 막내딸 오후쿠お福는 이

나바 마사나리稻葉正成에게 시집을 갔다. 남편인 마사나리는 고바야카와 히데아키小早川秀秋를 섬겼는데 세키가하라關が原 전투에서 패해 감옥에서 세상을 떠났으며, 아내인 오후쿠는 2대 쇼군將軍인 히데타다秀忠의 아들 다케치요竹千代의 유모가 되어 쇼군의 집안으로 들어갔다. 유명한 시녀 가스가노쓰보네春日局가 바로 이 여성이다. 한 해에는 교토로 들어가 임금을 가까이서 배알하는 영광을 누리기도 했다. 그때 가스가노쓰보네는 이미 세상을 떠나고 없는 가이호쿠 유쇼의 유족을 찾아갔다.

"덴쇼 10년(1582년) 6월의 아버지 기일마다 여러분의 아버지인 유쇼 나리의 정도 함께 떠오릅니다. 그 아름다운 뜻 지금도 잊을 수가 없습니다."

가스가노쓰보네는 그렇게 말하며 들고 갔던 금일봉을 놓고 동쪽으로 돌아갔다고 한다. 그러한 일화만 봐도 가이호쿠 유쇼의 웃음 속에는 확실히 하나의 사실이 숨겨져 있었다.

아케치 가는 멸망했으나 도라지의 뿌리는 각 집안에 나뉘어 자라고 있었다. 그중에서도 묘한 사람은 후에 가라샤라 불린 호소카와 다다오키의 부인이다. 아버지 미쓰히데가 반기를 든 날부터 마지막에 이르기까지, 아니 그 훗날까지도 세상의 비판 속에서 얼마나 남모를 고뇌에 시달렸을지 상상이 가고도 남는다. 그것은 한 편의 전국 여성사로 삼지 않으면 도저히 이야기할 수 없을 테니 여기서는 더 이상 언급하지 않도록 하겠다.

어머니의 성

18일, 삼정사의 히데요시는 본진을 십여 척의 병선 위로 옮겼다. 말도 실었으며 금병풍도 실었다. 아즈치로 이동하기 위해서였다.

군대는 육로를 이용해서도 기다랗게 줄을 지어 동쪽으로 나아갔다. 미풍에 움직이는 기치를 싣고 물길 위를 가는 배의 대열과 호숫가를 지나는 뭍의 행군, 서로의 모습을 바라보며 가는 광경은 장관이었다. 하지만 아즈치는 이미 초토가 된 상태였다. 그곳에 도착한 뒤 아연실색하지 않은 사람이 한 명도 없었다.

금색 벽을 두른 천수각도 없었다. 외곽의 문들도, 총견사總見寺(소켄지)의 누각과 행랑도 흔적을 찾아볼 수 없을 정도로 불에 타버리고 말았다. 성 아래 마을은 피해가 더욱 컸다. 들개가 먹을 만한 먹이조차 남아 있지 않았다. 남만사南蛮寺의 바테렌이 공허한 눈빛으로 돌아다니는 모습이 묘하게 눈에 띄었다.

그곳에 있어야 할 기타바타케 노부오는 가모 가타히데와 함께 고슈의 쓰치야마로 들어가 여전히 이세伊勢, 이가伊賀의 반란군과 항전 중이라는 사실도 그제야 알았다. 그리고 노부오가 아즈치에 불을 놓으라고 지휘한 것도 아니고, 가모 가타히데의 뜻도 아니었다는 사실도 알 수 있었다. 그렇다면 일부 군대가 저지른 일임에 틀림없었는데 명령이 잘못 전달되었거나 적의 유설에 현혹되어 선불리 행동한 것이라고 여겨졌다.

"지각없는 행동이다. 돌이킬 수 없는 짓을. 아무리 생각해봐도 안타까운 일이다."

히데요시와 동행한 간베 노부타카는 자꾸만 한탄했으나 그나마 노부오의 손으로 방화가 행해진 것이 아니라는 사실을 알고 난 뒤부터 분노도 상당히 가라앉은 듯했다.

히데요시의 지향점은 이미 고호쿠江北에서 미노 방면으로 향해 있었다. 그는 그곳에 도착하자마자 호리, 나카무라, 미야베宮部 등의 부대를 고호쿠의 야마모토山本 산성으로 급히 달려가게 했다.

야마모토는 아케치의 부장이었던 아베 아와지노카미와 교고쿠 다카쓰구京極高次 일족이 달아나 점거하고 있는 작은 성이었다.

미쓰히데의 난에 호응했던 와카사의 다케다 모토아키武田元明는 니와 나가히데의 사와야마佐和山 성을 빼앗았으며, 비슷한 시기에 아베 아와지노카미도 히데요시가 비운 성을 습격하여 나가하마를 점거했다. 하지만 얼마 지나지 않아 아베 아와지노카미는 중앙의 전황이 갑자기 틀어졌으며 미쓰히데도 목숨을 잃었다는 사실을 듣고는 교고쿠 일족과 함께 삼십 리 정도 떨어진 야마모토 산성으로 거점을 옮겼다.

그 뒤 공격진의 맹렬한 포위 공격을 받게 되자 야마모토 산성은 하루 반 만에 힘없이 떨어져버리고 말았다. 아베 아와지노카미는 전사했고, 아들 마고고로孫五郎는 호반에서 배로 달아나려 했으나 마을 사람들에게 저지당했을 뿐만 아니라 여러 가지로 괴롭힘을 당하다 목숨을 잃었다. 한편 교고쿠 다카쓰구도 사카타坂田 군에 있는 절 안에서 잡힐 뻔했다. 하지만 예전에 교고쿠 가를 섬긴 적이 있는 호리 히데마사 덕분에 간신히 난을 피했으며, 에치젠의 시바타 가쓰이에를 의지하여 멀리 달아날 수 있었다.

아즈치에 머문 날은 겨우 이틀이었다. 배의 행렬은 다시 호수의 북쪽으로 이어졌다. 히데요시는 마침내 예전에 살았던 나가하마 성으로 본군을 움직였다.

성은 무사했다. 적의 그림자는 보이지 않았으며 아군 병사가 들어가 있었다. 그곳에 금 표주박 깃발이 오르자 성 아래의 백성들이 미친 듯이 춤을 추며 그를 보기 위해 길가로 쏟아져 나왔다. 아녀자도, 늙은이도 모두 무릎을 꿇고 앉아 히데요시를 맞아들였다. 눈물을 흘리며 얼굴을 들지 못하는 사람도 있었고, 환호하며 손을 흔드는 사람도 있었다. 정신없이 춤을 추는 사람도 보였다.

'다행이로구나, 다행이야. 모두 무사해서 다행이로구나. 모두 잘 견뎌 주었다. 나도 이렇게 건강하다.'

히데요시는 눈으로 그렇게 말했다. 그는 영민들의 열의에 보답하기 위해 일부러 말을 타고 지났다. 그러한 때 영민은 영주의 자애로운 눈빛을 금방 읽어내는 법이다. 말하지 않아도 영주의 마음을 잘 알게 되는 법이다. 하지만 히데요시의 마음속에는 커다란 불안도 남아 있었다. 나가하마 성으로 들어가자 불안은 더욱 커졌다. 그는 한시도 가만히 있을 수 없을 정도로 쓸쓸하고 초조했다.

"알아냈는가, 어머니의 안부를?"

그는 그곳 혼마루에 앉은 뒤부터 드나드는 장수들에게 끊임없이 물었다. 아케치 군의 습격 전까지 성에서 탈 없이 잘 지냈던 노모와 아내의 신변이 갑자기 걱정되기 시작한 것이었다.

"백방으로 사람을 풀어 행방을 알아보고 있으나 아직 확실한 보고가 없습니다."

히데요시 앞에 한 장수가 복명했다.

"영민 중에는 어렴풋이나마 알고 있는 자가 있지 않겠느냐?"

히데요시가 물었다.

"그렇게 생각했습니다만 의외로 영민들 사이에서도 전혀 정보를 얻지 못했습니다. 이곳에서 벗어나실 때 그 행동을 극력 비밀에 부치신 듯합니다."

"그래, 그럴지도 모르겠구나. 영내의 사람들에게 정보가 새어나갔다면 아베 아와지의 부하들이 곧 뒤를 쫓아 위협했을 테니."

히데요시는 또 다른 장수를 맞아들였다. 이번에는 전혀 다른 이야기를 나누었다. 그날 사와 산성에 있는 적들이 그곳을 포기하고 와카사 쪽으로 달아났으며, 그곳도 예전의 성주인 니와 나가히데의 손에 돌아왔다는 보고였다.

이윽고 밤이 되었다. 이시다 사키치를 비롯한 네다섯 명의 시동들이 어딘가에서 분주히 돌아왔다. 시동들의 방과 복도 쪽에서 뭔가를 기뻐하는 소리가 일자 히데요시가 좌우의 사람들에게 물었다.

"사키치가 돌아왔는가?"

히데요시는 그를 꾸짖기 위해 사람을 보낼 정도였다.

"왜 이곳으로 얼른 오지 않는 것이냐!"

이시다 사키치는 그 근방의 마을에서 태어난 사람이었다. 그러다 보니 아사이浅井 군과 사카타 군의 지리에 대해서는 누구보다도 자세히 알고 있었다. 그는 이런 때야말로 지식을 활용해야 할 때라고 생각하며 낮부터 자원해서 주군의 노모와 부인이 숨은 곳을 찾았다.

마음의 고향

마침내 이시다 사키치가 히데요시 앞에 무릎을 꿇고 앉았다.

"마침내 가족분들이 계신 곳을 알아가지고 왔습니다."

사키치의 말에 따르면 히데요시의 어머니와 네네 부인 등의 권속은 그 곳에서 백여 리쯤이나 떨어진 산속에 숨어 있다는 것이었다. 나가하마에 서부터 모시고 간 집안의 무사와 시녀 들도 모두 한곳에 있는데 오늘까지 적의 눈을 피해 모두 목숨을 부지하고 있는 듯하다고 덧붙였다.

"사키치."

"네."

"이 소식을 어디서 들은 게냐?"

"절의 스님에게서 들었습니다."

"절이라면?"

"어렸을 때 제가 일했던 신언사眞言寺(신곤데라)의 삼주원三珠院(산주인)입 니다."

"그런 데를 잘도 생각해냈구나. 그렇다면 어머니와 네네가 숨어 있는 곳도 그 절과 연관이 있는 곳이겠구나."

"말씀하신 대로 아사이 군의 대길사大吉寺(다이키치지)라는 산사와 연관이 있는 곳입니다."

"대길사라니, 처음 듣는데 어느 부근에 있는 곳이냐?"

"사카타 군의 시치조, 도리와키鳥脇 등을 지나 이부키伊吹 산기슭 끝까지 가면 홋코쿠北國 가도가 있는데 그 길을 따라가지 말고 가로질러서 다시 이부키의 서쪽 기슭으로 올라가야 합니다. 이 부근까지만 해도 성에서 육십 리 정도 됩니다."

"잘도 알고 있구나."

"산주원에 있을 때 그 부근을 곧잘 뛰어다녔으니, 말하자면 어린 시절의 옛 전장이라고 할 수 있습니다."

"그래, 그래."

히데요시는 고개를 끄덕인 뒤 다시 말을 이었다.

"거기서 더 산으로 들어가야 하는 게냐?"

"육칠십 리쯤 마을도 없는 길을 지나야 합니다. 아네姉 강 상류인 아즈사梓 강물이 계곡을 가로지르고 연못을 이루며 흐릅니다만 어디까지 가도 수원에는 이르지 못합니다."

"잠깐, 잠깐. 그렇게 말해봐야 어딘지 모르겠구나. 내일 길 안내를 위해 따라오도록 하라."

"어렵지 않은 일입니다만 저보다 더 좋은 길잡이가 있습니다. 그를 부르시는 게 어떻겠습니까?"

"누구냐, 그게?"

"미노 사람인 히로세 효에廣瀨兵衛입니다. 그 부근은 미노 무사인 히로세의 영지였다는 사실을 산주원에서도 이야기했습니다만."

"아니, 미노까지 사람을 보낼 시간은 없다. 이 히데요시는 내일이라도 그곳으로 가고 싶다. 히로세에게는 사람을 보내 인사만 해두기로 하지."

"내일 몇 시쯤에 떠나실 생각입니까?"

"아침에 떠나면 저녁에는 어머니와 아내를 볼 수 있겠지."

"설령 말을 타고 가신다 해도 하루 만에 갈 수는 없습니다."

"일찍 출발해도 안 된단 말이냐?"

"도저히……."

사키치가 머리를 흔들었다.

"그렇다면 지금 당장 출발하기로 하자. 지금 출발하면 내일 저녁에는 도착하겠지."

히데요시는 말을 마치자마자 자리에서 일어났다. 애가 타는 마음이었을 테지만 너무 갑작스러웠다. 그 자리에 있던 장수들도 어처구니없다는 표정을 지었으며, 수행할 가신들은 준비에 경황이 없어서 여간 분주한 것이 아니었다.

"나머지는 잘 부탁하겠다."

히데요시는 호리 히데마사 등을 돌아보며 시동이 걸쳐주는 하오리羽織를 입고 있었다. 그리고 다시 이렇게 말했다.

"오쓰에는 히코에몬을 남겨두었고 아즈치에는 간베 나리가 머물고 계시네. 사와 산도 그렇고, 이 나가하마도 그렇고 더는 적을 걱정할 필요는 없을 듯하니 어머니를 모시러 잠깐 다녀와야겠네. 이삼 일쯤 말미를 주기 바라네."

"다녀오시기 바랍니다."

각 장수들은 이렇게 말할 수밖에 없었다. 그리고 성문까지 배웅을 나갔다. 그러는 동안 사람들은 '대체 하시바라는 대장의 힘은 어디까지 이어질지, 뒤에서 봐도 봐줄 만한 곳이라고는 전혀 없는 체격인데 어디서 이와 같은 기력과 체력이 솟아오르는지'라고 생각하며 감탄에 가까운 의문에 휩싸였다.

"소란 피울 것 없다. 어머니를 모시러 가는 것은 이 히데요시 개인의 일이다. 이렇게 많은 병사를 데려갈 수는 없다."

성문을 나서자마자 히데요시가 커다란 목소리로 외쳤다. 그곳에 육칠백 명의 병사들이 짧은 시간 동안 준비를 마친 뒤 기다리고 있었기 때문이다. 야마자키와 사카모토에서 연전을 치르고 왔으며 아즈치에서도 거의 쉬지 못하고 이른 새벽에 출발해 오늘 밤 막 도착한 터였다. 그러다 보니 병사들의 얼굴은 진흙처럼 지쳐 있었다. 히데요시는 그런 병사들의 상황까지 살펴서 말했을지 모른다.

"수행은 오십 기 정도만 있으면 충분하다. 단, 시동들은 가능한 모두 따라오도록."

이미 말 위에 올라 햇불을 든 사람들이 앞줄로 나서는 동안 히데요시는 그렇게 말했다.

"그것은 위험합니다. 오십 기만으로는 너무 적습니다. 이러한 밤길, 특히 이부키 산 부근에는 아직도 적의 세력이 숨어 있을지 모릅니다."

호리 히데마사와 이케다 쇼뉴가 온갖 말로 간언했으나 히데요시는 확신에 찬 듯 '걱정할 것 없다'는 말만 되풀이했다. 마침내 히데요시와 수행원들이 햇불을 앞세우고 나가하마의 성문에서 북동쪽으로 난 길을 향해 나아갔다.

저녁부터 사경까지는 서두르지 않고도 오륙십 리의 길을 갈 수 있었다. 주변이 아직 새카만 어둠에 잠겨 있을 때 이시다 사키치가 앞서 달려가 나나오尾 촌 산주원의 문을 두드렸다. 산승이 이만저만 놀라지 않을 것이라 생각했으나 뜻밖에도 산문을 열자 경내에는 불이 환하게 밝혀져 있었으며, 구석구석까지 깨끗이 청소를 해놓았다.

"누구냐, 내가 들를 것이라고 미리 말해둔 자가?"

"사키치입니다."

"그러냐."

"네, 틀림없이 이 부근에서 나리가 쉬실 것이라 생각했기에 발 빠른 젊은이를 하나 먼저 보내서 오십 인분의 도시락과 더운 물에 만 밥을 준비해두라고 명령했습니다."

히데요시는 이 절의 심부름꾼이었던 사키치를 열세 살 나이에 맞아들여 나가하마 성의 시동으로 삼았다. 그로부터 팔 년이 지났다. 이시다 사키치도 스물한 살의 젊은 무사가 되었다. 게다가 사리에 밝고 민첩했다. 평소 히데요시는 사키치를 두고 이렇게 말했다.

"이치마쓰와 도라노스케, 스케사쿠 모두 무용에 뛰어나지만 사키치에게는 조금 다른 면이 있다."

사키치를 자식처럼 길러준 산주원의 주지가 사키치를 보고 한없이 기뻐한 것은 물론 오랜만에 성주를 맞이하는 것이라 절 안에 있는 사람들 모두 환대에 힘을 쏟았다. 하지만 히데요시는 갑작스러운 줄 알면서도 잠깐 쉬기 위해 들른 것에 지나지 않았기에 함께 온 사람들에게 도시락을 먹게 하고 자신도 더운 물에 만 밥을 먹고 차를 한 잔 마신 뒤 서둘러 출발했다.

"고생 많았소. 곧 보답을 하리다."

그때까지도 날은 아직 완전히 밝지 않았다. 그저 눈앞에 있는 이부키 산의 능선이 새벽녘 붉고 누른 하늘에 또렷하게 그려졌고 새소리가 들려올 뿐이었다. 길가에 이슬이 흠뻑 내렸으며 나무 밑은 어두웠다. 주지의 명령으로 산길에 밝은 젊은 승려 둘이 짚신을 신고 횃불 앞에 서서 이부키 중턱으로 올라갔다.

"대길사까지 안내하겠습니다."

승려들이 말했다.

"저쪽에 이부키와 이어져 있는 산을 구니미國見라고 하는데, 동쪽으로 넘어가면 미노의 이비揖裵 군입니다. 또 여기서 더 들어가면 구사노쇼草/庄라고 하는 곳이 나오는데 예전에 헤이지平治의 난 때 미나모토노 요시토모源義朝 부자가 그곳에 숨었다고 전해지고 있습니다."

히데요시는 어머니와 아내에게 다가가고 있다는 생각에 즐거워 보였다. 험한 길도, 몸의 피로도 잊은 듯한 모습이었다. 그리고 조용히 밝아오는 이부키의 서쪽 계곡으로 들어갈수록 마치 어머니의 품속으로 들어가는 것처럼 느껴지는 모양이었다.

앞서 이시다 사키치가 말한 것처럼 아즈사 강의 계류는 아무리 거슬러 올라가도 수원지 같은 모습이 보이지 않았다. 몇십 리를 더 가자 갑자기 주위가 넓어지더니 산속이라고 여겨지지 않을 정도로 널따란 골짜기가 나왔다.

"저것이 가나구소かなくそ 산입니다."

안내를 맡은 승려가 맞은편 높다란 봉우리 하나를 가리키며 이마의 땀을 닦을 무렵, 해도 중천에 떠올라 한여름의 더위가 절정에 이르렀다.

"이 부근부터 히가시쿠사노東草野입니다만, 대길사까지는 아직 이십 리나 더 가야 합니다. 전 구역을 구사노쇼라고 부르기는 합니다만, 가미쿠사노上草野와 히가시쿠사노로 나뉘어 동서 이십 리, 남북 오십 리에 이르는 넓은 골짜기입니다."

승려가 다시 앞장서서 걷기 시작했다. 길은 점점 좁아졌다. 그래서 말을 타고 가기 어렵다 보니 히데요시와 가신들 모두 걸어서 갔는데, 그때 좌우의 사람들이 무엇을 봤는지 갑자기 술렁이며 떠들어댔다.

"적 같은데."

착한 아들

산 밑을 돌아 시야가 트인 곳으로 나왔을 때였다. 앞을 보니 산중턱에 한 무리의 병사들이 모여 있었다. 병사들도 놀란 모양이었다. 멀리서 히데요시 일행을 확인하자마자 모든 병사가 자리에서 일어났다. 한 사람은 지휘를 하는 듯한 모습을 보였고, 몇몇 병사는 각자 어딘가로 흩어져 가는 듯한 모습을 보였다.

"이부키 쪽으로 달아난 자도 많다고 들었네. 그 아베나 교고쿠의 잔병들일 게야."

히데요시를 수행하던 사람들은 있을 법한 일이라며 조총수들을 앞으로 배치했다. 그리고 바로 쏘라고 명령했다. 그러자 앞쪽에서 길잡이로 나섰던 두 승려가 손을 흔들며 그들을 말렸다.

"적이 아닙니다. 구사노쇼를 지키는 보초병입니다. 대길사에서 나온 보초병이니 쏘면 안 됩니다."

승려들은 맞은편 산중턱을 향해서도 손짓을 해가며 있는 힘껏 목소리를 높여 뜻을 전달했다. 그러자 산중턱에 모여 있던 병사들이 절벽을 굴러 내려오는 돌덩이처럼 일제히 그곳에서 내려오기 시작했다. 잠시 뒤, 등에 작은 깃발을 꽂은 한 장수가 달려왔다. 점점 가까워질수록 아군임에 틀림없다는 사실을 확인할 수 있었다. 나가하마를 지키기 위해 남겨두었던 가신의 얼굴이라는 것을 히데요시도 떠올렸다.

누가 뭐래도 산사였다. 대길사는 대길당大吉堂이라고도 불리는데 당 하나와 무너져가는 승방 한 동밖에 없었다.

옛 기록에 헤이지의 난 때 요시토모 부자가 숨었을 무렵에는 이 산속에 사십구 원院의 전사殿舍가 있었다고 전해지나 지금은 노세野瀨라 불리는 계류에 면한 작은 마을까지 합쳐도 그렇게 많지 않았다.

비가 내리면 비가 샜다. 바람이 불면 벽과 들보의 흙이 흘러내렸다. 그런 본당에는 네네가 노모를 모시고 있었으며, 승방에는 어린아이와 나이든 사람과 시녀들이 묵고 있었다. 또 나가하마에서 따라온 가신과 부하들은 부근에 움막을 짓기도 하고 마을의 농가에 흩어져 묵기도 했다. 어쨌든 이백 명이 넘는 대가족이 그곳에서 보름이 넘는 시간 동안 생각하지도 못했던 필사의 생활을 체험하고 있었다.

6월 초, 본능사의 난 소식이 나가하마에 전해질 무렵에는 이미 아케치 군이 눈앞까지 닥쳐온 상태였다. 무엇을 할 틈도 없었다. 네네가 할 수 있는 일이라고는 멀리 주고쿠에 있는 남편에게 편지 한 통을 써서 보내는 것이었다. 노모를 업고 권속을 이끌고 가신들을 독려해 성을 버리고 떠날 때도 물건을 챙길 여유도 없었다. 노모가 갈아입을 옷과 남편이 주군에게서 받은 물건 등을 말의 등에 싣는 것이 고작이었다.

네네는 그 누구보다 비장한 각오와 커다란 책임을 느꼈다. 남편이 비운 집을 지키며 시어머니를 모시고 수많은 하인을 부리면서 어떻게 해야 전장에 있는 남편을 기쁘게 할 수 있을지 목숨을 걸고 생각했다. 어제까지만 해도 남편은 전장에 있고 자신들은 고향에 있다고 생각했으나, 하루아침에 그 경계가 무너졌으며 모든 곳이 전장으로 바뀌어 있었다. 하지만 이런 모습은 전국 시대의 너무나도 당연한 모습이었다. 전국 시대를 살아온 사람들은 설령 한때의 낭패라 할지라도 '꿈과 같은 일'이라며 망설이지 않았다. 있을 수 없는 일이라며 탄식에 잠긴 채 사라져버리는 무분별한 사람은 하녀들 속에도 없었다.

단, 어머니를 모시는 일만큼은 네네도 마음을 쓰지 않을 수 없었다. 잠시 성을 적의 손에 넘긴다 할지라도 남편이 있으니 언젠가는 반드시 탈환하리라. 그런 믿음도 강했다. 하지만 만일 노모의 몸에 화살 하나라도 닿는다면 그것은 돌이킬 수 없는 일이 된다. 남편이 자리를 비운 성을 맡은 아내로서 남편을 볼 면목을 잃고 만다. 네네는 오로지 그것만을 생각했다.

"오로지 노모를……. 어머님의 몸을 지키기 바란다. 내 몸 따위는 돌아볼 필요도 없다. 아무리 아까운 물건이라 할지라도 재보財寶에 마음을 빼앗겨서는 안 된다."

네네는 하녀들은 물론 일족의 모든 사람들에게 그렇게 말하고 동쪽으로, 동쪽으로 길을 서둘렀다.

나가하마의 서쪽 일대는 호수였고, 북쪽은 적인 교고쿠와 아베의 여당이 견제를 하고 있었고, 미노로 통하는 길은 동정을 전혀 알 수 없었기에 이부키 산의 기슭 쪽으로 달아날 수밖에 없었다.

승자의 일족인 경우 무인의 아내로서 행복에 둘러싸이지만, 일단 패자가 되어 특히 성에서 쫓겨나 달아날 경우 평소 들판에서 일을 하거나 거리에서 물건을 파는 사람들이 도저히 상상할 수 없을 만큼 비참한 모습일 수밖에 없었다. 먹을 것에 굶주려야 하고, 산적이나 적의 척후병을 염려해야 했다. 또 날이 저물면 비와 이슬을 피할 곳조차 궁했고, 날이 밝으면 피가 밴 하얀 발로 서로를 위로하며 달아나야 했다.

이러한 역경 속에서도 잃지 않는 것은 앞날에 대한 기백이었다. 만약 적에게 잡힐 경우 어떻게 해야 할지 각오를 다지고, 때가 되면 적에게 뜨거운 맛을 보여주겠다며 남몰래 맹세를 했다. 굽힐 줄 모르는 여자의 일심이었다. 평소 연지를 바르고 검은 머리에 윤기가 흘러도 이러한 때 마음에서부터 방향芳香을 발하지 못한다면, 그것은 단지 추한 모습을 가리는 거짓된 치장에 불과하다며 여자들 사이에서조차 그런 모습을 경멸하고 천하게 여겼다.

노세 마을은 더할 나위 없이 좋은 피난처였다. 멀리 보초병을 세워두면 적에게 급습을 당할 염려가 없었다. 한여름이라 이불과 먹을 것도 그럭저럭 마련할 수 있었다. 단지 걸리는 게 있다면 사람이 사는 마을과 너무 멀리 떨어져 있어서 세상 소식을 전혀 알 수 없다는 것이었다.

'전령도 이제 올 때가 되었는데.'

네네의 생각은 서쪽 하늘을 달리고 있었다. 나가하마에서 빠져나오기 전날 밤, 급히 글 하나를 써서 주고쿠에 있는 남편에게 전했지만 그 뒤로 전령의 소식마저 끊겨버리고 말았다. 어쩌면 도중에 아케치 군에게 잡혔거나 우리가 숨어 있는 집을 찾지 못하는 것일지도 모르겠다며 네네는 밤낮으로 천 갈래 만 갈래 생각에 사로잡혔다.

얼마 전 야마자키에서 전투가 있었다는 소식이 들려왔다. 은밀히 마을로 갔던 가신이 산주원에서 듣고 온 소식이었다. 그것을 듣는 순간 네네는 온몸이 핏빛으로 물드는 것만 같았다.

"그 아이의 성격으로 봐서 당연히 그랬겠지……."

소식을 전해 들은 노모가 당연하다는 듯 말했다. 하지만 언제부턴가 머리까지 새하얗게 변한 노모는 아침에 일어난 뒤부터 잠자리에 들 때까지, 대길사의 본당에 털썩 앉은 채 거의 움직이지 않았다. 오로지 아들의 전승만을 기원했다. 세상이 아무리 혼란스러운 때라고 하지만 자신이 낳은 아들이 대도에서 벗어나는 행동을 할 리 없다고 철석같이 믿고 있었다.

노모는 지금도 네네에게 히데요시를 이야기할 때면 예전에 부르던 대로 '그 아이, 그 아이' 하고 불렀다. 하루 종일 기도를 올릴 때도 '이 늙은 이가 대신해서'라고 말할 게 틀림없었다. 그렇게 기도를 올리다 한숨을 내쉬며 정면의 본존불을 올려다보았다. 대길당에 있는 불상은 한 길이 넘는 성관음聖觀音의 입상이었다.

"어머님, 머지않아 이곳으로 길보가 전해질 것 같은 느낌이 드는데, 어머님은 어떠신지……."

잠시라도 시간이 나면 네네는 노모 곁으로 와서 함께 손을 모았다. 이곳에 온 뒤부터 그녀는 하인의 손을 전혀 빌리지 않고 어머니의 식사부터 잠자리를 돌보는 일까지 모두 직접 챙겼다. 또 짬짬이 가신의 아내들과 병든 사람들을 찾아가기도 하고 자칫 의기소침해지기 쉬운 가신들을 격려하기도 했다. 마치 가난했던 시절 히데요시의 아내로 다시 돌아간 듯한 모습이었다.

"그래, 너도 그렇게 생각하느냐? 이 어미도 그런 생각이 드는구나. 이유는 알 수 없지만."

"이 성관음님의 얼굴을 올려다보고 있자니 문득 그런 기분이 들었어요. 그제보다는 어제, 어제보다는 오늘, 날이 지날수록 더 분명하게 우리를 향해 웃어 보이는 것 같은……."

아침부터 두 사람이 그런 이야기를 주고받았던 날이었다. 그야말로 여자의 직감이라고 할 수 있을지 모르겠다.

해가 짧은 산골 마을은 일찌감치 절의 벽에 땅거미를 드리웠다. 네네는 당 안의 어두운 곳에서 초에 부싯돌을 문지르고 있었으며, 노모는 홀로 저물어가는 것처럼 성관음 밑에 오도카니 앉아 기도를 올리고 있었다.

그때 밖에서 심상치 않은 속도로 달려오는 발소리가 들려왔다. 열 명이 조금 안 되는 숫자의 무사들인 듯했다. 노모는 퍼뜩 놀라 뒤를 돌아보왔다. 네네도 당의 마루로 나갔다.

"나리께서 이곳으로 오고 계십니다. 곧 나리께서 오실 것입니다."

그들은 경내 전체에 들리도록 커다란 목소리로 외쳤다. 날마다 이십 리 정도 떨어진 하류까지 망을 보러 나가는 보초병들이었다. 보초병들은 앞으로 고꾸라질 듯한 모습으로 기울어진 산문 안으로 뛰어들다 순간 앞 쪽 툇마루에서 네네의 모습을 보자 다가갈 시간도 아깝다는 듯 그 자리에 서서 외쳐댔다.

"오십 기 정도가 쉬지도 않고 이곳으로 오고 있습니다."

"나리를 비롯하여 수행원 모두 건강하십니다."

"이제 곧 도착하실 겁니다. 꿈같은 얘기입니다만, 절대 꿈이 아닙니다. 정말로 주고쿠에서 밀고 들어온 우리 나리가 맞습니다."

그들의 목소리는 툇마루 앞을 떠나서 마침내 좁다란 절 안은 물론 뒤 쪽에 지은 무사들의 움막에서 부락의 집들까지 전달되었다. 얼마나 빨리 전달되었는지 곧 대길사를 중심으로 노세 마을 전체에서 말로 형용할 수 없는 목소리가 와앗 하고 일제히 끓어올랐다.

"어머님."

"네네야……."

노모와 네네는 서로를 부둥켜안은 채 기쁨의 눈물에 목이 메었다.

노모는 성관음 앞에 엎드렸다. 네네도 진심으로 절을 했다. 그 모습을 본 노모가 어머니답게 네네를 재촉했다.

"네네야, 아무리 이러한 때라고는 하지만 그 아이도 오랜만에 너를 보는 것 아니냐. 네 모습이 너무 야윈 것처럼 보일 게다. 서둘러 머리라도 만져야……."

"네, 네."

"그리고 문 앞까지 나가서 마중하도록 해라."

네네는 급히 부엌으로 들어갔다. 머리를 만지고 옅게 화장을 하고 허리끈과 옷깃을 바로 한 뒤 짚신을 신었다.

일족과 집안의 하인들 모두 마중을 하러 이미 문 앞으로 나가 나이 순서대로, 신분에 따라 늘어서 있었다. 마을 사람들도 부근 나무들 사이에서 얼굴을 내밀고 내다보고 있었다. 무슨 일이 일어날지 눈을 둥그렇게 뜨고 지켜보는 듯했다.

잠시 뒤, 다시 두 명의 무사가 달려와 상황을 전했다.

"곧 이곳으로 나리와 수행원들이 오실 것입니다."

그들은 네네 앞에서 보고를 마친 뒤 줄 끝으로 가서 섰다. 순간 갑자기 조용해졌다. 모두의 눈동자가 한 줄기 길 너머로 드리워질 그림자를 기다리고 있었다. 네네의 눈은 벌써부터 촉촉하게 젖어 있었으며, 사람들의 눈자위도 희미하게 충혈되어 있었다.

머지않아 한 무리의 인마가 도착했다. 이내 땀 냄새와 먼지가 마중 나온 사람들의 술렁임에 휩싸였다. 대길사의 문 앞은 울부짖는 말의 그림자와 서로를 끌어안고 무사함을 축복하는 사람들의 그림자로 가득했다.

히데요시 역시 그런 사람들 중 한 명이었다. 그는 마을 초입에서부터 말에서 내린 뒤 말을 하인에게 맡기고 걸었다. 그러다 오른쪽 줄 끝에 늘어서 있던 어린아이들에게 말을 걸었다.

"어떠냐? 산속에는 놀 곳이 많아서 좋지?"

그리고 가까이에 있던 남자아이와 여자아이의 어깨를 두드렸다. 다들 집안사람들의 가족이었다. 그러다 보니 당연히 그들의 어머니와 할머니, 나이 든 아버지가 섞여 있었다. 히데요시는 사람들의 얼굴을 하나하나 살펴보며 산문의 돌계단 쪽으로 걸어갔다.

"그래, 그래. 모두 건강하게 있었구나. 이 지쿠젠도 마음이 놓인다."

히데요시는 왼쪽 줄로 얼굴을 돌렸다. 그곳에는 집안의 무사들이 숙연하게 머리를 숙이고 있었다. 히데요시가 목소리를 조금 높여 말했다.

"모두들, 지금 돌아왔다네. 그동안의 어려움, 잘 알고 있다네. 고생 많았어."

줄지어 서 있던 집안의 무사들이 무릎까지 내렸던 손을 다시 무릎 아래까지 내렸다.

돌계단 위 산문 안쪽에는 친족들과 가신들이 서서 마중을 하고 있었다. 히데요시는 좌우를 향해 자신이 건강하다는 듯 미소만 지어 보일 뿐이었다. 특히 아내인 네네에게는 슬쩍 눈길만 주었을 뿐 말도 걸지 않고 산문을 지났다. 하지만 그곳을 지나는 남편의 모습 뒤에는 언제나 다소곳한 아내의 그림자가 따라다녔다. 네네의 말에 따라 줄줄이 따라다니던 시동들과 일족들도 휴식을 취하러 떠났고, 마루 위에서 '나중에 다시'라고 인사만 하고 자신의 거처로 모습을 감추기도 했다.

천장이 높은 당 안에 낮은 촛대 하나가 오도카니 밝혀져 있었다. 한쪽에는 누에고치처럼 머리가 새하얀 사람이 적갈색 겉옷을 입고 조용히 앉아 있었다. 말할 것도 없이 히데요시의 어머니였다. 그로부터 얼마 뒤, 아들이 마침내 태합太閤이 되었을 때는 오만도코로大政所로 받들어진 사람이었다.

"여기에 계시는가?"

네네의 안내를 받아 툇마루에 오른 아들의 목소리가 들렸다. 노모는 소리도 없이 일어나 발걸음을 문 쪽으로 옮겼다. 히데요시는 덧문 아래서 겉옷의 먼지를 털고 있었다. 아마가사키의 진중에서 깎은 머리는 아직 그대로 두건에 감싼 채 있었다. 네네가 남편의 뒤로 돌아가 조그만 목소리로 가만히 주의를 주었다.

"어머님께서 마루까지 마중을 나오셨습니다."

히데요시는 황망히 어머니 앞으로 다가가 엎드렸다. 어찌 된 일인지 아무런 말도 할 수가 없었다.

"어머니, 고생하셨습니다. 용서해주시기 바랍니다."

잠시 뒤, 히데요시가 간신히 한 말은 그 한마디뿐이었다.

노모는 무릎을 조금 뒤로 물리고 자신의 아들에게 절을 올렸다. 자신의 아들이라고는 하지만 이러한 때에는 개선한 집안의 주인을 대하는 예로 맞아야 했다. 그것이 무문의 가풍이기도 했다. 평소의 단순한 모자 사이로 대하는 게 아니었다. 하지만 히데요시는 무사한 어머니의 모습을 보자 골육의 정만이 솟아올랐다. 그는 어머니의 무릎 앞으로 다가갔다. 그러자 노모가 다시 한 번 공손하게 예의를 갖추며 그런 아들의 행동을 거부하듯 말했다.

"무엇보다 너도 무사히 돌아와 다행이다. 하지만…… 이 어미의 어려움과 무사함을 묻기 전에 어째서 우다이진(노부나가) 님의 소식을 이야기하지 않는 게냐. 또 천하의 적인 미쓰히데를 물리쳤는지, 아직 물리치지 못했는지…… 그것을 고하지 않는 게냐?"

"네, 그렇습니다."

히데요시가 옷깃을 바로 하자 노모가 말을 이었다.

"몰랐느냐? 어떤 상황에 있든 이 노모가 날마다 걱정한 것은 아들의 생사가 아니었다. 우다이진 님의 신하 하시바 히데요시라는 대장의 업적이었다. 주군께서 돌아가신 뒤 일을 어떻게 처리했는지, 아마가사키와 야마자키 부근까지 군대를 되돌려갔다는 소식은 들었으나 그 이후의 일은 아직 이 산속까지 전해지지 않았다. ……이 늙은이는 오로지 그것만을 걱정하고 있었다."

"말씀이 늦었습니다."

히데요시의 말투는 애정이 없는 타인을 대하는 듯했으나 온몸은 피가 끓어오르는 듯 기쁨에 떨고 있었다.

지금 노모의 나무람은 어머니의 사랑에 위로받는 것보다 백배, 천배로 커다란 사랑을 주었고 장래까지 격려하고 있었다. 아들을 끌어안고 온갖 다정한 애무를 해주는 것은 금수의 어머니도 할 수 있다. 하지만 사람의 어머니에게서만 볼 수 있는 참된 사랑은 때로 그러한 본능까지도 초월한 높은 곳에 있다. 히데요시는 그 커다란 사랑을 온몸으로 느꼈다. 사실 히데요시는 마음속으로 그런 말을 듣기를 바라고 있었다.

어째서 아들은 어머니에게 그런 희망을 품었는가 하면, 전장에서도 틈만 나면 미련을 갖게 하는 것이 정이기 때문이다. 만사 제쳐놓고 어머니가 무사한지를 보기 위해 온갖 어려움을 무릅쓰고 이곳으로 온 것도 결코 무사히 돌아왔다는 마음에서 나온 것이 아니었다. 가슴으로는 내일이면 다시 어머니고 뭐고 모두 버리고 생사의 길로 나서야 한다고 기약하는 몸이었다. 아니, 히데요시뿐만 아니라 무릇 대의를 위해 사는 사람이라면 모두 집에서는 그렇지 않은 모습을 보여도 그러한 희망을 어머니에게도 품고 있으며, 아내에게도 품고 있고, 형제들에게도 품고 있을 것이다. 뒤에 남겨두고 가는 사람들을 생각하면 생각할수록 그 마음은 뼈에 사무치는 것이다. 그러다 보니 나약한 사람들의 입에서 씩씩한 소리를 한 마디라도 들으면 그것을 무한한 사랑으로 받아들이고 뒤를 돌아보지 않는 자신의 영웅혼을 더욱 강하게 불태울 수 있는 법이다.

히데요시는 아직 누구에게도 장래에 큰 뜻을 이루겠다고 호언한 적이 없었다. 세상을 떠난 노부나가는 그를 '도량이 큰 자'라고 평가했는데, 그 도량은 저절로 우러나온 것이지 히데요시가 함부로 큰소리를 쳐서 생긴 것이 아니었다. 하지만 그를 낳은 어머니는 누구보다도 그를 잘 알고 있었다. 오늘 어머니의 말은 그야말로 아들을 알고 있는 어머니의 말이나 다름없었다.

'어머니는 알고 계시는구나. 뜻을 이루든 이루지 못하든 어머니는 각

오하고 계시는구나.'

이러한 어머니의 마음은 아들에게 큰 힘이 되어주었다. 히데요시는 주고쿠 이후의 연전에서 오는 피로도, 앞으로 해야 할 집안에 대한 걱정도 단번에 벗어버린 듯한 느낌이 들었다. 지금은 오로지 혼신의 노력을 천명에 맡기고 천의天意의 대답을 기다리면 될 듯싶었다.

히데요시는 주군 노부나가의 죽음을 알게 된 뒤부터 지금까지의 경과와 앞으로 관철시키려 하는 커다란 뜻을 늙은 어머니에게 알기 쉽게 자세히 이야기했다. 아들의 이야기를 듣고 노모는 비로소 눈물을 흘렸다. 그리고 처음으로 장하다며 아들을 칭찬했다.

"짧은 시간 안에 아케치를 잘도 물리쳤구나. 우다이진 님의 영도 잘했다며 생전의 은혜를 후회하지 않고 계실 것이다. 사실 이 어미는 만일 네가 미쓰히데의 수급도 보기 전에 이곳으로 먼저 온 것이라면 단 하룻밤도 여기서 묵지 못하게 하겠다고 마음속으로 굳게 결심하고 있었다."

"네, 이 히데요시도 그 일을 마무리 짓기 전에는 어머니를 뵐 면목이 없다고 생각하여 이삼 일 전까지만 해도 오로지 싸움에만 몰두해 있었습니다."

"그런데 이렇게 무사히 서로의 얼굴을 볼 수 있었던 것도 네가 택한 길이 신불의 뜻에 합당한 것이었기 때문일 게다. 자…… 네네도 이쪽으로 오너라. 다 같이 절을 올리자꾸나."

노모는 그렇게 말한 뒤 정면의 성관음을 향해 앉았다. 그때까지 네네는 남편과 시어머니가 있는 곳에서 훨씬 떨어져 얌전히 앉아 있었다. 네네는 '네' 하고 대답한 뒤 조용히 일어서서 본존 앞으로 걸어갔다. 그런 다음 매달려 있는 두 개의 등과 감실 안에 불을 붙였다. 그리고 돌아와서는 처음으로 남편 옆에 앉았다.

모자 세 사람이 나란히 서서 희미한 등불 앞에 절을 했다. 히데요시는 머리를 들어 응시한 뒤 다시 삼배를 했다. 성관음 옆 감실이 놓인 단에 주군 노부나가의 속명을 적은 임시 위패가 놓여 있었기 때문이다.

절을 올린 뒤에야 노모는 비로소 마음속 무거운 짐을 내려놓았다는 듯 다정한 목소리로 말했다.

"네네야, 이 아이는 목욕을 좋아한다. 목욕물 준비는 시켜두었겠지?"

"네. 피로를 푸는 데는 목욕이 최고라 생각하여 급히 준비하라 일러두었습니다."

"그러냐. 우선 땀을 좀 씻도록 해라. 어미는 그사이에 부엌에 가서 이 아이가 좋아하는 음식이라도 마련해둘 테니."

노모가 두 사람만 남겨두고 나갔다.

"네네."

"네."

"자네도 이번 일로 마음고생이 심했겠소. 하지만 그동안 일 처리도 실수 없이 잘해주었고, 어머니도 잘 보살펴주었소. 이 히데요시도 그것만을 걱정하고 있었는데."

"이 정도의 어려움은 무인의 아내에게 언제 찾아올지 모르는 일이라고 생각해 평소 각오한 덕분인지 그렇게 힘들지는 않았습니다."

"그런가. 무릇 고난이란 그것을 극복한 뒤, 되돌아보면 재미있고 참으로 유쾌한 것이 되는 법이오. 그 점을 잘 알았겠지?"

"지금 이렇게 무사하게 돌아온 서방님을 바라보고 있는 것이 말씀하신 그대로의 마음입니다."

"인생에 기복이 없다면 아무런 맛도 없을 것이오. 부부 사이도 역시 마찬가지 아니겠는가."

"호호호호, 과연 그럴까요?"

"주고쿠에 오래 머무는 동안 아즈치까지 갔지만 나가하마의 집에는 들를 여유가 없었소. 그토록 오랫동안 보지 못한 아내를 오랜만에 만나고 보니, 우리 집 조강지처도 신부였을 때만큼 상큼하게 보이는구려."

네네가 얼굴을 붉히며 말했다.

"어머. 그런 농담을."

"아니, 아니. 진심일세."

히데요시가 진지하게 말했다.

"단둘이 본당의 거친 멍석 위에 앉아 있으니 우리가 혼례를 올렸던 기요스 시절 활 부대의 숙소가 떠오르는군. 자네의 수줍어하는 모습, 그리고 남편을 맞아들이는 진심 어린 모습을 생각하면 지금도 즐겁소. 너무 친밀한 부부라면 때로 이삼 년 정도 떨어져보는 것도 좋을 듯하군."

"그건 서방님의 생각이시겠죠. 아내의 마음은 조금 다릅니다."

"그런가? 음……. 어떻게 다르지?"

그때 본당의 끝 쪽 방에서 술렁술렁 인기척이 들려왔다. 다정하게 이야기를 나누던 부부는 다시 사이를 벌리고 앉아 시선을 돌렸다. 일족 근친의 노유老幼들이었다. 히데요시에게 인사를 하기 위해 저마다 의복을 갈아입고 온 것이었다.

"오오, 모두 건강하구나. 모두 무사했어. 다행이다, 다행이야."

히데요시는 그들 모두에게 일일이 말을 건네고 무사함을 축복했다.

히데요시는 목욕을 마친 뒤, 식구들을 모아놓고 활기찬 저녁 식사를 했다. 집안사람들은 주인을 중심으로 단란한 저녁 시간을 마음껏 누렸다. 내일 아침 일찍 산속에서 나가 다시 되찾은 나가하마 성으로 돌아갈 예정이었다. 그러다 보니 나이 든 사람은 물론 아녀자들까지도 즐거운 마음에 쉽게 잠을 잘 수가 없었다.

"내일은 서둘러 나서야 해. 일찍 일어나야 된다."

부모들은 아이들을 달래며 절 안의 오두막으로 돌아갔다. 대길사 본당에서도 일찌감치 불을 껐다. 노모는 성관음 앞에 누웠고 히데요시 부부는 성관음 뒤에 있는 조그만 방에 몸을 눕혔다. 아즈사 강의 계곡 소리와 두견이 소리가 밤새 들려왔다.

짧은 밤이 밝기도 전에 몸단장을 하고 말을 준비하는 소리가 들렸다. 나가하마에서 나올 때 모두 버리고 왔기에 돌아가는 날에도 짐은 적었다.

히데요시는 절에 땅을 기증하고 촌장에게 마을 사람들의 은혜에 보답하는 상을 내린 뒤 출발했다. 길게 늘어선 줄이 이어졌다. 어머니는 급히 만든 가마에 올랐으며 히데요시 부부가 그 옆을 따라갔다.

하얀 해무에 아침 해가 비췄다. 아즈사 강의 계곡을 따라 길이 점점 좁아졌다. 말을 타고 가던 무사는 말에서 내려 말을 끌고 갔다. 길이 험해서 말도 버틸 수가 없었던 것이다. 가마도 편하지는 않았다.

"어머니, 힘드시죠? 잠깐 쉬었다 가시지요."

노모는 가마 밖으로 나와 잠시 휴식을 취했다. 출발할 때 히데요시는 자신의 등을 어머니 쪽으로 돌렸다.

"이런 험한 길도 이제 오 리나 십 리 정도만 가면 됩니다. 이번에는 제가 업어드리겠습니다."

노모는 망설이지 않았다. 늙어서는 자식의 말을 따르라는 말 그대로 두 손을 내밀어 히데요시의 어깨에 기댔다.

"아, 제가 모시겠습니다."

네네가 말하고 시동들도 당황해서 달려왔으나 히데요시는 머리를 흔들며 어머니를 업고 일어났다.

"십 년 동안 불효한 죄를 오늘 하루로 갚으려는 것일세. 이 히데요시가 업게 내버려둬."

히데요시는 언덕길을 내려가기 시작했다. 어머니에게 '당신의 아들은 아직 이렇게 건강합니다' 하고 말하듯 힘차게 걸었다. 그리고 등에 업힌 어머니가 너무나도 가벼웠기에 홀로 어머니의 나이를 헤아려보았다.

가는 도중 어제 이후의 전황을 보고하기 위해 나가하마에서 온 막료 중 한 명을 만났다. 나가하마에서도 히데요시가 이렇게 빨리 돌아올 줄은 몰랐던 모양이다.

"앞서 저희 집에서 각 집안에 아케치 정벌을 이미 마쳤다고 통첩을 보낸 탓인지 도쿠가와 나리의 군은 어제 나루미鳴海에서 하마마쓰浜松로 돌아갔다고 합니다. 그리고 오우미의 경계선까지 왔던 시바타 군 역시 대사는 이미 끝났다며 망연히 진군을 멈춘 듯합니다."

히데요시가 가만히 웃으며 중얼거렸다.

"도쿠가와 나리도 이번 일에는 조금 당황하신 듯하군. 간접적이기는 하나 이 히데요시를 위해 미쓰히데를 견제하여 병력을 분산시키는 역할을 해주신 셈이 됐어. 지금 덧없이 돌아가는 미카와 무사들의 안타까워하는 얼굴이 보이는 듯하군."

히데요시는 어머니를 나가하마로 안전하게 모셔놓고 이튿날인 25일에 다시 미노로 향했다. 한때 미노도 동요하는 듯했으나 히데요시가 도착하자마자 그날로 평정을 되찾았다.

히데요시는 우선 고 노부나가가 머물렀던 옛 산하인 이나바 산의 성을 노부타카에게 바쳐 옛 주군의 집안에 대한 충성심을 내보였다. 그리고 유유히 한잠을 자고 난 뒤 같은 달 27일에 열릴 예정인 기요스 회의를 기다렸다.

시바타 가쓰이에

그는 올해 쉰세 살의 무장으로서 수많은 전투를 경험했으며, 인간으로서도 인생행로의 우여곡절을 한껏 맛보았다. 거기에 내력 있는 가문, 실력 있는 부하들, 건장한 체격 등을 갖추고 있으니 이 사람이야말로 시운에 선택을 받은 가장 뛰어난 사내라는 점에 누구도 의심을 품지 않았다. 그도 애초부터 마음속 깊이 그렇게 느끼고 있었다. 지난 6월 4일, 엣추越中 우오자키魚崎의 진에서 본능사의 변을 알았을 때 그는 속으로 생각했다.

'나의 움직임은 매우 중요하다. 이번 일에는 만전을 기하지 않으면 안 된다.'

그래서 그의 움직임에는 시간이 걸렸다. 스스로 자중했기 때문이다. 하지만 마음은 질풍처럼 교토로 가 있었다.

그는 바로 오다 가 최고의 무인인 호쿠리쿠北陸의 장관 시바타 슈리노스케 가쓰이에柴田修理亮勝家였다. 가쓰이에는 지금 필생의 승부를 걸고—엣추 오우자키에서 대진 중인 우에스기 군과의 싸움을 뒤로하고—급거 교토로 향하는 중이었다.

급거라고는 했으나 엣추를 떠나는 데도 며칠이 걸렸으며, 자신의 성인

에치젠 기타노쇼에서도 며칠을 허비했다. 하지만 가쓰이에는 결코 늦다고 생각하지 않았다. 가쓰이에 정도의 사람이 이처럼 커다란 일을 맞아 움직이기 시작하려면 이른바 불패를 위한 만반의 준비를 해야 하기 때문에 당연히 시간이 필요한 법이라고 생각했다.

가쓰이에는 우에스기 가게카쓰^{上杉景勝}와 대진 중인 엣추에 삿사 나리마사^{佐々成政}와 마에다 도시이에^{前田利家} 양군을 남겨두었으며, 기타노쇼에도 부하들을 놔두고 전진해 나아갔다. 가쓰이에 스스로는 참으로 빠르다 생각하며 움직였으나 에치젠과 오우미의 경계인 야나가세^{柳ケ瀬}를 넘을 무렵, 날짜는 이미 15일이 되어 있었다. 그리고 기타노쇼와 엣추 방면에서 주장 가쓰이에보다 한발 늦게 뒤따라온 후속 부대와 합류한 뒤 전군은 고개에서 휴식을 취했는데, 그때는 벌써 눈앞에 보이는 고호쿠 하늘에 여름 구름이 높다랗게 걸린 이튿날 16일 정오 무렵이었다.

16일이었으니 그가 노부나가의 죽음을 안 4일부터 헤아리면 십이 일이 걸린 셈이었다. 하지만 어찌 알았겠는가? 주고쿠에서 모리와 대치하고 있던 히데요시가 교토의 비보를 들은 것은 틀림없이 가쓰이에보다 하루 정도 빠르기는 했으나, 히데요시는 4일에 모리와 화의의 서약서를 교환했으며 5일에 그곳을 출발하여 7일에 히메지에 도착했고, 9일에 아마가사키로 향했으며 13일에 야마자키의 일전에서 미쓰히데를 쓰러뜨리고 교토 안팎에 걸친 잔당 토벌 작업부터 전후의 포령까지 게시했다.

험난한 정도와 거리를 따져보면 엣추에서 교토까지의 길과 빗추 다카마쓰부터의 길 사이에는 얼마간 차이가 있지만 가쓰이에와 히데요시가 처해 있던 상황을 보면 비교할 수 없을 정도의 난이^{難易}가 있었다. 가쓰이에의 상황이 훨씬 더 유리했음은 말할 필요도 없었다. 전면적인 전환을 꾀하기에도, 전장에서 이탈하기에도 히데요시보다는 훨씬 더 유리한 사정에 있었던 것이다. 하지만 이렇게 시간이 걸린 이유는 무엇일까? 결국 가

쓰이에의 '자중과 만전'을 우선시하는 관념이 귀중한 '시간'을 허비하고
만 것이다. 그리고 백전의 노장다운 자신감과 경험이 사려 분별의 껍데기
를 더욱 두껍게 한 탓도 있다. 이번과 같은 천하의 일대 전환점에서 그것
은 오히려 질풍적 행동에 방해가 되어 끝내 한 걸음도 비약하지 못하게
되었다.

"쉬어라. 말에게 물을 먹여라."

"그사이에 전원 휴대용 식량을 먹도록. 단, 마을 입구에서 초계에 임하
는 부대는 교대로 휴식하라."

"난조南條에서 여기까지 오는 동안 도중에 가담한 무리들은 곧바로 도
착을 알리고 이곳을 출발하기 전까지 인원과 이름을 본대의 서기에게 제
출하기 바란다."

야나가세 산중에 있는 마을이 인마로 가득 들어찼다. 그곳에서 서쪽으
로 가면 교토 방면이었고, 동쪽으로 가면 요고余吾의 호수를 지나 고슈 나
가하마 가도로 나서게 되었다.

가쓰이에의 주력 부대에서 명령이 내려지자 부장들은 뿔뿔이 흩어져
커다란 목소리로 부대원들에게 명령을 전달했다. 다음에서 다음으로, 또
다음에서 다음으로 순식간에 전군에 명령이 전달된 것처럼 여겨졌으나
아직도 북쪽의 언덕길에는 개미처럼 줄줄이 행군 중인 후속 부대도 있는
듯했다. 앞선 부대와 연락을 취하기 위해 불어대는 나팔 소리가 저 멀리
여름 산 아래 아득한 곳에서 들려왔고 앞선 부대에서도 끊임없이 나팔로
답을 했다.

이 부근 일대의 산지를 통틀어 야나가세라고 불렀으나 좀 더 자세히
말하면 오우미 이카伊香 군 가타오카片岡 촌이었다. 그리고 대장 시바타 가
쓰이에가 말을 멈춘 곳은 쓰바키椿 고개에 있는 작은 신사의 경내였다.

가쓰이에는 더위를 매우 잘 타는 사람이었다. 오늘 무더위 속에 지나온

산길은 더욱 견디기 어려워했다. 나무 그늘에 걸상을 놓게 하고 나무와 나무 사이에 막을 치게 한 뒤 그 안에서 흐트러진 자세로 갑옷의 끈을 풀고 있었다. 그리고 양자인 곤로쿠 가쓰토시權六勝敏에게 등을 돌리고 말했다.

"곤로쿠, 좀 닦아주어라."

가쓰이에는 갑옷을 풀어 젖힌 뒤, 목에서 등 쪽으로 손을 넣어 땀을 닦게 했다. 두 시동은 좌우에서 가쓰이에의 겨드랑이 쪽을 향해 커다란 부채를 부쳤다. 땀이 마르자 이번에는 몸이 가려운지 가쓰이에가 답답하다는 듯 말했다.

"곤로쿠, 좀 더 세게 문질러라, 세게."

양자인 곤로쿠는 아직 열여섯 살이었다. 양아버지 옆에 머물며 행군 중에도 효를 다하는 모습이 사랑스럽게 보였다.

가쓰이에의 피부에는 땀띠 같은 것이 잔뜩 나 있었다. 가쓰이에뿐만 아니라 여름철에도 가죽과 금속으로 감싸야 하는 군사의 피부에는 갑옷병이라고 부르는 피부병이 매우 많았는데, 가쓰이에는 피부병이 특히 심했다.

여름에 이렇게 약해진 이유를 놓고 가쓰이에는 덴쇼 7년(1579년)부터 지금까지 삼 년이 넘는 시간 동안 북쪽의 임지에서 보내며 호쿠리쿠 경영에 임했고, 기타노쇼 성곽에서 거주했기 때문이라고 말했으나, 사실은 나이 들어서도 여전히 건강하고 혈기 왕성한 담즙질膽汁質의 체질을 가지고 있기 때문이었다. 곤로쿠가 가쓰이에의 말대로 힘껏 문지르자 모공에서 지방과도 같은 붉은 피가 솟아나왔다.

"나리, 지금 신관과 촌장 등이 출진을 축하하기 위해 계곡에서 잡은 물고기 구이와 떡을 가지고 찾아왔습니다."

막사 한쪽에서 무사 중 한 명이 고하자 가쓰이에는 당황해서 이제는 됐다며 곤로쿠의 손을 거두게 한 뒤 갑옷을 고쳐 입었다. 그리고 곁에 있던 사쿠마 겐바노조 모리마사佐久間玄蕃允盛政를 돌아보며 명령했다.

"자네가 마을 사람들의 인사를 받고 오게."

겐바가 나서려 하자 겐바와 나란히 앉아 있던 멘주 쇼스케 이에테루毛受勝助家照가 막아서더니 가쓰이에의 커다란 몸을 올려다보며 절을 하고 말했다.

"안 됩니다, 나리."

멘주 쇼스케는 자신의 일처럼 말했다.

"마을 사람들의 소박한 뜻에 나리께서 잠시라도 직접 인사를 하고 오시는 게 어떻겠습니까?"

"겐바, 가지 않아도 된다."

가쓰이에는 멘주 쇼스케의 말을 받아들여 직접 신관과 마을 사람들을 만나 축하를 받았다. 그리고 바로 막료들과 함께 헌상 받은 물고기 구이 등을 펼쳐놓고 식사를 했는데 멘주 쇼스케에게는 말도 걸지 않고 눈길도 주지 않았다.

쇼스케의 간언은 지극히 당연한 것이었다. 가쓰이에도 그것을 이해하지 못할 만큼 어리석은 장수는 아니었다. 하지만 스물다섯 살의 젊은 부장에게 주의를 들었다는 사실 때문인지 가쓰이에는 잉어의 간이라도 씹은 것처럼 언제까지고 씁쓸한 맛이 가시지 않는 모양이었다.

그곳에는 쇼스케의 동생 쇼베勝兵衛도 있었다. 동생 쇼베는 스물한 살이었다. 시바타 가에 공을 세운 멘주 모자에몬毛受茂左衛門의 아들들이라 그동안 가쓰이에는 그들을 좌우에 두고 중용도 하고 신경을 써주었다. 그런데 가쓰이에는 동생 쇼베는 그렇다 쳐도 형 쇼스케 이에테루를 영 마음에 들어 하지 않았다. 때때로 지금과 같은 직언을 하기 때문이었다.

가쓰이에는 젊었을 때부터 귀신 잡는 시바타라거나 물통을 깬 시바타라는 식으로 불리다 보니 자부심이 높았다. 그런 탓에 평소에도 대담무쌍

한 태도를 보였다. 한마디로 거칠다고 해야 할지, 거만하다고 해야 할지, 가쓰이에는 자신의 불손함을 오히려 자랑스럽게 여기는 듯했다. 벽지의 진중에서도 먹고 싶은 것이 있으면 '먹고 싶다'고 말했으며, 마시고 싶을 때에는 '마시고 싶다'고 말했고 가려울 때는 '가려우니 긁어라'라고 말하며 아무에게나 피부병을 긁게 했다.

"나리께서는 참으로 꾸밈이 없으셔서 좋다. 오늘처럼 높은 자리에 오르신 뒤에도 젊었을 때와 조금도 변함없이 우리를 편하게 대해주신다."

그렇게 주인을 호방하고 큰 인물이라면 한없이 칭찬하는 가신도 있었으나, 멘주 쇼스케와 같은 가신은 그것을 아첨하는 말이라 여겨 애써 반대가 되는 쓴소리를 했다.

쇼스케는 엣추의 전장에 오래 머물러 있을 때 느낀 게 있었는지, 가쓰이에가 무료함에 읽을 책이 있으면 가져다 달라고 말하자 《삼략三略》의 일부를 눈에 띄게 접어서 바쳤다. 가쓰이에는 책을 차례로 펼쳐 읽었는데, 그 가운데 이런 글이 있었다.

군사가 아직 우물의 물줄기에 이르지 못했으면 장수는 목마르다고 하지 않는다. 군사의 막사가 아직 정비되지 않았으면 장수는 피로를 말하지 않는다. 군사의 음식이 아직 마련되지 않았으면 장수는 배고프다고 말하지 않는다. 겨울에는 가죽옷으로 몸을 따뜻하게 하지 않고, 여름에는 부채를 쥐지 않고, 비가 와도 덮개를 치지 않는다. 이를 장수의 예라 할 수 있다.

그 당시에도 가쓰이에는 이삼 일 동안 불쾌한 빛을 내보였다. 하지만 부하를 통솔하는 데 있어서 이 정도의 상식은 충분히 알고 있는 대장이었기에 쇼스케를 내치는 것과 같은 어리석은 짓은 결코 하지 않았다. 단, 자신이 가지고 있는 담즙질적 욕망과 거친 본질 탓도 있지만 호쿠리쿠 지방 원정의 총대장으로서 별다른 부조화 없이 위엄을 보였고 자신에 대한 긍지를 가지고 있었는데, 다른 의지에 의해 그것이 희석되어버리면 절도를 지키기가 매우 어려운 듯했다. 그러다 보니 삼가는 모습을 보이다가도 곧 예전의 귀신 잡는 시바타, 내지 물통을 깬 시바타로 되돌아가버리고 마는 것이었다.

오늘 일뿐만 아니라 《삼략》의 글까지 머릿속에 떠올라 더 불쾌했는지도 모른다. 어쨌든 식사 자리는 그다지 흥겹지 못했다. 하필 그럴 때 히데요시가 보낸 전령이 와서 천하의 귀신 잡는 시바타의 간담까지도 서늘하게 만드는 이야기를 전했다.

사자는 두 사람이었다. 한 사람은 히데요시의 가신이었고, 다른 한 사람은 간베 노부타카의 가신이었다. 각자 주인의 글을 들고 와 동시에 가쓰이에 앞에 내밀었다. 두 통 모두 오쓰 삼정사에 머물고 있는 히데요시와 노부타카가 직접 쓴 것이며 날짜도 같은 14일로 되어 있었다.

오늘 역장逆將 아케치 미쓰히데의 수급을 확인하였다. 이로써 돌아
가신 주군 노부나가 공의 복수전을 모두 마쳤다.

히데요시가 보낸 글에는 야마자키 이후의 전황이 대략적으로 적혀 있었다. 그리고 다음과 같은 글도 함께 적혀 있었다.

따라서 북쪽에 있는 오다 유신 일동에게 바로 알리기 위해 귀하께
대략의 상황을 급히 전한다. 새삼스럽게 말할 필요도 없이 이번 변은
비탄을 금할 길 없는 일이나 주인이 돌아가신 날로부터 십일 일 이내
에 역장의 수급을 거두고 적도賊徒를 하나도 남김없이 소멸掃滅했으니,

나의 공을 자랑하려는 것은 아니나, 저승에 계신 영을 조금이나마 위로할 수 있었으리라 믿는다. 이러한 사실, 귀공께서도 불행 중의 기쁨으로 함께 기뻐해주길 바란다.

히데요시의 글처럼 크게 기뻐해야 할 일임에는 틀림없었으나, 아무래도 가쓰이에는 기쁘게 받아들일 수가 없었다. 오히려 반대의 상황이 되길 바라는 마음이 글에서 눈을 떼기도 전부터 그의 얼굴 가득 넘쳐나고 있었다. 하지만 답장에는 더없이 경축할 일이라고 적으며 자신의 군도 야나가세까지 달려왔다는 사실을 강조했다.

가쓰이에는 사자를 돌려보내고 난 뒤, 사자의 입을 통해, 그리고 히데요시의 글에 의해 알게 된 정보로는 도저히 다음 행동을 할 수 없다는 듯 오쓰 방면에서 교토 부근까지 실상을 탐색하기 위해 미즈노水野, 와시미 겐지로鷲見源次郎, 곤도近藤 등의 다리가 튼튼한 젊은이들을 골라 보냈다. 그리고 현재 상황의 전모를 명확히 알기까지는 쓰바키 고개에서 숙영할 수밖에 없다고 마음을 정한 듯했다.

"설마……. 하지만 허설일 리도 없고."

가쓰이에는 앞서 노부나가의 비보를 들었을 때 이상으로 놀란 듯했다. '이미 미쓰히데의 수급을 거두었다'는 이야기를 들었으면서도 머리 한구석에서는 아직도 '설마?' 하며 의심을 품고 있었다. 혹시 자신보다 먼저 미쓰히데 군에 맞서 복수전에 나서는 사람이 있다면 그것은 간베 노부타카나 니와 나가히데 내지 사카이에 머물고 있는 도쿠가와 이에야스 등을 더한 교토 부근 오다 유신들의 연합군 정도일 것이라고 생각하고 있었다. 그리고 어느 쪽으로 형세가 기울든 승패는 결코 하루아침에 갈리지 않을 것이며 오다 가에서 자신보다 윗자리를 차지하고 있는 사람이 없으니 자신이 임하면 당연히 사람들이 자신을 아케치 토벌의 총대장으로 맞아들일 것이라고 충분히 계산한 터였다.

　그러한 예견 속에 히데요시의 존재는 없었다. 그렇다고 히데요시가 보이는 것처럼 하찮은 사내라고는 결코 생각하지 않았다. 오히려 히데요시의 속내를 상당히 잘 알고 있었다고 해도 좋을 것이다. 히데요시가 일개 장교였던 시절부터 히데요시의 대두를 상당히 악질적으로 방해했던 적도 있었기 때문이다. 짓밟아도 짓밟아도 꺾이지 않는 어린 도키치로藤吉郞 시절부터 요즘 중신인 자신들과 어깨를 나란히 하기 시작한 그의 기량에 대해서는 언제나 차가운 눈초리로 지켜보고 있었다. 하지만 그렇다 할지라도 그가 어떻게 모리 군을 내버려두고 주고쿠에서 이곳으로 달려올 수 있었는지, 그렇게 빨리 움직일 수 있었는지, 가쓰이에의 상식으로는 거의 기적을 듣는 것과 같은 기분이 들었던 것이다.

　숙영지인 쓰바키 고개는 이튿날까지 본격적으로 경비가 강화되었다. 길이 차단되었기에 교토 방면에서 오는 여행자들은 한 명도 빠짐없이 보초병들에게 심문을 받아야 했다.

　수집한 정보는 모두 부장을 통해 본진의 막사로 전달되었다. 그들 항간의 설을 종합해봐도 아케치 군의 전멸은 의심할 여지가 없었으며, 사카모토 성까지 떨어진 것 역시 확실한 사실이었다. 그리고 어제부터 오늘에 걸쳐 아즈치 방면에서 불길과 검은 연기가 보였다고 말한 여행자도 있었고, 하시바 지쿠젠노카미 나리는 일부 병력을 이끌고 벌써 나가하마 쪽으로 향했다고 말하는 사람도 있었다.

　하룻밤이 지나서도 가쓰이에의 마음은 편하지 않았다.

　'나는 무엇을 해야 하는가?'

　가쓰이에는 쉽게 결정지을 수 없었다. 수치심과 체면을 생각하면 한없이 불쾌해졌다. 호쿠리쿠의 군마를 선별하여 여기까지 왔는데 팔짱을 낀 채 히데요시의 대활약을 바라보기만 해야 한다는 것은 도저히 견딜 수 있는 일이 아니었다. 그러다 보니 '이 가쓰이에는 무엇을 해야 하는가?'라는 물음이 머릿속에서 맴돌았다. 오다 가의 대로大老이자 수뇌부의 수석에 있는 사람의 당연한 임무는 무엇보다 아케치 토벌이었으나 그것은 이미 히데요시의 손에 의해 끝나버리고 말았다. 그런 상황에서 무슨 일을 어떻게 급히 해야 할지, 또 히데요시 위에 설 수 있는 방책은 무엇인지 고심할 수밖에 없었다.

어느 틈엔가 가쓰이에의 머릿속은 히데요시라는 대상으로 가득 차버렸다. 게다가 적대 감정에 가까운 증오심마저 불타올랐다. 어제 밤늦게까지 선참들과 무릎을 맞대고 논의를 한 것도 바로 그 문제 때문이었다. 그 결과 가쓰이에의 영지인 기타노쇼와 엣추 우오자키로 급사急使와 밀사 들이 파견됐다. 또 멀리까지는 조슈上州 삼국의 험난한 길을 넘어 에치고의 가스가春日 산으로 공격해 들어가 우에스기 세력의 본거지를 치기로 합의한 다키가와 가즈마스瀧川一益 휘하의 군대로, 그리고 다키가와 가즈마스에게로 파견됐다.

특히 간베 노부타카에게는 어제 돌아간 사자에게 들려 보낸 답장에 이어 다시 새로운 글을 써서 보냈다. 노신인 야도야 시치자에몬宿屋七左衛門을 사자로 보냈고, 그 외에도 눈치가 빠른 가신 둘을 더해 보냈다. 아무래도 중요한 내용을 전달하려는 듯했다. 그 밖에도 서기 두 사람이 한나절 동안 가쓰이에의 말을 받아 쓴 편지는 이십여 통에 이르렀다. 요지는 7월 1일을 기해 기요스에서 회동하여 주인 집안의 후계자를 결정하고, 아케치의 옛 영지를 처분하는 등 당면한 중대 현안을 논의하자는 것이었다.

가쓰이에는 회의를 주창한 사람으로 노장의 체면을 되찾으려고 했다. 또 자신이 아니면 그 누구도 이 중대 현안을 해결할 수 없을 것이라고 생각했다. 그것을 '열쇠'로 그는 당초의 방향을 바꾸어 오와리의 기요스로 향했다.

도중에 들은 소식과 잇따라 돌아온 미즈노와 곤도의 보고를 종합해봤을 때 그가 보낸 편지가 도착하기 전부터 대부분의 오다 유신들이 기요스로 향하고 있다는 사실을 알 수 있었다. 그곳에 노부나가의 적자인 노부타다의 아들 산포시마루三法師九가 있었기에 자연스럽게 아즈치 이후 오다 가의 중심이 그곳으로 옮겨간 것일 수 있는데, 가쓰이에는 그 사실조차 히데요시가 주제넘게 먼저 말을 꺼내 사태를 움직이고 있는 것이 아닐까 생각했다.

〈8권에 계속〉

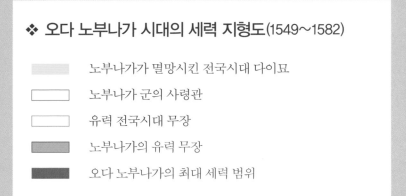

❖ 오다 노부나가 시대의 세력 지형도(1549~1582)

- 노부나가가 멸망시킨 전국시대 다이묘
- 노부나가 군의 사령관
- 유력 전국시대 무장
- 노부나가의 유력 무장
- 오다 노부나가의 최대 세력 범위

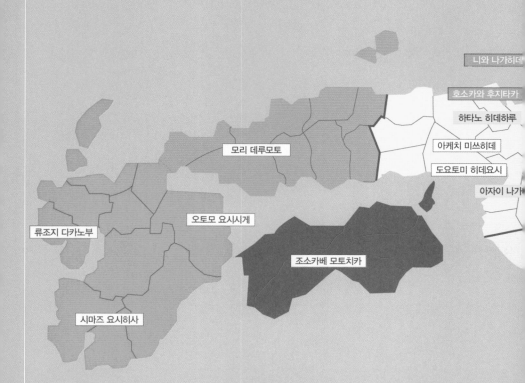

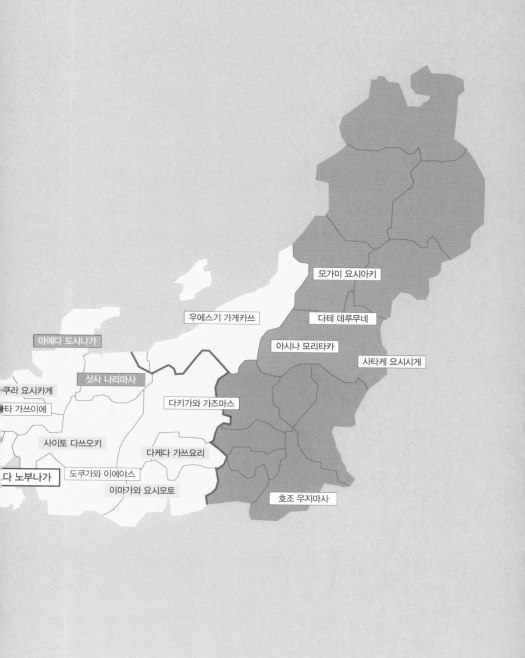

마에다 도시나가

우에스기 가게카쓰

모가미 요시아키

다테 데루무네

삿사 나리마사

아시나 모리타카

사타케 요시시게

쿠라 요시카게

다키가와 가즈마스

타 가쓰이에

사이토 다쓰오키

다케다 가쓰요리

다 노부나가

도쿠가와 이에야스

이마가와 요시모토

호조 우지마사